Merveilles du Monde Hurlant

Tome I

La Ville des Mystères

le héron d'argent
ÉDITIONS

Illustrations (couverture et intérieur) : Élodie Dumoulin
Maquette et mise en page : Vincent Abitane – www.studio-prepresse.com

Collection Imaginaire
Gérante des Éditions : Diana Callico
Directrice de Collection : Vanessa Callico

ISSN : 2418-2834
ISBN : 979-10-94173-33-6
Dépôt légal : octobre 2016

SARL Le Héron d'Argent
26, rue du Pont – 94430 Chennevières-sur-Marne

Site internet : www.editions-leherondargent.com
Courriel : leherondargent@gmail.com
Page Facebook : Éditions Le Héron d'Argent

2e tirage, impression septembre 2019.

Julien Hirt

Merveilles du Monde Hurlant

Tome 1

La Ville des Mystères

Collection Imaginaire

À Nadège

Entremer et le sud du Reik
Straaz
Valadine
Straazraad
La Dorsale
Flammence
Argine
Violère
Mer des Cinq Tempêtes
Cismoualie
Entremer
Embrose
Mer des Fortunes
Transmoualie
République Lithique
Corporation Prismate
N
O
E
S

CHAPITRE 1 : ROUGE EST LA COULEUR DE LA RÉVOLUTION

« D'en bas de l'entassement furieux des songes épouvantables les aubes nouvelles montaient »

Aimé CÉSAIRE, *Au-delà*

Être en vie, être véritablement en vie, nécessite une accumulation d'actes de rébellion. Voilà la pensée que je ruminais, assise en petite culotte sur le rebord de la baignoire, avec mes gants de cuisine orange et sur les genoux un saladier rempli d'une bouillie encore chaude que je m'apprêtais à étaler sur mes cheveux.

Oh, allez-y, vous pouvez vous moquer de moi, ça ne sera pas votre dernière occasion ! Malgré tout, ici, ce soir, dans cette salle d'eau minable, j'allais donner à ma vie un cap nouveau. Et pour changer de vie, j'allais changer de tête. Au revoir, ancienne Tim, au revoir, gamine peureuse. Varier de couleur de cheveux allait faire de moi une fille complètement neuve.

C'est ça qu'il faut bien comprendre. Oubliez l'image de l'adolescente qui se gèle les fesses sur la faïence, oubliez l'affreux quartier de banlieue où toute cette scène banale se déroule, l'appartement aux airs de clapier à lapins, la porte de la salle de bain fermée à double tour ; oubliez à quel point toute cette mise en scène peut sembler dérisoire : pour moi, tout cela était très sérieux. Crucial, même. J'accomplissais un rituel. J'étais la grande prêtresse qui célébrait mon propre baptême. C'était une cérémonie, une métamorphose. Dans un coin de mon esprit – ce n'est pas l'endroit de ma pensée le plus lucide, je vous l'accorde –, je trouvais ce moment sublime.

Ah, au passage. Les mecs dégueulasses qui sont tout émoustillés à la lecture des phrases qui précèdent et qui se font un film de cette ado en petite tenue, ces types-là, ils peuvent aller se faire voir et arrêter de lire tout de suite. Je ne suis pas ce genre de fille et ce n'est pas ce genre d'histoire. (En tout cas, pour l'essentiel, ce n'est pas ce genre d'histoire.)

Avant de me retrouver là, assise sur ma baignoire, il y avait eu une longue série de préparatifs. Rien de tout ce qui se passait ce soir n'était le fruit du hasard ; tout cela était prévu, planifié, cogité de longue date. J'avais attendu longtemps dans ma chambre, jusqu'à ce que mon petit frère Matyas range son jeu vidéo, et surtout dans l'attente que ma mère se décide enfin à éteindre la télé et à aller dormir. Et après avoir attendu, j'ai attendu encore, attendu jusqu'à être certaine que tout le monde dormait, interprétant le moindre bruit, le plus infime craquement de meuble ou de linoléum, épiant le léger feulement des respirations nocturnes et les grincements des sommiers. Puis quand j'acquis la raisonnable certitude que les deux membres de ma famille avaient rejoint le pays des songes, j'attendis encore, par prudence. Et enfin, n'y tenant plus, parce qu'on ne peut pas toujours attendre, je mis mon plan à exécution.

D'un pas de ninja, je remontai le corridor, passant devant la porte de mon petit frère. Une pause. Aucun bruit suspect. C'était bon, je pouvais y aller. Elle me paraissait interminable, cette expédition dans le couloir, mais en réalité, seule une douzaine de pas me séparaient de la salle de bain. J'ai pris le risque de me dépêcher et enfin, j'ai atteint ma destination.

J'ai pressé ma paume contre la porte de la salle d'eau avec un mélange d'exaltation et d'effroi. Une poussée sur la poignée, en espérant que les gonds ne grincent pas trop – forcément, ils ont grincé, et forcément, j'ai failli crever d'angoisse. Mais bon, ça n'a pas eu de conséquences. N'ayant réveillé personne, j'ai pu me précipiter à l'intérieur, lâcher mes affaires au sol et refermer la porte derrière moi.

Le néon donnait à ma peau un aspect terne. Dans la glace, j'apercevais ce visage que j'avais appris à mépriser. Cette petite conne de Tim, avec ses nattes blondes de cruche, son air de gentille fille et ses boutons sur les joues qu'aucune lotion ne parvenait à gommer. Je lui ai tiré la langue, à cette idiote, et elle m'a rendu ma grimace de manière maladroite. Celle-là, il était plus que temps de lui couper la tête ! De mon nécessaire, j'ai tiré les longs ciseaux de coiffeuse de ma mère, j'ai saisi une couette et je me suis apprêtée à entamer le rituel de ma transformation.

Un quart d'heure plus tard, les carreaux de la salle d'eau étaient couverts d'un pollen de cheveux blond paille. Fini, la gueule de girl-scout. Envolées, ces nattes que j'avais laissées pousser sans jamais les raccourcir pendant toute ma vie de petite fille. Je n'en avais gardé qu'une longueur qui franchissait à peine mes épaules, et une mèche dangereuse qui venait me lécher la face : c'était mieux, indubitablement, mais il restait du chemin à faire.

Bon, je vous épargne les détails du bricolage qui a suivi. Enfilant mes gants de caoutchouc, je me suis apprêtée à me badigeonner la tête de la bouillie grumeleuse qui allait mettre de la couleur sur mes cheveux. C'est donc là qu'on me retrouve, assise sur le rebord de la baignoire, palpant mon cuir chevelu en profondeur avec cette pâte odorante. J'étais concentrée comme l'archer zen face à sa cible.

Quand j'ai terminé, je me suis emballé le front dans du film plastique : un tour, puis un deuxième. J'ai ouvert la fenêtre, je me suis allumé une cigarette et j'ai contemplé ma cité endormie. Elle n'était pas très différente une fois la nuit tombée : les blocs gris clair de la journée se transformaient en blocs gris foncé après le coucher du soleil. Par-ci, par-là, quelques appartements étaient illuminés. En soufflant un panache de fumée âcre, je me suis demandé ce que les gens dans ces immeubles faisaient debout à une heure pareille. Plein d'idées d'histoires me venaient à l'esprit. Il aurait fallu que je les note dans mon carnet pour ne pas les oublier.

Ma fenêtre surplombait l'aire de jeu la plus sinistre de l'univers. Un toboggan rouillé, une balançoire fichue qu'on entendait grincer au premier pet de vent, le tout planté sur une dalle de ciment fissuré sous la lumière jaune d'un lampadaire infesté de mouches. Dans le quartier, cet endroit servait de grand marché de la drogue à ciel ouvert, où les dealers faisaient leurs petites affaires sans se cacher. Aucun môme n'y avait mis les pieds depuis des années : ils s'y seraient fait traiter comme des intrus.

Au niveau de la rue, quelque chose traversait nonchalamment le rayon de lumière du réverbère.

Un frisson parcourut ma colonne vertébrale. Un être étrange, que je ne parvenais pas à définir, venait d'apparaître. L'excitation me faisait palpiter les tempes ; c'était ce frisson qui nous parcourt, lorsqu'on est confronté à quelque chose de vraiment pas normal. La partie la plus rationnelle de mon cerveau, celle que je m'étais résolue à ne plus jamais écouter, tentait de me convaincre qu'il s'agissait d'un insecte. L'hypothèse n'était pas convaincante : ce truc qui traversait la lumière, qui traçait des huit en dessus du banc, ce truc était rouge, rouge vif, et surtout très gros, large comme le poing. Si c'était un insecte, c'était un insecte très singulier. Qu'est-ce que ça pouvait être alors, ce machin-là ?

La forme rouge disparut un instant, réapparut dans la lumière d'un autre lampadaire, puis s'enfonça dans l'obscurité pour s'évanouir complètement, me laissant avec mes points d'interrogation. Je restais stupéfaite.

Quelle nuit ! J'ai écrasé mon mégot sur le rebord de la fenêtre avant de le lancer dans la vague direction du toboggan. À contrecœur, j'ai fermé la vitre, espérant encore un instant apercevoir ce-qui-n'était-pas-un-insecte. En vain.

Reprenant mes préparatifs, j'ai entortillé des linges autour de mes cheveux emballés pour me faire un gros turban protecteur. Tout était en place : la teinture allait agir pendant la nuit. En attendant, j'avais une tête de clown. Il était temps de dormir.

J'ai vite rejoint les songes. La rançon de la fièvre de la journée fut l'étrangeté de mon rêve. D'après les bribes dont je me souviens, j'y étais assise à table en face d'un homme que je ne connaissais pas, et j'y buvais, je crois, une coupe de sang, une coupe de lait et une coupe d'encre. Je ne vous raconte pas juste ça pour l'anecdote, notez bien. Il faut vous en souvenir, de ce songe. Cornez la page au besoin. Ça aura de l'importance plus tard.

Ouais, bon. Enfin, au petit matin, je n'étais pas trop dans l'ambiance « Rêves prémonitoires. » J'étais plutôt dans le trip « Comment je vais enlever toute cette saloperie que je me suis fichue sur la tête ? ! »

J'ai défait mon turban pour libérer mes cheveux. Pas un regard en direction du miroir : je ne voulais pas me voir avant d'être tout à fait prête. Il a fallu quatre, peut-être cinq lavages-rinçages-essorages pour me débarrasser de la pâte immonde. Et pendant ce temps, comme c'était le matin et qu'il était réveillé, Matyas s'était mis à tambouriner contre la porte pour réclamer son tour sous la douche. Tambouriner gentiment, hein. Tout ce que fait mon petit frère est adorable.

Après tout ça, je me suis séché les cheveux. Je voyais ma longue mèche de devant se balancer devant mon visage, d'un rouge vif comme une fleur du mal… exactement comme je l'avais imaginé… « Une seconde, Matyas, j'arrive, OK ? J'ai presque fini ! » lui ai-je braillé à travers la porte. Il a grommelé quelque chose, je n'ai pas trop entendu.

Excitée comme une puce, j'ai enfilé des sous-vêtements propres, mon pantalon militaire trop large, mon t-shirt Oscar Wilde et ma vieille paire de rangers. Et là, je me suis jetée vers la glace. Alors, verdict, mon beau miroir ? C'était moi la plus cool. J'avais exactement la tête que j'avais imaginée. Mes cheveux étaient vraiment, vraiment rouges. Impossibles à ignorer, hein, du genre incendie de forêt, accident d'avion, catastrophe naturelle. Ça me donnait une tête de délinquante, c'était trop bien. Je l'avais tuée, la gentille blondinette, étripée, éventrée, évacué le cadavre… La nouvelle Tim était un bâton de dynamite. Je gloussais en me maquillant – beaucoup trop – les yeux. Puis je suis sortie en dansant sur place, me réjouissant de la réaction de mon frère.

Quel carnaval : sa tête fut inimitable ! Stupéfait, Matyas a ouvert la bouche en grand, un peu comme un cartoon. Il a tenté de bredouiller quelques mots, ne sachant pas trop si c'était moi, sa sœur, ou si j'étais une autre fille, une demoiselle redoutable qui visiblement lui faisait un peu peur (j'étais les deux, en réalité.) Tout cela a duré maximum deux secondes et puis mon frère a dégluti. Il a pris une grande respiration, son visage s'est détendu, illuminé, puis il s'est mis à rigoler de son beau rire communicatif, il s'est jeté dans mes bras et on s'est chatouillés comme deux orangs-outangs un peu fous. « Trop génial Tim ! T'es complètement différente ! »

Il prit son ton grave : sa voix exprimait toute la sévérité d'un garçon de douze ans plus intelligent que la moyenne. L'air soucieux, le petit génie me dévisagea en fronçant les sourcils : « Maman va détester ça ! » m'avertit-il.

C'était bien ce que j'espérais.

Ma mère, cela dit, avait d'autres plans. Je m'en suis vite rendu compte en pénétrant dans la cuisine. La Reine Mère était déjà assise derrière son gros bol de lait pollué de café. Lorsque je suis entrée dans la pièce, son expression n'a pas varié. Elle n'a pas quitté ce demi-sourire qui me rendait folle, cette crispation perpétuellement ironique du coin de sa bouche qui donnait l'impression que ma génitrice se sentait tellement supérieure au reste de l'humanité.

En me voyant arriver, il était clair que son plan était de faire comme si de rien n'était, comme si je n'avais pas les cheveux rouge vif et une tête d'alien incendiaire. Elle allait me montrer qu'au fond, ma transformation, toute cette remise en question qui l'accompagnait et qui me tenait tant à cœur, ça ne comptait pas. Ça ne méritait même pas une phrase, pas une remarque, pas un seul mouvement de tête.

Pourtant j'avais l'intention de me la jouer imperturbable. Moi aussi, je pouvais le faire, ce demi-sourire, le même ! Certes, mes mains tremblaient un peu plus que je ne l'aurais souhaité. Oui, j'avais de la peine à avaler ma salive, mais j'avais la conviction que j'allais tout de même parvenir à rester de marbre, à montrer à ma mère que si ma métamorphose n'avait à ses yeux aucune importance, je n'avais de mon côté aucune envie de consacrer la moindre attention à sa ridicule indifférence.

Je n'ai pas gagné ma chaise habituelle, sur le côté. Je me suis assise face à Maman, à la place que plus personne n'occupait depuis longtemps.

Je crois que c'est à peu près à ce moment-là, que Matyas s'est assis à table sur la pointe des pieds, mais je n'en suis pas sûre. J'étais focalisée sur ma mère. Je buvais mon café. Je ne disais rien. Elle ne disait rien non plus. L'horloge sur le mur frappait les secondes. J'ai levé les yeux vers elle et je les ai verrouillés dans son regard. Plus question de la lâcher. Et elle non plus ne flanchait pas. Je sentais l'expression de mon visage qui était en train de se durcir. Une grimace de colère. Pas question que je me laisse aller ! Il fallait que je reste tranquille ! Mais c'était impossible. En moi la digue cédait et la fureur emportait tout sur son passage.

« Mais, putain ! » ai-je crié d'une voix beaucoup plus aigüe que je ne l'aurais souhaité, en me levant et en faisant trembler la table. « Putain ! » ai-je répété, cette fois-ci en hurlant et en jetant par terre ma tasse qui s'y brisa en trois morceaux. « T'as vraiment rien à dire, là ? Hein ? Tu ne remarques rien, c'est ça ? Je suis devenue invisible, ou quoi ? » Et là, encore, une troisième fois, m'adressant à l'univers cette fois-ci : « Putain ! »

« Tu veux parler de tes cheveux, ma chérie ? » me nargua ma mère.

Ouais, je voulais parler de mes cheveux, c'était ça. Incroyable qu'elle ose me poser cette question ! Les phalanges serrées à blanc, la mâchoire verrouillée, je lui jetai un coup d'œil de sniper. Comme si elle ne se rendait pas compte de l'état dans lequel je me trouvais, comme toujours, ma mère se mit à déblatérer ses petites histoires perso sur le ton de la conversation. Tout cela l'amusait beaucoup :

« Oh, ça me rappelle… » dit-elle, « Je devais avoir à peu près ton âge… Avec mon petit copain de l'époque, nous aussi, on s'était dit qu'on allait changer de tête ! Mais nous sommes allés un peu plus loin que toi, Timea. Nous, nous avons terminé avec la boule à zéro ! »

Je l'avais entendu des dizaines de fois, cette histoire navrante. Je pouvais la réciter par cœur. Sauf que là, non. Là, ce matin, ça n'était pas à elle d'être au centre de l'attention. Ça n'était pas elle le nombril du monde, pour une fois : c'était moi ! Chacune son tour ! J'avais passé la nuit dans la salle d'eau pour accomplir mon rituel, la nouvelle Tim n'allait pas se laisser traiter comme une gamine. C'était terminé, tout ça !

Pas question de respirer cet air vicié une seconde de plus. Alors que Maman continuait son récit avec toujours la même expression odieuse sur le visage, moi, j'ai empoigné mon sac cambodgien, je me suis dirigée sans un mot vers la sortie et j'ai quitté l'appartement en claquant la porte.

Dans la cage d'escalier, je tremblais comme une petite conne.

Instinctivement, mes doigts tremblants se sont jetés dans mon sac en quête du briquet et du paquet de cigarettes. Si j'avais eu jusque-là l'impression que je n'étais pas accro, là, plus la peine de me mentir : j'avais une magistrale preuve du contraire. Avalant les marches quatre à quatre, trois étages plus bas j'avais la clope au bec et ça allait déjà un peu mieux. Deux taffes, et l'envie de hurler s'était éteinte. Naturellement, la raison pour laquelle je descendais à pied, c'est que l'ascenseur était en panne. Voilà qui n'étonnera personne. Non seulement tout dans ma vie était décevant, mais en plus tout y était décevant de manière *prévisible*.

Mais un fix de nicotine n'apporte en lui-même aucune réponse. Davantage que de fumer, j'avais surtout besoin de communiquer avec une personne bienveillante. J'aurais pu remonter pour me confier à mon frère, mais soyons sérieux, c'est un génie et tout, mais il n'avait que douze ans !

Alors que je débouchais sur le trottoir, j'avais Dickinson en main et je faisais défiler la liste de mes contacts du gras du pouce. (Et on ne va pas en faire toute une histoire, mais oui, j'ai donné un nom à mon téléphone portable, et ce nom, c'est Dickinson. Je crois vous avoir déjà précisé que vous auriez plus d'une occasion de vous moquer de moi, non ? En voilà une. Haha. Mais après tout, étant donné tout le temps que je passais avec ce machin à la main et tous les secrets intimes que je lui confiais, moi, ça me paraissait logique de lui donner un nom. Même ton chien, tu lui donnes un nom, après tout, et ton chien, tu ne lui dis pas la moitié des trucs que tu dis à ton portable : ça tient debout, non ? Oui, bon alors mon téléphone s'appelle Dickinson.)

Qui contacter en premier ? Charlotte ? Afsoune ? Mes deux soutiens de premier recours. Les tenir au courant de tous mes petits tracas, c'était presque un automatisme. Mais là, à la réflexion, je me suis dit que j'allais plutôt balancer un SMS à Quentin. Me situant à un stade crucial de mon développement personnel avec ma nouvelle tête et ma nouvelle approche de la vie et tout – sans compter la détérioration galopante de mes relations avec ma mère – ça méritait que je partage tout ça avec mon mec.

Bon, j'avoue : je le faisais surtout parce que je m'y sentais obligée. Jusqu'ici, avant même que nous soyons ensemble, depuis qu'on était devenus potes à l'école du cirque, Quentin s'était montré peu dégourdi pour trouver les mots justes dans les moments délicats. Et j'écris « peu dégourdi » par respect pour lui.

Là, je lui offrais une autre chance, parce que la nouvelle Tim venait de débarquer, qu'elle n'allait pas s'embarrasser de vieilles rancunes et que tous ses comptes étaient remis à zéro. Mes doigts entamèrent la conversation :

« Tu es là ? Ça va ? Qu'est-ce que tu fais ? On se retrouve tout à l'heure à l'entrée du lycée stp »

En attendant sa réponse, j'ai jeté un coup d'œil de l'autre côté de la rue, en direction de l'aire de jeux. Mon regard auscultait le ciment en quête d'un petit truc rouge énigmatique, ou de quoi que ce soit qui aurait pu donner du sens à ce que j'avais aperçu la nuit dernière. À première vue, rien, et en y regardant de plus près, rien non plus. Ça n'était pas étonnant, mais c'était décevant.

Quel pitoyable début de journée ! Et ça allait encore empirer…

En arrivant au lycée, alors que toute la masse bêlante des zombies qui me servaient de camarades était en train de s'agglutiner derrière les grilles, j'ai garé mon vélo, jeté un coup d'œil à Dickinson et lu la réponse de Quentin :

« OK »

Voilà, c'était tout. Toute la poésie de Quentin tenait dans ces deux caractères. Mais enfin je n'allais pas faire la difficile : un rendez-vous est un rendez-vous, même si l'on n'y met pas les formes.

Tout en attendant celui que je devais bien considérer comme mon petit ami, je me suis assise sur un banc en griffonnant dans mon carnet – des notes pour ce que j'imaginais être ma toute première pièce de théâtre. Personne ne semblait porter la moindre attention à mes cheveux rouge vif. Quelle belle horde d'abrutis incapables de s'émerveiller de quoi que ce soit ! J'avais envie de les boxer pour leur faire avaler leur indifférence.

Pour dire la vérité, c'était le monde entier que j'avais envie de battre. À commencer par Quentin. D'abord, il fut en retard, puis il fut *très* en retard. Moi je bouillonnais comme une marmite à pression. Je lui ai lancé quelques messages sauvages pour lui demander où il était... quand il comptait venir... ce qui se passait... pourquoi il n'était pas là... *quelque chose !* n'importe quoi : le vrai plan de la fille désespérée. Aucune réponse. Dans l'intervalle, la sonnerie du lycée avait retenti et toute la cour s'était vidée comme un évier bouché qu'on vidange. J'étais au milieu de cette étendue de ciment vide, seule. Mon mec m'avait posé un lapin. Sauf qu'en vrai, un lapin, c'est mignon. Ça ne nous donne pas envie de nous recroqueviller dans un coin et de mourir.

Bref, les joies se sont accumulées. Arrivée en retard en cours, j'ai dû encaisser la pique perfide du prof qui souhaitait me culpabiliser d'avoir manqué les six premières minutes de son exposé magistral. Comme il voyait que ça ne m'atteignait pas, il s'est moqué de mes cheveux, et ça a fait rire toute la classe.

Bande de collabos.

Je suis restée prostrée toute la journée sur mon bureau en attendant la sonnerie et en vérifiant sans arrêt sur Dickinson si Quentin m'avait laissé un message. Rien du tout. L'horloge faisait ce truc énervant qu'elle fait quand les secondes n'en finissent pas.

À chaque interclasse, j'avais droit à une vanne d'un mec ou aux gloussements d'une pouffe au sujet de mes cheveux. J'étais devenu l'attraction du jour, le phénomène de foire, la cible vivante ! Je ne répondais rien ; de toute manière, j'avais très peu de choses en commun avec la plupart de ces gens-là.

Enfin, le dernier cours arriva. Gros manque de chance, ma réserve de patience et de détachement avait pris fin exactement quarante minutes avant la sonnerie finale, donc l'ultime heure fut la pire de toutes. C'était le cours d'histoire de mademoiselle Ménard, une femme admirable sur tout un tas de plans, avec laquelle d'ordinaire je m'entendais fort bien. Pourtant, ça a clashé dur entre elle et moi.

La Ménard nous a rendu notre devoir sur Robespierre. Le mien était mal noté : la prof me reprochait de ne pas lui avoir servi le portrait officiel du méchant révolutionnaire fourbe et assoiffé de sang. J'avais préféré rappeler que ce personnage ambigu avait aussi été un farouche partisan du suffrage universel, de l'abolition de l'esclavage et de l'éducation populaire. Je n'aurais pas dû, mais je me suis levée pour défendre mon point de vue. En apparence, j'étais calme, mais à l'intérieur, ça hurlait de partout et j'étais consciente que ça ne pouvait que mal finir.

Et ça a très mal fini. Après deux ou trois échanges, j'ai commencé à hausser le ton, puis à gueuler : « Mais vous réalisez que ce que vous faites, c'est de l'endoctrinement, ou pas ? Vous savez, quand on traite les jeunes comme des abrutis, ils finissent par le devenir ! » Dans la foulée je suis passé aux insultes : des trucs vraiment pas gentils. À bout de nerfs, j'ai poussé ma table et je l'ai fichue par terre. Le meuble a percuté le sol dans un grand bruit sourd.

Oh, je n'aurais pas dû faire ça.

Le silence dans la classe était glacial. La prof était blanche d'indignation. Elle me hurla d'aller chez le proviseur. Un air de défi dans le regard, j'ai pris mon sac et j'ai gagné le chemin de la sortie. En réalité, je culpabilisais d'être allée aussi loin. Ça ne m'a pas empêché de claquer la porte.

Le bureau du proviseur, je n'y ai pas mis les pieds.

Quelques minutes plus tard, j'étais sur mon VTT et je pleurais de rage. Quelle journée horrible ! Tout avait tourné de travers ! Ce n'était pas du tout ce que j'espérais quand je m'étais teint les cheveux. Un petit geste de liberté de ma part et soudain le monde entier me prenait à la gorge, sortait les coutelas, devenait hostile. « Laissez-moi vivre, enfin ! » pensai-je… ou peut-être que je le criai. Jamais je n'avais eu l'impression de compter aussi peu. C'était comme si j'étais une forme ronde et que l'univers n'avait que des trous carrés à me proposer.

J'ai pédalé comme une folle. Je n'avais pas de but particulier. Je passais d'une rue à l'autre. De temps en temps je tournais : à gauche, à droite, peu importe. Je ne savais pas vraiment où j'étais. Tout ce qui comptait pour moi, c'était de passer ma hargne sur le pédalier et de serrer mon guidon de toutes mes forces.

On était jeudi, et tous les mardis et les jeudis, j'avais mon cours à l'école de cirque. Jamais je n'avais manqué ce rendez-vous. D'aussi loin que je pouvais me souvenir, ces fins d'après-midis consacrés à l'acrobatie, au clown ou au jonglage m'avaient toujours servi de points de repère. C'était ce que je préférais faire au monde. En plus, j'allais peut-être y croiser Quentin.

C'était certainement ça qui coinçait. Là, sur mon vélo, perdue dans un quartier de villas que je ne reconnaissais pas, je savais que je n'allais pas y aller, que je n'y retournerais probablement plus jamais. Prise de vertige, je ne saisissais pas ce qui se passait en moi. Ma mère ne me comprenait plus du tout ; mon mec ne voulait plus me voir ; j'avais crié sur une enseignante inoffensive avant de fuir le lycée ; ma passion pour le cirque venait de m'abandonner. Bon sang, qu'est-ce qui était en train de m'arriver ?

Brutalement, une voiture percuta mon vélo.

Je ne compris pas tout de suite où j'étais, ni ce qui s'était passé. Les pneus de la voiture avaient fait un bruit pas croyable. Mon VTT était à dix mètres, le cadre tordu ; ma face était collée au bitume ; ma cheville et la paume de ma main me faisaient un mal de chien. Moi, j'avais juste envie de rester à terre et de ne plus bouger, jamais. Mon cœur battait fort jusque dans mon crâne. Pas de dents au sol, quelques taches rouges sur mes vêtements, mais pas trop de sang versé ; à première vue rien de cassé : je ne m'en sortais pas si mal, au fond. Par contre j'éprouvais un gros ras-le-bol. L'envie de démonter le monde entier à grands coups de pied de biche.

Rassemblant tout ce qui me restait de volonté, j'ai commencé à me redresser péniblement sur mes pattes. C'est alors que j'ai vu cet homme, debout devant moi, qui me tendait la main.

Oh putain, je l'aurais boxé, celui-là ! C'était le conducteur de la voiture. Celui qui venait de me flanquer par terre. « Vous allez bien, mademoiselle ? » me demanda-t-il d'un ton qui semblait sincère. Il finit par cesser de me tendre la main, puisque je n'avais visiblement aucune envie d'accepter son geste. Comme la tête me tournait, je me suis assise par terre, à ses pieds. « Vous avez grillé le feu rouge », m'expliqua cet homme d'un ton sans reproche.

« Je peux faire quelque chose ? » tenta-t-il encore avant qu'enfin je me décide à lever la tête dans sa direction. « Ça va, ça va » ai-je fait d'une voix faible.

Alors j'ai accordé un peu d'attention à celui qui venait de me renverser. Il était très beau. Ça n'aurait rien dû changer, mais ça changeait tout. Ses yeux étaient sombres et son regard apaisant. Il y avait une grâce singulière dans sa manière de bouger qui me donnait envie de lui pardonner cette histoire d'accident. Quelque chose en lui inspirait confiance. J'étais troublée : la rencontre était inattendue, et ma réaction elle non plus n'était pas celle que j'attendais. Je ne me reconnaissais pas. Un instant auparavant, j'étais prête à rugir contre lui et contre tous ceux qui seraient passés à ma portée, mais là, plus rien. Sa voix m'apaisait. Son visage avait quelque chose d'inoubliable. Je ressentais une émotion que je ne m'autorisais pas à nommer.

Pourtant je ne demandais qu'à mieux la connaître, cette émotion. J'ai fini par tendre la main à celui qui se tenait à côté de moi – presque comme une vraie demoiselle – et, délicatement, il m'a aidée à me hisser sur mes rangers. En me dressant et en époussetant mes vêtements, j'ai passé en revue les dégâts : ma main et ma cheville s'étaient râpées sur le bitume, ça me lançait un peu ; je m'étais cogné un coude et les fesses par terre, ça faisait mal, mais c'était supportable ; mon t-shirt Oscar Wilde était abimé, dommage, mais rien de dramatique. En définitive, tout cela me préoccupait moins que mes joues qui s'empourpraient et l'inexplicable manière dont mes yeux fuyaient le regard de cet homme. J'étais intimidée comme une petite fille. Tout cela était à deux doigts d'être ridicule. En plus, je ne trouvais rien à dire. Lui tentait de me rassurer, prononçait quelques mots, me promettait qu'il allait me rembourser mon vélo, lâchait quelques traits d'esprit pour tenter de me dérider, mais moi je ne pouvais que hocher la tête, les bras croisés, close comme une jeune huitre.

À la limite de mon champ de vision, un truc rouge fila à vive allure entre deux maisons.

Gros comme le poing, quelque chose volait promptement dans la ruelle, à hauteur de torse, s'éloignant de moi. Impossible de bien voir, mais c'était vivant et ce n'était pas un insecte, j'en étais absolument sûre.

Mes genoux se sont mis à remuer sans même que je le veuille. Sous l'effet de l'exaltation, c'était comme si une secousse électrique me traversait tout le corps. J'avais la bougeotte : il fallait que j'aille voir ça de près. Cette fois-ci, il ne m'échapperait pas. Plus de doute possible : ce machin rouge était le même machin rouge que j'avais aperçu la nuit précédente.

« Euh… alors, au revoir ! » fut tout ce que je pus articuler alors que je sentais mes jambes m'éloigner à grande vitesse de l'homme séduisant qui avait démoli mon VTT. J'ai couru vers la ruelle où je venais d'apercevoir la forme rouge qui m'intriguait tant. Soudain, les douleurs ne comptaient plus. Mes chaussures claquaient sur le trottoir. Il fallait que je sache. Ma respiration était régulière. Je parvins à l'angle et retrouvai l'apparition. Gagné !

Mon cœur battait la chamade.

La créature se déplaçait à angles droits, empruntant le tracé des allées de ce quartier tranquille et désert. Elle m'avait repéré et elle s'éloignait de moi. Pire : elle se jouait de moi. Elle ralentissait juste assez pour que je ne la quitte jamais longtemps des yeux, accélérait suffisamment pour me montrer qu'elle était capable de me distancer à tout moment : tout cela témoignait d'une troublante intelligence. Mais il en fallait plus pour me décourager.

Mes poumons brûlaient comme des torches. Ma mauvaise cheville me lançait. Ma salive se figeait. Badam-badam, faisait mon cœur, comme un compte à rebours avant le moment où je ne pourrais plus courir.

Le soleil doré de la fin d'après-midi miroitait sur ses écailles.

C'était un poisson. Il n'y avait aucun doute à ce sujet. J'étais en train de poursuivre dans la rue un poisson, plus gros que mon poing et rouge comme le sang. Un vrai poisson, mais qui nageait dans l'air, vif comme un missile. Non. Non. Non. Rationnelle, une voix en moi étiqueta immédiatement l'événement comme « impossible ». Mais quand on a la certitude d'avoir toute sa tête, l'impossible devient simplement improbable lorsqu'il est sous nos yeux. Et qu'y a-t-il de plus exaltant que cela ?

Le souffle me manquait, mais je progressais. Oui, pas de doute. Je me rapprochais de la créature. Ma proie aux écailles étincelantes. Elle n'était plus qu'à quelques mètres. J'allais l'avoir, j'en étais certaine.

La curiosité venait de chasser toutes les douleurs de mon corps. Je fonçais dans le sillage de l'étrange créature. Il fallait que j'en sache davantage. Je devais l'approcher. C'était, je le sentais, un des moments les plus singuliers de ma vie. Le poisson tournait à droite et je tournais à droite. Il coupait à gauche et je le talonnais. Tout droit et j'étais presque sur lui. Pas question d'abandonner. Je pouvais presque le toucher !

Suspendu dans l'air, le poisson rouge parvint au centre d'un petit parc, entre deux bancs, dans un cul-de-sac qui terminait une allée. Il cessa alors de fuir et, en une arabesque élégante, se tourna vers moi et sembla m'attendre.

Lentement, pour ne pas l'effrayer, je me suis approchée du poisson volant, comme on le fait des animaux sauvages pour les observer sans qu'ils détalent. Il ne s'en allait toujours pas. Ses nageoires translucides battaient en cadence rapide, comme si ce mouvement était capable de le maintenir en suspension dans l'air. Bien sûr, c'était insensé. Encore un pas de plus. La créature était imperturbable. Sa bouche s'ouvrait et se fermait, et il semblait me dévisager de ses petits yeux noirs. J'étais désormais si proche de lui que j'aurais pu l'attraper en tendant la main… Ce n'était pas mon but. Je l'ai observé longtemps, mon visage tout proche de son petit corps brillant, notant chaque détail, époustouflée de son aspect si ordinaire alors que cette créature était si invraisemblable. Que devais-je faire ? Lui parler ? Le caresser ? Le prendre en photo ? Il semblait attendre quelque chose de moi.

Alors le poisson parla. D'une douce voix de femme, il me dit : « Il faut que tu lises ce message, Tim. »

Hein ? Quel message ? Quoi ? *Quoi ?*

Mon téléphone se mit à sonner dans ma poche. L'alarme SMS me fit sursauter. C'était ahurissant. J'étais ébahie, figée sur place. Un poisson volant qui parlait ? Qui connaissait mon prénom, en plus ? Et… et quoi exactement ? Il m'avertissait quand je recevais des messages ? J'ai failli lâcher l'appareil. J'étais tellement agitée que mes mains tremblaient. Elles avaient de la peine à manipuler le portable. Il fallait que je me concentre. Juste un instant. Qu'est-ce que tout cela signifiait ? Toute mon attention sur l'écran. Des gestes aussi précis que possible. Déverrouiller. Accéder aux messages. Oui, oui. Ça se confirmait. J'avais bien reçu un SMS. Un SMS de Quentin. Un poisson volant venait de s'arrêter dans une ruelle pour me prévenir que mon mec allait m'envoyer un texto. Sur le coup, je n'étais plus tout à fait certaine d'être encore en possession d'une santé mentale irréprochable.

Quelques gestes incertains, et ça y était. Enfin. Je lisais le message de Quentin :

« Salut on n'est + ds le mm délire toi et moi. Je crois kil vaut mieux kon arrete. J'espère ke tu comprend. Zap moi »

Je venais de me faire larguer par SMS. Relevant la tête, j'ai constaté que le poisson n'était plus là.

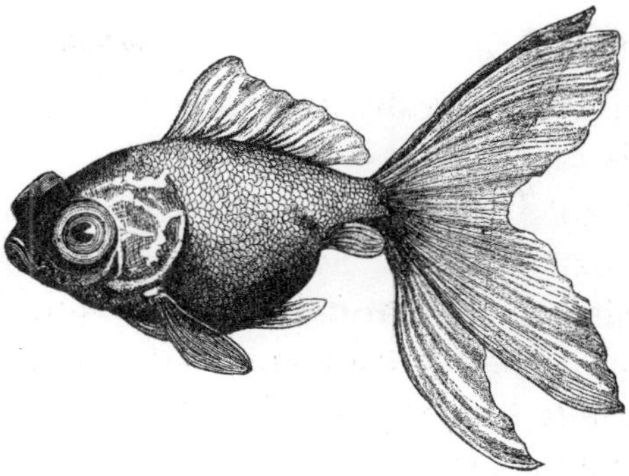

CHAPITRE 2 : TROUVEZ LE POISSON

« Personne ne peut savoir si le monde est fantastique ou réel, et non plus s'il existe une différence entre rêver et vivre. »

Jorge Luis BORGES

Question : comment réagit-on lorsque l'on vient d'entrer en contact avec une créature fabuleuse qui, selon toutes les règles communément admises, ne peut pas, ne *doit* pas exister, alors qu'en parallèle, notre petit cœur fragile vient d'être brisé par une rupture inattendue avec celui qui était – par défaut peut-être, mais enfin quand même – notre premier amour ?

La réponse s'imposa à moi comme une évidence : quand on se retrouve dans cette situation, on laisse vite de côté toutes les considérations autour de la créature fabuleuse et on se laisse envahir par le chagrin.

C'était décidé : après le SMS que je venais de lire, le poisson devenait un souci de deuxième plan. Ce qui occupait mes pensées en ce moment, c'était ce gouffre qui se creusait dans ma poitrine, cette zone sombre qui était en train de m'envahir, de métastaser, cette moiteur grise qui effritait mon âme, lacérait mes espoirs et remplaçait mon estime de soi par une angoisse pesante.

Et pendant ce temps, tous les gens du quartier qui passaient devant moi, ils me regardaient chialer avec désapprobation, comme si mes larmes allaient salir leur beau trottoir tout propre. Ils me dévisageaient comme si j'étais une pauvre hystérique. Si j'avais été en meilleur état, je les aurais assommés avec leurs nains de jardin.

On aura tôt fait de m'expliquer que tout ça n'est pas catastrophique, que perdre un amour est la chose la plus ordinaire qui soit, que chaque être humain fait, si tout se passe bien, l'expérience de ce sentiment une, cinq, dix fois. Hélas, cette pensée n'a rien de réconfortant. C'était fini. Mon premier amour ne m'aimait plus. Il ne m'aimait tellement plus qu'il n'avait même pas pris la peine de me le dire en face, voire même d'évoquer avec moi l'évolution de ses sentiments. Il ne m'aimait tellement plus qu'il n'avait même pas fait d'effort pour soigner son orthographe, bordel !

Il m'a fallu un petit bout de temps pour émerger à nouveau, au profit d'un sursaut de dignité. Non, vraiment, la nouvelle Tim n'allait pas se laisser démolir par une histoire de ce genre. La nouvelle Tim, elle allait se lever, elle allait se mettre debout. La nouvelle Tim allait arrêter de chialer, effacer les vilaines traces de make-up qui lui pourrissaient le visage, se prendre par la peau du cou et faire quelque chose pour quitter ces idées noires. Dickinson s'était retrouvé dans ma main, et je sélectionnais le numéro de Charlotte pour lui envoyer un message.

« Attention urgence : Q vient de me larguer par SMS. Besoin soutien :-(»

Il a fallu moins d'une minute pour recevoir la réponse :

« Oh ma pauvre chérie ! On s'occupe de tout. Groupe de soutien organisé chez A. On t'attend »

C'est quand même bien, les amies, non ? Cette petite dose de chaleur humaine transmise sur mon écran noir avait suffi à me redonner un peu de nerfs. Assez, en tout cas, pour trouver la force de me relever du coin de trottoir sur lequel je pleurnichais depuis un quart d'heure. Avec un peu de chance, me disais-je, je pourrais m'incruster chez une de mes amies pour la nuit et être préservée de l'humiliation parentale jusqu'à demain. J'ai laissé deux-trois mots sur le répondeur de ma génitrice afin de la prévenir que j'allais passer la soirée chez Afsoune.

Ça n'était pas très loin, me semblait-il. Même si je n'étais pas sûre de savoir exactement où je me trouvais. Tous ces quartiers de riches se ressemblent un peu, non ? Mêmes jardins, mêmes porches, mêmes piscines, même odeur petite-bourgeoise. Enfin bon, au jugé, je ne devais pas être à plus de cinq minutes en VTT…

En VTT ? Sauf que non, hein ? Je n'avais plus de VTT. Mon vélo avait été cabossé, défiguré, massacré par le beau mec à la voiture, là, tout à l'heure. Pour le coup, ça me refilait un coup de déprime.

J'ai traîné mes rangers vers le lieu de l'accident – il a fallu marcher un bout, j'avais pas mal couru dans ma chasse au poisson volant, de toute évidence. Quand je suis arrivé dans la ruelle, tout était en place, comme je l'avais laissé jusqu'aux traces de frein sur le bitume, jusqu'aux petites taches de sang séché. Par contre mon deux-roues s'était volatilisé. Et non, j'ai cherché : aucune indication nulle part, pas de petit mot accroché sur un poteau ou une barrière, le néant. Ce connard avait filé sans m'attendre et il avait emporté mon vélo. Pas n'importe quel vélo : celui que j'étais allée acheter avec Quentin. On était partis en randonnée en amoureux le printemps dernier. Plein de souvenirs se remettaient à tomber de mes yeux à grands coups de larmes alors que je marchais à l'aveuglette jusqu'à la résidence de mon amie.

Voilà que ma cheville me faisait mal à nouveau. Et plus aucune trace de poisson volant. Saloperie de journée, vraiment.

Quand je suis arrivée chez Afsoune, c'était pile l'heure où j'aurais dû être à l'école de cirque. Avant de sonner, j'ai essayé de m'arranger un peu, ai reniflé un bon coup, ai esquissé quelque chose qui ressemblait à un sourire. Je devais avoir une mine affreuse : les paupières bouffies et les yeux rougis. Une hésitation, puis une pression sur la sonnette.

Afsoune parut à la porte, d'une fraîcheur impeccable comme toujours. C'était presque agaçant : cette fille devait recevoir du ciel un visage tout neuf chaque matin. Elle n'eut pas du tout la réaction que j'attendais. En ouvrant la porte et en découvrant ma mine de vieille serpillière, ma pote a écarquillé de grands yeux joyeux et s'est mise à brailler : « Oh, mais c'est pas possible ce que tu as fait à tes cheveux !

Tu es trop magnifique ! » Et hop, elle m'est tombée dans les bras en lançant une série de trilles musicales. Elle saisissait une mèche de mes cheveux entre ses doigts, comme s'il s'agissait de la toison d'or, et elle dansait sur place.

Même si son enthousiasme était communicatif, j'avais de la peine à me mettre au diapason. J'avais des bleus partout, surtout au cœur. Le gouffre dans ma poitrine était toujours là et soufflait de l'air glacé. Il me fallait de la chaleur, vite. J'ai essayé de le dire avec des mots, mais à la place je me suis mise à chialer comme une gamine. Je serrais mon amie contre moi, telle une bouée de sauvetage.

Charlotte ne tarda pas à nous rejoindre dans le vestibule et nous prit toutes les deux dans ses grands bras tendres. Sur le perron, je sanglotais avec toute la délicatesse d'une sirène de pompiers. Afsoune avait elle aussi les yeux humides, tandis que Chacha, sereine, veillait sur nous comme une Junon attentive. Sans briser le cercle et sans même nous donner l'impression de nous forcer la main, elle nous amena à l'intérieur.

Les parents d'Afsoune étaient à Hong-Kong, ou à Singapour, ou ailleurs en Extrême-Orient – comme toujours. Rien ne m'obligeait donc à rester digne ou à faire bonne figure : je pouvais livrer à mes deux copines la vérité de mon chagrin sans avoir à me soucier des convenances. C'est ce que j'ai fait, en leur racontant mon histoire en commençant par hier soir, ma nuit passée dans la salle de bain, la naissance haute en couleur de la « Nouvelle Tim », le petit-déjeuner horrible avec ma mère, le lapin posé par Quentin, mon coup de sang en classe et finalement l'accident et la rupture lapidaire par SMS.

Pas un mot en revanche au sujet du poisson volant. À ce sujet, mes lèvres sont restées closes, je n'y ai pas fait la moindre allusion. Avais-je peur que ce récit ne se heurte à l'incrédulité de mes amies ? Je l'ignorais, mais j'ai retenu pour moi les aspects les plus fabuleux de ma journée pour offrir un récit des événements sincère, mais incomplet.

Toujours vigilante, Charlotte posa quelques questions qui laissaient penser qu'elle avait repéré les lacunes dans mon récit, mais elle abandonna dès qu'elle sentit que j'opposais de la résistance. Ça ne signifiait pas pour autant qu'elle renonçait à aborder tous les sujets qui fâchent : « Si tu veux mon avis, bon débarras ! C'était pas un premier prix, ton Quentin. Et puis il n'a jamais été ton mec. Vous étiez juste deux potes qui se roulaient des patins de temps à autre, c'est quand même pas la même chose. »

« En plus, vous n'avez jamais couché, alors bon » ajouta Afsoune, qui revenait de la cuisine avec une pile de sandwiches. « Si c'est juste pour faire du VTT et aller au ciné, pas besoin d'un mec ! » dit-elle en riant de son propre trait d'esprit. « Moi je veux rien dire, mais ça ne m'étonnerait pas qu'il te largue parce qu'il voulait du sexe. »

Sans trop me demander mon avis, Afsoune et Charlotte ont passé les trente minutes suivantes à disserter sur ce désert qu'était ma vie sexuelle et sur les moyens de remédier à cette lamentable situation, sans trop me demander mon avis. Il s'agissait d'une discussion entre elles : la manière dont je comptais, moi, disposer de mon propre corps n'intéressait personne.

Au terme des délibérations, les deux conspiratrices m'ont informée que nous allions sortir en boîte toutes les trois ce soir, que tout était arrangé et que c'était exactement ce qu'il me fallait pour me changer les idées.

« On arrête tout de suite le délire, il n'est pas question que je sorte avec vous ! » fut, je crois, ma réponse. L'idée me donnait des sueurs froides. La nuit, ça n'était pas mon univers : le bruit, la danse, tous ces types louches dans un air saturé d'hormones, très peu pour moi. Objections balayées par Afsoune : « Comme tu veux ! Je vais sortir avec Chacha. Toi, pendant ce temps, tu n'as qu'à rentrer chez toi et passer la soirée à regarder la télé avec ta mère… »

« Ça fait des semaines que tu nous parles de la *nouvelle Tim*, celle qui prend des risques et qui essaye des trucs » dit Charlotte. « Et bien ça y est, voilà un truc à essayer. La vie, ça n'est pas juste le lycée, le cirque et le théâtre. Il faut te bouger un peu, nouvelle Tim ! Alors tu vas venir danser avec nous, tu vas rencontrer des mecs et ça sera trop bien. »

J'avais encore une fois perdu le débat, mais pour l'honneur j'ai tenté de faire valoir que ce n'était pas en me pliant à la pression de groupe que j'allais montrer mon nouvel esprit d'indépendance, mais Charlotte me cloua le bec d'un argument décisif : « On va chauffer des gars pendant toute la soirée en buvant beaucoup trop. Ta mère détesterait ça. »

C'était un excellent argument. C'était donc décidé. Chacha, impériale, rentra chez elle pour se préparer et nous fixa rendez-vous plus tard. « Afsoune va s'occuper de ton look. Interdiction de protester ! » m'avertit-elle avant de disparaître.

« Ah, non ! j'y vais avec mes propres fringues ! » me suis-je écriée, consciente que c'était peine perdue et qu'implicitement j'avais déjà donné mon accord pour toute la mascarade qui allait suivre. « Allons, allons, *nouvelle Tim* » ricana Afsoune. « Je vais faire de toi une vraie bombe. Ça fera pas mal, je te jure ! » En gloussant, elle m'envoya sous la douche, accompagnée des aboiements approbateurs de son insupportable roquet.

En retirant mes vêtements, j'y vis les traces de la journée insensée que je venais de vivre : des taches de sang, de larmes, de rimmel ; des mauvaises déchirures dans mon t-shirt préféré ; et puis dans le tissu, cette odeur âcre que produit la transpiration quand on est malheureuse. En fermant les yeux et en laissant le doux massage de l'eau chaude détendre mes muscles et mes nerfs, j'ai repassé dans ma mémoire l'image du poisson rouge de tout à l'heure et entendu l'écho de cette étonnante voix de femme qui s'en échappait. À quoi tout cela rimait-il ? Pourquoi n'en avais-je pas parlé à mes amies ?

Sortant de la cabine de douche, j'ai tout de suite vu qu'Afsoune n'avait pas l'intention de m'épargner, point de vue relooking. Elle se jeta sur moi avec à la main un morceau de tissu qui ne semblait pas bien large : « C'est une robe bodycon de chez Mirtel Grabòc, absolument adorable. » Ce que ça signifiait, c'était que j'allais passer la soirée dans un attirail qui épousait chacune de mes formes comme si j'étais un steak sous vide : mes petits seins, mes fesses plates, tous mes défauts. En plus, elle était super courte. J'essayais de tirer sur l'ourlet pour retrouver un peu de ma dignité, mais ça non plus je n'y avais pas droit : « Tu arrêtes de toucher à ça ! » me cria Afsoune d'un ton de maîtresse d'école. « Elles sont trop parfaites, tes jambes. Le monde ne va pas s'écrouler parce que tu les montres, d'accord ? »

Visiblement heureuse de jouer à la poupée, ma pote m'a ensuite coiffée, maquillée et forcée à enfiler de vertigineux talons-aiguille.

Enfin prête, je me suis regardée dans le grand miroir de la chambre. « Alors là, la catastrophe est totale », ai-je dit en m'observant de haut en bas et de bas en haut. Du garçon manqué inoffensif que j'étais hier soir encore, il ne restait rien. J'avais beau protester, j'avais de la peine à décoller les yeux de mon reflet. Afsoune aussi me jaugeait sous tous les angles en me mitraillant avec son mobile. Des photos qui n'allaient pas tarder à se retrouver en ligne sur son profil. L'idée que Quentin risquait de me voir comme ça n'était pas désagréable… Cela dit, je n'assumais pas du tout : « J'ai l'air de n'importe quoi, j'ai l'air d'une pouffe. »

« Tu as l'air d'une fille qui sait s'amuser, c'est tout » dit ma copine qui était elle aussi en train de s'habiller pour sortir. « Oui et bien c'est à peu près la même chose ! » fut ma réponse.

Trois clopes et une bouteille de vodka plus tard, nous étions devant le club. Les filles m'emmenaient à *La Main Invisible*, une grosse usine à danser qui drainait la jeunesse de la ville pour une cure de nombrilisme sur rythmes répétitifs.

« Tim a du mal à se détendre », expliqua Afsoune dès que Charlotte nous rejoignit. « J'ai ce qu'il faut », fit cette dernière. Elle sortit trois petits bonbons en forme de fraise de son sac à main, une par personne. « C'est pour passer une bonne soirée », dit-elle avant de déposer un des cachets dans ma bouche. Je lui ai fait comprendre que je n'allais pas avaler n'importe quoi. « Tu peux y aller, c'est du YaaBaa. C'est 100 % naturel ». Mouais. L'uranium aussi, c'est 100 % naturel, ai-je pensé en laissant la pilule glisser dans ma gorge.

Même pour un jeudi, il y avait beaucoup d'attente devant le club. La file pour entrer se prolongeait jusqu'au coin de la rue. Ça n'avait pas l'air d'avancer du tout. « On en a au moins pour une heure ! » me suis-je lamentée. Ma remarque a suscité l'hilarité des deux autres, mais elles ne m'ont pas expliqué pourquoi. « Panique pas ! » dit Charlotte.

Trois minutes plus tard, un membre du staff du club s'est approché de nous, a fait un signe pour qu'on le suive, et dans son sillage nous avons remonté toute la colonne, subissant les piques et les grognements des clients obligés de patienter pour espérer franchir la porte. « Qu'est-ce qui se passe ? Pourquoi on a droit au piston ? » ai-je demandé, consciente qu'une fois de plus j'allais passer pour le gros boulet de service.

« Parce qu'on est trop *bonnes* ! » m'a expliqué Afsoune tout en prenant une pose de vamp. Toute ma vie, je m'étais sentie proche des originaux, des gens étranges. Appartenir soudain à la catégorie des

« trop bonnes » même pour une soirée, ça m'inspirait des sentiments ambigus.

Mais pas question de me défiler. J'étais venue, j'allais jouer le jeu. L'ancienne Tim aurait renâclé : je pouvais presque la voir en filigrane, l'imaginer ici, dans le chaudron des danseurs, la tête calée entre ses épaules pour ne pas se faire voir et la bouche fourrée de remarques assassines contre ce club et sa clientèle. A ma place, la blonde peureuse d'hier aurait filé droit vers le bar, y aurait commandé un whisky-coca « avec pas trop de whisky » n'aurait adressé la parole à personne, ou en tout cas pas plus que nécessaire pour cracher son fiel et sa frustration de petite fille, et aurait exigé qu'on la ramène chez elle après une heure (OK, une heure et demie à tout casser.)

Mais même s'il m'en coûtait, j'avais décidé de briser la routine. Ça, c'étaient mes tripes qui me le disaient. Mes tripes et un peu d'alcool et ce truc 100 % naturel de tout à l'heure. Ce soir, j'allais tout faire à rebours. Donc là où le fantôme de l'ancienne Tim se dirigeait vers le coin le plus sombre du bar en évitant tous les regards, moi, je sentais les talons aiguille de la nouvelle Tim l'emmener à travers la foule, droit vers la piste de danse, saluant tous les fêtards comme s'il s'agissait de vieux amis. Alors que la blonde se sentait agressée par les basses qui lui oppressaient la poitrine et par ces sonorités électroniques qui lui donnaient envie de se précipiter sur le premier morceau de Mogwai ou de Bon Iver qui lui passerait sous la main, la fille aux cheveux rouges comprenait soudain que les percussions parlaient à ses pieds, que les claviers et toutes ces voix trafiquées dictaient leurs instructions à ses bras et à ses jambes, et que les basses… gouvernaient ses hanches et son cul.

La Fille aux Cheveux Rouges, je la voyais danser comme elle ne l'avait jamais fait, comme si elle *savait* danser. J'admirais la manière dont elle braillait des refrains imbéciles, des paroles qu'hier encore elle méprisait de tout son jeune sarcasme, comment elle les chantait à présent comme si chaque mot avait une signification profonde dans cette soirée et dans sa vie. Elle dansait – je dansais – pour moi-même, pour la simple sensualité du mouvement de mon corps. Mais même si je ne parvenais pas à me l'avouer tout à fait, je dansais aussi pour les hommes qui m'entouraient, qui se prosternaient autour de la flamme sacrificielle de mes cheveux, qui tentaient d'attirer mon attention, de s'approcher de tout ce que ma robe infime semblait promettre, de goûter à mon bon venin.

Charlotte et Afsoune étaient à l'autre bout de la piste, à danser collées l'une à l'autre, ventre contre ventre, et à se faire des smacks pour allumer les mecs. Ça marchait : autour d'elles, ces lourdauds faisaient la danse des abeilles, en cercle, magnétisés autour de l'attraction. J'ai fait un signe à mes deux amies, leur hurlant des mots que personne ne pouvait entendre. Afsoune m'a vue et les deux papillons de nuit ont sauté sur place en me voyant. Elles étaient folles de joie de m'apercevoir au milieu des clubbers.

Mais depuis un moment, j'étais auscultée par un autre regard. Celui d'un homme. Debout à la lisière de la piste de danse, immobile, il me contemplait avec une admiration amusée. Il se servait de ses yeux noirs avec la précision tranquille d'un chirurgien. Il y avait chez cet homme-là quelque chose d'essentiel, comme s'il était *plus vrai* que tous ceux qui l'entouraient, plus gorgé de réalité que n'importe qui d'autre dans ce lieu d'artifices. Un éclat sombre et pourtant doux brillait dans son regard. Parce que j'étais jeune et un peu pompette et qu'il était mignon, je me suis mise à danser rien que pour lui. Oui, j'étais sous le charme, OK ? Il n'y a pas de mal à ça.

Puis ça m'est venu d'un coup. J'ai réalisé qu'il ne s'agissait pas d'un inconnu et que son comportement à mon égard trahissait une certaine familiarité : cet homme, c'était le type de cet après-midi, celui qui avait démoli mon VTT.

Fini de danser ! J'ai fendu la foule tel un panzer. Mes talons martelaient le sol comme des bottes de soldat. Furieuse, je fonçais sur lui pour lui faire sentir ma colère. Et plus je m'approchais, plus il rigolait. C'est poings devant que je suis arrivée sur lui et j'ai frappé ses épaules d'une série de coups légers, la mâchoire serrée, les yeux en pointes de flèches. Lui, hilare, il encaissait mon attaque en faisant de grands gestes caricaturaux, comme un acteur de films muets. C'était insupportable comme il était charmant : il me fallait toute ma concentration pour continuer à le détester.

Avec tout ce bruit, il était évident que nous n'allions pas pouvoir résoudre notre différend en parlant ; aussi l'inconnu prit une pose contrite et me tendit la main, à la fois pour s'excuser et pour m'emmener. Mon cerveau me dit de le suivre pour l'engueuler, mes tripes pour l'embrasser. J'ai glissé mes doigts dans les siens. J'aimais bien. Main dans la main, on aurait dit deux amoureux. Nous avons disparu dans une pièce voisine, un bar remarquablement isolé du reste de la discothèque, où régnait une ambiance feutrée.

« Qu'est-ce que vous avez fait de mon vélo ? » lui ai-je demandé d'une voix acerbe. Lui s'est remis à rire sans parvenir tout à fait à cacher son attendrissement. « Quoi ? C'est drôle ? Ça vous fait rire, c'est ça ? » ai-je lâché comme un tout petit crotale.

« C'est toi », expliqua-t-il d'une voix souriante. « C'est *toi* qui es drôle. » Voyant mes sourcils se froncer et mes bras se croiser, il compléta sa phrase : « Avec ta tenue de star et tes manières de tueuse… Le mélange est troublant. » Il jeta ses yeux dans les miens : « Je ne sais pas si je dois te craindre ou te manger toute crue… »

Émue, j'ai manqué une respiration et raté une mesure. J'ai senti mon cœur se serrer. Il s'est engouffré dans la brèche pour se présenter : « Voland. Mon nom, c'est Voland. » Il déposa un baiser sur une de mes joues avec la délicatesse d'un gentilhomme, me pressant contre lui juste assez pour me laisser comprendre qu'il était un homme et qu'il avait vu que j'étais une femme. « Tim… » ai-je balbutié. « Euh… *Timea*… ou Tim. Comme on préfère, en fait ! »

C'était officiel : j'étais une grosse gourde.

Voland m'a fait signe de m'asseoir et il nous a commandé des cocktails aux noms compliqués. Comme toutes les phrases qui se précipitaient dans ma tête en ce moment m'auraient fait passer pour une parfaite abrutie, je n'ai rien dit. Il a alors lâché, presque sur la pointe des pieds : « Ton vélo, *Tim*… Ton VTT… Il est chez moi. » Impossible de rater la manière dont il avait savouré l'unique syllabe de mon prénom. « Je ne savais pas trop quoi faire… Tu t'étais enfuie en courant, je devais partir, j'ai paré au plus pressé ». Je dégustais le timbre de sa voix. « J'espère que tu me pardonnes ? »

D'une voix beaucoup trop flûtée, je l'ai assuré que oui, je comprenais, et que bien sûr, je lui pardonnais, et chaque mot, chaque intonation qui sortait de ma bouche me faisait sonner comme la reine des billes. Mon assurance de tout à l'heure s'était écornée et je recommençais à tirer sur l'ourlet de ma robe dans une tentative futile de cacher ce qu'en réalité ni lui, ni moi n'avions envie de voir dissimulé. Des morceaux de questions angoissées se précipitaient dans ma tête alors qu'un malaise était en train de me saisir à la gorge : est-ce que j'étais ridicule ? Qu'est-ce que je faisais ici avec ce type ? Qu'est-ce qu'il pensait de moi ? Et si c'était un gros pervers ? Est-ce que ma robe, ça faisait pute ? Pourquoi est-ce que je perdais tous mes moyens ? Et quel âge pouvait-il bien avoir ?

Pendant que je sirotais ma caïpirinha, Voland me confia qu'il n'était jamais très à l'aise en boîte de nuit et nous sommes tombés d'accord sur le mépris qu'il convenait d'éprouver vis-à-vis de cet endroit, des valeurs qu'il véhiculait et de la clientèle qu'il attirait. J'étais rassurée : malgré la tenue dont mes copines m'avaient affublée, cet homme ne me confondait pas avec une de ces pouffes de night-club.

Voland débordait de curiosité à mon égard. Ou alors c'était moi qui me sentais tellement à l'aise en sa compagnie que je m'étendais trop largement sur ma petite vie et sur mes problèmes minuscules. Une chose est sûre : je n'ai pas gardé grand-chose pour moi, de mes soucis de communication avec ma mère à ma passion pour le cirque en passant par les poèmes et les petites pièces de théâtre que j'écrivais et ma rupture avec Quentin. À cet homme que je n'avais jamais vu avant cet après-midi, j'ai offert des confidences que je n'avais jamais partagées avec mes amies les plus chères, des détails intimes sur ma vie amoureuse, mes doutes, mes rapports avec les mecs. Ce grand déballage, j'en étais consciente, n'était pas séduisant ; j'aurais sans doute beaucoup mieux fait de conserver une part de mystère si je souhaitais…

Si je souhaitais quoi exactement ? Cette question commençait à surgir en moi comme une pousse de bambou. Imperceptiblement, j'étais en train de planifier quelque chose qui ressemblait à une histoire avec cet inconnu. Une histoire de quoi ? À voir. Les trépidations que j'entendais dans ma voix en lui parlant trahissaient une émotion aussi disproportionnée qu'inattendue. Est-ce que c'était – et je m'approchais de cette question avec la plus grande prudence – ce qu'on appelait le coup de foudre ? Ou est-ce qu'une fois de plus je m'emballais trop vite et cette conversation allait déboucher sur une catastrophe, comme tout ce que j'avais entrepris aujourd'hui ?

Je crois que sans m'embarrasser d'une décision formelle, j'ai pris le risque de dire oui à cette amorce de sentiment, de me passer ce film jusqu'au bout pour savoir comment il se terminait, même s'il ne devait pas avoir une fin heureuse. Être imprudente, c'est être vivante. La nouvelle Tim prenait des risques, c'était toute l'idée.

Mais dans ma tête il n'y avait pas que le romantisme et les violons et toutes ces conneries : j'avais surtout besoin d'une pause clope.

Me voyant sortir paquet et briquet de mon petit sac cambodgien – le seul objet à moi qu'Afsoune avait accepté que j'emporte au club – mon chevalier servant a pris sur lui de se lever et de pousser sans hésiter une porte de service avec un gros panneau marqué « Interdit ». Nous nous sommes engouffrés dans le corridor en riant comme des comploteurs.

L'arrière-boutique était silencieuse. C'était une série de couloirs étroits, lambrissés et laqués comme au 19e siècle, dans lesquels nous n'avons croisé personne. Nous avons marché une bonne longueur, ouvrant et condamnant plusieurs portes de style Empire avant de décréter que nous étions en sûreté. J'ai alors appuyé mon dos contre une paroi en soupirant d'aise, prête à porter à ma bouche la cigarette dont j'avais tellement envie. Voland était tout près, presque contre moi, avec son sourire tendre et ses yeux pénétrants.

Il se pencha ; un mouvement presque imperceptible, puis tout bascula.

Enfin un baiser. Voland prit ma bouche dans sa bouche, je pris sa bouche dans la mienne. J'ai ouvert mes lèvres à ses lèvres, curieuse de lui, désireuse de m'ouvrir à cette tendre préface. Avant cet instant, je n'avais jamais embrassé quelqu'un d'autre que Quentin. Et voilà que tout s'enchaînait si simplement, si naturellement, avec cet homme qui était presque un étranger, et dont la langue douce était enveloppée contre la mienne. Les yeux fermés à demi, frémissante, je me donnais toute entière à cet instant, sans réfléchir, ni hésiter. Je serrais mon corps contre celui de Voland, au chaud près de lui, lovée contre son torse, mes bras verrouillés autour de sa nuque alors que je l'embrassais encore, délicieusement consentante. J'aurais tout le temps d'être raisonnable une autre fois, ai-je songé. Puis des bisous dans le cou, puis nos souffles partagés, puis des murmures faussement féroces, puis à nouveau le confort sucré de nos lèvres, puis nos mains audacieuses, puis tout tournait et recommençait.

« Je t'aime », ai-je dit à Voland, ce qui était sans doute une belle ânerie, mais dite sans regret. Ce n'était pas une déclaration, c'était un constat, l'exposé d'un sentiment dont l'évidence s'imposait à moi et que je ne pouvais pas ne pas partager avec lui.

« C'est vrai ? » me demanda-t-il avec un sérieux inattendu. « C'est vrai que tu m'aimes, Tim ? » ajouta-t-il en me serrant fort contre lui, les doigts tremblants, soudain désemparé comme un petit enfant. Tout son corps frissonnait et son regard trahissait une grande souffrance, sans son âme et dans sa chair.

« Qu'est-ce qui t'arrive ? Qu'est-ce qui se passe ? » lui ai-je demandé en le dévisageant. J'espérais que je n'étais pas responsable de son tourment.

Une respiration haletante agitait son torse en saccades nerveuses. Son corps était froid, comme l'air autour de nous.

– Tim... dit-il. Si c'est vrai que tu m'aimes... Je vais avoir besoin de toi. Il va falloir que tu fasses quelque chose pour moi...

– Tout ce que tu veux.

– Il va falloir être courageuse.

– Oui.

– Tim, je ne suis pas tout à fait celui que tu crois.

Alors que Voland serrait fort mes mains dans les siennes, son corps s'est mis à se contorsionner. La sueur perlait sur son front. Il était pris de convulsions, des spasmes qui lui causaient une douleur aigüe. Sous ses vêtements, son ventre était en train de se déformer. Tout cela commençait à me faire peur. Que se passait-il ? Était-il malade ? Que pouvais-je faire pour l'aider ?

Dans un grand bruit de papier déchiré, j'ai vu, une à une, trois formes émerger de son nombril, sous sa chemise. Il hurla trois fois. D'après ce que je devinais de leur forme, c'étaient des choses mouvantes, anormales, vivantes, bien trop grandes pour surgir ainsi de son ventre. Elles glissaient en dessous de l'étoffe comme des serpents. J'étais muette de terreur.

Puis les créatures s'envolèrent autour de lui et prirent place à proximité de sa tête, comme des satellites qui orbitent autour d'une planète. C'était encore des poissons. Trois grands poissons volants, plus gros que le poing. L'un d'eux était rouge comme le sang, c'était celui de cet après-midi. Le deuxième était blanc comme le lait, le dernier noir comme l'encre. Ils me toisaient de leurs yeux vides. Leurs petites bouches haletaient, leurs nageoires bougeaient en cadence.

« Mangesonge, Briselâme, Crèvecorps » dit lentement cet homme que je venais d'embrasser et qui m'était à nouveau étranger. Ces mots me parurent d'abord incompréhensibles avant de comprendre qu'il s'agissait des trois noms de ces créatures improbables. Ma raison luttait pour ne pas chavirer dans le précipice qui s'ouvrait sous elle. Alors que les poissons continuaient à me fixer, il me dit d'un air douloureux : « Disons que nous sommes… liés, elles et moi. »

Son regard me fixait intensément : « Tim… Comment te faire comprendre » me dit Voland, qui semblait à présent écrasé d'un poids immense. « J'aimerais avoir davantage de temps. Mais je n'ai plus que quelques instants… Si tu veux, tu peux partir tout de suite, m'oublier. Nous irons chacun de notre côté. Je ne t'en voudrai pas ». Malgré l'énormité de ce qui était en train de m'arriver, mes pieds restaient arrimés au sol.

« Je ne suis pas vraiment ici avec toi, Tim, pas totalement. Ce que tu vois n'est qu'un écho, une marionnette de papier mâché. Le vrai moi est ailleurs, très loin d'ici. Je sais que c'est difficile à comprendre. Je suis prisonnier, paralysé, diminué. Mon destin ne m'appartient pas. Apparaître ainsi devant toi me réclame des efforts immenses. Je… je me doute que tout cela doit te sembler impossible à croire. »

C'était le moins que l'on puisse dire. Mais avant de poser les centaines de questions qui se précipitaient dans ma tête, j'ai tenu à écouter son histoire jusqu'au bout.

« J'ai besoin de toi, Tim. Si vraiment tu as des sentiments pour moi… je pense que tu peux me retrouver et me libérer. Et alors nous serons ensemble, pour de vrai. Je crois vraiment que tu en serais capable. Tu es très forte, tu peux faire des choses incroyables. Mangesonge le pense aussi. » Un battement de cœur sonore dans ma poitrine, le son de l'espoir. Puis il a continué : « Je suis très loin Tim, très très loin d'ici. Moi-même j'ignore l'endroit exact où je me trouve en ce moment. C'est un long voyage, un voyage très risqué. Il ne faudra pas croire ce qu'on te dira. Il ne faudra pas croire toutes les histoires qu'ils raconteront sur moi. C'est quelque chose d'énorme que je te demande. Mais je n'ai que toi… Si tu m'aimes un peu, alors, peut-être… »

Mon cœur battait à en exploser, mais malgré son émoi, il avait déjà pris sa décision : « Oui » me suis-je entendu dire. « Oui, Voland, je crois vraiment que je t'aime et si tu as besoin de moi et que tu crois que je peux faire quelque chose, alors je vais faire quelque chose. » J'ai quand même ajouté entre mes dents un « Putain, c'est démentiel ce truc » qui cassait un peu le romantisme de ma déclaration.

C'était comme ça que j'avais envie de vivre ma vie à présent. La nouvelle Tim et tout ça. Les cheveux rouges.

Voland m'embrassa encore, trop rapidement. Désormais ses lèvres étaient comme du papier de soie. Son corps était en train de de défaire sous mes yeux, de se déchirer en milliers de lambeaux très fins. « Merci Tim. Je sais ce que je te dois. Je t'aime » me dit-il alors que ce qui restait de lui s'effilochait au vent.

Les poissons blanc et noir s'étaient évanouis avec lui, seul demeurait Mangesonge ; le rouge. Celui-ci, sans attendre une seconde, fonça vers mon visage et pénétra entre mes lèvres ouvertes de stupéfaction, en forçant le passage. La créature tentait d'entrer dans ma bouche ! J'essayais d'appeler à l'aide, mais je ne pouvais pas crier. D'une violence extrême, l'intrusion distendait douloureusement mes mâchoires et bloquait ma respiration. Mes yeux étaient écarquillés par la terreur et le dégoût. Je tentais de reprendre mon souffle. Impossible. Palpitante, la créature progressait dans ma gorge. Ses écailles grasses glissaient sur ma langue. J'asphyxiais. Cette chose odieuse emplissait ma bouche. C'était trop. J'allais perdre connaissance…

Et soudain, Mangesonge fut en moi. C'était impossible, mais c'était fait. Le poisson était entré et il avait disparu quelque part dans mon corps. Je ne sentais plus rien, si ce n'était un goût amer dans mon palais. Ce moment de calme fut de courte durée, avant un nouvel éclair de panique.

Tout autour de moi, plus rien ne tenait en place. Les parois du couloir perdaient leur consistance, se brisaient en menus morceaux. Bientôt ce fut tout mon champ de vision qui s'écailla, en même temps que mes certitudes s'effondraient. Des copeaux d'adverbes et d'adjectifs s'éparpillaient comme des feuilles dans le vent d'automne.

La réalité était en train de se désagréger, laissant place au vide.

CHAPITRE 3 : AILLEURS

« Ce n'est pas une époque facile. La ville s'écroule de partout. Ses rues vomissent déchets, pauvreté et crimes de sang et ses habitants sont asphyxiés par les taxes, le cynisme et la corruption. Malgré tout, il vaut mieux vivre ici en haillons que de posséder tous les palais de Straazraad. »

Antoinette Puque in *La Gazette d'Entremer*

Puis à son tour, le vide céda la place à autre chose. Il se peupla, s'encombra de nouveaux pronoms et de nouveaux verbes, de couleurs et de sons différents. Soudain là où il y avait le vide, il y eut à nouveau *quelque chose*, mais un quelque chose radicalement différent du quelque chose qui m'était familier. Tout cela n'avait duré que trois battements de cœur, peut-être quatre, mais j'ai malgré tout compris que j'étais en train de faire l'expérience d'une forme de voyage, même s'il s'agissait d'un voyage sans déplacement à proprement parler, d'un voyage où le point d'origine était arraché comme une vieille affiche avant que la destination soit collée à sa place, lambeau après lambeau.

Dans un spasme, tout l'univers reprit sa substance autour de moi. Le choc fut violent et multiple.

Ma peau s'est ramassé la première claque. La température était étouffante. En quelques instants, j'étais passée de l'atmosphère tempérée du couloir de la boîte à une étuve qui me perla instantanément l'épiderme de sueur. Et puis la puanteur a suivi, une odeur pestilentielle, une infection fétide qui m'agressait les narines. Ça sentait la charogne et l'excrément maladif. Dans une troisième étape enfin, j'ai réalisé que je pouvais y voir clair, mais que ce que j'avais pris jusque-là pour une obscurité héritée du néant que je venais de traverser n'était en fait que les ténèbres d'une pièce vide dans laquelle je me trouvais, une pièce trop étroite, à peine plus grande qu'une armoire, faite de planches de bois grossier très approximativement assemblées les unes aux autres, à travers les interstices de laquelle je voyais désormais percer la lumière perçante comme un coup de poignard d'un jour d'été.

De toute évidence, je me trouvais dans des latrines.

J'ai réprimé un haut-le-cœur et j'ai poussé la porte pour découvrir enfin où j'avais atterri et quelle était ma situation. Il y avait tant d'inconnues que les questions n'avaient même pas le temps de se former. C'est à peine si j'ai prêté attention à la sonnerie de Dickinson qui me signalait que je venais de recevoir un SMS. J'avais des préoccupations plus urgentes. En s'ouvrant, la porte causa un grincement épouvantable et dans l'embrasure s'engouffra une nuée de moucherons noirs.

Sur une esplanade de poussière ocre, trois personnages me tournaient le dos. Ils étaient immenses : de très haute stature, larges d'épaules, les bras noueux. Leurs muscles étaient couverts de poils épais et décorés de tatouages tribaux ; leurs mouvements avaient quelque chose de bestial. Je n'étais pas rassurée. L'un d'eux, le moins énorme des trois, se tourna dans ma direction, sa curiosité attirée par le crissement du gond de la porte. « Eh, Hakoub ! » gueula-t-il à l'un de ses camarades. « Mate voir ce qui arrive ! » Ils se sont tous mis à me regarder, et un long frisson m'a tordu le ventre : ces trois êtres n'étaient pas humains.

C'est clairement leur mâchoire qui suscitait le plus grand trouble en moi. Large et proéminente, elle abritait des dents épaisses trop grandes pour leurs bouches, des chicots gris-jaune qui dépassaient de manière chaotique de leurs lèvres. Une bouche monstrueuse, comme l'étaient leurs petits yeux noirs qui brillaient en dessous d'un front trop large. Ces trois êtres ressemblaient à des contrefaçons d'humains, dont on n'aurait conservé que les caractéristiques les plus brutales. « Voland, où est-ce que tu m'as envoyée ? » ai-je murmuré.

Celui qui s'appelait Hakoub me dévisagea avec un sourire ignoble qui laissait apparaître toute l'horreur de sa denture. Il me déshabillait du regard alors que les deux autres se rapprochaient de lui. C'est là que j'ai commencé à me rappeler que je ne portais qu'une toute petite robe et des talons aiguille, et que je devais ressembler à une prise de choix pour ces caricatures repoussantes de mâles dominants. « Regardez ça ! » cracha Hakoub. « Une princesse ! On est tombés sur une putain de princesse ! Et il n'y a aucun garde pour nous empêcher de nous amuser… »

Les trois monstres éclatèrent d'un rire gras, tandis qu'Hakoub, qui agissait comme leur chef, ordonnait aux deux autres de s'emparer de moi. Lentement, ils se sont avancés dans ma direction, une étincelle cruelle dans les yeux. Il fallait que j'agisse vite, me criaient tous mes instincts, ou il allait m'arriver quelque chose d'épouvantable.

« Toi, le petit gros, tu t'approches encore d'un pas et je te t'arrache les couilles avec les dents ! » Voilà ce que j'ai lâché au plus proche des deux. Les manières de demoiselle, très peu pour moi.

Celui que j'avais menacé s'est arrêté net. La stupéfaction pouvait se lire sur ses traits grossiers. Il a jeté un regard en direction des deux autres, les sourcils arqués. Eux avaient l'air tout aussi surpris que lui. J'avais prévu qu'ils allaient soit s'énerver encore davantage, soit – et c'était ce que j'espérais – battre en retraite, mais je ne m'étais pas imaginé que ma pique allait les plonger dans un abîme de perplexité.

Hakoub n'a pas tardé à reprendre la pose du chef. Empestant mes oreilles d'un rire qui ressemblait à un grincement, il s'est adressé à moi directement pour la première fois. Je n'étais pas sûre du tout qu'il s'agissait d'une bonne nouvelle : « Ha ! Tu parles parda, petite princesse ? Tu parles parda et tu crois que ça va te sauver ? » Aucune idée de ce qu'il voulait dire par là et aucune envie de lui réclamer des explications. D'un geste obscène, il indiqua à nouveau à ses hommes de m'attraper. Cette fois, les deux colosses m'ont foncé dessus.

Ça ne faisait pas si longtemps que j'avais été impliquée dans une bagarre – c'est le genre de bringue dans lequel je m'embarque régulièrement –, mais contre des types d'une carrure pareille, je n'avais aucune chance. Alors j'ai joué la seule carte dans mon jeu : j'étais plus rapide qu'eux, plus souple, mieux entraînée aux acrobaties en tous genres.

Le monstre numéro 2 se jeta sur moi comme un taureau. Une feinte, un changement de pied d'appui, je fis zig alors qu'il attendait zag, et je lui échappai. Il lâcha un chapelet de jurons. Le numéro 3, le « petit gros », semblait plus subtil, plus circonspect. Avant qu'il puisse tenter quoi que ce soit, je ramassai une poignée de poussière et je lui envoyai droit dans ses yeux. Un cri odieux s'échappa du fond de sa gorge. Mais il continuait à foncer sur moi. À demi aveuglé, il faisait des moulinets avec ses bras. Sans réfléchir, je me baissai au sol. Une roulade, et j'étais derrière lui.

Agacé par ce qui était en train de se passer, Hakoub prit les choses en main. Trois contre une. Ils s'approchaient de moi en triangle. Resserraient l'étau. J'ai tenté une esquive. Puis une autre. Inutile. Toutes les issues étaient bloquées. Pour la première fois depuis le début de notre confrontation, j'ai senti monter en moi un sentiment de panique. Ces trois monstres allaient me salir, me tuer peut-être, et je ne pouvais plus rien faire pour l'éviter.

Pourtant l'improbable survint. Quelqu'un se jeta sur l'un de mes agresseurs. Quelqu'un de rapide. Était-ce Voland ? Soudain, l'espoir empourprait mes joues. Avant que je puisse identifier de qui il s'agissait, j'ai entendu un « Crac ! » assourdissant. Mon sauveur venait de briser le tibia du monstre d'un coup net et sec du talon de sa botte. Poussant un cri épouvantable, la créature tomba en avant comme un sac de patates, sa jambe pliée dans un angle pas naturel, le mufle meurtri atterrissant à plat dans la poussière ocre. Ce n'était pas fini. Restait le deuxième, et le chef.

Là, j'ai pu voir plus clairement celui qui me venait en aide. Ou plutôt *celle* qui me venait en aide. Non, ça n'était pas Voland. Dommage. C'était une femme, haute et droite, le corps dur comme un glaive, qui se mouvait avec une grâce léonine, portant ses coups avec une méticuleuse économie de mouvements. Le spectacle était magnifique. Contrairement à ses assaillants, la combattante n'émettait aucun son. Elle laissait ses poings mener l'essentiel de la conversation.

Alors que sa première victime hurlait au sol comme un porc qu'on saigne, le deuxième de mes agresseurs fonçait droit sur la guerrière. Vive comme une panthère, elle lui saisit un avant-bras ; de l'autre main, la nuque ; puis, accompagnant le mouvement, elle envoya son assaillant à terre. Le tout n'avait duré que quelques secondes.

Hakoub s'avança, puis se ravisa de mauvais gré, tournant les talons et abandonnant ses hommes au sol tout en lâchant un rageux « Je te ferai payer ça, truie de Luminar ! » à celle qui venait de les humilier. Elle ne disait toujours rien.

Je me suis approchée d'elle, à la fois soulagée et reconnaissante. Si je m'étais écoutée, je l'aurais prise dans mes bras. L'adrénaline quittait mes muscles : je me mettais à trembler comme une feuille. Nerveusement épuisée, perdue dans ce décor absurde, souillée par l'attaque que je venais de subir, j'étais au bord des larmes. Celle qui m'avait sauvé tourna vers moi un regard sévère. Malgré la dureté de son attitude, à son visage adolescent j'ai déduit qu'elle ne devait pas être beaucoup plus âgée que moi. J'ai tenté de balbutier quelques mots. Pas eu le temps : elle m'a fait taire d'un coup de coude dans le plexus solaire. Quelle connasse ! J'avais le souffle coupé, le ventre cassé en deux. Elle s'est enfin mise à parler :

« La prochaine fois, petite imbécile, tu réfléchiras avant de faire n'importe quoi. Tu vois ce qui nous arrive grâce à toi ? »

Toujours pliée de douleur, j'ai regardé autour de moi. Des dizaines de personnes étaient massées autour de nous. Elles avaient rappliqué pendant la bagarre pour profiter du spectacle. Un rapide coup d'œil circulaire me fit découvrir l'assistance. Tous étaient bronzés de trop de soleil et portaient des vêtements de lin brunis de transpiration et de crasse. Les hommes avaient la barbe, les femmes les cheveux filasses. Ils n'étaient pas tous humains. Certains étaient même bien plus monstrueux que les trois brutes…

Tout autour de nous, sur des panneaux de bois ou sur les façades de baraquements, on pouvait lire des mots écrits en gros caractères : « Liberté », « Discipline », « Respect ». J'avais la désagréable impression de me trouver dans un pénitencier.

Comme souvent avec les désagréables impressions, celle-ci s'est confirmée. Trois hommes portant des pourpoints bruns et des armures de cuir venaient de fendre la foule. De toute évidence, il s'agissait des matons. Deux d'entre eux étaient équipés de piques et de boucliers, le troisième tenait en laisse un monstre de cauchemar : gros comme une panthère, poussant des gémissements de chien loqueteux, ce quadrupède abominable se déplaçait avec la grâce d'un prédateur, mais son corps jaune-rouge était noueux comme un paquet de lianes. En guise de museau, il était affublé d'une protubérance à l'allure d'orchidée, qui se balançait de gauche à droite dans des mouvements spasmodiques. C'était une plante. Un fauve végétal.

« N'oppose aucune résistance, chaton. Tu fais tout ce qu'ils te disent » me murmura la jeune combattante. Ça ressemblait davantage à un ordre qu'à un conseil. Elle a mis les mains derrière la nuque, comme un automatisme, et je l'ai imitée. Les gardes nous ont encerclées en hurlant. Le chien-plante frottait ses étamines gluantes contre mes jambes nues.

Une dizaine de minutes plus tard, j'étais dans le noir absolu. Ils m'avaient pris mon sac et mes chaussures. Une lourde porte de fonte s'était refermée sur moi. J'allais passer un jour dans ce cachot, peut-être davantage, m'avait-on averti.

Ce sont les circonstances extrêmes qui nous enseignent les leçons les plus utiles sur l'existence humaine. En l'espace de quelques heures, j'avais fait l'expérience d'une série d'événements impossibles. Et j'acceptais tout cela. Non pas que je le tolérais ou que je m'en satisfaisais, mais je reconnaissais que tout cela fût *réel*. Non, ce n'était pas un rêve et non, je n'étais pas devenue folle. Voilà où j'étais, voilà les cartes que j'avais en main, et Voland était là, quelque part, et il avait besoin de moi. C'était tout ce que j'avais besoin de savoir et c'était à moi de trouver une solution.

La pièce était exiguë. Elle avait été conçue pour causer l'inconfort maximum. Trop étroite pour qu'il soit possible de s'y étendre, elle était trop basse de plafond pour que l'on puisse s'y tenir debout. J'étais condamnée à m'y recroqueviller dans les ténèbres. À tâtons, je n'y ai trouvé aucune banquette, aucun tabouret, juste une surface de ciment dur sur laquelle on avait disposé un pichet d'eau, un morceau de pain de seigle, un fruit que je ne suis pas parvenue à identifier et un seau pour y faire mes besoins. L'endroit était plongé dans une atmosphère moite et moisie.

Ça ne m'a pas empêché de gamberger pendant des heures. Recroquevillée dans ma prison, opprimée dans ma petite robe devenue bien crade, j'ai traversé une succession de phases d'optimisme et de désespoir, de pragmatisme et de crises de larmes. Et puis j'ai appelé. Au fond, peut-être que je n'étais pas seule ici : peut-être y avait-il d'autres cellules comme celle-ci à proximité. J'ai donné de la voix : « Ohé ? Il y a quelqu'un ? Quelqu'un m'entend ? » une fois… deux fois…

Et finalement, une voix a fini par me répondre. C'était la jeune fille qui m'avait sauvée (puis frappée) tout à l'heure : « Oui oui il y a quelqu'un. Tais-toi maintenant » me dit-elle. « Je m'appelle Tim », lui ai-je dit pour tenter de créer un contact. Un temps : elle hésitait. Puis sa réponse : « Appelle-moi S, juste la lettre S »… « Qu'est-ce que tu fais ? » ai-je encore demandé pour prolonger le contact. « Je prie. À présent, silence. »

Qui était-elle ? Où étais-je ? Est-ce que c'était vraiment une prison ? Quelles étaient ces créatures ? Où était Voland ? Toutes ces questions, j'ai tenté de les lui poser, sans compter les millions d'autres qui se carambolaient dans ma tête, mais « S » ne dit rien de plus. Je percevais faiblement son souffle et le mouvement de ses lèvres qui récitaient des oraisons inaudibles. J'étais à nouveau seule. Seule avec juste quelques larmes pour me tenir chaud.

La nuit qui a suivi a été pénible. Les mauvaises pensées bourdonnaient en moi comme des abeilles dans une ruche. Impossible de les faire taire. Moi aussi, comme ma mystérieuse voisine, j'aurais aimé avoir une divinité à prier. À la place, ce que je pouvais mobiliser de tendre et de beau s'est envolé en direction de Voland, de mon petit frère Matyas, de mes amies Charlotte et Afsoune. Puis, passé un certain seuil d'épuisement, j'ai tenté de trouver le sommeil, mais je ne pouvais pas m'étendre et le sol était tellement dur que toutes les positions étaient douloureuses. Malgré tout, j'ai fini par m'endormir.

Quand enfin la porte de ma cellule s'ouvrit et que j'aperçus la lumière aveuglante d'une lanterne, j'avais en moi la certitude d'avoir passé des jours en isolement. J'étais effondrée et aussi faible qu'un caneton. J'ai suivi les gardes là où ils avaient choisi de m'emmener, et, sur le moment, qu'ils me conduisent vers la liberté ou vers l'échafaud n'avait plus vraiment d'importance à mes yeux.

Au final, ce ne fut ni l'une ni l'autre qui m'attendait. Au bout d'une série de couloirs et d'escaliers, on me conduisit dans une pièce toute décorée d'osier et de bois rares sculptés, de plantes exotiques et de coquillages géants. Assise derrière un bureau monumental, une créature me fixait, encore plus improbable que toutes celles que j'avais vues jusque-là.

C'était un homme de quartz blanc, calé dans un fauteuil si outrancier qu'on aurait dit un trône. Il était énorme, aussi haut qu'un basketteur et bien plus large. Tout ce que j'apercevais de son corps était taillé dans une pierre translucide d'un blanc laiteux, dont les innombrables facettes reflétaient la lumière dans la pièce. Il avait beau être fait de cristal, l'individu n'en avait pas moins un visage aux traits semblables à ceux des humains, avec un nez, un menton, une bouche et des arcades sourcilières. Deux gemmes rouge rubis en guise de globes oculaires lui donnaient un air malveillant. Son flegme et l'autorité naturelle qu'il exprimait à travers chacun de ses gestes contrastaient avec l'aspect brutal de sa physionomie. Aussi improbable soit ce constat, je devais bien me résoudre à admettre qu'il s'agissait d'un être vivant, puisque la créature bougeait, tournait la tête, les yeux et se dressa sur ses pieds lorsqu'on me fit franchir le pas de la porte.

Pourtant humaine, c'était plutôt l'autre occupante de la pièce qui me donnait l'impression d'être une statue. Droite comme une caryatide et parfaitement immobile, une jeune femme à l'aspect sévère se tenait derrière le colosse de quartz. Elle était fringuée comme une secrétaire ou une conseillère. Sur son visage on ne pouvait lire aucun signe de sa personnalité, si elle en avait.

« Monsieur Carniato est le superviseur de la milice et le directeur de ce camp ! Face à lui, on s'incline ! » me cria l'un des gardes qui m'encadraient. Il avait jeté ça d'une manière détachée, comme s'il avait joué cette scène des dizaines de fois. J'ai bien tenté de lui obéir, mais mon équilibre était si précaire que je suis tombée par terre. L'homme de pierre fit quelques signes de tête immédiatement compris par les gardes, qui m'apportèrent un fauteuil et un pichet d'eau.

« Vous nous posez des difficultés, mademoiselle » me confia le superviseur d'une voix douce, sa vaste silhouette inclinée au-dessus de moi. « Vous faites désordre. Nous n'aimons pas beaucoup le désordre. *Je* n'aime pas le désordre. » Je ne savais pas si j'étais censée répondre quelque chose, et si c'était le cas, je n'aurais pas su quoi dire, donc je suis restée muette en attendant la suite. « Comment vous appelez-vous, mademoiselle ? »

« Tim Keller. Je m'appelle Timea Keller, monsieur » lui dis-je. La blonde nota cette information sur son calepin. « Tim Keller… » répéta le superviseur comme s'il cherchait en vain dans les syllabes de mon nom la réponse à une question qu'il n'avait pas formulée. « Je suis Carniato. Ce que tu vas vite réaliser, que cela te plaise ou non, c'est que tu te trouves au Camp de l'Ataraxie, la fierté de la Ville Libre d'Entremer. Ici, tout le monde est traité à égalité : les adolescents délinquants qui logent dans cette section, les fauteurs de troubles de la section B, et les esclaves de la section A. Depuis que j'ai ouvert cette institution, les mêmes règles s'appliquent à tous ceux que nous appelons des *employés en redressement*. Les gens comme toi, ces jeunes sans morale ni valeurs, ont un grand besoin de repères. Ici, chacun – et chaque chose – est à sa place. » La secrétaire me dévisagea comme pour me faire comprendre que moi, je n'y étais pas, à ma place. Je ne pouvais pas lui donner tort.

« Il n'y a que toi qui viennes briser cette harmonie parfaite. Cela ne peut pas être toléré » ajouta Carniato. « Ce que nous souhaitons savoir, c'est comment tu es arrivée ici. Tu ne figures sur aucun de nos registres. Et… comment dire ? Nous avons régulièrement des tentatives d'évasion, mais jusqu'ici personne n'avait tenté de *s'introduire* au Camp de l'Ataraxie. » Il rit intérieurement de son trait d'esprit. Je n'avais pas envie de me faire l'écho de cette bonne humeur, qui d'ailleurs n'était qu'une façade. Le personnage était aussi dur qu'il en avait l'air.

« Première question ! » dit-il en se levant, avant de faire les cent pas autour de ma chaise. « Par quel moyen t'es-tu retrouvée ici et dans quel but ? » Il attendait une réponse, mais je n'étais pas certaine de pouvoir lui en offrir une. En plus, il n'était pas question que je trahisse Voland ou même que je mentionne son nom. Je me suis contentée de croiser les bras.

« Ici, cette attitude ne t'apportera rien de bon », continua Carniato, agacé par mon silence. « Deuxième question. Quels sont tes liens avec la Luminar et quels sont ses plans ? Nous pensons qu'elle prépare quelque chose. Est-elle de mèche avec la Calembredaine ? » Le timbre de sa voix se fit plus feutré et son ton plus menaçant : « Parle, Tim Keller, et ne prends pas le risque de mentir. Mademoiselle Vortices 47, ici présente… » il désignait la secrétaire blonde, « A la capacité de repérer les petites menteuses, c'est bien compris ? »

J'ai entendu la Fille aux Cheveux Rouges parler à travers ma bouche avec une insolence que je ne me connaissais pas : « Je ne sais pas ce que c'est qu'une Luminar et je m'en tape. Mais si tu crois que je vais te raconter quoi que ce soit, tu rêves, Swarovski ! »

Décontenancé qu'on puisse s'adresser à lui de cette manière, le directeur parut bouillir de l'intérieur, ses yeux rougeoyants de colère. Celle qu'il avait appelée Vortices saisit son avant-bras pour l'encourager à se calmer. Il reprit ses esprits et me décocha un sourire aigrelet, avant de dire à ses gardes : « Messieurs, veuillez ramener mademoiselle Keller en cellule d'isolement. Nous recommencerons à papoter demain, elle et moi, hm ? »

J'ai immédiatement regretté ma provocation, mais à partir du moment où j'avais pris ma décision, que pouvais-je faire à part tenter de rester aussi imperturbable que possible ? C'est donc la nuque droite et les épaules raides que j'ai laissé les gardes me raccompagner dans ma cellule – ou dans une autre cellule similaire, je ne savais pas trop – et j'ai conservé ma superbe jusqu'au moment où la lourde porte s'est refermée derrière moi. Là et seulement là, je me suis mise à sangloter.

En apparence, la donne était identique : même minuscule cellule de ciment à l'odeur de moisi, mêmes ténèbres, même solitude et même sentiment d'être déconnecté de la réalité. Seulement voilà, cette fois-ci, j'étais entrée épuisée, physiquement et nerveusement, je n'avais pour ainsi dire plus aucune ressource. Ainsi ce qui avait été une péripétie épouvantable la première fois s'est muée en torture au deuxième round.

Cette fois, mes appels n'ont été suivis d'aucune réponse. « S » – la « Luminar » – n'était plus là. Je n'entendais rien d'humain, rien que le silence obsédant du vide qui faisait écho à mes réflexions les plus sombres.

La solitude, comme un oiseau de nuit, venait happer mes espérances. Chaque pensée que je destinais à celles et ceux que j'aimais était rapidement taillée en pièces par cette obscurité prédatrice. Pour m'entendre exister, j'ai pleuré, hurlé, chanté, ri, appelé à l'aide, récité des tables de multiplication, raconté des blagues, entamé des conversations avec des personnages imaginaires, déclamé des vers d'Henri Michaux et d'Allen Ginsberg, frappé contre les murs dans des rythmes de plus en plus complexes et vertigineux, pesté, gémi, tonné, proclamé, j'ai peuplé le noir de milliers d'êtres fictifs, dénombré les étoiles et tracé les constellations que je ne pouvais pas voir, imité les voix de ceux que je ne pouvais plus écouter, décrit les visages de ceux que je ne pouvais pas toucher, puis j'ai hurlé, chanté et ri encore et encore afin d'éviter à tout prix de me perdre dans le néant.

Les gardes sont revenus pendant mon sommeil. Cette fois-ci, j'en étais encore plus certaine que la dernière fois : ma captivité avait duré de nombreux jours. Eux soutenaient au contraire que je venais de passer un peu moins de deux heures au mitard, pas une minute de plus. J'étais si affaiblie qu'ils ont dû me traîner jusqu'au bureau.

Là, le colosse de cristal blanc – comment s'appelait-il ? – ce personnage méprisable, me refit le même manège que tout à l'heure – que la « veille » – avec les mêmes questions. L'espace d'un instant, j'ai dû retenir les larmes, tellement j'avais envie d'avoir une réponse à leur donner, n'importe quoi qui serait synonyme de liberté et de confort. Je n'en pouvais plus de ce supplice. Mais pas question de leur faire ce plaisir. Il n'y eut pas de larmes, il n'y eut pas de compromis et il n'y eut pas de réponse, ou en tout cas aucune réponse qui soit à même de satisfaire monsieur le superviseur.

« Je souhaite me plaindre de votre établissement : le service est infect et ma chambre n'a même pas de vue sur la mer ! » lui ai-je dit avec la dernière étincelle de morgue qui survivait dans mon corps éreinté. Il me renvoya en isolement.

Cette fois, je ne tenais même plus sur mes jambes. Les gardes m'ont portée dans ma cellule comme un colis postal. Je me suis laissée déposer au mitard et une fois de plus la lourde porte de fonte s'est refermée derrière moi.

Mes yeux sont restés secs, ma bouche fermée. Je ne bougeais plus, je ne pleurais plus, je ne pensais plus rien. Mon corps n'était plus qu'une plaie, mon esprit mou et informe. Je suis restée là où m'avaient posée les gardes et je n'ai plus fait le moindre mouvement, attendant la prochaine phase de mon supplice ou la libération de la mort, quelle que soit celle qui viendrait en premier.

Le sommeil s'est jeté sur moi comme le gel sur une rivière. Ma volonté d'exister était anéantie, je n'étais plus qu'un objet, ma vie ne m'appartenait plus. Endormie, je retrouvais exactement les mêmes ténèbres que celles que j'avais quittées yeux ouverts dans ma cellule. Voila : le mitard était devenu ma seule réalité et il avait conquis tout l'espace de mon imaginaire.

Tout l'espace, sauf un minuscule éclat rouge vif que je devinais du coin de l'œil en progressant dans le noir. Il n'y avait pas que le néant dans mon rêve, il y avait aussi quelque chose de vivant, de chaud, d'inattendu. Parti de très loin, un gros poisson rouge volait vers moi. C'était Mangesonge qui était logée quelque part dans ma poitrine et qui apparemment vivait aussi dans ma conscience. Frétillante, la créature arriva à proximité et tournoya autour de moi.

« Tim » m'appela-t-elle, « Ne te décourage pas, Tim. Tout va bien se passer. Tu vas surmonter cette épreuve, sublimer les forces du drame… Voland t'attend, Tim. Ne le déçois pas. Il compte sur toi. Moi et mes Sœurs nous comptons sur toi. »

Dans l'état où j'étais, ces mots me semblaient irréels, presque inacceptables face à la misère dans laquelle je me débattais. Malgré tout, ils réveillèrent les quelques braises de fierté qui étaient en moi, les petites paillettes de feu qui me maintenaient en vie et me donnaient envie de me battre. Oui, d'accord, j'étais prête à le croire ce foutu poisson ! Oui, j'allais survivre, oui, j'allais m'en sortir ! Allez-y bande de salauds, balancez-moi la suite !

Ce n'est pas dans la cellule que je me suis réveillée. L'endroit était lumineux : l'éclat du soleil aiguillonnait mon mal de crâne, l'air moite était chargé de mouches étranges. J'étais sous une couverture de jute, allongée sur une natte de crin pas bien épaisse, plus tendre pourtant que le sol de mon mitard. Chaque geste me faisait mal.

J'étais dans une pièce vaste, percée de fenêtres étroites et grillagées qui laissaient entrer la lumière de l'extérieur. Il devait s'agir d'un dortoir à la mode spartiate. J'entendais des voix plus loin, sans doute en provenance d'un couloir attenant. À ma droite, rien, personne. À ma gauche, penché au-dessus de moi, quelqu'un jetait sur moi un regard intrigué. Quelqu'un, ou *quelque chose*. J'ai eu un mouvement de recul. C'était un être de pierre.

Celui-ci n'était pas en quartz. En guise de peau, je ne lui voyais qu'une surface minérale, tantôt lisse, tantôt rugueuse, traversée de veines beiges et grises. Son crâne nu luisait comme un caillou trouvé sur la plage et ses yeux savants ressemblaient à des billes ou à des pépites d'ambre. Comme le superviseur Carniato, ce personnage bougeait à la manière d'un homme et ses traits reflétaient toute une gamme d'émotions. Par contre, il était bien plus courtaud que le colosse de cristal ; plus petit que moi, même. Mais il était incroyablement large d'épaules, carré, taillé comme un coffre-fort, avec d'énormes mains et d'énormes pieds.

« Je vous préviens, qui que vous soyez : je ne dirai rien et je ne sais pas ce qu'est une Luminar ! » lui dis-je.

Il s'est mis à rire comme un bossu : ça m'a pris de court. L'être de pierre avait l'air très amusé par ces premiers mots qui étaient sortis de ma bouche.

« Haha ! Je t'aime bien, je m'en doutais » dit-il. « Moi, c'est Armaga. Je sais que tu t'appelles Tim Keller. Alors ? Une histoire contre une histoire ? » Il avait lâché cette phrase singulière comme si j'allais rebondir immédiatement. Mais je ne comprenais même pas la question.

Il a fini par identifier la source de ma confusion : « Tu n'es pas d'Entremer, hein ? J'avais cru, tu parles le baragoual avec l'accent d'ici. Désolé, c'est une coutume locale : quand deux personnes se rencontrent pour la première fois, elles se racontent une histoire personnelle. Alors ? Une histoire contre une histoire ? »

– Tu connais quelqu'un qui s'appelle Voland ?

– C'est ça, ton histoire ?

– Ça te dit quelque chose ou pas ?

– Jamais entendu parler. Je peux me renseigner, cela dit, poser quelques questions, ce genre de choses. Mais ton histoire, c'est quoi ?

– Toi d'abord.

Il ne se fit pas prier. En fait, Armaga sauta sur l'occasion de me raconter qui il était et ce qu'il faisait là, un long récit que je ne comprenais que par bribes, étant donné que la plupart des références qu'il utilisait étaient impénétrables. Ce que j'en retins, c'était que mon interlocuteur se décrivait comme un « Lithique » et un « Savant », le premier terme étant l'espèce à laquelle il appartenait, le second à sa vocation professionnelle. Il se disait issu d'une famille de bigots qui, au nom de leur religion, toléraient mal sa curiosité pour la science. Fatigué d'avoir à se battre pour mener sa vie telle qu'il l'entendait, il avait fugué, s'était fait arrêter pour ce qu'il décrivait comme une « bête histoire d'explosifs mal dosés » et en vertu des nouvelles règles en vigueur à Entremer (la ville où nous nous trouvions, donc) on l'avait condamné à un séjour dans la section C du Camp de l'Ataraxie, celle qui était réservée aux jeunes délinquants. En fait, Armaga était un adolescent comme moi. Mais en pierre.

« À toi l'honneur. Je parie que ton histoire est bien salée, non ? » dit-il. Mais j'avais beaucoup trop de questions en suspens pour jouer à son jeu. Il me fallait au moins obtenir une réponse à l'une d'entre elles :

– Attends, attends, je te raconte mon histoire, je te le promets, mais juste avant j'aimerais savoir quelque chose. C'est trop important.

– C'est trop important ? Alors, d'accord.

– Pourquoi est-ce que je te comprends quand tu parles ? Pourquoi est-ce que je comprends tout le monde, ici ? C'est quoi le baragoual ?

Là il a écarquillé ses yeux d'ambre. Son visage disait « Mais à quel genre de timbrée est-ce que j'ai affaire ? », mais sa bouche se contenta de dire « Le baragoual, c'est la langue que tu es en train de parler. Couramment. Comme si tu étais née ici. Ça ne te dit vraiment rien ? »

OK. Méfiez-vous des apparences : je ne suis pas plus cruche que la moyenne. À ce stade, j'avais compris qu'il devait y avoir un sortilège ou un machin-chose qui s'occupait pour moi de la traduction simultanée. Donc d'accord, je parlais la langue de tout le monde. Je causais en baragoual avec Armaga et l'autre jour j'avais instinctivement parlé avec les trois Ogres dans leur langage à eux. Devais-je y voir l'influence de Mangesonge ? Était-ce le poisson rouge qui jouait les interprètes ? Pour le moment, c'était la moins mauvaise explication qui me venait à l'esprit.

« Tu sais quoi, Armaga ? Pour t'expliquer, le plus simple, c'est que je te raconte mon histoire. » C'était probablement une erreur, mais j'ai choisi de lui dire la vérité, toute la vérité. C'est donc ce que j'ai fait, passant en revue ma petite vie en banlieue, Mangesonge, le coup de foudre avec Voland et mon arrivée ici.

« Tu ne me crois pas, hein ? » lui dis-je lorsque j'ai terminé. Il faut être honnête : à peine quelques jours auparavant, si une drôle de fille m'avait raconté qu'elle débarquait d'un univers parallèle, j'aurais vraisemblablement émis quelques doutes sur sa santé mentale.

« Bien sûr que je te crois ! » dit-il pourtant. « Pourquoi pas ? Des filles d'un autre monde, ça n'est pas si rare, n'est-ce pas ? Ou plutôt si, mais ça n'est pas à ce point improbable que ça en devient inconcevable, si tu saisis où je veux en venir. Voyons... Tu pourrais être une Ellephémère du Jouxte-Songe. Tu pourrais être un reflet vivant venu du Bordeglace. Hm... Peut-être même une Sélénite, si tu avais la peau couleur de plâtre et les yeux rouges comme un brasier. Mais ce n'est pas le cas, pas vrai ? »

Il a continué comme ça pendant un moment, mais je n'ai pas tout suivi. « Il faudra tirer tout ça au clair, n'est-ce pas ? » conclut-il. « En savoir plus sur ce monde curieux d'où tu viens ? Et retrouver ton Voland ? Cela dit, ça ne sera pas facile tant que nous serons enfermés dans un camp de redressement, j'en ai peur... »

« Alors, Prof ? On en est où ? » fit une voix qui provenait de la porte du dortoir. Un jeune mec venait de rentrer dans la pièce. Un grand blond, beau gosse, genre poète maudit, à peu près mon âge. Il était humain, ce qui avait quelque chose d'apaisant. « Alors tu vois bien. Elle s'est réveillée » dit le Lithique.

Le jeune homme posa un rouleau de linge au pied de ma natte. Il s'agissait d'un paquet de vêtements grossiers en lin, une tenue identique à celles que portaient mes deux nouveaux camarades. « Drendel Squinn » dit l'humain. Ça ressemblait à un nom, j'en ai déduit que c'était ainsi qu'il s'appelait. Ce gars n'était pas du genre causant et il ne donnait pas facilement son regard. « C'est vrai que tu t'appelles Tim Keller ? » demanda-t-il juste avant que le silence devienne embarrassant.

« Oui oui, c'est vrai » répondit Armaga à ma place. « Mais on n'a pas le temps pour jouer à *une histoire contre une histoire*. Tes questions, tu les lui poseras plus tard, d'accord ? » Drendel haussa les épaules « Comme tu veux, Prof. » Il s'en alla sans chercher à s'opposer à la décision de son ami.

« Nous sommes attendus », me dit le Lithique. « Habille-toi vite et rejoins-nous dehors. Il y a pas mal de gens qui souhaitent te voir. » Il s'éclipsa pour me laisser me changer.

L'idée de porter une tenue carcérale me faisait vomir, mais je devais admettre que me sentais plus à l'aise dans ces habits que dans ma robe de bimbo de l'autre soir. Comme tout cela me semblait loin, à présent…

Les deux garçons étaient dans le couloir. Oui, déjà mon cerveau en était arrivé à considérer cet être de pierre comme un « garçon », comme s'il était un humain, son apparence ne m'étonnant déjà presque plus. « On a plein de trucs à te montrer », me dit Armaga de sa voix caverneuse. Drendel fixait ses pieds. Il avait l'air bien torturé pour un mec aussi mignon.

Le Lithique menait la danse, nous devançant dans le corridor, me faisant signe de le suivre. Autour de nous, dans les pièces attenantes, je vis des matons, mais surtout des pensionnaires du camp. Tous étaient jeunes, la plupart étaient humains, mais j'aperçus également quelques Lithiques, de même que plusieurs créatures non identifiées. À dire vrai, ce qui m'intriguait le plus, ça n'était pas leur aspect, mais bien plutôt le fait que tous les détenus que nous croisions me regardaient comme si j'étais une célébrité. On murmurait sur mon passage, on se bousculait pour me voir.

– Pourquoi ils me fixent comme ça ? ai-je demandé.

– C'est à cause de ton numéro avec le superviseur, dit Armaga. Tout le monde ne parle que de ça. Personne ne survit à trois semaines dans le mitard. Sauf toi, apparemment, hein ? Et selon la rumeur, tu ne lui as rien raconté du tout, pas vrai ? He he… cet idiot doit être furieux.

– Trois semaines ? J'ai passé trois semaines là-dedans ? me suis-je écriée, mais le brouhaha de la foule couvrait ma voix.

Inexorablement poussée en avant par la cohorte de mes admirateurs, j'ai fini par arriver dehors, retrouvant le sol de poussière ocre que j'avais aperçu l'autre jour. C'était la fin de l'après-midi, mais le soleil tapait fort, comme dans un pays du sud. Le camp semblait énorme, je n'en voyais pas les limites précises, mais il paraissait avoir la taille d'un grand pâté de maisons. Tout le périmètre était encerclé par une haute muraille plantée de miradors et décorée de slogans : « Bonheur », « Obéissance », « Travail ». Au-delà des murs, je devinais une ville. Des cheminées crachaient une fumée noire. Je voyais les silhouettes de quelques gratte-ciels de pierre dans le smog, dont un, le plus haut, était surmonté d'une énorme flamme bleue. Je croyais également apercevoir quelques dirigeables sillonner ce ciel écrasant.

Plus près de moi, toute la partie centrale du Camp de l'Ataraxie était occupée par une décharge, un gigantesque tas de détritus survolé par des mouettes, des corneilles et plein d'autres animaux volants bizarres dont certains n'étaient clairement pas des oiseaux. La plupart des « employés en redressement » y travaillaient. Une grande tour pyramidale était plantée à proximité, d'où il devait être possible d'observer la totalité du camp. Je distinguais de nombreux bâtiments que je ne pouvais pas identifier, mais tout cela passait au second plan de mon attention puisqu'une foule dense m'encerclait désormais. Elle m'encerclait et elle chantait. Et comme elle ne connaissait pas mon nom, la foule clamait « La Fille aux Cheveux Rouges ! La Fille aux Cheveux Rouges ! »

Je ne l'avais pas tout de suite compris, mais Armaga et Drendel avaient organisé des retrouvailles. Là, au pied de la montagne d'ordures, se tenait la fille de l'autre jour : celle qu'on appelait S. Elle avait les yeux pointés vers moi comme deux lances, avec sa splendeur d'amazone taillée dans le marbre, plantée sur deux jambes musclées d'une longueur irritante. C'était le genre de fille que j'aurais rêvé d'être. Elle me regardait avec une expression indéchiffrable. Allait-elle me frapper ? Était-elle contente de me voir ?

Le temps se figea un instant, les clameurs de la foule se calmèrent, et finalement, la grande brune s'approcha de moi et me serra dans ses bras, plus à la manière d'un centurion qui rencontre un autre centurion que comme deux copines qui sont heureuses de se retrouver, mais bon, c'était un début.

« Regarde sur ce balcon », me chuchota-t-elle, les lèvres toutes proches de mon oreille. Sans desserrer notre étreinte, elle nous fit pivoter pour que je voie ce qu'elle me désignait : Carniato et son entourage, postés sur un balcon de la tour pyramidale, observaient toute la scène. « C'est pour ça qu'il t'a laissée sortir, tu sais. Soit tu es dangereuse et il préfère te garder à l'œil et finir par te briser… » Elle me regarda dans les yeux, comme pour me jauger, puis elle retourna auprès de mon oreille : « Soit tu es faible et la foule va finir par se retourner contre toi avant de perdre espoir. Dans les deux cas, c'est lui qui gagne. » Moi, je regardais le faciès cristallin du directeur du camp, le toisant avec une haine dont je me serais crue incapable. « Quoi qu'il en soit » conclut S, « Si tu espères une seule seconde t'échapper d'ici, je te suggère de renoncer à ton projet. »

Autour de moi, le spectacle de la foule et ses cris d'encouragement nourrissaient ma détermination, attisaient ma hargne, faisaient de moi cette Fille aux Cheveux Rouges pour qui rien n'était impossible, plutôt que la pauvre petite Tim, perdue au milieu d'un univers hostile et incompréhensible. Comme si nous étions seules, elle et moi, j'ai adressé à cette solide jeune femme qui me serrait contre elle un sourire mêlant une mesure de douceur et un soupçon de folie. Je me suis approchée de son visage et à mon tour, je lui ai murmuré quelques mots au creux de l'oreille :

« Écoute-moi bien, S. Je n'ai pas l'intention de m'échapper. Ce que je vais faire, c'est raser ce camp et libérer tous les détenus. »

CHAPITRE 4 : L'ÉLOQUENCE D'UN OURAGAN

« La vérité, c'est que la plupart des individus qui se proclament civilisés sont tout autant que nous victimes de l'oppression, tout autant que nous instrumentalisés par un système qui attribue à chacun un rôle dont il ne peut s'affranchir sous peine de commettre un blasphème. »

Buko Zéro, *Premier discours sur l'ogritude*

Ma première nuit en camp de redressement fut pénible. Peu après le coucher du soleil, les gardes ont décrété l'extinction des feux. Chacun était prié de retrouver la place qui lui était attribuée : les filles dans le dortoir des filles, les garçons dans le dortoir des garçons.

Pour la première fois depuis mon arrivée dans ce monde insensé, j'avais le temps de jeter un coup d'œil sur les créatures qui le peuplaient sans avoir à me préoccuper d'autre chose. Dans mon aile d'habitation, il y avait une majorité d'humaines, de treize à dix-neuf ans, mais il y avait au moins trois autres espèces exotiques représentées. Il y avait des filles en pierre, des Lithiques, massives et courtes sur pattes comme Armaga ; il y avait quelques petites nanas, pas plus hautes que des gamines, qui avaient une tête de chat ; mais celles qui m'intriguaient le plus, c'étaient les filles-plantes.

Elles semblaient à peu près humaines au premier regard, mais en y regardant de plus près on observait quelque chose de déconcertant dans leur manière de se mouvoir. Certaines d'entre elles ressemblaient à des fleurs, peau rose zébrée de rayures et coiffe de pétales colorés ; d'autres, d'un vert tendre, évoquaient le feuillage, avec des herbes longues en guise de cheveux ; toutes avaient des yeux immenses aux iris troués de trois pupilles.

Au Camp de l'Ataraxie, on dormait toutes entassées les unes contre les autres sur nos nattes maigres, pour se tenir chaud et parce que l'espace était limité. L'obscurité frémissait du son de chuchotements fugaces, des conversations à mots couverts dont je ne percevais que des bribes. Le principal sujet, c'était moi. Je me suis pelotonnée dans ma couverture pour échapper aux regards et tenter d'étouffer le bruit des palabres.

Plus tôt dans la soirée, j'avais appris à mieux connaître le petit groupe qui m'avait accueilli à mon arrivée. Après la démonstration à l'extérieur et notre accolade très applaudie, à S et à moi, les gardes n'avaient pas tardé à faire sonner les sirènes qui marquaient le terme de la journée. Tous les détenus de la section C – dont moi, puisque, il fallait s'y habituer pour le moment, car j'étais prisonnière – se sont rués à l'intérieur, pour prendre place dans le réfectoire en vue du repas du soir.

J'ai été heureuse de pouvoir m'asseoir aux côtés de Drendel et d'Armaga : s'ils ne m'avaient pas accepté avec eux, je ne sais pas où j'aurais bien pu me poser. Partout autour de moi, je ne voyais que des mines renfrognées, des personnages étranges et des yeux dévorés de curiosité – pas le genre de compagnie que je recherchais.

S mangeait seule, à l'écart, le regard plongé dans son assiette. « Mademoiselle ne se mélange pas au petit peuple » dit Armaga. « C'est une Luminar ! En tout cas, c'est ce qu'on raconte. J'espère que tu es impressionnée de connaître quelqu'un d'aussi prestigieux ! »

Il avait dit tout cela avec sarcasme, mais comme toutes ses références culturelles, j'en savais trop peu pour partager son amusement. Il s'en rendit compte et sauta sur l'occasion de me faire la conversation :

« Je ne sais pas grand-chose sur S – elle n'est pas bavarde, tu t'en es sans doute aperçue –, mais d'après ce qu'on raconte, elle vient du Grand-Duché de Mortebane, loin d'ici au nord, dans les territoires questites du Reik… À ce qu'il paraît, elle s'était enrôlée dans l'Ordre sacré des Chevaliers Luminars… Donc elle est religieuse en plus d'être un soldat, ce qui, tu en conviendras, fait beaucoup pour une seule personne… – ne vas pas lui dire qu'elle est une Luminar, au fait, ça la met dans des colères noires dès qu'on en parle. D'après ce qui se raconte, elle s'est sauvée dans le déshonneur alors qu'elle était simple écuyère et a renoncé à ses vœux et à son nom pour expier sa faute. Ce ne sont que des rumeurs, tout ça, hein. Qui sait qui elle est vraiment ? »

Mon regard se posa longtemps sur cette jeune femme à l'air digne, mais sévère, qui ne cherchait aucun contact avec personne, mais que tout le monde traitait avec un respect silencieux. Même si je ne savais pas encore ce que je pensais d'elle, je devinais qu'il me serait difficile de m'évader du camp sans en faire une alliée.

C'est alors que je me suis rendu compte que Drendel Squinn me fixait aussi intensément que je regardais S. C'est donc vers lui que s'est reportée mon attention. Pour moi, ce garçon était une énigme. Il dissimulait de grands yeux clairs et sensibles derrière une explosion de cheveux blondis au soleil. Beau gosse et mystérieux, un peu l'allure d'un surfeur. Mais avec lui j'avais le soupçon qu'il valait mieux éviter de sauter trop vite aux conclusions. Ce que j'ai aperçu sur ses avant-bras m'a fourni une piste à son sujet que j'aurais préféré ne pas avoir : sa peau était striée de fines cicatrices alignées comme une série de coches. Automutilation. « C'est toi qui te fais ça ? »

« Tu dois dire *une histoire contre une histoire* ! » dit Armaga, tout excité. J'avais déjà oublié cette coutume. Elle allait m'aider à faire connaissance. Me pliant à l'usage, j'ai regardé le jeune homme dans les yeux et j'ai dit la formule magique : « Une histoire contre une histoire, Drendel Squinn ? »

Il s'exprimait en phrases courtes, comme si chaque mot recélait un piège et qu'il craignait que le langage ne cherche à l'embobiner. De lui j'ai appris l'essentiel. « Je viens de la forêt de Straaz, pas loin d'ici, en terres axites. Je suis chasseur et archer, comme l'étaient mes parents avant moi et les parents de mes parents. »

« Des bouseux ! » s'amusa Armaga que j'ai vite fait taire.

Là-bas, au fond de ces bois qui l'avaient vu grandir, il ne se sentait pas à sa place, pensant qu'il ne comptait pour personne. Sans qu'il en dise long, on devinait qu'il en avait pas mal bavé. De multiples cicatrices qu'il s'était infligées, il ne dit pas un mot… Elles parlaient pour elles-mêmes… « Mais de toute manière, ce n'est pas ça l'histoire que je souhaite te raconter » dit-il.

« J'ai déjà entendu ton nom, Tim Keller, bien avant que je te rencontre », dit Drendel. « C'était il y a trois mois environ, à Entremer, juste avant que je me fasse arrêter. »

C'était inattendu. Il avait toute mon attention, même si je pensais qu'il devait s'agir d'une erreur. Comment quelqu'un d'ici aurait-il pu entendre parler de moi ? « C'était une femme aux cheveux blancs comme la neige – je ne l'avais jamais vue. Elle m'a payé un repas chaud en échange d'un service : garder un colis que je devrais remettre à une certaine Tim Keller quand je la rencontrerais. La dame m'a dit que nous avions le même âge et que tu aurais les cheveux rouges. Pas de doute, c'est toi. »

Elle me donnait des frissons, son histoire. Si je comprenais bien, ça signifiait qu'il y avait ici, dans ce monde de fous furieux dont je ne soupçonnais pas l'existence il y a un mois, une femme dont j'ignorais tout, mais qui savait qui j'étais et comment je m'appelais, sans compter qu'elle avait prédit que j'allais me teindre les cheveux avant même que j'en aie eu l'idée.

« Et alors ? Il est où, ce paquet ? »

Drendel secoua la tête. « Confisqué. Comme tout ce que je possède. Il doit être quelque part dans les coffres de la milice. On me le rendra quand je sortirai d'ici. *Si* je sors d'ici. »

C'était à mon tour de raconter une histoire. La mélancolie de Drendel Squinn était contagieuse. Elle a coloré le récit que j'ai entamé alors, qui était dans les grandes lignes le même que j'avais déjà raconté au Lithique, sauf que je me surpris cette fois-ci à insister davantage sur mon vague-à-l'âme et sur la douleur que j'éprouvais à me retrouver séparée de Voland juste après avoir fait sa connaissance. « S'il y a dans ce monde quelqu'un à qui tu tiens vraiment, Tim, je te souhaite de tout cœur de le revoir », dit le jeune chasseur.

Le lendemain d'une nuit chiche en sommeil, je fus brutalement tirée de ma somnolence. Les gardes hurlaient. « Debout ! » criaient-ils dans la chambre des garçons. « Debout ! » hurlaient-ils dans notre chambre. « Debout ! » s'égosillaient-ils dans le couloir.

Après un petit-déjeuner où l'on nous fit ingurgiter exactement le même gruau que le soir d'avant, les gardes ont constitué des petits groupes pour le travail de la journée. J'étais affectée à la « collecte », sans que je sache exactement de quoi il s'agissait. Première à être appelée d'une équipe de cinq, j'étais nominalement la responsable du détachement. Pas de doute : l'ordre venait d'en haut. On cherchait à me tester : une première occasion d'échouer.

Pour tout arranger, on m'a accolé deux inconnus. Une fille hommasse nommée Ernine qui semblait perpétuellement de mauvaise humeur – génial – et Grance, un garçon freluquet à la silhouette de phasme – de mieux en mieux. Ils n'avaient pas l'air d'humeur à jouer au jeu du « Une histoire contre une histoire. »

Heureusement, le troisième sélectionné, c'était Armaga. Le Lithique m'a assuré qu'il allait m'épauler et tout m'expliquer. « J'explique très bien », dit-il. « Les gens aiment mes explications. Je suis un bon *expliqueur.* » (Il n'avait même pas encore commencé et j'étais déjà gavée par ses explications.)

Cinquième et dernière membre de notre détachement, une de ces filles-plantes fut sélectionnée. « Une Farandrienne… Une Farandrienne Roseflore… » s'écria Armaga. « Oh, on a de la chance, ce n'est pas la plus moche, si je peux me permettre une observation d'ordre esthétique. »

C'était le moins que l'on puisse dire : cette fille était une superstar. Jambes de sirène et corps de squale à la peau tendre et douce, avec une aura de pur sexe qui se dégageait de chacun de ses gestes parfaitement étudiés. Sa peau d'un rose épicé striée de zébrures, ses cheveux mauves, son petit nez de starlette italienne, ses oreilles de biche perpétuellement en train de frétiller et surtout ses yeux incroyablement vastes à l'iris bariolé, tout en elle était parfait. C'était le genre de nana qui donnait envie aux gamines complexées comme moi de se jeter par la fenêtre et aux hommes du monde entier de se prosterner devant les orteils délicatement formés de ses pieds sublimes. Pour parfaire le tableau, mademoiselle avait coupé dans son uniforme d'esclave pour transformer le pantalon en mini-short et nouer la tunique sous ses splendides nibards. Celle-là, je sentais que j'allais avoir de la peine à l'encaisser.

« Alors c'est toi dont tout le monde parle ? » me demanda-t-elle en roulant des yeux, comme si le simple fait de prononcer cette phrase la fatiguait horriblement. « Tu vas vite apprendre à me connaître. Je suis Clilitwitli Courdouscovanatana. Si c'est trop compliqué, tu peux m'appeler Clil Courdou. »

« Je m'appelle Timea Antigoné Keller. Ouais, moi aussi mes parents avaient des goûts discutables en matière de prénoms... » lui ai-je lâché avec un sourire de crocodile.

La fille-fleur, la « Farandrienne Roseflore » m'a regardé fixement pendant un instant, comme si elle était désarçonnée qu'on ose lui tenir tête avec tant d'effronterie. Puis elle me répondit avec une autorité d'institutrice : « Ici, on n'aime pas trop ça, les filles qui se croient plus futées que les autres. »

Là, les traits de Clil se sont détendus et elle m'a adressé un sourire désarçonnant : « C'était de l'humour bien sûr ! Tu l'as compris, ça, non ? » Elle s'avança vers moi et déposa un bisou complice sur la pommette. Me laissant muette de perplexité, elle a emporté sa victoire avec elle en tournant les talons avant de chantonner pour elle-même une mélodie guillerette.

Armaga était subjugué. La bouche entrouverte, il n'arrivait pas à détacher ses yeux de cette divine apparition. « Merveilleuse... » se contenta-t-il de dire, l'air rêveur. Quant aux deux autres, ils s'impatientaient. « Si les princesses ont fini leur petit duel, peut-être qu'on pourrait se mettre à bosser, hein ? » grogna Ernine, alors que Grance nous tendait des bottes et des gants de cuir épais, de larges sacs de jute attachés à des lanières et des bâtons hérissés d'une pointe métallique à une extrémité. C'étaient les fournitures standard d'une équipe de collecteurs ; nous nous sommes équipés avant de nous diriger vers la grande décharge où nous allions passer la journée.

« Elle t'a tapé dans l'œil, l'orchidée, hein ? », ai-je lancé à Armaga en chemin. Les joues d'un Lithique ne s'empourpraient pas, mais son embarras était évident : « Mouais. Je sais pas. J'ai vu mieux » mentit-il. Puis il ajouta : « Et puis j'ignore si j'ai assez de cran pour m'approcher d'une fille comme ça… Petit conseil de prudence : ces Farandriens, tu viens d'en avoir un aperçu, ils changent d'humeur pour un oui ou pour un non. C'est très déconcertant. »

Excité comme une puce, le Savant avait une foule de détails supplémentaires sur les Farandriens, leur physionomie, leur religion et leur culture qu'il brûlait d'envie de me communiquer, mais je n'ai pas trop écouté.

Nous étions arrivés au pied de la montagne d'ordures qui occupait la partie centrale du Camp de l'Ataraxie. Un cercle de plusieurs centaines de mètres de diamètre, dont les accumulations de déchets formaient des collines et des vallées, et dont le sommet le plus imposant atteignait la hauteur d'une maison de quatre étages. On pouvait y voir des détritus en tous genres : papiers gras, débris de bois et de ferraille, piles de nourriture avariée – trognons de pommes, légumes pourris, carcasses fumantes de bêtes et de poisson, riz moisi, pâtes suspectes, pots de miel ou de confiture, cartons de lait, jouets d'enfants abimés. Il y avait également des matières plastiques, des cadavres d'animaux, des matériaux de construction, des vêtements usés, des fûts d'huile de vidange et de produits chimiques, des objets calcinés ou fondus par les flammes, des roues, des harnachements, des voilures et d'autres pièces détachées de véhicules. Un tiers de tout ce que les 800 000 habitants d'Entremer jetaient à la poubelle se retrouvait ici, m'expliqua Armaga.

Et la décharge était davantage qu'un simple lieu de dépôt : c'était également un écosystème hébergeant les espèces les plus diverses. Des rats et autres rongeurs pullulaient sous la surface, perpétuellement en quête de nourriture. Certains étaient aussi grands que des chats, la face percée de petits yeux méchants. Des parasites semblaient constitués de morceaux d'écorce. Il y avait également des insectes, des blattes de toutes les couleurs, des moucherons, taons et mouches, dont plusieurs grosses comme le pouce et couvertes de longs poils noirs. Entre les détritus, on apercevait parfois des mille-pattes géants faisant la chasse aux vipères pour se repaître de leurs entrailles. Et au-dessus de tout ça, des volatiles attendaient la première occasion d'attraper l'une ou l'autre de ces créatures rampantes : des centaines de mouettes perpétuellement en train de jacasser et de chier partout, rôdaient des corbeaux, des libellules sanguinaires et d'autres charognards en quête de cadavres à dévorer. Ainsi que des braisines, petites créatures minérales en combustion qui se jetaient sur leurs proies pour les faire flamber. L'endroit pullulait de vie et de dangers.

Ça me filait la nausée : il se dégageait une puanteur répugnante de ce monticule de détritus. Pour se préserver un peu des effluves malodorants, les quatre autres s'étaient noué un morceau d'étoffe autour du nez et de la bouche. Je les ai imités, même s'il ne s'agissait que d'une maigre protection.

Clil repéra mon désarroi et y mit son grain de sel : « Si l'odeur est trop difficile à supporter pour Sa Majesté la Fille aux Cheveux Rouges, qu'elle se fasse remplacer au lieu de tous nous mettre en retard ! » Je lui adressai illico un large sourire : « Oh, ce n'est pas mon nez qui pose problème, Clil : c'est toi. »

Plutôt que me laisser entraîner dans une rivalité stérile, je préférai hâter le pas et amener mon groupe sur la surface instable du tas d'ordures – eh oui, c'était mon groupe après tout, hein ? – afin de découvrir à quoi allait ressembler notre travail pour la journée.

J'ai vite compris que nous étions des fourmis. Chacun d'entre nous avait une tâche précise à remplir pour servir la fourmilière. Les plus costauds des esclaves de la section A, des Ogres énormes, des hommes à tête de rhinocéros, des baobabs vivants et des géants de pierre silencieux étaient chargés d'aller chercher les ordures aux portails de chargement extérieurs pour les amener sur le tas. Ils étaient également chargés de collecter et de rapporter ces déchets nocifs ainsi que les produits chimiques.

J'avais là un aperçu de la hiérarchie de ce monde. Tous les pensionnaires des sections B et C, les adultes et les jeunes, appartenaient à ce que mes camarades appelaient les races « civilisées » : les Humains, les Lithiques, les Farandriens, et les petits hommes-chats qu'on nommait des Pookans Miaules. Tous les autres, les Ogres Pardes que j'avais déjà rencontrés, mais aussi d'autres espèces minérales, végétales ou animales, étaient des « sauvages » et de ce fait méritaient d'être réduits en esclavage selon les lois en vigueur. C'était dur à avaler.

Même si le travail était éreintant, salissant, humiliant et qu'à la pause de la mi-journée je sentais mes genoux chanceler, en comparaison avec les esclaves, les autres détenus avaient la tâche plus facile, ou en tout cas moins mortelle. Les équipes de collecte, comme la mienne, passaient au peigne fin la décharge en quête de tout ce qui pouvait être exploité et revendu : métaux précieux ou non, matériaux de construction, tissus, matières plastiques, nourriture à recycler pour la cantine, objets divers.

Quant à ceux qui tentaient de chaparder des éléments, leur sort était peu enviable : je fus une nouvelle fois témoin de la brutalité intraitable du Camp de l'Ataraxie en milieu d'après-midi. Des gardes chargés de surveiller les groupes de collecte passaient nous fouiller les uns après les autres. Une fille d'un autre groupe s'était fait pincer alors qu'elle avait tenté de dissimuler une petite broche en cuivre.

Les gardes ont alors décidé de faire un exemple. Séance tenante, tous les jeunes « employés en redressement » de la section C ont dû suspendre leur travail pour assister à la punition de la jeune fille. Tous en cercle, nous avons contemplé, impuissants, cette sinistre cérémonie, alors que deux gardes faisaient des clés aux bras de la fille pour l'immobiliser.

Face à ce qui se préparait, j'étais révoltée, craignant le pire, pressentant qu'il allait se passer quelque chose d'horrible. Le chef des miliciens du camp assistait à la scène. C'était le commandant Burin, comme me l'ont expliqué mes compagnons : un homme à la mâchoire et aux idées carrées. Il prit sur lui d'aller déranger Carniato lui-même, afin que ce soit celui-ci qui décide du sort de la chapardeuse.

Lorsqu'il arriva, le superviseur prononça quelques mots. Je me sentais transportée de haine à sa seule vue. « La jeunesse de la Ville Libre d'Entremer est paresseuse et sans moralité. Sans encadrement, elle ne sait que s'adonner au crime et à la dépravation. Comme vous le savez, je me suis fixé la mission de l'aider à surpasser ces défauts. Pour cela, chacun de nous doit consentir à des sacrifices… »

Ce qui suivit m'épouvanta. Le colosse de quartz se mit à frapper le visage de la jeune fille de ses poings nus. Il semblait exécuter ce supplice sans états d'âme, comme s'il s'agissait d'une formalité. Sous nos yeux, il cogna sa victime de toutes ses forces, alors que celle-ci lui demandait pardon et le suppliait d'arrêter : des prières qui le laissèrent insensible. Il frappa la jeune fille jusqu'au sang, brisant des os et fendant la chair.

« Considérez cela comme une leçon sur laquelle je vous invite à méditer. » Carniato reprit ensuite le chemin de son bureau, laissant derrière lui la jeune fille inconsciente.

Le commandant Burin nous ordonna ensuite de nous remettre au travail comme si rien ne s'était passé. Alors qu'on emmenait sur une civière ce qui restait de la fille, je serrai les poings d'indignation. Clil est venue se planter devant moi pour me provoquer et m'a craché sa colère : « Alors ? Qu'est-ce que tu attends pour faire quelque chose ? Tout le monde dit que tu vas nous libérer ? Qu'est-ce qu'il y a ? Tu te dégonfles, Keller ? »

C'était trop. Je me suis sentie submergée par la fureur. Armaga ne suffit pas à me maintenir en place. Je me dégageai et lui balançai mon poing sur le menton de cette petite conne, dont la lèvre rose framboise laissa suinter quelques gouttelettes de sève.

La Farandrienne répliqua, mais au lieu de me frapper, elle poussa un trille musical qui ressemblait à une incantation. Elle fronça les sourcils : visiblement, l'effet désiré ne s'était pas produit. Tant mieux pour moi : j'ai attrapé ses bras et je les ai verrouillés pour de bon. La bagarre s'est alors transformée en lutte, entre elle qui essayait de se dégager, et moi qui essayait de la flanquer dans les ordures, là où était sa place !

Nous n'avons pas pu aller jusqu'au bout. Nos camarades nous ont séparées de force et nous nous sommes encore envoyées quelques insultes à distance. J'étais furieuse et encore très échauffée, mais le Lithique m'a calmé d'un coup : « Si un des miliciens vous voit vous battre, il va vous envoyer en cellule d'isolement. On n'a pas envie de ça, pas vrai ? » Il avait raison, bien sûr. Je me suis calmée aussitôt. Clil rigolait à nouveau, comme si tout cela n'était qu'une vaste blague.

La journée de travail s'est poursuivie sans trop d'accrocs, Clil comme moi faisant de notre mieux pour garder nos distances. Mais quelque chose m'intriguait. Alors que nous avions les gants profondément plantés dans les rebuts alimentaires moisis, j'ai pris Armaga à part pour lui poser une question : « Qu'est-ce que Clil a essayé de faire, là, tout à l'heure ? Pourquoi s'est-elle mise à chanter ? »

« Oh ! ça, c'était de la Magie ! » m'a répondu Armaga. Comme toujours avec lui, il avait une foule d'autres détails à me fournir : « C'était une technique de Mélodiarque. Clil utilise des chants sacrés vivialistes comme support pour sa Magie. Je pense qu'elle a été formée par la caste des Magiciens de l'Alliance farandrienne. On n'en croise pas beaucoup par ici. N'est-ce pas un spectacle de toute beauté ? »

Ce que j'avais réussi à capter, c'était que cette fille était capable de jeter des sorts et que cette fois-ci, ça n'avait pas fonctionné. Armaga fut heureux que je soulève cette objection : il avait l'intention de relever ce point lui-même de toute manière. « Ça ne pouvait pas marcher. Si elle avait réfléchi, elle se serait souvenue que la Magie est bloquée dans tout le camp. »

Pour appuyer son explication, le Savant m'a demandé de le suivre, un peu plus haut sur la butte d'ordures. Il m'a montré du doigt trois grands bâtiments cylindriques, des tours disposées en triangle autour de la décharge. « Voilà. Ces bâtiments bloquent les trois Prodiges dans tout le camp » m'a-t-il expliqué. Puis, devant mon expression de parfaite idiotie, il m'a sorti la version « pour les nuls » : « Vraiment ? Vous n'avez pas les trois Prodiges dans ton univers parallèle ? Vous faites comment ? Bon. Tu m'expliqueras une autre fois. Ici, nous avons trois Prodiges : la Magie, la Science et la Foi. Ce sont les Dieux qui en ont fait don aux races civilisées après la Première Guerre. Il s'agit de techniques qui permettent à certains individus de manipuler la réalité. »

Comme il voyait que je souhaitais en savoir plus, il a continué son explication, cette fois-ci si enthousiaste qu'il soulignait chaque mot de vastes mouvements des mains : « Oh, Tim, je t'adore ! Tu es tellement ignorante ! Écoute-moi bien, parce que ceci est absolument essentiel à connaître : la Magie, c'est ce qu'il y a de pire » dit-il. « Ça consiste juste à tricher. On change les règles de la réalité pour faire des trucs impossibles. Chaque Magicien a une ou plusieurs spécialités et fait appel à une technique pour matérialiser sa Magie : pour Clil, c'est le chant. »

Son dédain était palpable, un sentiment qui se renforça encore à l'évocation de la Foi. « Ceux qui font appel à ce Prodige n'ont aucun mérite : en l'échange de quelques menus sacrifices, ils demandent juste à une divinité de faire le boulot à leur place. Non, le seul Prodige qui en vaille la peine, c'est la Science : on tire parti des règles qui existent pour faire ce que l'on veut. Moi, par exemple, je suis automaticien et artificier – entre autres. »

Sur le point de rétorquer quelque chose comme « Donc ici, l'existence des Dieux est un fait objectif et démontrable ? » je me suis retenue, devinant que le Professeur Armaga allait en profiter pour me gratifier d'une rallonge d'explication. Mais il ne m'avait pas encore dit comment les bâtiments cylindriques pouvaient bloquer les trois Prodiges et c'était visiblement à cette partie de la démonstration qu'il avait l'intention de passer :

« La Foi bloque la Science », dit-il. « De la même manière, si on sait s'y prendre, la Science bloque la Magie, la Magie bloque la Foi… Ces trois tours que tu vois, là, elles contiennent chacune un dispositif qui empêche ceux qui maîtrisent l'un des trois Prodiges d'utiliser leurs talents. C'est grâce à ça que la milice parvient à éviter une évasion massive. Voilà pourquoi Clil ne peut pas lancer de sorts, voilà pourquoi je ne peux pas fabriquer d'explosifs ou d'automates, voilà pourquoi les prières de S ne donnent rien. »

En gros, tout cet univers fonctionnait selon les règles du papier-caillou-ciseaux. Armaga semblait penser que jamais nous ne parviendrions à sortir de ce camp si nous ne trouvions pas un moyen de neutraliser les effets générés par ces trois bâtiments. Moi, je n'en étais pas si sûre… J'avais même déjà l'impression d'avoir le début d'une idée…

Le lendemain matin, j'étais plus déterminée que jamais à mettre mon plan en action.

À la répartition des groupes, on m'a une nouvelle fois confié la direction d'une équipe de collecte et j'ai compris qu'à présent ça serait comme ça tous les jours, que ça faisait partie de la stratégie de Carniato pour me pousser à la faute et me discréditer.

La dénommée S héritait-elle aussi de cette responsabilité tous les matins, certainement pour des raisons similaires. Dès que j'en ai eu l'occasion, j'ai foncé sur elle et je lui ai demandé de garder un œil sur mon groupe en plus du sien.

La fière guerrière de Mortebane fronça les sourcils encore plus que d'habitude. « Je ne vais pas travailler aujourd'hui. Je vais passer la journée à me promener dans le camp. Ça fait partie de ma stratégie, OK ? » Elle m'a regardée comme si je lui annonçais que j'avais décidé de danser le tango sur un champ de mines : « On ne peut pas juste se *promener* dans le camp, Tim. C'est dangereux. Tu ne sais pas dans quoi tu t'embarques ! »

« On va quand même essayer avec ma méthode, S. Ce n'est pas en restant assis sans rien faire qu'on va se tirer d'ici. Tu marches toujours pour une évasion, non ? »

Mon intention était simple : pour libérer tous les esclaves, il fallait organiser un soulèvement dans le camp. Pour cela, il fallait fédérer les troupes et je n'allais pas y parvenir en ne fréquentant que les pensionnaires de la section C. Il fallait que je mobilise tout le monde. Mon seul atout, c'était la tchatche, un petit talent pour raconter des histoires et grâce à Mangesonge, je pouvais les raconter dans toutes les langues. Si j'espérais récolter la tempête, je devais commencer par semer le vent.

J'ai passé une heure au sein de mon groupe pour ne pas trop attirer l'attention, avant de m'éclipser dès que ça m'a semblé possible. Armée d'une bonne dose d'inconscience, j'ai filé vers la section B, en faisant le tour du monticule de déchets. En chemin, j'ai croisé pas mal de miliciens qui faisaient des rondes avec ces épouvantables chiens-plantes qu'Armaga appelait des « dionards ». Pas facile de les éviter. Tout ce que je pouvais faire, c'était me montrer aussi vigilante que possible et tenter d'anticiper leurs déplacements. Je transpirai pas mal en chemin, mais cette épreuve me permit de réaliser que le niveau de surveillance du camp laissait à désirer. Un point faible à exploiter.

Restait à déambuler ici en passant pour une adulte. Tant que je ne laissais pas les miliciens me regarder de près, j'espérais me fondre dans la masse.

J'avais les tripes nouées par un gros trac. C'est d'abord des femmes que je me suis approchée.

Visiblement, elles étaient concentrées à l'intendance, la cuisine et la laverie. En s'isolant ainsi des hommes qui travaillaient à la décharge, elles se protégeaient de la violence et de la promiscuité et étaient parvenues en même temps à se créer leur petit monde au sein du camp. Mieux qu'un petit monde : un lieu d'influence, un contre-pouvoir, puisque sans les femmes, c'était tout le fonctionnement de la section qui stoppait net en quelques jours. C'était le terreau parfait pour ma conspiration.

Je passai pratiquement toute la matinée auprès d'elles, tissant ma toile, posant des questions, rencontrant plein de monde, tout en déjouant la vigilance des gardes. L'après-midi, je m'approchai du deuxième groupe sur lequel je souhaitais m'appuyer : les dissidents, les révolutionnaires, bref, les intellectuels du camp, ceux qui s'étaient fait coffrer pour davantage que tapage nocturne.

Subversifs par nature, ils étaient naturellement très réceptifs à mon discours de révolte. Ils étaient aussi un peu cinglés, à l'image de ce personnage haut en couleur que je rencontrai sur une montagne d'ordures. Ce vieux type s'appelait Enzor Jacques, et il se définissait à qui voulait l'entendre (c'est-à-dire moi uniquement) comme un « pamphlétiste, gazettiste, libre penseur et défenseur de la liberté d'expression face à un pouvoir inique et liberticide. »

Enzor était l'âme, le rédacteur en chef et le contributeur quasi unique d'un des journaux d'Entremer, un brûlot anarchiste nommé *Le Furibard*. Après d'innombrables attaques contre les Bourgmestres d'Entremer, le Conclave, la noblesse, les riches, le clergé, les artistes, la pègre et les liens que toutes ces figures en vue entretenaient les unes avec les autres, sa plume avait fini par agir comme un urticant sur les nerfs sensibles des gens de pouvoir, qui avaient bien poliment demandé à la milice de trouver un prétexte pour l'envoyer au Camp de l'Ataraxie. Lui, c'est bien simple, je n'ai même pas eu besoin de lui exposer mon plan pour libérer les prisonniers du camp, c'est lui qui m'a fait part de ses desseins et je n'ai eu qu'à y greffer les miens et lui expliquer que de plus en plus de gens étaient en train d'adhérer à « notre cause ».

Au terme d'une journée de rencontres similaires, j'avais l'impression que les femmes et la plupart des dissidents étaient de mon côté et que les premiers tourbillons de la tempête à venir étaient en train de se lever.

J'étais excitée en retournant le soir dans la section C, où S m'assura que personne n'avait constaté mon absence, grâce, soutenait-elle, à un concours de circonstances improbable et absolument impossible à reproduire. Elle me fusilla du regard quand je lui expliquai que j'allais reprendre mes vagabondages le lendemain.

Pas possible de passer tout mon temps dans la section B, mais j'y fis des visites régulières les jours suivants. Je voyais des gens, je rendais des services, je présentais certaines personnes à d'autres, j'échafaudais mon plan, morceau par morceau. Je prononçais aussi de temps en temps le nom de Voland, mais ça n'évoquait rien à personne.

Progressivement, le Camp de l'Ataraxie n'avait plus de secrets pour moi, ce qui me permettait de me déplacer d'un endroit à un autre sans me faire voir, évitant les gardes et leurs dionards en laisse dont je connaissais les trajets et les horaires. Je commençais même à recevoir des messages que je parvenais à faire transiter par les cuisines.

La section C, je ne l'oubliais pas, mais mon travail y était plus facile puisque j'y étais sur place. Drendel, Armaga et même S, malgré ses réticences, étaient mes relais et prêchaient la bonne parole lorsque j'étais en déplacement. Tout cela pouvait mener à quelque chose. Peu à peu, la météo tournait à l'orage…

Sans l'appui des esclaves de la section A, cela dit, tout cela ne servirait à rien. Si je projetais un soulèvement, il fallait que tous les « employés en redressement » soient impliqués, en particulier ceux qui logeaient dans le secteur le plus peuplé. De plus, c'était eux les plus mal traités. Ils devaient avaient soif de liberté et de vengeance. Contribuer à leur rendre leur liberté, en plus de servir mes intérêts, ça cadrait avec mes principes. Pas question de tolérer l'esclavage.

Principes ou pas principes, cela dit, ces Ogres et les autres créatures de la section A me foutaient les jetons.

C'est donc habitée par des sentiments contradictoires que je suis partie un matin à la rencontre de ce petit monde que j'imaginais hostile, tout en redoublant de vigilance pour éviter les miliciens, enveloppée de bandelettes comme une lépreuse pour échapper aux regards.

En apparence, rien dans la section A ne détonnait avec le reste de l'Ataraxie : mêmes bâtiments, mêmes gardes (mais plus nombreux), même chaleur, même crasse et même puanteur. Pourtant, ce que j'aperçus en arrivant me fit immédiatement comprendre que la vie ici était encore pire qu'ailleurs : les esclaves étaient alignés sur une estrade et vendus au plus offrant, comme des marchandises.

J'en pleurais des larmes de rage. La mâchoire serrée, je contournai ce bazar honteux et je me dirigeai vers les baraquements, espérant y trouver quelqu'un à qui parler.

Je fus étonnée d'y être accueillie par une musique joyeuse.

Devant les portes de la cuisine, des Ogres étaient en train de réceptionner des légumes, de les peler et de les découper pour la soupe. Et ils faisaient ça en chantant. Le chef de cuisine lançait une phrase musicale, accompagnée de paroles choisies pour leur sonorité plus que pour leur sens, et toute son équipe répétait la phrase, l'accompagnant de percussions faites de claquements de mains et de coups de cuillère sur les casseroles.

Un jeune Ogre aux petits yeux malicieux s'est approché de moi, voyant que je regardais le groupe sans m'y mêler et il m'encouragea à m'y mettre aussi en me montrant que la chanson n'était pas bien compliquée. C'est donc ce que j'ai fait. Le grand chef entonnait sa phrase de sa belle voix profonde et moi je me joignais aux autres pour la répéter, d'abord doucement, puis plus franchement, puis carrément à tue-tête, ce qui arracha des rires et des applaudissements à toute l'équipe de cuisine.

Tout en chantant et en gardant un œil sur l'équipe de cuisine, le chef s'approcha de moi, mi-marchant, mi-dansant. C'était un Ogre vieux, mais très vif, aux dents gris-jaune et particulièrement longues. Bien plus grand que ma silhouette menue, il se planta face à moi et il sembla ne chanter qu'à mon intention, me mettant au défi de l'imiter avec ne serait-ce qu'une fraction de la conviction qu'il affichait. Ça ressemblait à un test.

J'ai donc fait de mon mieux, consciente que désormais, la bande d'aides de cuisine avait suspendu son travail et me fixait, frappant des mains et tapant des pieds en cadence pour soutenir notre chant, au chef et à moi, se rapprochant de nous jusqu'à former un cercle. Je pouvais sentir leur souffle dans ma nuque, le martèlement de leurs pieds sur le sol. À chaque instant, la situation pouvait basculer et se retourner contre moi…

En un geste, le chef de cuisine retira les bandelettes qui dissimulaient mon visage. La musique céda sa place au silence.

Le vieil Ogre me regardait avec l'air d'un parent qui vient de prendre un enfant en train de voler de la confiture. J'étais en danger, ma supercherie révélée, sans plan de secours. Les autres me fixaient, pas sûrs de la réaction qu'ils devaient avoir, attendant un signe de leur chef. C'était à moi d'agir. J'ai pris ma respiration et avalé ma salive, et dans un air de défi, j'ai dit :

« Je suis une esclave ! Une esclave comme vous ! »

Le vieux a soulevé ses sourcils épais comme des mauvaises herbes. Un sourire naquit aux extrémités de sa large bouche plantée de dizaines de crocs : « Oh non ! » dit-il, « Pas comme nous ! Pas comme nous du tout ! »

Après quoi il a éclaté de rire, jusqu'à ce que les éclats amusés de sa voix profonde remplissent tout l'espace, jusqu'à ce qu'autour de lui, l'un après l'autre, toute l'équipe de cuisine se mette à rigoler. Une Humaine qui avait entonné un chant de travail dans la langue des Ogres Pardes : j'étais une anomalie, une distraction. Et au Camp de l'Ataraxie, on n'en croisait pas tant que ça, des distractions. Je commençais à me dire que ça n'avait pas été une si mauvaise idée que ça, de venir dans la section A…

Je me suis dit ça jusqu'à ce que j'entende une voix familière derrière moi.

« Petite princesse » grinça la voix. « Tu es loin de chez toi, petite princesse… » Chaque syllabe était alourdie de menaces et rehaussée d'une pointe de sadisme. Dès que ces quelques mots furent prononcés, toute l'équipe de cuisine se tut.

« Hakoub » ai-je dit avant de me retourner. Et c'était effectivement lui, la petite frappe qui avait essayé de me violer à mon arrivée dans le Camp et qui était de retour pour m'empoisonner la vie. À en juger par la réaction des autres, cet Ogre inspirait la crainte et le respect à tous les esclaves de la section A. Il était incontournable. Du coup, si je voulais compter dans cette partie du camp, il fallait soit que j'élimine Hakoub de l'échiquier, soit que je le gagne à ma cause…

« Tu es fâché contre moi, je le vois, et je devine que tu as envie de me faire subir toutes sortes de trucs épouvantables, mais avant, comme nous ne sommes pas pressés, je te demande de répondre à une simple question. »

L'Ogre continuait sa progression vers moi, l'expression de son visage inchangée. « Une simple question, Hakoub : est-ce que je suis une menace ? Est-ce que la petite Humaine sans armes, la petite Humaine sans Magie, ni Science, ni Foi qui se trouve devant toi représente une menace pour toi ? Est-ce qu'un grand gaillard comme toi a quoi que ce soit à craindre d'une fille comme moi ? »

Enfin, mes mots avaient servi à quelque chose. Hakoub s'était arrêté juste devant moi, un sourire de triomphe ornementant ses chicots : « Tu ne peux rien contre moi, princesse ! Rien du tout ! » dit-il avant d'éclater d'un rire vulgaire. Au passage, l'idée de m'agresser pour le simple plaisir de nuire lui était sortie de la tête. Tim 1 – Hakoub 0.

« Dans ce cas, laisse-moi te raconter une petite histoire, Hakoub » ai-je continué, gagnant en confiance et m'adressant cette fois-ci tout autant à ce personnage menaçant qu'à la foule de plus en plus nombreuse qui nous entourait.

« C'est l'histoire d'un jeune Ogre malin et plein d'ambition, un Ogre qui voulait se faire une place dans la société. L'histoire de… appelons-le Habouk ! » ai-je lâché avec ironie, ce qui engendra quelques rires courageux dans l'assistance. Je gagnais du terrain.

« Habouk avait envie de prouver à tous les Ogres qu'il était le plus fort et le plus redoutable. Il s'est battu contre tout le monde. Les plus faibles, il les éliminait. Et peu à peu, tout le monde dut bien reconnaître que Habouk était le meilleur, et ils en firent leur chef. Tu te dis que cette histoire te paraît familière, hein, *Hakoub* ? »

Hakoub n'était pas un abruti et suspectait que j'étais en train d'essayer de l'embobiner. Mais ce n'était pas le cas : je voulais le *convaincre*. Autour de nous la foule des esclaves retenait son souffle.

« Notre ami Habouk était le plus grand. Tout le monde le craignait et lui obéissait. Mais un matin, Habouk réalisa quelque chose. Il prit conscience qu'il n'était pas celui qu'il croyait être. Il prit conscience qu'il n'était qu'un *esclave*. Le plus craint et le plus redoutable des esclaves peut-être, mais aux yeux de ses maîtres, juste un esclave parmi les autres esclaves. »

Hakoub se mit à grogner, mais j'avais l'impression que mes mots commençaient à l'atteindre et que mon rugissement était moins adressé à moi qu'à nos geôliers. Il était temps de porter l'estocade.

« Et c'est là que Habouk réalisa que depuis le début de son ascension vers le pouvoir, il n'avait fait que servir les intérêts de ses maîtres. En utilisant la violence pour asseoir son autorité, il s'était comporté comme l'une de ces bêtes sauvages que les Humains craignent et qu'ils gardent en cage. Le pire, c'est que malgré lui, Habouk avait également contribué à maintenir les autres Ogres dans la terreur. En ne pensant qu'à accumuler du pouvoir à titre personnel, Habouk était devenu la marionnette de ceux qui l'avaient réduit à l'esclavage, il avait contribué à perpétuer un système injuste et cruel. Ce fut alors qu'il réalisa que le seul moyen de briser ce cycle, c'était de changer radicalement d'attitude. »

À présent, Hakoub me regardait dans les yeux. Il était temps de lui tendre la main, au sens figuré comme au sens propre.

« À toi de décider à présent, Hakoub. Si mon histoire te rappelle quelque chose, tu dois réaliser que tu as le choix. Tu peux t'opposer à moi. Tout ce que tu parviendras à accomplir, c'est à rester le premier des esclaves. Tu peux faire ça, ou alors tu peux te joindre à un projet plus ambitieux, travailler avec des individus qui ne te ressemblent pas pour conquérir ta liberté. La *vraie* liberté, Hakoub, pas juste la liberté de terroriser qui tu veux »

Hakoub regarda ma main tendue vers lui, pesant le pour et le contre, pendant que tout autour de nous, une foule d'esclaves galvanisés par mon histoire s'était mise spontanément à chanter la chanson de tout à l'heure. Le jeune Ogre approcha ses doigts des miens, me jeta un regard vérolé de doutes, sembla un instant sur le point d'accepter mon offre, puis il se ravisa, cracha un gros glaviot à mes pieds et tourna les talons.

Peu importe. Alors qu'autour de moi les chants gagnaient en intensité, j'ai réalisé que je venais de remporter une bataille décisive. Le vent de la révolte était sur le point de souffler et d'emporter avec lui le Camp de l'Ataraxie.

Ce fut à ce moment précis que les gardes arrivèrent en masse avec leurs chiens-plantes et leurs matraques et que ça gâcha un peu la fête.

CHAPITRE 3 :
ÉMEUTE URBAINE DE CLASSE 3

« "La Ville Libre d'Entremer" : que voilà une appellation trompeuse.
En vérité, Entremer ne supporte pas la liberté.
Ce n'est pas une ville, c'est un monstre. »

Pol KUAN, *Carnets de voyage*

Ils ne les ont jamais vraiment lâchées, leurs matraques, les gardes, au cours des jours qui ont suivi. À commencer par celle qui s'est abattue droit sur ma face à la fin de mon discours au milieu des Ogres. C'était ce qu'on pouvait appeler un retour de bâton. Le rassemblement d'esclaves dans la section A avait mis en alerte les autorités du camp. Désormais, j'étais surveillée de près. Impossible de vagabonder dans le camp comme j'avais réussi à le faire ces derniers jours.

De temps en temps, apparemment chaque fois que l'envie leur en prenait, le Commandant Burin m'emmenait dans un bureau et me harcelait de questions, toujours les mêmes : « Qu'est-ce que tu prépares ? », « Quels sont tes alliés ? », « Raconte-nous ton plan ! »

Pas complètement inconsciente quand même, je faisais un grand effort pour ne pas m'énerver, éviter de faire des vagues, laisser passer ce moment sans éclats de voix.

Il faut dire que je pouvais compter sur un atout : mon principal talent dans l'existence, c'est que je sais raconter des histoires. Et c'est ce que j'avais fait depuis mon arrivée dans ce camp. Le tout était de ne pas raconter la même histoire à tout le monde. Chacun savait ce qu'il avait à faire, mais à moins de se mettre à questionner tout le monde et de raccommoder tous les morceaux dans le bon ordre, pas possible d'avoir une vision d'ensemble. On aurait même pu passer à côté complètement…

En plus, toutes les histoires que je racontais n'étaient pas vraies : car celles et ceux que je jugeais indignes de ma confiance se faisaient les colporteurs de différentes rumeurs contradictoires que j'avais fait circuler et qui emmenaient l'administration du camp cavaler de droite à gauche à chasser des fantômes.

Ainsi, alors que la suspicion autour de ma petite personne commençait à prendre des proportions spectaculaires, je vis les gardes renforcer la protection autour des trois bâtiments cylindriques qui, apparemment, muselaient les Magiciens, Savants et Dévots de la prison. Ça n'avait rien d'étonnant : j'avais expressément demandé à mes interlocuteurs les moins fiables de réfléchir au meilleur moyen de prendre le contrôle des trois tours. Bien entendu, ils s'étaient empressés d'aller rapporter la nouvelle aux oreilles des gardes, dans l'espoir d'en retirer une minime rallonge de nourriture ou autre traitement de faveur. Chaque milicien posté devant les trois tours ou planté devant le magasin de matériel ou le système d'alimentation en eau, c'était un soldat que nous n'aurions pas à combattre au moment de l'évasion. (Et tant mieux, parce que je ne savais pas me battre.)

Chaque fois que je passais à l'interrogatoire, je ne manquais pas de souligner lourdement à quel point j'étais proche d'Armaga, S et Drendel. Et c'était la plus parfaite vérité : je ne savais pas si je pouvais les considérer comme des amis, mais je n'avais aucun doute sur la confiance que je pouvais leur accorder. Je leur avais raconté une partie de mon histoire, j'avais pu compter sur leur appui même quand je n'avais aucune idée de ce que je faisais et lorsqu'ils désapprouvaient mes méthodes. Seulement voilà, ils étaient trop proches de moi, justement.

De toute évidence, ils représentaient une cible de choix pour les gardes, qui pouvaient les cuisiner, voire les torturer pour leur faire cracher ce qu'ils savaient au sujet de mon fameux plan secret. C'est pourquoi je ne leur avais rien dit du tout sur mes intentions et que je les avais gardés à l'écart de toute ma stratégie pour libérer le camp.

Pendant quelques jours, ils ont donc dégusté, ces trois-là. Comme moi, ils passaient à la question à tout bout de champ. Quand je les voyais revenir, la mine défaite, la lèvre fendue, les pommettes couvertes de bleus, j'avais les remords qui me mordaient le cœur et j'en venais à me demander si tout cela en valait la peine…

S, en particulier, ne disait rien. Elle était tellement fière qu'elle se pourrissait la vie plutôt qu'afficher un soupçon d'indignité, mais dans ses yeux sévères je sentais qu'elle n'allait pas supporter indéfiniment de morfler au nom d'un plan qui, pour autant qu'elle le sache, n'existait même pas.

Elle avait bien raison. Pas question que tout cela se prolonge indéfiniment. « Bientôt » lui ai-je murmuré un soir au pied de son lit. « Bientôt, je te dirai tout. » Je ne pouvais plus me déplacer à ma guise à travers le camp, mais mon réseau était en place. Plusieurs fois par jour, je recevais des messages qui me tenaient au courant de l'avancée de notre projet d'évasion. Et les nouvelles que je recevais depuis deux-trois jours étaient encourageantes. Elles me laissaient penser que nous n'aurions désormais plus très longtemps à attendre avant de passer à l'action…

Un matin j'ai senti qu'il était temps. Dans un coin de la cafétéria, je me suis assise avec S, Drendel et Armaga et je leur ai parlé à voix basse. « On y est presque, les amis. Le plan s'approche de la dernière phase. Nous serons bientôt libres. » Je m'efforçais d'y croire et d'insuffler un peu de cette certitude à mon auditoire. Ça ne marchait pas du tout sur S, qui eut un air circonspect :

– Un plan ? dit-elle. Qu'est-ce que tu appelles un plan exactement ?

– C'est un plan. Je ne peux pas affirmer que j'ai pensé à tout, mais c'est un plan.

– Et bien moi, ça me va, dit Drendel. Si on doit crever, pourquoi ne pas crever en essayant de retrouver la liberté ?

– Je ne demande qu'à être impressionné, dit Armaga.

J'ai pris une grande respiration, classant en vitesse les différentes parties de ma stratégie dans ma tête, j'ai regardé l'un après l'autre mes trois conspirateurs et j'ai amorcé mon explication :

– L'évasion se base sur deux principes. Le premier de ces principes, c'est que s'échapper de ce camp, ça n'est pas très compliqué.

– *C'est* très compliqué, dit S. C'est même impossible.

– Rah ! avec vous, les bigots, tout est toujours impossible, dit Armaga. Et si on essayait de s'ouvrir à de nouvelles idées pour une fois ?

– Et bien justement, dis-je. En voici une, de nouvelle idée : si tous les détenus du Camp de l'Ataraxie se mettent ensemble, rien ne peut nous résister. Nous sommes plus nombreux que les gardes. On peut se les faire.

– Sans armes, le nombre ne sert à rien, dit S.

C'était là que j'allais avoir besoin de la confiance de mes amis, parce que ce qui suivait n'était pas facile à croire. Pour tout dire, ça touchait à des choses qui me dépassaient complètement :

– Nous aurons des armes. En fait, c'est toi qui m'as donné l'idée, Armaga.

– Il va falloir me rafraîchir la mémoire.

– C'est quand tu m'as montré les trois tours qui bloquent les trois, euh…

– Prodiges. Les Trois Prodiges.

– J'espère que tu n'as pas prévu de les attaquer, dit S, parce que ça ne va pas marcher.

– Je prends note de ton scepticisme habituel, S. Mais non, on ne va même pas s'en approcher, de ces tours. On n'en a pas besoin.

Une pause. Personne ne comprenait où je voulais en venir. Tout le monde attendait que je sorte le lapin de mon chapeau. J'espérais qu'il allait leur plaire :

– Si j'ai bien compris tes explications, Prof, la tour de la Foi bloque la Science, la tour de la Science bloque la Magie et la tour de la Magie bloque la Foi, c'est ça ?

– En deux mots, c'est ça, dit Armaga.

– Dans ce cas, les trois tours se bloquent mutuellement. Elles n'ont pas d'effet du tout. On peut tout à fait utiliser les Trois Prodiges dans le camp, contrairement à ce que la milice essaye de nous faire croire.

À en juger par les bouches ouvertes, les yeux ronds et les expressions ébahies que j'avais face à moi, mon public était bluffé par mon petit numéro. Drendel était stupéfait, S échafaudait des théories pour me prouver que ce que j'affirmais était impossible. Quant à Armaga, il se posait la question que tout individu rationnel se serait demandé : « Si les Trois Prodiges ne sont pas bloqués dans le camp selon toi, pourquoi ceux qui en maîtrisent les effets ne peuvent pas les utiliser ? » Circonspect, le Savant lithique m'expliqua qu'aucune de ses expériences Scientifiques n'avait donné le moindre résultat depuis qu'il était enfermé à l'Ataraxie. Alors, quoi ?

Alors c'est justement là-dessus qu'une partie de mes alliés bossaient depuis quelques jours, ai-je expliqué à mes amis. Ma théorie ne venait pas de nulle part. Je l'avais confrontée aux faits. En tout cas, un minimum. Et ce qu'on avait constaté, c'est qu'en faisant preuve de patience, en se concentrant, en joignant leurs efforts, les Dévots étaient parvenus à se faire entendre de leurs Dieux, les Savants avaient pu faire fonctionner leurs machines et leurs potions et les Mages avaient réussi à lancer leurs sortilèges. Les trois tours avaient de l'effet, mais pas beaucoup : elles ne formaient qu'un fragile mur de plâtre sur lequel il suffisait de s'appuyer avec un peu d'insistance pour accéder aux disciplines interdites.

« Tout cela soulève tant de questions qu'il faudrait toute une vie pour y répondre correctement », s'exclama Armaga, dont l'expression médusée laissait penser qu'il s'était d'ores et déjà attelé à la tâche. Quant à S, ce n'était pas qu'elle manquait d'enthousiasme. De manière imprévisible, elle semblait affectée par la nouvelle. Si elle n'avait pas été aussi digne, elle aurait été au bord des larmes : « Ça ne change rien pour moi… J'ai… renoncé à la Foi. Anadeus ne m'a pas… » Puis elle laissa planer quelques pesants points de suspension derrière sa phrase.

Moi, je n'avais pas trop envie de faire la psy, sur ce coup. J'avais besoin de mes trois amis et j'en avais besoin dans des rôles très précis, qui correspondaient à ma stratégie. Mais ça, je n'ai pas eu l'occasion de leur dire.

Avant même d'avoir pu leur expliquer mon plan dans le détail, j'ai été interrompue par le commandant Burin. Flanqué de deux gardes, il vint me chercher à table et m'emporta avec lui avec une brutalité de flic pourri. « Je t'emmène voir monsieur le superviseur ! » fut la seule explication que je pus obtenir de lui.

Tout s'effondrait – mon cœur battait frénétiquement. Les brutes m'emmenèrent vers la tour pyramidale où Carniato avait son bureau. Paralysée d'angoisse, je n'ai rien tenté. Le temps de me poser toutes sortes de questions, les miliciens me faisaient pénétrer dans le bureau du sinistre personnage qui dirigeait ce camp de travail.

Carniato était logé comme une tumeur dans son fauteuil. Sa face de cristal laiteux était déformée d'un sourire de circonstance : « La Fille aux Cheveux Rouges ! » s'exclama-t-il avec dérision. Derrière son épaule, sa secrétaire, mademoiselle Vortices, me fixait d'un regard dur comme de la laine de verre.

« Décidément, nous avons un problème, vous et moi, vous ne croyez pas ? » dit le superviseur en se dressant de sa chaise. J'avais oublié à quel point il était grand. « Nous savons que vous préparez quelque chose. Cela n'est pas tolérable. Mes hommes sont parvenus à deviner une partie de votre plan, mais pas tout, hélas. » Il s'approcha de moi, pour me parler sur le ton de la confidence : « Nous ne savons pas tout pas vrai ? » me demanda-t-il. Puis, constatant que je ne répondais rien, il regarda son assistante en soupirant. « Au moins pourrais-je me satisfaire du fait que, contrairement à la majorité des jeunes de cette ville, vous faites preuve d'initiative, mais vous représentez un danger pour l'harmonie et le bon fonctionnement de ce camp. Je vais y mettre un terme immédiatement. »

« C'est vrai », ai-je répondu brusquement, ce qui provoqua un sursaut chez Carniato qui ne s'attendait pas à me voir réagir. « Vous êtes coincés. Si vous ne faites rien pour m'arrêter, tôt ou tard, il y aura une émeute au Camp de l'Ataraxie… » J'ai laissé mes mots flotter dans la pièce pour qu'elles imprègnent l'air de tout leur succulent potentiel d'intimidation. Puis j'ai lâché la seconde partie de ma menace : « Si au contraire vous agissez contre moi, si vous me tuez, si vous me torturez, si vous me faites taire, là aussi vous aurez une émeute sur les bras. »

« Suivez-moi », dit-il d'un ton formel.

Il avait accompagné son injonction d'un geste de la tête qui désignait la porte-fenêtre ornée qui, derrière le bureau, menait à son balcon personnel. Deux gardes s'approchèrent et ouvrirent le verrou.

« Mademoiselle Vortices et moi, nous avons réfléchi avant votre arrivée à l'inconvenante petite chausse-trappe que vous venez de nous décrire. Vortices est une Collectine, elle a dans son crâne la capacité d'analyse de quarante-sept cerveaux humains. Le blocage que vous nous présentez ? Selon elle, c'est loin d'être une fatalité. Il y a une possibilité que vous n'avez pas entrevue… »

Un milicien me piquait les côtes avec son glaive pour m'ordonner d'avancer vers la fenêtre. Je me suis retrouvée avec le superviseur sur ce balcon étroit, cerné par quatre gardes armés, avec comme horizon la montagne d'ordures et les hautes murailles du camp. Derrière elles, les silhouettes incertaines des bâtiments d'Entremer flottaient sur l'horizon. À force d'en rêver, cette vision trouble était devenue l'inatteignable symbole de ma soif de liberté. À nos pieds, des détenus se rassemblaient, pressentant que quelque chose allait se passer.

« Loyaux employés en redressement du Camp de l'Ataraxie ! » proclama Carniato d'une voix qui portait loin et frappait au torse. Il laissa retomber l'écho de ses mots avant de poursuivre. « Comme vous le savez, en prélude à la célébration de la Nuit de la Gâche, il est de coutume dans notre bonne vieille Ville Libre d'Entremer de se libérer des choses qui nous entravent et nous empêchent d'avancer. Une coutume que la direction du Camp de l'Ataraxie a l'intention d'honorer cette année… »

La référence m'échappait. Je ne savais rien de cette « Nuit de la Gâche », rien de son importance réelle, rien non plus des coutumes auxquelles elle était attachée.

« J'ai à mes côtés l'un de nos meilleurs éléments. Vous la connaissez toutes et tous, j'en suis sûr… » déclara le superviseur tout en me serrant contre lui comme un cancrelat libidineux. Beurk beurk. « C'est Tim Keller, notre Fille aux Cheveux Rouges ! » a-t-il lancé à la foule, dans le but évident d'obtenir des applaudissements qui n'ont pas tardé à venir.

« Tim, notre chère Tim, l'une des meilleures collectrices du secteur C ! » Reapplaudissements.

« Tim » a-t-il continué tout en tournant ses yeux de rubis dans ma direction, la voix agrémentée d'un trémolo de circonstance, « Tim, est un exemple pour la jeunesse, la preuve que mes méthodes sont à même de vaincre la paresse et la violence des jeunes de cette ville.

C'est pourquoi… », dit-il avant de soupirer profondément, le public désormais accroché à ses lèvres. « C'est pourquoi moi, Carniato, en vertu des pouvoirs qui me sont conférés en tant que superviseur de la milice d'Entremer, je décide, dans le but d'observer la coutume de la Nuit de la Gâche, de t'accorder à toi, Tim Keller, de manière immédiate et inconditionnelle, une grâce totale ! Je t'offre ta liberté ! »

« Tu es libre, petite », crut bon de grommeler le commandant Burin, posté derrière moi, alors que la foule massée au pied de la tour venait d'éclater en une assourdissante salve d'applaudissements.

Le Lithique m'avait bien eue. Je venais de passer les dernières semaines à tout faire pour sortir de ce camp, à mobiliser, à fédérer, à organiser tout le monde pour mettre sur pied une belle émeute massive. Un truc insensé. Et pourquoi j'avais fait tout ça ? Qu'est-ce qui m'avait motivée à me lancer dans un projet pareil, moi, la petite adolescente débarquée d'un univers parallèle ? Qu'est-ce qui avait rendu tout ça possible ? Je m'en souvenais avec vigueur alors que mon cœur donnait des coups de maillets dans ma cage thoracique. Ça faisait bam bam bam.

C'était Voland. Si j'avais fait tout ça, c'était uniquement pour être en mesure de retrouver Voland, de partir à sa recherche, de me rapprocher de lui, de profiter à nouveau de sa chaleur entêtante, de sa présence.

Bam bam bam. Et à présent, ce qui m'était offert, c'était la liberté sans condition, la possibilité de quitter ce camp. Carniato avait lu en moi. Il avait trouvé l'issue, ce qui lui permettait d'échapper à mon petit chantage. Il était bien plus subtil que moi : il m'offrait l'échappatoire qui réglait à la fois tous ses problèmes et tous les miens. Il me suffisait de dire oui.

Bam bam bam, cognait mon cœur. Rien que quelques mots et le cauchemar prendrait fin. Je m'avançai vers la balustrade du balcon et je pris ma respiration. Bam bam bam. Ma gorge était serrée. Je cherchai mes mots. Juste quelques-uns, pas besoin de davantage. Bam bam bam. Je m'y voyais déjà. J'allais accepter cette grâce qui m'était offerte, j'allais marcher par un des grands portails du camp et tout le monde allait m'acclamer.

Ensuite, je ne reverrais plus jamais S, plus jamais Drendel, plus jamais Armaga, plus jamais Enzor Jacques, tous ceux dont j'avais fait la connaissance dans le camp. Ensuite, les gardes allaient frapper fort, bastonner les grandes gueules, enfermer les meneurs, remplacer l'espérance par la terreur, la solidarité par la discipline, la liberté par la souffrance. Ensuite, le Camp de l'Ataraxie serait pire qu'il ne l'avait jamais été, et moi je serais loin. Ensuite…

Bam bam bam. « Monsieur le superviseur… » ai-je proclamé d'une voix dont je fus la première à m'étonner de la puissance. Mais malgré cette entrée en matière, ça n'était pas à lui que je parlais, pas au grand bonhomme de cristal. C'était vers eux que je tournais mon regard, à eux que je destinais mon discours, tous ceux et toutes celles qui étaient massés au pied de la tour et tous les autres qui n'étaient pas là, mais à qui on allait rapporter mes propos.

« Je ne suis pas d'ici, je ne connais pas vos coutumes, je n'ai jamais entendu parler de la Nuit de la Gâche et il y a moins d'un mois, je n'avais jamais mis les pieds à Entremer. Je ne suis qu'une fille comme les autres, ni meilleure ni pire, comme tous mes frères et sœurs du Camp de l'Ataraxie. Je suis loin de chez moi, loin de mon foyer, séparée de ceux que j'aime. Comme tous mes frères et sœurs, je suis quotidiennement humiliée, dégradée, malmenée. Comme tous mes frères et sœurs, je suis coupée de ce qui fait la dignité d'un individu, coupée de moi-même et de mon libre arbitre. »

L'air était lourd de silence. Esclaves, gardes : toute l'attention était focalisée sur moi.

« Monsieur le directeur, vous me dites que vous m'offrez ma liberté ? Mais la liberté ne peut pas s'offrir » ai-je continué, la parole désormais transcendée par une nouvelle certitude, voisine de l'insolence. « Vous m'offrez ma liberté ? Alors que c'est vous et vos laquais qui maintenez toute la population de ce camp en détention ? Alors que c'est vous qui vendez mes amis comme des marchandises ? Que vaut-elle, cette liberté, si elle peut apparaître et disparaître au gré des caprices d'un personnage corrompu ? Et c'est pourquoi, Monsieur le superviseur, parce que je ne vous reconnais pas le droit de décider de mon sort ni de celui de mes frères et sœurs, je refuse votre grâce ! »

Raide de rage, humilié d'avoir été pris à son propre piège, Carniato me fixait, la mâchoire tremblante. Les gens massés au pied de la tour triangulaire, toute la population du camp, étaient en train de scander mon nom.

Je n'ai pas entendu quand le superviseur m'a hurlé menaces et insultes, quand il a ordonné à ses gardes de m'emmener, de me faire disparaître de sa vue, quand il m'a promis un châtiment pire que la mort.

Alors qu'ils m'emmenaient hors du bureau, à travers les couloirs, jusqu'aux cellules d'isolement, je ne me disais qu'une seule chose :

« Mais quelle conne ! Tu n'aurais pas pu fermer ta grande gueule, pour une fois ? »

Le commandant Burin en personne m'a traînée jusqu'au mitard, désormais familier. Il m'a balancé par terre, me jetant contre le sol dur pour me faire mal.

Recroquevillée au fond de mon cachot, je sentais des larmes glacées sillonner mes joues. À force de jouer à la petite futée, voilà, j'avais ce que je méritais ! Et dire que j'avais été assez idiote pour me rêver révolutionnaire ! Je n'en menais pas large. Pour un petit moment d'arrogance, j'avais abandonné une chance unique de retrouver la liberté.

Combien de temps s'est écoulé ? Ça ne valait même pas la peine de se poser la question : je n'avais aucun repère. Mais vraisemblablement pas plus de deux ou trois heures.

Et là, tout à coup, la terre a tremblé.

Des secousses firent sursauter le sol, accompagnées d'un grondement grave qui résonnait sous mon corps, sur les murs et jusque dans ma cage thoracique et la moelle de mes os. Quelques secondes plus tard, la lourde porte du cachot fut percutée par une onde de choc qui en fit cliqueter les gonds… Ce n'était pas fini : juste derrière, j'entendis une demi-douzaine de soubresauts plus sourds, puis le silence. Un long silence plein d'interrogations…

Les idées noires qui s'étaient installées en moi depuis que j'étais dans cette cellule laissèrent émerger un trille d'espoir…

Je ne pouvais pas m'empêcher de penser que ça y était : mon plan était en train de devenir réalité. Mon discours et mon emprisonnement avaient peut-être servi de déclencheurs. Si je voyais juste, si les esclaves étaient bien en train de se révolter, tout cela ne se passait pas exactement comme je l'avais prévu. Cela signifiait que le bruit que je venais d'entendre, c'était celui du mur d'enceinte du Camp de l'Ataraxie qui volait en éclats sous le coup d'une violente déflagration ; après quoi, il devait s'être effondré. À l'heure qu'il était, les détenus étaient peut-être en pleine émeute, en train de se ruer vers la brèche et de se battre pour leur liberté.

Je me suis mise debout, l'oreille collée à la porte, à l'affut du moindre bruit qui pourrait m'en apprendre plus sur la situation au-dehors. Et des bruits, il n'y en avait pas beaucoup. Je sondais le silence en quête d'un écho, d'un frémissement… d'une vibration… de *quelque chose* qui pourrait me mettre sur la voie… Je m'en rongeais les ongles d'angoisse.

J'entendis les portes d'acier des sous-sols s'ouvrir et se refermer une à une, toujours plus près de moi, accompagnées des bruits de pas d'au moins deux gardes. En tout cas, je pensais qu'il s'agissait de gardes, à en juger par le bruit caractéristique de leurs cuirasses de cuir et de leurs armes. Une frayeur me glaça le sang. Et s'ils venaient me régler mon compte ?

Mais ils ne semblaient pas avoir été dépêchés pour s'occuper de moi. Les miliciens – à présent, je pensais qu'ils étaient trois – se postèrent devant ma porte, sans dire un mot et sans même s'approcher de ma serrure. Ils étaient de toute évidence là pour empêcher qu'on vienne me libérer, ce que j'interprétais comme un signe que l'émeute était en train de tourner à l'avantage des détenus.

Je me suis sentie envahie par une onde de fierté, qui comme d'habitude n'a pas tardé à me dégourdir la langue : « Alors, bandes de blaireaux ? On dirait que vous êtes en train de passer une mauvaise soirée, hein ? » Ils ne répondirent pas à mes provocations, ce qui était sans doute mieux pour moi.

J'ai entendu plusieurs explosions lointaines, qui me laissaient penser que les Savants avec lesquels je m'étais entretenue ces dernières semaines dans les différentes Sections du camp étaient bel et bien parvenus à fabriquer les explosifs qu'ils m'avaient promis. Pour le reste, j'en étais réduite à spéculer : comment se déroulaient les opérations ? Est-ce que des esclaves étaient déjà parvenus à s'enfuir ? Et qu'était-il advenu de mes amis ?

Un temps interminable s'écoula, peuplé de doutes, d'hypothèses et de culpabilité, rythmé par les respirations des gardes qui persistaient à ne rien dire du tout, occasionnellement jalonné par des échos presque imperceptibles de la bataille qui faisait rage à la surface, puis, à nouveau, j'entendis une série de bruits secs qui s'approchaient de mon couloir...

Toutefois, si c'étaient les mêmes portes qu'avaient franchies les gardes quand ils s'étaient postés en faction devant ma cellule, cette fois-ci, elles n'étaient pas ouvertes, mais violemment claquées. C'était le bruit d'une personne seule, prête à tout casser et à retourner la terre entière pour parvenir à son objectif.

Mon souffle se bloqua dans ma poitrine pour pouvoir suivre ce qui allait se passer. Qu'aurais-je donné pour pouvoir ne serait-ce qu'apercevoir la scène qui se passait de l'autre côté de la porte de ma cellule ! Mais aucune lumière ne filtrait. Il ne me restait donc que mes oreilles, mon imagination et mon petit cœur affolé pour vivre la scène par fragments.

La porte la plus proche, celle qui était là, au bout du couloir à moins d'une dizaine de mètres, fut fracassée si fort contre la paroi qu'elle se détacha de ses gonds avant de chuter dans un vacarme invraisemblable. « Arrière ! » hurla l'un des gardes d'une voix gercée d'effroi. « Ne bougez plus, ou nous serons obligés de vous neutraliser ! » L'intrus ne dit rien.

Des pas rapides et irrités résonnèrent le long du corridor. En face, l'un des gardes fit cliqueter son glaive brandi et hurla « Halte ! » sans aucune conséquence audible. J'entendis, tout mélangé, l'impact fulgurant d'une botte sur un visage de milicien, le craquement d'une maxillaire qui se brise et le vagissement endolori de celui qui venait d'être la victime de ce coup de pied.

Une seconde plus tard, comme il fallait s'y attendre, on eut droit au tintamarre d'une arme métallique lâchée sur le sol, bientôt rejointe par le garde lui-même et le choc sourd de son corps en armure. Un garde était hors de combat, restait à en neutraliser deux.

Mon sauveur s'était débarrassé de son premier adversaire sans sortir son arme. Cette fois-ci, j'entendis le métal glisser contre le cuir d'un fourreau. Les deux miliciens restants avaient cessé les mises en garde : à présent, ils en étaient aux menaces et aux insultes. Le silence total de leur opposant devait prodigieusement les agacer.

J'entendis une série de fracas d'armes entrechoquées, fer contre fer, des feintes, des jeux de jambes sur le ciment. Puis vinrent quelques impacts qui frôlaient l'armure ou le vêtement, des râles, des souffles rauques et autres rugissements. Puis une amorce de cri, brutalement réduite au silence par un claquement sec, presque comique. Enfin, une nouvelle chute de corps.

Cette fois, la lutte se résumait à un face-à-face. L'espace de quelques secondes, je n'ai plus rien entendu : sans doute que les deux combattants se jaugeaient, tentant de trouver la posture qui leur conférerait un avantage positionnel pour l'assaut. Enfin, distinctement, c'est une voix de jeune lionne qui a prononcé ces mots : « Par Anadeus, je t'accorde la clémence, si tu la réclames. »

J'étais fixée : c'était donc S qui était venue me sauver dans un grand numéro de chevalerie à l'ancienne.

La clémence, le milicien, ça ne le tentait pas du tout. Il se croyait tout à fait capable de botter les fesses d'une jeune combattante de dix-sept ans et il se fit une joie de l'expliquer à S en termes injurieux et hauts en couleur, avant d'éclater d'un rire horriblement grasseyant. Ce ricanement fut interrompu net. Un coup sourd fut suivi du bruit d'une outre qui éclate – un son tel que je n'en avais jamais entendu et qui me souleva le cœur. Que s'était-il passé exactement ? Je m'imaginais une mutilation insoutenable à voir. Dans un murmure, S était en train de prononcer une rapide oraison pour ses trois victimes.

Un tintement de clé annonça ma libération. C'était bien S qui se présenta devant ma porte, une lanterne à la main. Celle-ci l'illuminait d'une lueur rouge. Instinctivement, je lui ai sauté dans les bras.

Rendue mal à l'aise par mon effusion, la jeune femme me donna une rapide tape sur l'épaule avant de me repousser : « Tu as fini ? » dit-elle sans emphase. Sa face et son torse étaient éclaboussés d'un sang noir qui tachait désormais ma tunique. J'eus un mouvement de recul. Derrière elle, je voyais une pile de trois corps, jetés les uns sur les autres comme un tas de sacs poubelles.

« Tu les as… », ai-je articulé bêtement sans oser achever ma question. La guerrière mortebanoise me jeta un regard excédé : « Il y a un mort, c'est celui-ci » dit-elle en montrant du coin de l'épée la direction de la tache de sang. « Le second n'en a plus que pour quelques minutes, j'ai recommandé son âme aux Dieux impériaux. Celui-ci vivra » m'expliqua-t-elle aussi calmement qu'elle en fut capable. Mais elle ne put se retenir d'ajouter : « Si tu souhaitais que personne ne meure, chaton, il ne fallait pas organiser une émeute dans le camp. À quoi est-ce que tu t'attendais exactement ? »

Comme je ne savais pas quoi répondre, elle glissa dans ma main le glaive d'un des miliciens, son fourreau et son ceinturon, ignorant complètement mes protestations. Je n'avais aucune envie de me battre. Mais quelque chose me disait que ce choix-là ne m'appartenait déjà plus. D'ailleurs, S s'en était allée, rebroussant chemin le long du corridor – je n'avais plus qu'à la suivre…

Dans le sous-sol, je découvris un carnage. Pas le temps de trop se concentrer là-dessus et d'une certaine manière, c'était tant mieux, mais en remontant le couloir à la lueur de la lanterne, nous sommes tombées sur plusieurs scènes qui rappelaient celle qui s'était jouée devant la porte du cachot : les victimes précédentes de la guerrière, que la faible lueur de la lanterne ne permettait pas, fort heureusement, de distinguer précisément.

« Allez ! » m'ordonna S d'une voix de sergent-instructeur, afin que je ne m'attarde pas trop sur cette boucherie. C'était l'impulsion dont j'avais besoin.

En arrivant en bas des escaliers qui allaient nous mener à la surface, je réalisai que la combattante n'avait pas seulement tué pour moi, elle avait aussi morflé : elle boitait et une partie du sang qui coulait le long de son bras gauche était le sien. Mais pas le temps de donner dans de la sensiblerie. Si tout cela devait avoir un peu de sens, il fallait foncer et s'évader. J'ai serré la garde de mon glaive dans ma main, me demandant, si jamais cela s'avérait nécessaire, si je serais prête à m'en servir…

Les escaliers en colimaçon avaient été le théâtre d'une scène semblable. On y voyait quelques gardes à terre, qu'il fallait enjamber, mais également des esclaves tués pendant qu'ils tentaient de s'échapper. Ces échos de la bataille se prolongeaient sur une partie du rez-de-chaussée, avec des victimes des deux camps, vêtus de cuir brun ou de lin beige, unis dans une même soupe rouge. Je n'osais pas regarder leurs visages, à tous ces gens à qui j'avais promis la liberté et qui étaient morts en tentant de la conquérir.

Personne ne nous inquiéta jusqu'à l'issue principale de la tour. Saisissant la poignée de la porte, S marqua une pause pour s'adresser directement à moi, d'un laconique « Tu crois que tu es prête ? » Je la rassurai d'un « Oui oui » que j'aurais souhaité plus ferme, après quoi elle ouvrit la porte, adoptant instinctivement une posture de combat et me rétorquant, comme une simple information : « Tu ne l'es pas. »

Elle avait raison. Ce qui se présentait à moi était dantesque. Le ciel nocturne était strié de larges colonnes de fumée à l'odeur âcre, colorées d'un rouge rendu sombre par les flammes des incendies qui s'étaient déclarés un peu partout, en particulier du côté de la décharge qui brûlait avec une telle violence qu'elle avait des allures de cratère de volcan. L'atmosphère était épaissie de poussière, de mort et de l'odeur abjecte des ordures brûlées, ça piquait les yeux et retournait le ventre. Le bruit était partout : des déflagrations lointaines au crépitement des brasiers en passant par les cris des troupes prises dans la bataille et les derniers gémissements des blessés condamnés à mourir.

Sous ce canevas digne des enfers, la grande esplanade de terre ocre était devenue un champ de bataille. Juste derrière la porte, au pied de la tour, des corps gisaient, pour certains mutilés, abandonnés de tous. Le sol était semé de cratères circulaires aux margelles calcinées, percé par de puissants explosifs.

Devant nous, par petits groupes, des miliciens organisaient la répression. Abrités derrière de larges boucliers, ils pourchassaient les mutins en rangs serrés, jetant des fumigènes pour conserver l'avantage du terrain et l'effet de surprise. Les mutins étaient moins bien organisés. En grappes, ils couraient pour leur vie, galopant de palissades en abris de fortune ; certains, comme moi, étaient équipés de glaives ou de lances confisquées aux miliciens. D'autres portaient des armes bricolées, voire de simples bâtons ; parfois j'apercevais un éclair ou un halo dont j'imaginais qu'il devait s'agir de sortilèges ou autres Prodiges.

Nous étions exposées : sans abri, butte, trou ou bâtiment pour échapper aux tireurs qui nous avaient repérés. De toutes parts, j'entendais les détentes des arbalètes délivrer leurs traits fatals dans notre direction. Les carreaux obscurcissaient le ciel. Dans le chaos de la bataille, j'entendis S psalmodier quelques mots en enscrit, l'ancienne langue sacrée de ses prières dont je comprenais chaque mot. L'effet ne se fit pas attendre : un miracle se produisit et elle fut enveloppée d'une aura de lumière aveuglante.

Quand celui-ci fut dissipé, je vis que la jeune fille était entourée d'une armure qui semblait formée d'une lumière plus pure que la lumière du jour. Elle portait un bouclier qui avait la même apparence et une pâle auréole flottait au-dessus de sa tête. Un essaim de carreaux vint se briser sur sa cuirasse miraculeuse, sans parvenir à l'ébrécher. C'était, à n'en pas douter, un exemple des fameux Prodiges de la Foi, et sur le moment, il n'en aurait pas fallu davantage pour me convertir à n'importe quelle religion.

« Je te hais de m'avoir forcée à faire ça ! » me hurla S, dont le visage reflétait un profond dégoût. Or, si je lui étais reconnaissante de m'avoir sauvé la vie, je n'allais pas me laisser accuser de n'importe quoi. « Eh oh, Sainte Catherine, je ne t'ai forcée à rien du… » ai-je commencé à lui crier. Elle m'attrapa d'un geste par le col avant de me traîner derrière elle, tandis qu'une nouvelle volée de carreaux d'arbalètes s'abattaient sur nous. « Plus tard ! » m'ordonna-t-elle : « On parlera de ça *plus tard !* »

Nous étions à nouveau en danger. Trois dionards s'approchaient de nous, le ventre près du sol et les pattes arquées, dans une posture de prédateurs. Leurs laisses traînaient par terre : leurs maîtres n'étaient pas là…

Les énormes chiens-plantes poussaient des feulements rauques qui me faisaient perdre mes moyens. Alors que S se mettait en position de combat, je sentais mes doigts moites de sueur trembler autour de la garde de mon glaive. L'une de ces créatures m'avait choisie comme proie et se dirigeait vers moi. Autour de sa gueule, deux protubérances acérées se déployèrent comme les griffes d'une plante carnivore imaginées par un artiste dément.

Lassé de m'observer alors que ses deux congénères étaient en train de se battre contre S, le dionard tenta une approche. Il chargea, pattes en avant. Ses griffes de bois dur se plantèrent dans mon épaule, creusant des sillons douloureux dans ma chair. Sous l'effet du choc, je manquai lâcher mon glaive. Je vis des étoiles.

Tentant le tout pour le tout, je me jetai en avant pour essayer de perforer la fleur abominable qui lui tenait lieu de gueule. Raté de peu. Sans que je ne voie rien venir, une liane vint s'enrouler autour de ma cheville. Un mouvement sec et j'étais à terre, mon dos venant s'abattre violemment contre le sol.

Cette fois, le prédateur était au-dessus de moi, ses pattes de part et d'autre de mon corps étendu. La bête trépignait comme un charognard autour d'une carcasse, sa gueule ouverte laissant tomber sur mon front goutte après goutte une salive urticante qui brûlait ma peau. Cruel, le monstre pressa une seconde griffe sur mon épaule ensanglantée. Je poussai un cri de douleur et de découragement. Je crachai à la gueule de cette créature immonde. Une ultime bravade face à la mort…

Mais apparemment, mon décès n'allait pas avoir lieu aujourd'hui. J'entendis un bruit d'impact, puis deux autres. Le dionard rua en l'air, poussant un douloureux gémissement de surprise. Il s'agitait, reculait, frappant le sol de ses pattes. Encore un bruit. Je vis les flèches plantées dans le flanc du chien-plante et les rivières de sève froide qui s'écoulaient des plaies. Le prédateur poussait des cris de goret. C'était le moment. Je me redressai, la pointe de mon arme en avant ; de toutes mes forces, j'enfonçai le métal dans la chair végétale de cette abomination, laissant ses entrailles jaunâtres se déverser sur moi. Après un dernier sursaut, le dionard se laissa tomber comme une masse, manquant de m'étouffer.

Debout en dessus de moi, je vis Drendel Squinn me regarder d'un air soucieux. Il me tendit la main pour m'aider à me relever. C'était lui qui m'avait sauvé. « On dirait que c'est ton jour de chance », me dit-il en récupérant ses flèches dans le corps de l'animal.

Alors qu'elle venait de venir à bout de ses deux dionards, S me jeta un regard de défi, une injonction silencieuse pour me faire comprendre qu'elle n'allait pas tolérer de ma part une crise de panique supplémentaire. Quant à Drendel, il plongea son regard dans le chaos du camp sans dire un mot.

– Il faut rejoindre la porte, dit S.

– La porte ? Qu'est-ce que tu racontes ? demanda Drendel.

– C'est ce qui était convenu.

– Mais on ne peut pas passer par là, enfin ! Regarde !

Il avait raison. Le chasseur de Straaz désignait dans l'obscurité la direction d'une des grandes portes du camp, à deux cents mètres de nous. L'endroit était le théâtre d'une bataille de grande envergure.

« Quand le mur a sauté, il y a pas mal d'esclaves qui ont réussi à s'évader. Maintenant, c'est trop tard » expliqua Drendel, tout en nous tendant des bandes de tissus, à S et à moi. « Suivez-moi, on tente autre chose. » Du mieux que je le pus, j'utilisai l'un des bandages pour stopper l'hémorragie sur mon épaule ou en tout cas tenter de la limiter autant que je le pouvais. Avec les autres morceaux d'étoffe, je me suis confectionné un masque, comme étaient en train de le faire Drendel et S. « Désolé, on va passer par là » expliqua le jeune homme, tout en montrant du doigt la décharge, devenue une fournaise mangée par des flammes énormes et une fumée plus noire que la nuit.

Nous nous sommes regardés les uns les autres pour nous donner du courage, puis nous avons avancé d'un pas rapide en direction de la montagne d'ordures en feu. Heureusement, la décharge n'était pas en flammes sur toute sa surface. Drendel était notre guide. Sans nous consulter, S est moi, nous avons emboîté le pas du chasseur, qui semblait être le mieux à même de trouver un passage sûr au milieu de l'incendie.

L'atmosphère déjà putride de la décharge était chargée d'une odeur de cendres âcre et empoisonnée. On n'y voyait pas à plus de trois pas devant nous et la lueur mouvante de l'incendie faisait valser les ombres sous nos pas, ce qui nous privait de points de repère. Sous nos pas, ordures et débris se dérobaient, rendant toute progression hasardeuse.

Malgré tout, notre guide parvenait à tracer un chemin à peu près sûr et à force de zigzags et de détours, nous étions en train de progresser peu à peu vers notre objectif. Par moments, nous étions forcés de longer des zones incendiées, d'où s'échappaient des flammes plus hautes qu'un immeuble de deux étages, à l'incandescence aveuglante, dont la chaleur nous rôtissait les joues et la peau des bras malgré la distance respectable qui nous en séparait. La fournaise produisait un assourdissant vacarme de clameurs, de craquements et de sifflements qui sonnaient comme des voix humaines.

Le plus grand obstacle était face à nous. La bordure extérieure du monticule d'ordures était en feu, elle formait une muraille de flammes sur toute sa longueur, aussi loin que nous puissions le voir, à gauche comme à droite. Il suffisait de jeter un coup d'œil vers l'arrière pour réaliser qu'il nous serait impossible de contourner l'obstacle ou de rebrousser chemin : derrière nous, l'incendie avait redoublé de vigueur et le chemin qui nous avait emmenés jusqu'ici était désormais impraticable.

Nous étions pris au piège. Gagné par la frustration, Drendel donnait des coups de pied dans des tas d'ordures en proférant des chapelets de jurons en axite. S restait silencieuse, mais son abattement était perceptible.

Animée d'une inconscience qui prenait ses racines dans le désespoir, j'ai décoché un sourire maniaque à mes compagnons et je me suis mise à courir aussi vite que je le pouvais en direction du mur de flammes rouges. À grandes enjambées, je gagnais de la vitesse sur le monticule en pente descendante. Derrière moi, j'entendais les cris de mes amis qui tentaient de me retenir. En face, je ne voyais rien d'autre qu'un large rideau de flammes.

Le feu était continu, mais il ne brûlait pas sur une grande largeur. Si je sautais assez vite, je pourrais le traverser sans griller. En tout cas, c'est ce que j'essayais de croire. J'ai tout donné, accéléré, couru à m'en faire péter les jambes et les poumons. La chaleur était intenable. La fumée bloquait ma respiration. Plus que quelques mètres et j'étais en plein incendie.

J'ai sauté aussi loin que j'ai pu.

L'atterrissage a été douloureux. J'ai fait un roulé-boulé, comme je l'avais appris à l'école de cirque. Super. Sauf que je me suis ramassé tout le poids de mon corps sur mon épaule blessée. Et pour tout arranger, j'étais en feu – ma tunique brûlait.

Paniquée, je me suis agitée dans tous les sens pour tenter de m'en débarrasser, arrachant le tissu en gestes hystériques, me roulant par terre pour calmer les flammes. Tout, plutôt que me laisser brûler vive.

Finalement, mes efforts ont payé. J'ai jeté le vêtement en feu au loin. Fébrile, j'ai regardé partout sur moi pour voir s'il y avait encore quelque chose qui brûlait. J'étais tirée d'affaire. « Alors, qu'est-ce que vous attendez pour me rejoindre, bande de chochottes ! » ai-je crié à mes amis en riant à travers l'incendie.

Ils m'ont suivi. D'abord S, qui a sauté en atterrissant sur ses pieds, sans un cheveu de travers, impériale. Puis Drend, qui a eu moins de chance. Pris dans un vent contraire, il s'est ramassé le rideau de flammes en pleine face et il est arrivé de l'autre côté en ressemblant à une torche humaine. Se roulant par terre, il poussait des cris.

C'était la panique. Me jetant sur lui, je l'ai recouvert de tous les déchets non inflammables que je trouvais. S est arrivée avec un gros morceau de toile de jute, assez pour calmer les flammes. Au final, le jeune homme avait pas mal morflé, mais à première vue, ses brûlures n'étaient que superficielles. Alors que je me penchais vers lui pour lui demander comment il allait, il n'a pas pu s'empêcher de regarder ma petite brassière, le dernier vêtement que je portais en dessus de la taille. S'il avait encore la force de me reluquer, c'était qu'il n'allait pas si mal que ça ! J'ai froncé les sourcils pour le décourager, mais pour être sincère, ça ne m'avait pas déplu, son regard sur moi…

Mais ce n'était ni l'endroit ni le moment pour le flirt. Nous étions toujours prisonniers du camp. Arrivés de l'autre côté de la montagne d'ordures, nous nous trouvions à une cinquantaine de mètres de la seconde grande porte, celle de l'ouest. Mais elle était fermée, et entre elle et nous, juste en dessous d'un grand panneau où l'on pouvait lire le mot « Liberté », se trouvait un groupe de miliciens qui encerclaient des esclaves mutins qu'ils avaient appréhendés. Notre arrivée ne leur avait pas échappé, et un détachement de gardes se dirigeait vers nous, lances brandies, l'air revanchard.

Ils furent stoppés dans leur élan par une voix derrière eux qui leur hurlait d'attendre. C'était celle d'Armaga.

« Attendez ! » répéta le Lithique en faisant de grands signes des bras, pendant que les miliciens qui encerclaient son groupe lui ordonnaient de se tenir à carreau. J'avais l'impression qu'il tenait un petit objet dans sa main droite. « S'il vous plaît Messieurs, faisons les choses dans l'ordre, vous voulez bien ? » dit-il avec un sourire satisfait. « Pas de bagarre avant le feu d'artifice ! »

La porte explosa.

Mon cœur manqua un battement. Une déflagration délogea le lourd portail de chêne de plus de huit mètres de haut, disloqué comme un cabanon de jardin dans une tempête. Le bruit était assourdissant. Il était tellement fort qu'il me fit perdre l'ouïe quelques instants, mon audition étant remplacée par un sifflement désagréable. Un grand panache de fumée ocre fut soulevé en tous sens, réduisant à nouveau la visibilité à néant. Puis ce fut le tour de la muraille attenante, qui vola en éclats sous l'effet d'une autre série d'explosions. Des débris gros comme des rochers s'abattirent tout autour dans une pluie meurtrière.

« On fonce ! » dis-je à mes camarades, avant de me mettre à courir aussi vite que possible en direction de cette ouverture inattendue. Nous nous sommes engouffrés en plein cœur du nuage de poussière, à l'endroit où, il y a quelques instants, se trouvait encore la grande porte de l'ouest du Camp de l'Ataraxie.

Je levai les yeux et alors que je sortais du panache de poussière, je vis dans le ciel nocturne d'Entremer les trois lunes de ce monde, une brillante, une pâle et une sombre, qui se découpaient au-dessus des toits. Une *rue*. J'étais dans une rue. J'étais enfin sortie de cet endroit de cauchemar. Tout autour de moi, quelques dizaines d'esclaves battaient le pavé de toute leurs forces, poussant des cris de triomphe en jouissant de leurs premières enjambées d'hommes libres depuis bien longtemps. J'avais les poumons en feu et la plante des pieds en sang, mais je m'en fichais : j'étais libre, enfin libre !

Enfin presque. Comme d'habitude, je m'étais réjouie un peu tôt. Face à nous, dans une grande artère, nous nous sommes retrouvés nez à nez avec un groupe d'hommes en armes qui nous barraient le passage sur toute la largeur de l'avenue. Ils portaient des armures de cuir noir frappées d'une flamme bleue, emblème d'Entremer.

En nous voyant arriver, leur chef sourit d'un air carnassier.

INTERLUDE : LA NUIT DE LA GÂCHE

« Lorsqu'un voyageur te raconte une histoire, demande-toi quelle autre histoire il n'est pas en train de te raconter. »

Proverbe axite

Cette nuit, rien n'aurait pu donner le sourire à Antoinette Puque. Ça faisait un moment déjà qu'elle promenait sa silhouette osseuse dans la Vieille Ville d'Entremer comme un automate, passant d'une rue à l'autre sans but précis, ne cherchant ni à savoir où elle se trouvait ni à croiser le moindre regard.

Le contraste n'aurait pas pu être plus net. Autour d'elle, toute la ville débordait de vie et de joie ; les rues sinueuses du vieux quartier étaient parcourues par la glorieuse cacophonie de dizaines de fanfares ; des défilés de trombones, tambours, trompettes à plein volume, jouaient dans ce qui apparaissait être une disharmonie totale. Comme le voulait la tradition, les musiciens marchaient au pas, vêtus de costumes noirs et blancs en motifs géométriques à l'aspect hypnotique.

C'était la Nuit de la Gâche : tout le monde était de sortie : jeunes et vieux, riches et pauvres, Humains, Lithiques, Miaules, Farandriens et même quelques esclaves affranchis. Toutes les différences étaient abolies ce soir, en tout cas c'était l'idée. Chaque participant à la fête portait un masque de papier mâché qu'il avait confectionné lui-même et des billets épinglés sur ses vêtements : sur chaque morceau de papier étaient inscrites l'une des choses dont il souhaitait parvenir à se débarrasser dans l'année à venir.

En temps ordinaire, Antoinette aurait trouvé ça charmant, mais ce soir, contrairement aux années précédentes, elle ne portait pas de masque et ne s'était épinglé aucun mot à sa vieille robe de toile noire. Elle avait le sentiment qu'il lui aurait fallu accrocher tout le dictionnaire ou rien du tout. Ce soir, Antoinette avait juste envie de boire et qu'on la laisse tranquille… La musique de fanfare parvenait à ses oreilles teintée de mélancolie.

Un peu par hasard, un peu parce qu'elle en avait marre de marcher, elle poussa la porte du Bistrot du Commandeur, l'un des établissements les plus recommandables de la Petite Vilaine.

À l'intérieur, c'était la fête aussi. L'endroit était plein à craquer et il n'y avait pas que des habitués. Les convives venaient déguster les spécialités locales, arrosées de bière lithique. Au fond, sur l'estrade, l'orchestre des frères Rosarie mettait de l'ambiance. Antoinette avait envie de cogner tout le monde. Elle s'approcha du bar, où elle déposa une grosse pile ficelée d'exemplaires de la Gazette. Elle se retrouva à siroter sa boisson en fumant un cigarillo, tentant sans y parvenir de se vider la tête en écoutant l'orchestre. Les Rosarie et leurs musiciens étaient en forme ce soir-là : un gâchis de talent face à ce public éméché et peu intéressé par les subtilités du jazz d'Entremer. Lorsque l'orchestre prit sa pause, le plus jeune des frères musiciens vint s'asseoir à côté d'Antoinette au bar.

– Plaisir ou boulot ? lui demanda-t-il en commandant d'un geste deux absinthes supplémentaires.

– Ni l'un ni l'autre, dit-elle. Je suis venue boire.

– Une rupture ? Pas moyen de recoller les morceaux ?

– Tu devines ce qui m'arrive, c'est touchant. Hélas ce qui me reste de mon histoire, ce ne sont plus des morceaux : ce sont des ruines.

– Si je peux faire quelque chose…

– Adorable, mais inutile. Heureusement, il n'y a rien que l'absinthe ne peut gommer.

– Ça m'étonne de te voir dans le centre-ville, Antoinette. J'aurais pensé que tu aurais filé à Ströebecker.

– Ströebecker ? La fête, c'est ici.

– Pas pour festoyer, pour le boulot. Avec les émeutes et tout ça…

Le musicien lui communiqua ce qui se racontait déjà partout : il y avait eu des troubles en début de soirée dans le quartier des prisons. Tout le monde avait une histoire à partager à ce sujet et tout le monde racontait quelque chose de différent. C'était exactement ce qu'il fallait à Antoinette pour laisser de côté ses idées noires. Rien de tel que le boulot, un beau fait divers bien polémique à couvrir, pour oublier ses soucis privés. Elle ramassa ses affaires et prit congé du musicien, l'esprit empli d'une nouvelle effervescence.

Elle avait très mal choisi son soir pour traverser la ville dans la grande largeur. Les artères étaient noires de monde : il fallait compter près de vingt minutes pour franchir le Smouale par le pont du Passe-Droit, trois quarts d'heure supplémentaires pour simplement espérer quitter la Vieille-Ville. Plus elle s'éloignait des Vilaines et des vieux quartiers du centre, plus elle s'aperçut que les rues se décongestionnaient. Mais même dans ces conditions, pas moyen d'attraper un fiacre, car la demande était trop importante. À force d'entêtement, elle parvint à se faire prendre en charge par un de ces nouveaux crabes opalescents venus de Cendremagne, dont le cocher était un abruti qui ne parvenait pas à aligner trois mots de baragoual.

Le quartier de Ströebecker, comme souvent, était bouclé. Heureusement, Antoinette avait rarement rencontré une barrière ou une porte close qu'elle n'arrivait pas à franchir. Sans lanterner davantage, elle paya le cocher et fit à pied le tour des rues aux alentours, recherchant des failles dans le dispositif de sécurité. Une fois vérification faite, il n'y en avait aucune : la police tenaillait Ströebeker, les uniformes noirs de ses agents étaient partout.

Puisqu'il n'y avait pas moyen de passer facilement les barrages, Antoinette allait faire en sorte de ne pas être vue. Elle pouvait pour cela compter sur un héritage familial. Comme son père lui avait enseigné à le faire, Antoinette passa dans le Jouxte-Sombre.

La lumière autour d'elle prit une teinte inquiétante, comme une flétrissure. Les sons lui parvenaient légèrement étouffés. Autour d'elle, elle devinait des silhouettes d'entités mortes. D'autres, dans une pareille situation, auraient été effrayés, mais ça faisait bien longtemps qu'elle ne prêtait plus attention à ce genre de détails. Ce qui comptait pour elle, c'était que dans cet état, elle était presque invisible, translucide comme du verre dépoli. Tant qu'elle n'attirait pas l'attention sur elle, qu'elle ne faisait pas de bruit et qu'elle évitait de se retrouver en pleine lumière, les vivants comme les morts ne pouvaient pas l'apercevoir. Enfin, en principe…

Passer le premier barrage de police fut pour elle une simple formalité. La gazettiste se faufila dans l'ombre d'une rue bouclée par les hommes en noir, enjamba leur barrière, puis passa son chemin, s'enfonçant plus avant en mettant le cap sur la colonne de fumée.

Des policiers, il y en avait partout. Ils gardaient le périmètre et surveillaient les alentours. Mais il y avait aussi des miliciens, bien loin des murailles de la ville que leur corporation était supposée garder. Les soupçons de la journaliste se confirmaient : ce qui s'était passé ce soir devait concerner le Camp de l'Ataraxie, la nouvelle structure qui regroupait esclaves, prisonniers d'opinion et délinquants juvéniles étant elle aussi sous la responsabilité de la milice.

Comme d'habitude, quand police et milice étaient sur la même affaire, il y avait de l'électricité dans l'air : un peu partout, on voyait des pourpoints noirs et des pourpoints bruns se regarder de travers. Rien n'était plus typique d'Entremer que d'avoir mis sur pieds deux organismes de sécurité concurrents et antagonistes, pensa la jeune femme. Naturellement, c'était le chaos. Tant mieux, tout cela rendait son infiltration d'autant plus aisée.

À grandes enjambées, elle remonta les rues jusqu'à la source de toute cette agitation – c'était bien l'Ataraxie. La grande montagne de déchets était en feu, de même que la plupart des baraquements du camp. Un escadron de sapeurs-pompiers faisait de son mieux pour tenter de circonscrire le sinistre

Il ne fallait pas faire preuve d'une imagination disproportionnée pour comprendre que tout cela était le résultat d'une révolte des détenus. C'était le gros coup de l'année et elle semblait être la seule sur place pour couvrir l'événement. Un sourire d'orgueil se dessina sur son visage fantomatique.

D'un peu partout, on acheminait des corps sur des civières : la plupart étaient des cadavres, il y avait des brûlés graves, quelques amputés. Gardes et détenus étaient égaux dans la mort et dans la douleur. Antoinette prenait des notes rapides, tout en voyant les dépouilles empilées sur des chariots, destination les fosses communes.

Au milieu des silhouettes qui traçaient leurs ombres longues dans la lumière orange, Antoinette aperçut celle d'un énorme Prismate qui trépignait de fureur. Il insultait autant la milice que la police. Curieuse, la jeune femme s'approcha de celui-ci autant qu'elle put se le permettre sans dévoiler sa présence, pour entendre ce qu'il racontait. Elle ne l'avait jamais rencontré, mais ce colosse de quartz devait être le nouveau superviseur de la milice, celui qui avait obtenu son poste en parvenant à convaincre le Conclave d'adhérer à sa politique de répression de la délinquance juvénile. De ce qu'elle en savait, il s'appelait Carniato.

« La Fille aux Cheveux Rouges s'est échappée ! » hurlait-il aux oreilles des hauts gradés alignés devant lui. « Vous le comprenez, ça ? Elle est libre ! Je vais personnellement m'adresser à vos supérieurs et je vais exiger que vos heures soient doublées tant que cette petite anarchiste ne m'aura pas été rendue ! Cette fille est ma propriété ! Ma propriété, vous entendez ! »

« La Fille aux Cheveux Rouges ? » se dit Antoinette tout en consignant ces paroles dans son bloc-notes. « Il faut absolument que j'aie une conversation avec cette demoiselle… »

Deux jours après l'émeute, de la fumée continuait à s'échapper de la montagne d'ordures du Camp de l'Ataraxie. Les pompiers juraient que c'était tout à fait normal.

La question intéressait peu Vortices 47. La jeune femme observait le camp depuis la fenêtre principale du bureau du superviseur. De là, elle bénéficiait d'une vue panoramique sur toutes les infrastructures et pouvait estimer les dégâts. Ils étaient considérables. Vortices avait rendez-vous avec des avocats l'après-midi pour qu'ils s'occupent de cette affaire. Tout cela était terriblement fâcheux.

Tout en établissant l'inventaire des dégâts, elle cherchait mentalement des sources de financement. Le superviseur, Carniato, était actuellement dans le quartier des affaires, à enchaîner les rendez-vous avec les responsables des principaux établissements financiers d'Entremer. Quant au reste du déficit causé par cet incident, la jeune femme avait la raisonnable conviction qu'il finirait par être épongé par la collectivité publique. Il y avait là au moins une perspective réjouissante…

La décharge en elle-même n'avait pas grande valeur, sans la main d'œuvre qui y était attachée. Du contingent original, il ne restait que trente-trois esclaves valides, ainsi qu'une quinzaine de délinquants et de détenus adultes. Tous les autres s'étaient évadés, avaient été tués ou étaient trop blessés pour reprendre le travail.

Toutes ces pensées se précipitaient dans la tête de la jeune femme, mais elle demeurait imperturbable. Alors que trois esclaves Mourioches remettaient le bureau en état autour d'elle, réparaient le mobilier abimé, évacuaient les corps et faisaient le ménage, elle restait immobile, son regard braqué en direction de la fenêtre.

Ce n'était pas par sa capacité à s'émouvoir que Vortices 47 s'était rendue indispensable à son employeur. Dans son cerveau, quarante-sept consciences distinctes fonctionnaient en parallèle. Quarante-sept intelligences coordonnées et focalisées par une seule volonté. En effet, Vortices était une Collectine : une posthumaine crée par un sortilège puissant qui avait permis à un groupe de volontaires d'abandonner leurs individualités pour poursuivre leur existence dans un corps unique. Toutes leurs expériences, leurs souvenirs, leurs qualités intellectuelles s'additionnaient, existaient en elle, comme une chorale qui tour à tour chante d'une seule voix, ou se décompose en tessitures, couplets et digressions distinctes. Pendant que certaines consciences étaient chargées de faire fonctionner le corps de la Collectine et d'interagir avec l'extérieur, d'autres s'occupaient de tâches d'analyse et de gestion qui faisaient de l'entité Vortices 47 une factotum d'une redoutable méticulosité.

Interrompant ces réflexions, un oiseau se posa sur le balcon et vint cogner à la fenêtre, attirant l'attention de la jeune femme. Ce n'était pas un animal ordinaire. Il s'agissait d'une grive dont la tête avait été sectionnée et remplacée par un ingénieux assemblage de mécanismes d'horlogerie.

Il s'agissait d'un messager. Elle tendit le bras vers l'oiseau, qui vint immédiatement se poser sur ses doigts. Portant sa main à son oreille, elle écouta attentivement ce que la grive avait à lui raconter. Puis elle lui rendit sa liberté et referma l'accès au balcon. Il y avait beaucoup à faire.

Monsieur le superviseur ne reparut pas au camp avant le début de l'après-midi. Dans l'intervalle, Vortices avait pris en charge les affaires courantes, donnant aux miliciens des instructions destinées à rendre les infrastructures opérationnelles dans des délais aussi brefs que possible, tout en contactant des entreprises de construction pour mettre en marche le chantier de la reconstruction du camp. Sortant de sa série de rendez-vous avec les banquiers et les assureurs, Carniato affichait un air satisfait :

– Une matinée productive, monsieur ? demanda-t-elle.

– Raisonnablement.

– Vous n'allez pas aimer ce que je vais vous annoncer, dans ce cas.

– Laissez-moi deviner… après la catastrophe de l'autre jour, nos amis nous ont adressé un message. Ils vont m'envoyer quelqu'un pour me remonter les bretelles. Faites-le entrer.

– Il n'est pas encore là.

– Je suis sûr que si.

Vérification faite, le directeur avait raison. Lorsque Vortices contacta les intérimaires du secrétariat, on lui annonça que quelqu'un venait d'arriver, prétendant avoir un rendez-vous avec Carniato.

C'était un petit quinquagénaire d'apparence inoffensive, portant un costume gris et une redingote grise, ainsi qu'un chapeau gris sur ses cheveux gris. La Collectine n'avait jamais eu affaire à lui, mais elle le reconnut comme l'un des élus du Conclave d'Entremer, un député affable, mais médiocre, membre du parti majoritaire au sein duquel il n'avait jamais affiché d'ambitions particulières. Il était clairement là pour servir d'intermédiaire. Son nom était Gisbert Ginguet. Elle le fit entrer dans le bureau du directeur, derrière lequel elle prit place pour assister à l'entretien.

– Merci de me recevoir sans rendez-vous formel, dit le petit homme.

– Certes, certes. J'ai cru comprendre que vous aviez un message à me délivrer de la part de nos amis communs ? dit le Prismate.

– Ils sont inquiets.

– Je peux le comprendre. Le Camp de l'Ataraxie est un gros investissement.

– Mais ils pensent plutôt aux conséquences *politiques*. Pour parler franchement, lorsqu'ils ont soutenu vos projets pour rééduquer les jeunes d'Entremer, c'était dans l'idée de maintenir la population de cette ville dans un état de crainte permanente vis-à-vis de la jeunesse. En instrumentalisant cette peur, ils allaient pouvoir influencer l'opinion publique afin d'introduire toutes les réformes qu'ils souhaitaient. C'est ce dont nous avions convenu, n'est-ce pas ? Mais avec cette évasion massive, qui sait quelles histoires vont se mettre à circuler ? L'opinion publique est une chose si volatile…

Vortices 47 devait bien reconnaître que cette crainte était légitime. Les citoyens d'Entremer avaient l'habitude de protester au moindre mécontentement et de s'enflammer pour les grandes causes. Les plans de Carniato risquaient de tomber à l'eau. À moins, que…

– Nous pouvons retourner la situation à notre avantage, dit la jeune femme à son employeur.

– Très juste. Avec tous ces esclaves et ces délinquants dans les rues, il ne sera pas difficile de susciter un sentiment d'insécurité, dit Carniato. Un sentiment parfaitement légitime : les rues ne *sont pas* sûres.

– J'ai bien peur qu'il faille se montrer plus opiniâtre que cela, monsieur le superviseur, dit Ginguet. Nos amis jugent qu'il faut faire un exemple. Vous avez identifié la fautive, je crois ? Cette Tim Keller ? Constituez un groupe de mercenaires pour la retrouver, elle et ses complices. Elle sera exécutée sur la place publique au terme d'un procès retentissant… Je vous laisse régler les détails.

– Si cela peut satisfaire nos amis.

– À quelques conditions. Recrutez les mercenaires que vous souhaitez. Nos amis y ajouteront un homme à eux, pour s'assurer d'une collaboration fructueuse.

Tout était dit. L'homme au costume gris prit congé et quitta le bureau. Dès qu'il eut tourné les talons, Carniato fit part de son inquiétude à Vortices 47 :

« Je n'aime pas du tout que nos associés nous imposent un de leurs agents. Jusqu'ici, leur soutien financier et politique nous a été précieux, mais ils ne doivent pas tout connaître de nos plans. Il faut à tout prix éviter que nos projets concernant Tim Keller ne s'ébruitent, Vortices. Je veux que tu choisisses soigneusement ces mercenaires… »

Mentalement, la jeune femme était déjà en train de constituer une liste de personnes pouvant remplir ce contrat.

Tenter d'obtenir des réponses de la milice au sujet de l'émeute du Camp de l'Ataraxie, ça n'était pas comme parler à un mur. C'était plutôt comme errer dans un labyrinthe sans issue, constellé de panneaux indicateurs mensongers et dont chaque couloir était scellé par une porte close… Ça faisait trois jours à présent qu'Antoinette Puque se faisait balader de bureau en bureau, à parler à des secrétaires qui n'avaient pas l'air de se sentir concernées ou à des sergents muets qui la renvoyaient auprès de lieutenants absents.

La publication de son premier article dans la Gazette d'Entremer, celui qui avait révélé au grand public les événements de l'autre soir, avait suscité pas mal de mauvaise humeur et depuis, les bouches s'étaient closes. Qu'à cela ne tienne, Antoinette avait d'autres sources à interroger : la police, pour commencer, qui, comme d'habitude, n'était jamais aussi bavarde que lorsqu'il s'agissait de casser du sucre sur le dos des miliciens. Dans les commissariats, au sujet de cette affaire, les langues étaient bien dégourdies sur ce qu'ils appelaient dans leur jargon une « Émeute urbaine de classe 3. »

Ce fut grâce aux policiers qu'Antoinette Puque en apprit davantage sur celle que tout le monde appelait « la Fille aux Cheveux Rouges. » Celle-là même qui semblait focaliser toute la haine du directeur du camp, Carniato. Même indirects, les témoignages à son sujet étaient concordants, mais il était difficile d'y accorder du crédit. Ainsi donc, à en croire les agents, la révolte au sein du Camp de l'Ataraxie avait été déclenchée et organisée par une toute jeune fille sans pouvoirs ni soutiens. Selon la gazettiste, tout cela ne tenait pas debout et les rumeurs selon lesquelles cette fille n'était en réalité qu'un jouet de la Calembredaine lui semblaient moins difficiles à croire. Antoinette était bien décidée à en avoir le cœur net… Si la Fille aux Cheveux Rouges était encore à Entremer, il fallait impérativement la retrouver pour entendre sa version des événements…

Ça allait devoir attendre, cela dit. Avant tout, la jeune femme souhaitait tenter de retrouver des esclaves en fuite pour obtenir leur témoignage.

De fil en aiguille, Antoinette parvint à retrouver l'un des anciens détenus de l'Ataraxie, un individu que ses contacts lui présentaient comme l'un des meneurs de la révolte. On put lui arranger un rendez-vous avec lui, le soir, dans un restaurant particulièrement miteux du quartier de la Malcasse.

Personne ne prêta attention à l'arrivée d'Antoinette, qui connaissait toutes sortes de trucs – naturels ou non – pour éviter les regards. Elle fut vite prise en charge par un petit Mourioche au visage boursouflé comme une courge ornementale, qui ne connaissait aucun mot de baragoual à part ceux qui lui permettaient de servir ses clients. Il l'amena sur un petit tabouret tout au fond d'une cuisine qui sentait fort la viande de mouton. Il ne lui restait plus qu'à attendre.

Ce fut très silencieusement qu'on s'assit en face d'elle. Pourtant, le personnage était impressionnant, par sa stature et par tout le reste. C'était un Ogre, apparemment un jeune Parde, encore un adolescent, mais déjà énorme, le corps taillé comme une armoire et une intelligence dangereuse qui scintillait dans ses petits yeux noirs. Son visage était tuméfié. Il venait de passer de sales moments, celui-là, c'était évident.

– Vous êtes Hakoub ? demanda-t-elle.

– Pourquoi est-ce que vous vouliez me parler ? Vous travaillez pour *la Gazette*, c'est ça ? Quel est le but de votre entretien ? Oui, je m'appelle Hakoub.

– J'enquête sur les événements du Camp de l'Ataraxie… Je veux savoir ce qui s'est vraiment passé. Vous avez vécu tout ça, je veux entendre votre version.

– Et bien ce qui s'est passé, mademoiselle euh…

– Puque. Antoinette Puque.

– Ce qui s'est passé, mademoiselle Puque, c'est le début d'une révolution.

Hakoub dégageait une sérénité qui contrastait avec son apparence brutale. Il se lança dans un long récit de ce qui était arrivé l'autre nuit, du déroulement des événements, de son parcours personnel qui avait mené à son évasion, de l'attitude des miliciens. Pourtant, l'esclave libéré ne s'intéressait pas énormément à ce qu'il considérait comme des anecdotes, jugeant que les origines du soulèvement étaient bien plus pertinentes. Antoinette se fit une joie de l'orienter vers ce sujet :

– Parlez-moi de la Fille aux Cheveux Rouges.

– C'est elle qui a su nous parler, à tous. Elle a su nous montrer qui avait réellement intérêt à nous voir divisés… Que toutes ces histoires entre nous, les « civilisés » contre les « sauvages », les jeunes contre les vieux, les Farandriens contre les Lithiques, tout ça, c'était des divisions artificielles… Et comme par hasard, il a suffi que cette fille débarque et nous explique tout ça pour qu'on se retrouve libres.

– Donc, selon vous, cette fille, c'est une sorte de révolutionnaire ? J'ai de la peine à vous croire.

– Vous ne comprenez pas. La Fille aux Cheveux Rouges, c'est juste une petite princesse – juste une Humaine toute fragile. C'est une adolescente qui a du cran et la langue bien pendue, et puis voilà.

– Ce que vous essayez de me dire, c'est que toute cette histoire, c'était spontané ? Il n'y avait personne derrière cette Tim Keller ?

– C'est justement ça : c'est la beauté de tout ce truc. On n'est pas dans la manipulation, là. C'est la base qui agit. C'est le peuple qui se réveille ! Les riches, les bourgmestres, les nobles, les notables, tous ces gens, ils n'ont pas encore compris ce qui les attend… Tout va changer… La Ville Libre, à partir de maintenant, ça ne sera pas juste une formule qui ne veut rien dire. Notre liberté, on va l'obtenir. Et gare à ceux qui se mettent sur notre chemin !

Le lendemain, *La Gazette* fut distribuée dans toute la ville, précédée par des manchettes destinées à faire comprendre qu'il s'agissait d'un numéro d'exception. Les témoignages et confessions recueillies donnaient à l'article d'Antoinette un tour explosif. Les idées de liberté se propageaient comme un incendie. On sentait dans l'air comme une odeur de braise.

Mais *La Gazette* n'était pas la seule à mettre la ville en ébullition. *Le Furibard* était de retour : le journal le plus polémiste de la ville, dont la périodicité avait toujours été approximative, refaisait surface après des mois d'interruption. Les manchettes promettaient un article intitulé « Exclusif ! Comment un rédacteur du *Furibard* s'est évadé d'un camp de détention et s'est érigé en rempart face à la tyrannie ! Par Enzor Jacques. »

Siméon et Ermengarde Sicard formaient un couple de chasseurs de primes précédés d'une réputation à la fois élogieuse et redoutable. Vortices 47 n'avait jamais eu affaire à eux, mais on les lui avait chaudement recommandés. Elle les observait secrètement dans le vestibule avant de les faire pénétrer dans le bureau du superviseur.

L'homme était maigre et pas très grand, avec une pointe d'élégance et de sophistication qui témoignait de son goût pour le confort que procure l'argent. Le seul indice de son activité professionnelle était un long pistolet à amorces, tout en bois de noyer et en dorures, qui était sa marque de fabrique. C'était lui, Siméon Sicard, le fameux Perce-Oreille. On murmurait que du canon de son arme jaillissaient les horreurs les plus ineffables.

Son épouse se prénommait Ermengarde et sa réputation rivalisait en brutalité avec celle de son mari. Elle était bien plus grande que lui et ne portait rien sur elle qui n'obéisse pas à de purs motifs pratiques. Contrairement à son mari, elle avait tous les insignes d'une mercenaire, avec une énorme masse d'armes accrochée dans le dos et surtout les monstrueux stigmates des greffes qu'elle avait subies pour devenir une combattante encore plus redoutable. Son bras droit était plus long que le gauche. Sa main aux doigts crochus était couverte d'écailles reptiliennes. C'était certainement un bras de Chanq. Quant à ses yeux, ils luisaient d'une lueur rouge comme ceux d'un Sélénite à qui ils avaient probablement été arrachés.

Aussi dangereux qu'ils puissent avoir l'air, Siméon et Ermengarde Sicard se comportaient l'un envers l'autre avec affection et délicatesse, multipliant les gestes doux pour se rassurer avant l'entretien que Carniato allait leur faire subir.

« Je pense qu'ils vont faire l'affaire, monsieur » dit Vortices. « Ils donnent toutes les apparences du professionnalisme. »

Le directeur lui fit un signe de tête et elle alla chercher le couple dans la salle d'attente. Sans dire un mot, Carniato glissa une copie du contrat face à Siméon Sicard alors qu'il prenait place. Dès que le chasseur de primes eut le document entre les mains, le Prismate expliqua d'une voix précise : « Ce contrat est principalement une fabrication, une illusion qui ne correspond pas à la réalité. Je veux que vous le compreniez. » Sicard remit en place ses petites lunettes rondes et verrouilla son regard dans celui du superviseur :

– J'en déduis que cette mascarade est destinée à tromper des tiers sur la véritable nature de vos intentions. Le vrai contrat va se sceller par oral, entre vous et moi, c'est cela ? Dites-moi simplement qui est le vrai client dans cette affaire : est-ce vous, ou s'agit-il de ceux à qui vous souhaitez cacher des choses ?

– Je serai votre client.

– Dans ce cas, rien de tout cela n'est problématique. Contrairement à ce qu'on raconte, un mercenaire qui connaît son métier s'en tient toujours à la parole donnée. Si j'avais l'habitude de trahir la confiance de ma clientèle pour de vulgaires histoires d'argent, je n'aurais pas fait long feu dans le métier.

Vortices 47 en avait suffisamment entendu. Cette entame de conversation lui donnait l'assurance qu'il s'agissait bel et bien d'un homme de confiance. « Dans ce cas, tout me paraît en ordre » dit-elle au couple, même si sa remarque était avant tout destinée au superviseur.

– Très bien, dit Carniato. Écoutez attentivement. Il y a trois éléments qui ne figurent pas dans ce contrat : le premier concerne vos gages – ils seront doublés. C'est le prix de notre confiance mutuelle. Deuxièmement : au sujet de votre cible principale, Tim Keller. Elle ne doit pas être mise à mort. Contrairement à ce qui est écrit dans ce document, cette jeune fille doit m'être rapportée en vie et en bonne santé, dans le plus grand secret. Ses compagnons, vous pouvez en faire ce que vous voulez, par contre…

– La capture de Tim Keller n'est qu'une question de temps… Et quel était le troisième élément auquel vous faisiez référence ?

– Mes associés vont envoyer l'un de leurs agents. Celui-ci va intégrer votre groupe et participer à votre mission. J'ai les mains liées : ils nous imposent sa présence…

– Veuillez m'excuser, mais je préfère travailler exclusivement avec mes employés habituels. Là aussi, c'est une question de confiance.

– Je le comprends très bien, expliqua le Prismate. Et justement, c'est cela, le troisième élément qui ne figure pas dans le contrat : il ne faut en aucun cas lui faire confiance ou partager nos secrets avec lui. Dès que l'opportunité se présentera, cet agent devra être éliminé.

– Dans ce cas, tout est en ordre, dit Siméon Sicard. Il serra la main énorme de Carniato avant de parapher le contrat.

Lorsque les deux mercenaires eurent quitté la pièce, le directeur manifesta des signes de nervosité. Il s'en confia à son assistante, qui avait deviné ce qu'il allait dire avant même qu'il ouvre la bouche :

– Nous jouons serré, Vortices. Si nos plans sont percés à jour, les conséquences seront terribles… Il ne faut absolument pas que nos amis apprennent ce que nous savons au sujet de Voland…

CHAPITRE 6 : DANS LES PROFONDEURS

« Même si une poignée de marginaux occupent bel et bien quelques galeries dans le sous-sol d'Entremer, l'existence des Catacombes doit être considérée comme une exagération, voire comme un mythe. »

Procès-verbal d'une séance du Conclave d'Entremer

Mon premier souvenir après la captivité, le point de bascule, ce fut le sourire de gros matou de ce flic. C'était mes premières centaines de mètres de liberté sur les pavés d'Entremer, et voilà que nous étions arrivés nez à nez avec une bande de types en uniforme à l'expression sévère. Sauf le chef, qui semblait exulter de nous avoir attrapés.

Était-ce déjà terminé ? Est-ce que tous ces sacrifices, toutes ces souffrances n'avaient servi qu'à ça ? Moi, je n'avais aucune intention de me rendre sans me battre, même si je ne savais pas me battre. Sur le moment, je ne pouvais pas comprendre que l'escouade qui bloquait la rue n'avait rien à voir avec la milice. Qu'il s'agissait de la police d'Entremer et que les deux corps étaient aussi antagonistes que les pions noirs et blancs sur un échiquier. Je voyais bien qu'ils étaient vêtus d'uniformes noirs, et non pas bruns comme nos geôliers, mais qu'est-ce que je pouvais en déduire exactement ? Le chef, après un long silence qui avait l'air de l'amuser, dissipa mes craintes et les troqua contre une bonne dose de confusion :

« Jeunes citoyens, dispersez-vous immédiatement et ne faites pas de bruit, sinon je vous arrête pour tapage nocturne ! » dit-il avec un air faussement sévère, avant d'éclater d'un rire monumental. Il fut bientôt imité par la moitié de ses hommes. Les policiers s'écartèrent pour nous céder le passage et nous nous sommes engouffrés dans la brèche sans réclamer notre reste, jetant un coup d'œil derrière nous pour vérifier que personne ne nous avait suivis.

C'était ici que s'arrêtait mon plan. Je ne connaissais pas Entremer et j'étais perdue. Ce fut Drendel qui proposa de suivre les grandes artères et de remonter jusqu'au centre-ville pour se perdre dans la foule : « C'est la Nuit de la Gâche, les rues sont noires de monde. »

La peur nous tenaillait toujours le ventre et aucun d'entre nous n'osait crier victoire, ou simplement parler. Dès que nous avons rejoint les grandes artères, je fis connaissance avec le légendaire trafic d'Entremer. Des calèches bien sûr, toutes sortes d'attelages avec des chevaux tout à fait normaux, mais aussi des créatures peu ordinaires ou monstrueuses, des animaux, des plantes, des minéraux, des machines, même, tout un assortiment de formes de vie, de mouvements, de cultures métissées, qui battaient le pavé d'Entremer en faisant un bruit pas croyable, une explosion de vitesse et de vie, davantage de vie que je n'en avais jamais vu.

Plus nous avons cheminé en direction du centre, plus la foule s'est faite dense et plus les rues ont été envahies de musique. Il y avait des cuivres et des percussions partout, des défilés de tambours, des fanfares prodigieuses, des notes qui résonnaient dans ma cage thoracique. Les musiciens défilaient d'un pas rapide. Ils étaient partout, dans toutes les rues, vêtus de costumes blanc et noir qui m'évoquaient davantage un rite funéraire qu'une fête.

Ainsi, c'était ça, la fameuse Nuit de la Gâche. La plupart des fêtards portaient d'étranges masques en papier mâché. On ne croisait pas beaucoup de regards humains. La grande flamme bleue qui surmontait la plus haute tour de la ville illuminait les nuages d'une lueur aigue-marine, conférant à la nuit une atmosphère de froide féérie.

Blessée, à bout de nerfs, je ne tenais plus sur mes jambes. Nos plaies, nos visages tachés de suif et de sang, nos tuniques de détenus suscitaient de plus en plus de curiosité parmi celles et ceux que nous croisions. Même lors d'une nuit comme celle-ci, nous étions à tout moment en danger de nous faire repérer.

D'ailleurs, ce fut ce qui arriva. Alors que nous étions en train de longer un canal où la foule était un peu moins dense qu'ailleurs, soudain : la tuile. Deux miliciens en balade avaient l'air de chercher quelque chose. Ils n'étaient qu'à une demi-rue de nous…

L'espace d'un instant, toutes les options possibles se sont succédées dans ma tête. Nous pouvions fuir à toutes jambes, là, maintenant ; nous pouvions tenter de filer en douce en espérant qu'ils ne nous voient pas ; sortir nos glaives et tenter la confrontation ; on pouvait même envisager de sauter dans l'eau du canal. Il fallait agir vite.

Mais un nouveau coup de théâtre changea la donne.

Ce furent de joyeux drilles qui émergèrent de la foule, portant des ponchos gris et des masques recouverts de minuscules notes manuscrites. Ils commencèrent à danser en rond autour de nous, chantant des comptines dépourvues de sens ; ils tournaient en doubles cercles concentriques, nous isolant du reste de la foule et nous empêchant d'avancer.

Je commençais à me sentir oppressée, prise au piège. Nous avions perdu les deux miliciens du regard. Mais les nouveaux venus représentaient peut-être une autre menace. Ils étaient nombreux. S avait la main crispée sur la garde de son glaive.

Après quelques minutes de cette comédie, l'un d'entre eux se planta devant moi, droit devant mes pieds, et tous les autres se figèrent. Le personnage énigmatique retira son masque, révélant un visage juvénile et de grands yeux rieurs, puis il me prit dans ses bras avec l'abandon d'un enfant. Tellement surprise que je ne pouvais pas articuler la moindre parole, je me laissai faire, les bras ballants, les sourcils arqués. « La Fille aux Cheveux Rouges ! Je suis très fan ! » dit-il avant d'ajouter : « Bienvenue dans la Calembredaine ! »

Là, deux des membres du groupe extirpèrent d'un grand sac quatre ponchos et quatre masques identiques aux leurs et nous aidèrent à les enfiler. Je ne savais pas ce qui était en train d'arriver et mes camarades étaient aussi circonspects que moi. En quelques instants, nous étions devenus identiques en apparence à nos bienfaiteurs – ou à nos ravisseurs. Le cercle autour de nous se transforma en ronde, chacun avançant main dans la main, marchant d'un pas enjoué en direction du bout de la rue. Nous avons croisé les deux miliciens, à moins de deux pas de l'un d'eux, mais ils ne nous ont pas reconnus.

Qu'était-il en train de se passer ? Malade de ne pas comprendre, j'avais les mains moites et le visage crispé. Le petit groupe nous emmena à quelques pâtés de maison de là, jusque dans une allée étroite où il n'y avait personne.

Un à un, les personnages masqués s'engouffrèrent dans une ouverture dérobée qui menait à un escalier, nous invitant à les imiter.

Une fois que tout le monde fut descendu, le dernier referma la trappe derrière nous. À la lueur des lampes à pétrole, on distinguait un entrelacs de couloirs bas de plafond taillés dans le calcaire. « Les catacombes ! » s'écria Armaga. « Elles existent pour de vrai ! Je le *savais* ! »

On y croisait, fugaces comme des ombres, les habitants de ces lieux, trafiquants, âmes cabossées, prostituées en plein travail, lépreux aux membres vérolés, toute une galerie tragique de celles et ceux qui, pour toutes sortes de raisons, ne pouvaient ou ne voulaient plus évoluer à la surface.

« Je m'appelle Alexambre », me dit le jeune homme jovial de tout à l'heure, qui cheminait à mes côtés, à présent démasqué. « On m'appelle aussi le Mélangeur. Tu pourras bientôt manger et te reposer » ajouta-t-il, sans doute parce qu'il me voyait traîner la patte.

« Tim Keller » lui ai-je répondu pour qu'il puisse m'appeler autrement que « la Fille aux Cheveux Rouges ». Il répéta mon nom comme pour en apprécier les sonorités. « Tim Keller, tu dois te demander dans quoi tu t'embarques. Pas de panique, je te jure que tu es en sécurité avec nous. »

À voir dans la pénombre les visages de celles et ceux qui cheminaient avec nous dans ces catacombes, je réalisai qu'ils étaient très jeunes. Alexambre devait être le plus vieux de la bande et il avait à peine plus de vingt ans. Les autres étaient des gamins, même si dans leurs regards on devinait que la vie les avait fait mûrir avant l'âge.

« Ça fait plus de deux siècles que la Calembredaine existe à Entremer » dit le Mélangeur, qui devinait que j'avais besoin d'explications avant d'établir une relation de confiance. « Les gens qui ne nous connaissent pas très bien pensent que nous sommes une sorte de guilde des mendiants : c'est un peu plus compliqué que ça… Ce soir, en organisant cette évasion, tu as libéré beaucoup de nos camarades, Tim… tu as plein d'amis ici… En particulier une amie précieuse : c'est elle qui nous a envoyés te chercher… »

Alex s'appuya contre une paroi et déclencha un mécanisme qui fit pivoter une ouverture vers un couloir secret. « Nous avons des cachettes partout en ville, en particulier dans les catacombes. C'est assez pratique… » Il me sourit comme un enfant ravi de faire la démonstration de son nouveau jouet.

À quelques pas de là, nous débarquions à notre destination : une vaste salle traversée d'énormes canalisations de cuivre. L'endroit était aménagé de manière sommaire : un brasier, de la paille, des couvertures, des calebasses et des amphores. Un luxe pour nous tous, qui venions de vivre une des nuits les plus pénibles de notre vie. Quelques silhouettes se détachaient à la lueur dansante des lanternes. L'on nous servit à boire et à manger et de quoi nous décrasser un peu.

« Ça ne me plaît pas tout ça. Il faut que l'on sache ce qu'ils nous veulent, ces gens-là. » S s'était assise à mes côtés devant le feu et avait partagé ses doutes avec moi dans un murmure.

Par mesure de prudence, je me suis approchée de Drendel et d'Armaga pour leur recommander de rester sur leurs gardes. Mais cette conversation ne put jamais avoir lieu ; je n'eus même pas eu le temps de prononcer un mot, qu'une nouvelle arrivée bouleversa mes plans…

Le visage de Clil Courdou émergea de l'obscurité.

L'agaçante bimbo farandrienne s'inclina devant nous à la manière de son peuple, fraiche et radieuse comme si elle n'avait jamais été détenue dans le camp. Sur son visage rose se dessina un sourire acéré comme un coutelas. Alexambre se précipita vers elle et la serra vigoureusement dans ses bras. « Je les ai trouvés, ma grande ! Tes amis sont tous là ! » La fille-fleur était une des dernières personnes que j'aurais souhaité trouver ici, mais de toute évidence, c'était elle, « l'amie précieuse » à laquelle le Mélangeur avait fait référence. Tout cela ne présageait rien de bon…

« Keller ! » s'écria Clil d'une voix hystérique. « Tu t'en es sortie ! Ça me fait trop plaisir ! » Elle trottina comme une dinde dans ma direction pour m'embrasser. Accrochée à l'épaule de la jeune fille, une grosse chenille gluante aux couleurs d'orchidée, une sorte d'animal de compagnie version végétale, déploya ses pistils-antennes dans ma direction pour identifier mon odeur. De cette larve repoussante ou de sa maîtresse, je ne savais pas laquelle des deux me répugnait le plus.

Les garçons, eux, n'étaient pas répugnés du tout. Comme toujours, Clil ne portait pas grand-chose sur elle et mes deux amis étaient hypnotisés par le spectacle qu'elle offrait avec tellement de désinvolture. Amateur de belles plantes, Armaga avait la bouche grande ouverte. « Clil. C'est… c'est un plaisir… » bégaya-t-il. Drendel avait la réaction inverse : intimidé, il ne parvenait pas à regarder la jeune femme. Il fixait ses pieds, la mine hantée.

Experte dans l'art de la manipulation, Clil ignora Armaga, passant devant lui sans lui adresser un regard, préférant se déhancher jusqu'à Drendel. « Oh la la ! Mais où est-ce que vous avez trouvé ça ? C'est très mignon… Il m'en faut un ! » dit-elle en se pendant au cou du chasseur qui rougissait à vue d'œil. « Et alors ? Comment ça s'appelle ? Est-ce que ça parle ? »

« Roh… mais halte au sketch ! » dis-je, excédée. Je n'allais pas tolérer que cette comédie se prolonge. Il lui avait suffi de quelques phrases pour semer le chaos dans notre petit groupe.

« Qu'est-ce qui se passe, Clil ? » ai-je soupiré. « À quoi ça rime tout ça ? Pourquoi as-tu demandé à tes amis de nous sauver ? Qu'est-ce que tu nous veux exactement ? » À ces mots, son visage de poupée s'affaissa en une mine éplorée, comme si je venais de lui briser le cœur. « Mais… je voulais te rendre service. Je – je croyais qu'on était amies… » Toujours perchée sur son épaule, son énorme chenille-fleur poussa un glapissement accablé pour faire écho à l'apitoiement de sa maîtresse.

Tandis que toutes ces simagrées me mettaient hors de moi, Clil se tourna en tous sens, en quête d'un visage bienveillant prêt à voler à son secours. Elle en trouva un auprès d'Alexambre :

« Comme toujours, Clil est très modeste et elle oublie de mentionner le principal » dit-il. « Au cas où vous ne l'auriez pas encore compris, c'est elle qui a fondé la Calembredaine, il y a bien, bien longtemps… Sans elle, aucun d'entre nous ne serait ici. »

Cette révélation me plongea dans la perplexité : Clilitwitli avait l'air d'avoir dix-huit ans au maximum. Or, si c'était bien elle qui avait fondé cette petite amicale de jeunes gamins des rues, cela signifiait qu'elle était âgée d'au moins deux siècles, puisqu'Alex avait expliqué que la Calembredaine avait cet âge-là. Alors, quoi ? Clil était une vieille dame ?

Mais j'allais devoir reporter mes questions à plus tard. Ce qui me paraissait plus préoccupant dans l'immédiat, c'était que mes camarades étaient en train de se laisser convaincre par Clil : « Une Mélodiarque qui, en plus, peut compter sur son propre réseau de soutien ? C'est trop beau pour être vrai ! » dit Armaga. Drendel hochait la tête en chœur. Quant à S, elle haussa les épaules : « Soyons rationnels : nous ne sommes pas en position de refuser une aide aussi généreusement offerte. »

Ça me rendait folle, ça. « Mais enfin, vous ne voyez pas que cette fille et tout ce qui l'entoure a un côté salement suspect ? Il n'y a rien qui cloche, selon vous ? »

Face à moi, les regards de mes amis s'étaient crispés : ils avaient l'air de penser que je n'étais qu'une pauvre folle. J'aurais pu exploser, tellement j'étais frustrée.

« Nous avons tous des secrets… », dit S.

Tout le monde s'attendait à ce qu'elle complète sa phrase, mais elle se contenta de sonner l'heure de la retraite : « Il est tard. Il vaut mieux dormir et reparler de ça demain. »

Le lendemain, la conversation promise n'eut jamais lieu.

Dès que ma tête toucha l'oreiller, je tombai dans un profond coma, avec comme seule pensée une grosse envie de clope qui repointait son nez après le sevrage forcé subi au camp. Je n'en émergeai qu'une bonne dizaine d'heures plus tard, les muscles endoloris après les épreuves de la veille.

C'était enfin l'occasion de souffler un peu, de se laver à l'eau chaude, de partager un petit-déjeuner tous ensemble. Et « tous ensemble » c'était nous cinq, désormais : les deux garçons, la guerrière, moi et la bimbo de service. Le constat était sans appel : nous n'allions pas en reparler, Clil était adoptée et j'étais priée de m'y faire.

Je ravalai donc ma fierté et comme les autres, je souhaitai la bienvenue à cette fille dans le groupe. Eh oui, parce que nous étions un groupe, maintenant, c'était officiel. Tout le monde était à l'aise avec ce mot. Notre évasion de l'Ataraxie nous avait soudés. Ces individus qui, à l'exception de Drendel et d'Armaga, ne se connaissaient pas il y a encore quelques semaines, avaient décidé de se serrer les coudes autour d'une cause commune.

« Bon alors, maintenant on fait quoi, chef ? » demanda Armaga en dégustant le morceau de pain beurré qui constituait son petit-déjeuner. D'ailleurs tout le monde me dévisageait, curieux de ma réponse, comme si c'était moi qui fixais le programme. « Comme certains d'entre vous le savent déjà, je suis à la recherche de l'homme que j'aime, Voland. Il est quelque part dans ce monde et il a besoin de mon aide. Voilà le programme en ce qui me concerne… Vous avez sans doute tous des projets de votre côté, maintenant que vous êtes libres… »

« Sans rire, tu crois qu'on te laissera tomber comme ça ? » dit Armaga. L'idée même que je puisse l'envisager sérieusement semblait l'amuser énormément. « Moi, je suis toujours en froid avec mes vieux et je n'ai aucune envie de rentrer chez moi, tu te souviens ? En plus, si tu viens vraiment d'un monde parallèle, je ne vais pas te lâcher, crois-moi… »

« Sois réaliste, chaton » ajouta S. « Sans notre aide, tu cours à la catastrophe. Tu ne sais pas te défendre et tu ignores tout sur tous les sujets. Dans ces conditions il serait irresponsable de ma part de te laisser seule. Et ce n'est pas un Savant qui saura veiller sur toi, crois-moi. »

« Quelque chose me dit que mon rôle dans cette histoire n'est pas fini », dit Drendel Squinn, qui me regardait de ses beaux yeux clairs. « Si on arrive à remettre la main dessus, j'ai toujours un mystérieux paquet à te refiler, je te le rappelle. Et puis qu'est-ce que je ferais d'autre ? Retourner dans la forêt ? »

Sous le coup de l'émotion, ma gorge s'est nouée et des larmes ont tout tenté pour envahir mes yeux, mais j'ai réussi à contenir les sanglots. « Merci, les copains » fut tout ce que je pus dire : davantage, et je n'aurais pas pu retenir les larmes.

« C'est trop touchant tout ça », dit Clil, que j'avais réussi à oublier. « Et bien, c'est entendu. Nous allons t'aider à le trouver, ton mec. Je viens d'en parler avec le Mélangeur : la Calembredaine nous a déniché un appartement qu'on va pouvoir squatter ici à Entremer, pendant nos recherches. Ça va être la très grande classe. »

Ça, ça allait un peu vite à mon goût. « Attends une minute », dis-je. « Tu ne crois quand même pas qu'on va rester ici ? Toute la milice nous recherche ! »

J'étais la seule à voir les choses de cette manière. « Ah bon ? Et il est où, ton Voland ? » rétorqua Clil. « Tu as des informations à son sujet ? Et si ce n'est pas le cas, à ton avis, où est-ce qu'on a le plus de chance d'en obtenir ? Dans la ville la plus peuplée et la plus cosmopolite du sud du Reik, ou quelque part en rase campagne ? Réfléchis Keller, on ne peut pas se permettre de partir pour le moment. » Tous les autres hochèrent la tête comme s'il s'agissait d'une évidence.

Il était trop tard pour émettre une objection : nous étions cinq, nous restions à Entremer et cette peste à la peau en pétale de rose était devenue la meneuse de notre petit groupe.

CHAPITRE 7 : LA FILLE DU MONDE MUET

« Car la jeunesse est l'âge où tout est important et où l'on se comporte comme si rien ne l'était. »
Les Chroniques : Chronique de Mialf Moffadka 23 : 8

C'est en voyant une protubérance de cristal de roche pousser à travers le mur que j'ai réalisé que je m'étais réveillée. Du fond de mon lit, je vis cette tubulure translucide aussi épaisse qu'une branche d'arbre émerger du crépi, centimètre par centimètre, comme une pousse de bambou. Le cristal était en train de poindre de la paroi de briques, non loin du plafond. Les premières lueurs de l'aube qui filtraient à travers les persiennes en faisaient miroiter les facettes. Même si j'avais assisté plusieurs fois à ce spectacle ces derniers jours, j'étais médusée. Après quelques minutes, le phénomène s'interrompit alors que le cristal était à peine plus long qu'un avant-bras. Il était là, comme une sculpture contemporaine, à décorer la pièce aux côtés des autres cristaux.

« Dors, Tim. C'est rien du tout… » dit S, groggy, qui de son lit avait remarqué que je m'étais réveillée.

« Pas grave : c'est presque le matin, je vais me dégourdir les jambes. Toi, dors, si tu peux… » lui ai-je répondu en chuchotant. (Tentant de me comporter comme si toute cette bizarrerie avec le cristal était la chose la plus naturelle au monde.)

La farouche guerrière s'enveloppa dans ses couvertures comme un poussin tout chaud. Elle s'était rendormie avant même que j'atteigne la porte de la chambre.

Dans le grand vestibule d'à côté, j'ai retrouvé Drendel Squinn qui était de garde. Le jeune homme était assis derrière la petite fenêtre – dans ce qu'on avait appelé notre « poste d'observation » – son arc et ses flèches gisaient à côté de lui. Il était prêt à agir au cas où nos ennemis retrouveraient notre trace. Une perspective qui n'avait pas l'air de l'inquiéter outre mesure, puisqu'il griffonnait tranquillement au fusain dans son carnet à croquis. Des feuilles, des plantes, des insectes, rien que des souvenirs de sa forêt natale, comme d'habitude. Drend ne dessinait jamais rien d'autre :

– On dirait que ta forêt te manque Drendel, non ? Et ta famille aussi, j'imagine ?

– Ma forêt, oui. Ma famille… elle me manque aussi.

Les cicatrices qui striaient ses avant-bras racontaient une autre histoire, plus ambiguë. Celle d'un jeune homme qui en avait bavé. Je me suis assise à côté de lui, le regard encore enténébré par le sommeil. J'ai appuyé ma tête contre son épaule et nous avons regardé ensemble le soleil se lever. Malgré le danger qui continuait à nous guetter, goûter à un peu de quiétude me permettait de remettre un peu d'ordre dans les événements de ces derniers jours.

L'endroit s'appelait la Cité de Cristal. Avec un nom pareil, j'aurais dû me méfier. Ce sont toujours les endroits les plus pourris qui se croient obligés d'endosser les noms les plus ronflants. Là, ça n'a pas manqué : c'était un des quartiers les plus pauvres d'Entremer.

La Calembredaine avait tenu sa promesse : elle nous avait déniché un appart où squatter quelque temps. Nous nous y sommes rendus dès que possible, contents de changer d'air après des semaines de camp de travail et une nuit dans les catacombes.

Il ne manquait que le béton, le bitume et les bagnoles pour que je me sente de retour chez moi. C'était un quartier populaire tel que je les connaissais et ça ne me mettait pas le cœur en joie : la rouille partout, comme un cancer ; les traces de peinture sur les murs ; les façades qui se lézardaient, laissant croire qu'à tout moment on allait voir surgir un rat d'une fissure (mais on n'en voyait pas tant que ça) ; des mères célibataires qui se promenaient avec des grappes de gamins édentés en larmes ; des petites vieilles, la main crispée sur leur canne, qui avaient peur de tout et qui vivaient terrées dans leurs deux-pièces.

Au milieu de toute cette fange, un détail m'émerveillait : l'endroit était infesté par des formes de vies minérales logées dans les bâtiments. Des cristaux de roche poussaient dans les murs et émergeaient à tout moment des parois, des toits, de la chaussée. Les plus petits étaient à peine plus épais qu'une brindille. Certains étaient aussi gros qu'un camion et ils démolissaient tout sur leur passage. Il y en avait qui germaient à la vitesse d'une rose, d'autres qu'on pouvait voir grandir à l'œil nu. J'avais beau tenter de me mettre en tête qu'il ne s'agissait de rien de plus que des parasites, je gloussais d'enthousiasme à voir le soleil se refléter dans ces formations cristallines. Il était si inattendu de voir tant de beauté surgir de façades si ternes.

Mes compagnons, blasés, préféraient s'imaginer les inconvénients que cela représentait : à cause de la prolifération des cristaux dans le voisinage, de nombreux bâtiments étaient considérés comme dangereux ou insalubres et n'étaient occupés que par des crève-la-faim, des junkies et des individus peu recommandables, comme nous.

Au moins, nous faisions couleur locale : vêtus de haillons, nous étions couverts d'hématomes et d'ecchymoses, boiteux, pâles et sans un rond. Personne ne leva le regard dans notre direction lorsque nous nous sommes installés dans l'immeuble que nous destinait la Calembredaine. Ça tenait du taudis. Il s'agissait d'un appartement sur deux étages qui n'avait plus été occupé par qui que ce soit depuis des années.

L'intérieur était si lugubre que je frissonnai en le découvrant. Les portes et les fenêtres étaient condamnées par des murs de briques ou des planches à clous. Il y avait des toiles d'araignées dans tous les angles, dont certaines luisaient dans l'obscurité comme des ectoplasmes, et au sol, des bestioles qui couraient très vite et que je préférais ne pas examiner de près. L'endroit était mangé de crasse et de moisissures. Même si les odeurs d'urine et de carcasse de chien humide qui imprégnaient les murs me filaient la nausée, je pris sur moi : il aurait été déplacé de faire la fine bouche.

Entre résignation et opiniâtreté, lors des jours qui suivirent, nous travaillâmes dur pour aménager l'appartement, évacuant tout ce qui encombrait les pièces, récupérant ce qui pouvait l'être, vendant le reste et brûlant ce qui n'avait pas d'usage.

Restait à se répartir les corvées, ce qui ne fut pas aisé. Personne n'avait envie de se taper le ménage, la vaisselle ou les tours de garde et il a bien fallu s'organiser. Certains matins, quand je retrouvais le salon plein de chaussettes sales et de papiers gras, ça me donnait envie d'étrangler mes colocataires.

En plus, tout le monde était toujours absent. Armaga passait le plus clair de son temps à l'extérieur : il disait qu'il écumait les bibliothèques afin de m'aider à éclaircir le secret de mon arrivée dans ce monde. Nous dépendions encore de la générosité de la Calembredaine pour nous nourrir et ça chiffonnait Drendel. Le chasseur de Straaz commença à faire le tour du quartier pour voir s'il pouvait rendre des petits services en échange d'un peu de monnaie. Avec S, il tentait de nous obtenir du boulot afin que nous puissions voler de nos propres ailes. Quant à Clil, elle était souvent absente, sans expliquer ce qu'elle faisait ni où elle allait.

À partir de là, il fallut se supporter au quotidien : même entre gens de bonne compagnie, le moindre détail peut vite virer à l'aigre. Armaga, comme tous les Lithiques, dormait debout, une habitude que Drendel avait beaucoup de peine à supporter. Tous les matins et tous les soirs, j'avais droit aux interminables prières de ma camarade de chambrée, décidément très bigote. Pour couronner le tout, il y avait le sixième locataire, l'infâme bestiole qui servait d'animal de compagnie à Clil et qu'on appelait un « érucopside. » Cette grosse chenille végétale se promenait librement aux murs et au plafond en poussant des petits cris de musaraigne. La Farandrienne appelait cette monstruosité « Uch » et à part moi, tout le monde semblait la trouver adorable.

Pile en face de chez nous, il y avait une troupe de théâtre, des comédiens fauchés qui occupaient un taudis semblable au nôtre et qu'on entendait répéter certains soirs. Je saisissais chaque occasion d'épier ces femmes et ces hommes dont j'admirais les yeux pétillants de malice et les voix franches, toujours en représentation, toujours prêts à se lancer dans une grande tirade du répertoire, même ici, sur le pavé, à l'écart du public. Plus tard, peut-être, je me sentirais suffisamment en confiance pour tenter une approche…

Je mettais à profit ma liberté pour en apprendre autant que je pouvais sur cette ville, les terres environnantes, leurs cultures, leurs coutumes, les espèces qui s'y ébattaient et les lois étranges qui régissaient cet univers baroque. La plupart du temps, c'était Armaga qui répondait à mes questions. En échange, il me confiait les siennes, au sujet de mon monde à moi. Sa curiosité était intarissable, la mienne aussi : on passait notre temps à blaguer.

Petite touche par petite touche, notre bonne humeur revenait. Ces semaines passées à se bricoler un chez-nous furent heureuses, marquées par une camaraderie et une complicité grandissante entre nous tous. Ces locaux austères résonnaient de nos rires.

Pour la toute première fois de ma vie, je vivais en dehors du domicile familial, loin de mon petit frère, loin de ma mère, loin de mes amies d'enfance, libre de prendre mes propres décisions. J'avais passé le début de mon adolescence à me réjouir d'obtenir mon indépendance, mais j'avais été bien loin de m'imaginer à quoi elle allait ressembler et avec qui j'allais me mettre en ménage…

Ce matin-là j'ai donc rejoint Drend qui montait la garde en dessinant des souvenirs de son pays. À travers la fenêtre ouverte, l'aube se levait et peignait le quartier d'une couleur calme. La température était encore agréable, avant que le soleil de la fin de matinée ne vienne étouffer la ville.

Depuis les faîtes des toits, nous apercevions les tiges des cristaux vivants qui jaillissaient lentement des tuiles et se divisaient en des ramures de verre scintillantes d'éclats rose-orangé. « C'est drôle…

C'est comme si les cristaux reflétaient l'âme du quartier, tu as remarqué ? » dit Drendel. « Lors des heures les plus tranquilles, on ne les voit presque pas bouger, alors que dès qu'il y a de l'agitation, ils peuvent pousser vite et violemment… Je crois qu'à leur manière, ils nous écoutent – ou en tout cas qu'ils reflètent nos humeurs. »

Mais les heures les plus tranquilles touchaient à leur fin. De la chambre d'à côté, j'entendais la voix exquise de Clil qui chantait, comme chaque matin, un des airs sacrés de sa religion. Elle était réveillée, donc, et n'allait pas tarder à quitter sa chambre. Comme je n'avais pas envie de me mettre de mauvaise humeur de si bon matin, j'ai préféré éviter de croiser Miss Monde et ai prétexté une soudaine envie d'aller me dégourdir les jambes.

À quelques pâtés de maison de là, quelques rues subsistaient du quartier tel qu'il était auparavant : des maisons anciennes, plus petites, faites de pierre, de bois et de tuiles et qui s'agglutinaient dans des ruelles étroites. Ici plus qu'ailleurs, les cristaux proliféraient et de nombreux bâtiments étaient laissés à l'abandon depuis des décennies. La balade m'a mis le cœur en fête. Oui, la pauvreté était aussi réelle ici que dans ma rue. Pourtant, l'endroit respirait la vie, il avait du charme et une histoire, contrairement au reste du quartier. L'air était encombré de sons mélangés : les appels des vendeurs à la sauvette, le martèlement des savetiers qui travaillaient portes ouvertes, les gamins livrés à eux-mêmes qui venaient vous réclamer des bonbons ou des clopes, les charrettes roulant sur le pavé, les ânes, les soupirs des amoureux. C'était la symphonie d'un quartier populaire.

En guise de contrechant, j'entendais à quelques pas de là des coups de marteau, les cris d'une scie, des ouvriers qui s'apostrophaient et quelques notes de musique issues d'instruments désaccordés. Il se passait quelque chose…

Débouchant sur une vaste place cernée d'oliviers, je vis une douzaine de personnes en train de monter une grande scène. Pour le moment, elles installaient une estrade en poutrelles de sapin, mais ces prochains jours, c'est toute la place qui allait être aménagée en théâtre de plein air. J'étais toute réjouie de voir ça : ça me rappelait plein de souvenirs. Un peu à l'écart, j'observai toute cette agitation jubilatoire, les grands gaillards qui transportaient des poutres, ceux qui clouaient, soudaient, sciaient, et en petits groupes, des comédiens et des musiciens qui répétaient leur numéro. Un élégant personnage supervisait les uns comme les autres, distribuant encouragements et invectives avec l'abattement inimitable d'un homme de spectacle. Son visage, comme ceux de plusieurs des membres de l'équipe, m'était familier : il s'agissait de nos voisins d'en face, les comédiens qui me fascinaient tant.

Pas plus haut qu'un enfant, l'un d'eux, un homme-chat – un Pookan Miaule, comme on les appelait – jouait de l'harmonica. Il fut le premier à remarquer ma présence, constatant qu'il avait un public. Amusée, je l'applaudis à tout rompre :

– Merci, merci ! dit le Miaule avec un accent chantonnant.

– Bravo ! Tu es doué !

– Mon nom est Zimbel Blutz, gente demoiselle. De la célèbre troupe de comédiens et d'amuseurs du Major Sieben ! Sûrement, elle en a déjà entendu parler, oui ?

– Je suis nouvelle en ville, désolée. Mais je crois que nous sommes voisins. À quelques pâtés de maisons d'ici, dans la Cité de Cristal ?

– Très possible, nous logeons dans le quartier, en effet. Autrefois, le Sieben était habitué à plus de luxe, mais c'est la vie, n'est-ce pas ? Comme vous le voyez, nous préparons un spectacle ! Ici, sur la place Tabrèche ! Un spectacle d'adieu ! Il faut qu'elle vienne, la voisine, n'est-ce pas ?

– Un spectacle d'adieu ?

– Eh oui, les temps sont durs à Entremer, expliqua Zimbel. Plus beaucoup d'intérêt pour le théâtre, ah non ! Le Major Sieben offre un dernier spectacle au quartier qui l'a accueilli, et puis pfuit ! Nous partons en tournée dans le Nord ! Straaz, Valadine, et puis après ça, qui sait ?

Il se mit à fouiller dans sa poche pour en tirer une feuille imprimée : le programme des représentations. « Nous viendrons sûrement vous voir, merci, Zimbel ! »

Un spectacle… Ça serait parfait… J'avais presque oublié quel effet ça faisait de sortir et de passer un bon moment.

Je fus tirée de mes rêveries de la manière la plus brutale. Dès que je fus à proximité de l'entrée de notre immeuble, alors que je m'écriais à tue-tête « Dites, ça vous dirait qu'on aille au théâtre ? » je vis S se ruer dans la cour comme un boulet de canon.

« Première règle du combat : survivre ! » me hurla-t-elle d'une voix de sergent-major.

OK, il s'agissait donc d'un test. Je fis de mon mieux pour reprendre mon calme.

« Il est plus que temps que tu apprennes à te battre, chaton ! » me fit-elle avec ce que j'interprétais comme une pointe de mépris. « Tu es rapide, souple, agile : c'est bien. Voici une arme qui va te permettre d'exploiter ces qualités. »

Tout en prononçant ces mots, elle jeta à terre un sabre étroit qui percuta le sol bruyamment. Pas rassurée, je me penchai pour ramasser l'arme. S ne me laissa pas faire. Elle abattit son glaive pour m'empêcher d'y toucher. Son geste souleva un nuage de poussière. « Trop lente ! Si j'étais ton ennemie, je t'aurais déjà décapitée. »

Vite, reprendre mon sang-froid. Il fallait ruser. Partant de l'idée que S allait me sous-estimer, j'ai simplement reproduit mon geste, tendant à nouveau la main en direction de l'arme. Sauf que cette fois j'avais anticipé sa manœuvre. Avant qu'elle ne puisse réagir, j'avais mon sabre en main et j'étais plus ou moins rétablie sur mes pieds.

« Frappe-moi, maintenant ! » ordonna-t-elle. Plus facile à dire qu'à faire. J'ai chargé aussi vite que j'ai pu dans sa direction. Quelques pas, un geste du poignet. Et puis, rien du tout. Elle avait anticipé mon attaque et n'était déjà plus dans la trajectoire de ma lame. « Plus vite ! » dit-elle, souveraine.

Du coin de l'œil, j'ai vu que tous nos colocataires étaient en train de nous observer. Je me ridiculisais devant eux. Malgré tout, j'ai essayé une autre approche, sans succès. Toujours, je finissais au sol, comme une poupée de chiffon. Il fallait que je me mette à ruser…

Au prochain assaut, je me ramassai un méchant coup de glaive dans les côtes. « Morte ! » hurla S. Mais sa voix était masquée par la puissance de mon cri. J'ai hurlé et je me suis affaissée, cassée en deux par la douleur. J'ai chialé comme une fillette, comme s'il se passait quelque chose de dramatique. « Tim ! Ça va ? » s'est écriée mon amie, qui se précipitait dans ma direction pour me venir en aide.

J'ai attendu… attendu encore… en quête de l'instant où ma proie serait exposée.

Et j'ai frappé. Un coup de pied chassé derrière le mollet, destiné à la déstabiliser. Ma petite comédie avait fonctionné : S n'était pas sur ses gardes. Un simple contact et elle s'est retrouvée à terre, étalée de tout son long sur le sol. Quel triomphe ! « Cette fois, c'est toi qui es morte ! » ai-je ricané.

Un peu trop tôt. S exécuta une manœuvre tellement rapide que je n'y ai rien compris. En une fraction de seconde, je perdis mon sabre et l'invulnérable amazone fut au-dessus de moi, mes deux poignets verrouillés dans ses poings, et son visage tout près du mien.

Une lente salve d'applaudissements précéda la voix de Clil : « Comme c'est attendrissant ! On dirait bien qu'il s'agit de la naissance d'une romance ! » persifla la fille-plante qui assistait à la scène de l'embrasure de la porte, après quoi elle éclata d'un long rire sonore et démonstratif. Drendel et Armaga rirent avec : ce fut le déclencheur de tout ce qui suivit.

Le sang me monta à la tête. D'un bond, je me retrouvai sur mes deux pieds et j'avais déjà parcouru la moitié de la distance qui me séparait de ma cible quand j'ai réalisé que j'avais l'intention de faire mal à Clil.

Effarouchée par ma détermination, celle-ci redevint très sérieuse. En me voyant débouler dans sa direction, elle se mit instinctivement à chanter les premières mesures d'un de ses couplets magiques. Des rideaux de lierre épais et torsadés jaillirent du sol brutalement. J'étais bien trop en pétard pour m'en étonner. Je me mis à tailler dedans, utilisant mon arme comme une machette. Des morceaux de feuilles et de brindilles volaient tout autour de moi. La végétation se reconstituait plus vite que j'étais capable de la détruire. Visiblement, Clil avait besoin de continuer à chanter pour faire pousser ses plantes et je prenais le pari qu'elle se fatiguerait avant moi. Mon biceps me faisait mal, mes poings étaient éraflés, mais j'allais lui faire sa fête, à cette frimeuse.

Mais ça n'allait pas être pour cette fois. Je sentis deux paires de bras s'emparer de moi : les muscles de S est les énormes bras de granite d'Armaga. Malade de frustration, j'avais beau me débattre, je n'arrivais pas à me dégager de leur étreinte.

Je n'avais aucune envie d'en rester là. Armaga dut le sentir, lui qui me prit par le bras, m'emmenant loin du squat : « Oui, bon, on s'en va maintenant, on a des choses à voir tous les deux. Allez Tim, sois une gentille fille et dis au revoir ! »

Malgré mes protestations, le Prof n'a pas relâché sa prise avant que nous soyons au bout de l'avenue principale, loin de l'appartement, à deux pas de la limite de la Cité de Cristal.

« Il faut être moins émotive si tu veux t'en sortir dans la vie, tu n'es pas d'accord ? » me fit Armaga. Il m'emmenait le long de l'artère principale, direction la Vieille Ville.

– C'est pas moi ! Tu as vu ce qui s'est passé ou pas ? C'est Clil ! C'est toujours elle !

– Tu t'épuises pour rien. Clil, c'est une fille qui peut être très rigolote. Et puis elle nous loge et ses amis nous ont sauvé la vie. Tu ne l'as pas oublié, ça, si ?

– « Très rigolote », j'aime bien l'expression. Tu passes ton temps à la reluquer !

– *C'est* très rigolo de la reluquer, je t'assure.

Il voulait bien me donner la réplique, mais il était clair que ses raisons de m'emmener loin de l'appartement n'étaient pas entièrement liées à mon coup de sang. Armaga m'expliqua qu'il m'emmenait à la Bibliothèque de l'Université de Liborgne, principal lieu de connaissance d'Entremer. C'est là qu'il avait mené l'essentiel de ses recherches ses derniers jours. « Rien sur ton Voland, autant te prévenir tout de suite » précisa-t-il sans que je lui pose la question. « Pourtant, j'ai cherché ! »

Pas de souci : s'il m'emmenait à la bibliothèque, c'était bien qu'il avait trouvé quelque chose, et dans ma situation, chaque fragment d'information était bon à prendre. Sur le coup, ça m'a apaisé.

« Rien sur Voland, mais j'en ai appris beaucoup sur toi » continua Armaga. « Tu viens du Monde Muet, c'est bien que tu le saches. » À mon silence perplexe, il comprit que j'allais avoir besoin d'un complément d'information. Ça tombait bien : il n'attendait que ça.

En chemin vers la bibliothèque, le jeune Lithique me servit une explication touffue – ce garçon était bien trop intelligent pour s'exprimer simplement. L'essentiel, pourtant, était facile à saisir : selon certaines théories, les Dieux n'avaient pas créé un Monde, mais deux. Le premier, le Monde Hurlant, regorgeait de vie et de possibilités. L'autre, c'était une toile presque vierge, qui tenait, selon Armaga, de « l'œuvre d'art minimaliste. » C'était chez moi, cet endroit que le Savant appelait « le Monde Muet », où on ne connaissait pas les trois Prodiges et où ni les fleurs ni les cailloux ne parlaient.

« Tout cela, c'était une théorie » m'expliqua-t-il, « Mais grâce à toi on a la confirmation que ces deux Mondes existent. Ils sont tous les deux suspendus en tandem dans l'Omnipotentiel, comme l'avait entrevu l'illustre Vasajjit dans sa *Théorie des équilibres*. Ah ! C'est un jour de fête ! Il est plaisant de savoir que tu n'es pas folle, n'est-ce pas ? »

Nous arrivions en vue de notre destination, une bibliothèque grande comme un hangar à fusées et à la façade aussi ouvragée que celle d'une cathédrale, dans laquelle s'engouffraient des milliers de personnes.

À l'intérieur, le spectacle était à couper le souffle : des rangées de livres à perte de vue, des rayonnages hauts comme des immeubles, des milliers d'étudiants voutés sur des tables en train de déchiffrer des tomes anciens à la lumière chaude du jour filtrée par la splendeur de vitraux majestueux. Tout cela était rendu possible par une organisation impressionnante, des bibliothécaires cherchant les références des livres à la demande des étudiants, avant d'envoyer dans les rayons de grandes créatures volantes en papier plié, marionnettes d'origami qui imitaient des formes d'Humains ou d'oiseaux et s'occupaient de transporter et de ranger les livres.

« C'est ici que nous allons savoir *comment* tu t'es retrouvée dans le Monde Hurlant, Tim. C'est ça le plus important, non ? Toutes mes recherches pointent vers *un* livre qui doit nous donner les réponses que nous cherchons ! Et peut-être bien davantage… » Il était aussi agité qu'un enfant qui reçoit sa première console de jeu.

Même s'il savait que je n'allais rien y comprendre, il finit par exploser et à me dire ce qu'il avait en tête : « La Protoclarté, Tim ! Grâce à toi, nous allons peut-être redécouvrir la Protoclarté ! »

C'était reparti pour une nouvelle série d'explications impénétrables, sauf que cette fois, je fis de mon mieux pour m'accrocher parce que ça avait l'air important. « La Protoclarté, c'est le pouvoir des Dieux » disait-il. « Tout ce qui existe a été engendré par la Protoclarté. C'est le quatrième Prodige : plus puissant et bien plus ancien que la Foi, la Science ou la Magie. »

« C'est impressionnant, mais quel rapport ça a avec moi et avec Voland ? » Ma question provoqua un bref sursaut d'agacement chez Armaga.

« Pour comprendre, il faut remonter très loin en arrière, des milliers d'années, Tim ! »

La Protoclarté, me dit-il, les Dieux l'avaient partagée avec les toutes premières créatures pensantes qu'ils avaient créées : les Titanides. Dans un sursaut d'orgueil, ces ingrats utilisèrent cet énorme pouvoir pour donner naissance à leur propre espèce douée de raison : les Chanq.

Ça a passablement agacé les Dieux, cette histoire-là. Tellement, en fait, qu'ils ont fait la guerre aux Titanides : la Première Guerre, comme l'appelait Armaga. Genre, *littéralement,* la vraie première guerre : l'invention du concept de guerre. Bref, les Dieux ont gagné, les Titanides et leurs créatures ont été bannis, les Humains, les Farandriens et les Lithiques sont devenus les espèces dominantes et depuis cette époque, malgré d'innombrables efforts pour en exhumer les secrets, la Protoclarté a disparu du Monde Hurlant.

Je perdais pied dans tout ça. Ça me faisait penser à la mythologie grecque ou scandinave, toutes ces histoires de dieux et de héros et de création du monde. Sauf qu'ici, tout cela était réel, palpable : c'était vraiment arrivé à des gens, et cette terre en gardait des traces profondes jusqu'à nos jours. Des traces qui, apparemment, menaient jusqu'à moi. Je tremblais à essayer de deviner en quoi je pouvais bien être impliquée dans cette histoire…

« Le rapport avec toi, Tim » dit Armaga, « C'est que pour voyager entre le Monde Muet et le Monde Hurlant, il n'existe qu'un seul moyen connu : la Protoclarté. Donc soit quelqu'un a fini par en percer à jour les secrets, soit les Titanides sont de retour. Dans les deux cas, c'est excitant – et un tout petit peu effrayant, aussi –, mais excitant quand même. Maintenant, suis-moi ! Nous allons chercher la pièce manquante du puzzle ! »

C'était lourd pour mes petites épaules. Moi, je cherchais juste un homme dont j'étais tombée amoureuse et voilà que je me retrouvais au cœur d'une crise cosmique ! Mais je m'accrochais à une idée : si Voland était l'otage de ces « Titanides », ça signifiait qu'il avait vraiment besoin d'aide.

Armaga m'emmena à l'écart des grandes salles de la bibliothèque, à travers des corridors moins fréquentés qui menaient à une alcôve mal éclairée, au fond de laquelle une porte blindée était surmontée d'un écriteau en forme d'avertissement : « Écrits censurés – Consultation réservée aux personnes en possession d'une autorisation du Clergé impérial ». Un bibliothécaire gardait cette section. À ses côtés, une créature de papier plié imitait grossièrement la silhouette de son maître.

« Faites place, mon ami, nous sommes venus consulter l'un de vos livres ! » jeta Armaga avec une impertinence jubilatoire. Ce genre d'attitude, ici, ça ne passait pas. « Vous n'êtes pas les bienvenus, les enfants ! » dit l'homme pâle en désignant l'écriteau du doigt. Armaga le regarda, un sourire énigmatique aux lèvres. Puis son expression se changea en une moue admirative :

– Vous m'empêchez d'entrer ? Vraiment ? Je dois l'avouer, je suis impressionné.

– Qu'est-ce que tu racontes ? demanda le bibliothécaire.

J'étais aussi étonnée que lui, ne devinant pas du tout à quel jeu était en train de se prêter mon ami.

– Qu'est-ce que je raconte ? répéta Armaga. Il me demande ce que je raconte, Tim ! Ce que je raconte, c'est que quand je vais parler de votre attitude à mon père, le Bourgmestre Padriga, quand je lui raconterai la manière dont vous m'avez barré le chemin au nom du règlement, il sera, j'en suis sûr, tout aussi admiratif que moi. Ensuite, il vous fera renvoyer. Mais je suis sûr que le vieux crabe continuera malgré tout à admirer secrètement votre force de caractère – c'est un sentimental.

Diverses émotions traversèrent les traits du bibliothécaire. Fallait-il croire ce jeune Lithique arrogant ou prendre le risque de vérifier ? Était-ce du bluff ou une menace réelle ? Quelle attitude était la plus raisonnable ?

« Armaga, c'est mon nom, si vous souhaitez contacter vos supérieurs » ajouta le Savant. Le petit homme ne lui tint pas tête. Il s'inclina et nous ouvrit la porte, pendant que son serviteur de papier se recroquevillait sur lui-même en des centaines de pliages nerveux.

– C'est vrai, ce que tu lui as dit ? Tu es le fils d'un type important ? ai-je dit alors que nous entrions dans la bibliothèque interdite.

– D'un *Bourgmestre*, précisa Armaga. L'un des trois personnages qui dirigent la ville. Le bibliothécaire, en tout cas, il l'a cru, non ?

La pièce voûtée dans laquelle nous nous trouvions comportait une dizaine de rangées de livres, pour l'essentiel de vieux tomes conservés sur des étagères, verrouillés derrière des grillages de fer. Armaga cherchait quelque chose du regard, comme s'il était familier avec la configuration des lieux. Il ne tarda pas à trouver, laissant s'échapper un petit « Aha ! » de sa gorge rocailleuse. Un ouvrage épais, très vieux et superbement enluminé était disposé sur un présentoir. « Les Annales de

Plije l'Ancien » commenta le Lithique. « C'est un livre d'histoire qui date de la Première Guerre. »

Les Annales étaient rédigées sur deux colonnes, une dans un langage que les Humains n'avaient plus utilisé depuis des millénaires, l'autre en enscrit. Au contraire d'Armaga, je lisais l'une comme l'autre aussi facilement que s'il s'était agi d'un magazine people.

Je réalisai que j'avais trouvé le bon passage quand mon regard a fini par se poser dessus. Ça crevait les yeux, il faut dire : une gravure sur une pleine page, superbement exécutée, représentait trois poissons : un rouge, un blanc et un noir. L'enluminure ne comportait qu'une seule inscription : « Les Sœurs Miasmatiques. »

« Que dit le texte ? Dis-le-moi ! » me demanda Armaga qui se tortillait d'excitation. J'ai lu la page et quelques-unes de suivantes. Ce chapitre, vieux de plus de trois mille ans, décrivait trois créatures, les fameuses « Sœurs Miasmatiques » que l'auteur dénommait « l'Artange de Sang, l'Artange de Lait et l'Artange d'Encre. »

Tremblante, j'étais en proie au vertige. Les trois Sœurs, disait-il en substance, étaient les trois derniers Titanides survivants dans le Monde Hurlant, les trois seuls émissaires de leur race qui étaient parvenus à échapper à l'exil. Leur objectif, leur seule raison d'être à en croire ce livre, c'était de répandre à nouveau la Protoclarté dans le Monde et d'utiliser ce pouvoir pour libérer leurs semblables et défier les Dieux.

L'Artange de Sang. Mangesonge. J'avais donc une de ces saloperies antédiluviennes coincée quelque part dans ma gorge.

Et les deux autres étaient avec Voland.

CHAPITRE 8 : SON OUTRAGEUSE THÉÂTRALITÉ

« Plaisir et connaissance,
les deux seules soifs qui méritent d'être étanchées. »
VASAJJIT, *La Théorie des équilibres*

Une chaleur à en assommer un âne. Une chaleur qui ne vous lâche jamais, qui vous poursuit comme un châtiment. Un été qui semble ne jamais s'arrêter, qui reste suspendu à la verticale, droit au-dessus de votre tête, gourmand de sueur et de larmes versées en son nom.

Entremer.

Entremer et son foutu soleil qui vous tanne la peau et vous assèche le gosier et brûle les murs et les tuiles et les pavés et les cheveux des gens jusqu'à ce qu'ils aient tous la même couleur que lui. Son soleil qui use les cordes et les étoffes, qui sèche tellement vite le linge pendu aux fenêtres, qui écaille la peinture des volets et éraille la voix des vieillards. Son soleil qui vous cogne et vous cogne encore, même quand vous vous mettez à croire que vous êtes en train de vous y habituer. Son soleil qui fait macérer les odeurs de mort, de crasse, de pisse et d'industrie qui collent à la ville et à sa foutue moiteur, qui fait remonter les carcasses des profondeurs du fleuve, qui déploie ses mouches comme autant d'émissaires de son écœurante pourriture.

Entremer et son bruit qui ne s'arrête jamais, jour et nuit, des hommes qui crient, des chevaux qui hennissent, des charrettes qui grincent, des gamins qui jouent, des demoiselles qui s'apostrophent. Dans le ciel, le fracas des dirigeables et l'écho de leurs sirènes, les bavardages des goélands, des éperviers, des braisines et tout ce vacarme aérien. De la musique partout, trombones, ouds, violons, tambours, le clac clac des semelles sur le pavé, les cliquetis des automates, les hurlements des nouveau-nés et des désespérés, tous ces sons qui se mélangent et forment le mortier de la ville et donnent du sens à ce qui ne serait sans eux qu'un assemblage de briques, de pierre, de bois, de verre, de métal, de chair, de dégoût, d'amour et de malveillance.

Entremer où tout le monde se parle, même si l'on n'est pas d'ici et surtout si on ne se connaît pas, sur tous les tons et dans toutes les langues qui existent. Entremer où tout le monde se croise, où tout le monde se rencontre, se hait dès le premier regard, s'apprivoise, tombe amoureux, se ment, se manipule, se raconte des histoires désespérément fausses ou terriblement vraies. Comme ailleurs, mais plus grand, plus intense, toujours et partout. Ville d'immigrés, ville de métis, ville de voyageurs, un magma d'âmes en peine ou en dérive, de colporteurs, aboyeurs publics, mélancoliques fortunés et opiomanes, poètes amateurs ou maudits, combinards, viandards, gigolos en quête de fraiche, mendiants en bandes, redresseurs de torts et autres régleurs de comptes qui cachent l'éclat d'une lame dans leur gilet et vous la plantent entre deux omoplates pour quelques écus.

Ici peuvent se croiser des Harmoniarques farandriens en train de parsemer le pavé de brindilles de vivial et de pétales de rotaline pour un de leurs défilés religieux, des petits Knetchtlings à la peau de suif, une chandelle éternellement allumée sur la tête, qui, dès la nuit tombée, se transforment en terribles Schmerzlings. On peut rencontrer un fier chevalier Magnar en pleine dispute avec une guerrière du Pan Shaï, des cuisiniers balaouites qui descendent de leur quartier pentu pour préparer des portions de touazarom, le plat fétiche des Entremerois, qu'ils vendent à tous les coins de rue sans jamais révéler les secrets de leur recette ni où ils se procurent leurs savoureux piments-framboises, des capitaines de frégate qui viennent raconter dans les tavernes les histoires abracadabrantes de leurs voyages avant de descendre le fleuve Smouale jusqu'à la Mer des Fortunes.

De ce mélange à travers les siècles est née cette cité faite de petits bouts de trucs, d'idées empruntées, de mentalités et de visages venus d'un peu partout et qui malgré tout vous crache à la gueule son identité bien à elle, ses valeurs, ses opinions, sa rythmique unique. La Ville Libre, dont les habitants célèbrent la gloire et déplorent la décadence depuis toujours, souvent les deux en même temps, avec résignation et les yeux qui pétillent, comme lorsqu'on évoque un membre de sa famille et que jamais, jamais ils ne pourraient envisager de quitter.

Entremer. J'étais prise au piège à mon tour. C'était chez moi, désormais.

Oh, il y avait toujours des tas de références culturelles qui me manquaient, mais je pouvais désormais avoir des relations fructueuses avec la ville plutôt que la crainte et l'étonnement des premiers jours.

Les semaines qui suivirent furent exaltantes et mon emploi du temps bien rempli. Dès que l'occasion se présentait, j'accompagnais Armaga à la bibliothèque de Liborgne. On formait une bonne équipe, lui et moi : je décodais les langues, lui il comprenait tout. Le bilan, pourtant, était maigre. La poussière des vieux livres ne me rapprochait pas de Voland – pas encore…

Pour me défouler, il y avait toujours l'entraînement. S me présentait ses cours d'escrime comme une obligation, mais elle était loin de se douter que ça m'éclatait. J'y retrouvais le même plaisir qu'à l'école de cirque. À ma demande, Drendel passait lui aussi un peu de temps avec moi pour m'enseigner les rudiments du tir à l'arc.

Peut-être qu'il y avait une certaine insouciance. Peut-être qu'on allait le payer.

Et puis, il y avait le boulot. On gagnait notre vie. (À peu près.) Moi, j'étais parvenue à me faire embaucher sur les docks comme manutentionnaire, sous un faux nom. Cet emploi me permettait de rencontrer des gens venus d'un peu partout.

Comme son nom ne l'indique pas du tout, Entremer n'est *pas* en bord de mer. Au début, ça m'a déçue. La ville est traversée par le fleuve Smouale, qui amène des bateaux en provenance des Collines Frumieuses et, au-delà, de la Mer des Cinq-Tempêtes, pour les envoyer droit vers le port d'Embrose sur la côte Est de la Mer de Fortunes et toutes ses promesses d'aventures. J'en étais sûre, un jour où l'autre, j'allais tomber sur quelqu'un qui avait entendu parler de Voland. En attendant, je dévorais toutes les histoires de dingue des marins, ces invraisemblables aventures en haute mer qu'ils racontaient, abordages de pirates, chasses au kraken, sirènes et toutes ces sortes de choses. Je notais les meilleures dans un grand carnet où j'avais entamé la rédaction quotidienne d'un nouveau journal intime, un journal de bord, dirons-nous.

Heureusement, aucun de mes collègues des docks ni aucun de nos voisins proches ne semblaient trop s'intéresser à l'actualité, parce qu'ils auraient fini par découvrir que les gazettes et feuilles d'annonce d'Entremer parlaient souvent de moi en ce moment. *La Flamme Bleue* avait même fait paraître un portrait-robot – ressemblant, mais pas très flatteur – tout en me décrivant comme « l'ennemie publique numéro un. » Dans une série d'articles, le journal populiste me dépeignait comme l'une des leaders de la Calembredaine, une terroriste sans scrupule déterminée à saboter l'économie de la ville et à déstabiliser ses institutions. *L'Impérial* préférait voir en moi un agent infiltré au service de puissances étrangères. À l'autre opposé, une journaliste de *La Gazette d'Entremer* me voyait comme le catalyseur d'une révolte profonde et multipliait les reportages sur le soulèvement du Camp de l'Ataraxie et ses suites. Mon ami Enzor Jacques, dans les colonnes du *Furibard*, réclamait dans des éditoriaux savoureux la tête des Bourgmestres et l'abolition immédiate du travail forcé. La tempête que nous avions fait naître au Camp de l'Ataraxie ne s'était pas calmée, bien au contraire.

C'est toujours pareil : on pousse dans un sens, et la vie pousse trois fois plus fort en sens inverse.

Un soir, je suis rentrée avec Armaga, sonnée après un nouveau raid infructueux à la bibliothèque. Il n'y avait personne pour nous accueillir. Aucune lumière au rez-de-chaussée. C'était le tour de garde de S et dans le poste d'observation, elle nous a gratifiés en guise de bonsoir d'un profond soupir de contrariété. Comme explication, elle s'est contentée de jeter un regard en direction de la chambre de l'inénarrable Clilitwitli.

La Magicienne était en galante compagnie : un concerto pour grincements de lit et gémissements ne laissait aucun doute sur la nature de ses activités. Uch parcourait la surface de la porte de la chambre de sa maîtresse de haut en bas et de gauche à droite, comme un chien de garde. Quant à S, elle remuait la tête avec désapprobation. Armaga était sous le choc : il ne disait rien, il ne bougeait plus. (En fait je crois qu'il bouillait de jalousie.)

Mes émotions étaient toutes emmêlées. Étais-je censée partager l'indignation de S ou l'effondrement d'Armaga ? Est-ce qu'il fallait que je dise quelque chose ? Ne trouvant pas les mots, j'ai fixé le vide en attendant que ça passe.

Au bout d'un moment, les clameurs charnelles se sont tues, nos têtes ont pivoté en direction de la chambre. Uch a déguerpi et la porte s'est ouverte…

Ma mâchoire s'est décrochée sous l'effet de la surprise : c'est Drendel Squinn qui s'est retrouvé nez à nez avec nous. Il rougit, esquissant un sourire gêné, puis tenta un rapide « Bonsoir » avant de dévaler les escaliers et se réfugier dans sa chambre.

Je n'avais pas imaginé un seul instant que Drend, le mélancolique chasseur de Straaz, se languissait tellement de sa forêt qu'il était prêt à coucher avec une plante carnivore… Un vilain sentiment me serrait le cœur, un monstre aux yeux verts auquel je refusais de donner un nom. C'était également le même monstre qui s'emparait du cœur d'Armaga. Le Lithique ne dit pas un mot. Il se leva et quitta l'appartement, claquant la porte derrière lui.

Une fois de plus, Clil était parvenue à semer la discorde autour d'elle. Ça me mettait hors de moi. Je n'allais pas tolérer son attitude une minute de plus. J'entrai dans sa chambre, bien décidée à lui dire ses quatre vérités. La demoiselle était sur son lit, tout juste vêtue d'un peu de pénombre, sa peau couverte de rosée, ses courbes d'une irritante perfection offertes au regard. Elle n'était pas Humaine, mais elle était complètement femme et c'était bien ça que j'avais de la peine à avaler. « Tu es vraiment la reine des chiennes ! » lui ai-je jeté à la figure. Elle m'a regardé comme si elle ne comprenait même pas ce que je voulais dire :

– Donc si Squinn et moi avons envie l'un de l'autre, on doit faire quoi exactement ? Te demander l'autorisation ?

– Écoute, si tu veux te comporter comme une traînée, ça n'est pas mon problème. Par contre tes petits jeux pervers de manipulation, ça s'arrête maintenant, c'est clair ? Armaga a claqué la porte et Drendel fera la même chose quand il aura réalisé que tu l'as utilisé !

– Keller, pour moi, tu n'es qu'une gamine. J'ai vécu deux guerres. Quand tes arrières grands parents sont nés, j'avais déjà traversé plus d'un siècle. Je suis une Mélodiarque, un Arpège Majeur de l'Alliance. Je me passe de tes leçons de morale : je fais ce qui me plaît et Squinn aussi. Et si Son Altesse la « Fille aux Cheveux Rouges » n'est pas d'accord, il va falloir qu'elle apprenne à vivre avec !

Notre souci à toutes les deux, c'est que notre prise de bec venait de susciter un niveau d'irritation considérablement plus important auprès de S. Vive comme l'éclair, elle m'attrapa l'oreille pour la pincer dans la tenaille de ses doigts. De son autre main, elle réserva le même traitement à Clil, la tirant de force hors du lit.

« Mesdemoiselles, ma patience est à bout. Votre différend ridicule s'arrête ici. Toi » dit S en s'adressant à Clil. « Petite boule d'orgueil. Tu n'en fais qu'à ta tête, n'est-ce pas ? Que tu aimes te rouler dans la fange, ça te regarde. Mais tes provocations doivent cesser. Que tu nous aies trouvé un logement ne te donne pas tous les droits. »

« Toi, Timea ! » rugit S dans ma direction. « Toi aussi, tu es immature et capricieuse. Depuis le début, tu fais tout pour accabler Clil. En réalité, vous semez la discorde autant l'une que l'autre. Il est évident pour tout le monde que ta désapprobation prend ses racines dans la jalousie. »

J'avais envie de hurler que ces accusations étaient injustes. Pourtant je ne l'ai pas fait. S n'avait pas tort. D'une certaine manière, Clil incarnait tout ce que j'aspirais à être : une fille parfaite que rien ne semblait atteindre et qui vivait sa vie sans rendre de comptes à personne.

Quand la mère S nous lâcha les oreilles, on s'est serré la main, mais ni Clil ni moi n'avions l'intention de perdre la face. Pourtant les mots de la Mortebanoise poussaient en moi comme des graines fraternelles et je sentais qu'ils allaient continuer à s'épanouir jusqu'à me faire changer de perspective. L'espace d'un instant, j'eus même l'impression que j'entrevoyais le même genre d'évolution chez la Farandrienne.

Julien Hirt

Merveilles du Monde Hurlant

Tome 1

La Ville des Mystères

Collection Imaginaire

CLIL

Qui est vraiment Clilitwitli Courdouscovanatana ? Serait-elle réellement capable de répondre à cette question si on la lui posait ? Elle est née il y a des siècles et c'est déjà le quatrième corps qu'elle se fait pousser, comme le font les gens de son peuple. Lorsqu'elle pense à son passé, la plupart de ses souvenirs sont si lointains qu'elle n'en garde aucune trace ou les prend pour des songes. À quoi ressemblaient ses parents ? Qui lui a appris sa magie de Mélodiarque ? Elle l'ignore.

La femme-enfant capricieuse et superficielle qu'elle prétend être aujourd'hui, est-ce sa nature profonde ou n'est-ce qu'un leurre, un masque vide qu'elle porte parce qu'elle a oublié qui elle était ? Son esprit est plein de secrets et elle n'a pas accès à la plupart d'entre eux, mais certains souvenirs luisent en elle comme des flammes ardentes et pourraient la pousser à commettre des actes insensés...

DRENDEL

CARNIATO

ARMAGA

Il ne peut pas s'en empêcher : depuis qu'il est tout petit, Armaga a toujours compris la vie comme une machine à réparer, à bricoler. Il ne voit l'existence que comme une série de rouages qui s'emboîtent et de pistons qui coulissent, et lorsqu'il se retrouve confronté aux réalités plus complexes des sentiments et des relations entre les êtres, il se recroqueville dans une coquille d'embarras et d'humour, à la manière d'un bernard-l'ermite.

Son penchant pour la Science, ses parents, deux bourgeois dévots d'Entremer, ont tout fait pour la décourager, en particulier à partir de la deuxième fois où il a fait exploser le grenier. Sentant bien que lui et ses machines n'étaient plus les bienvenus dans cet environnement, il a donc pris la seule décision logique : il a claqué la porte. Depuis, Armaga est désespérément en quête d'une famille d'adoption. Des gens qui le laisseraient enfin inventer en paix, à défaut de le comprendre.

Tout cela, uniquement grâce au petit discours plein de bon sens de S. Et dire que cette fille avait quitté un ordre de chevalerie parce qu'elle se jugeait indigne d'en faire partie…

Tout ne s'est pas réglé en un coup, bien sûr, mais peu à peu, les choses sont revenues à la normale dans l'appartement. Drendel a regardé ses baskets pendant quelques jours, mais quand il a compris que tout le monde allait se comporter comme si rien ne s'était passé, nous avons repris les leçons de tir à l'arc. Cet épisode l'avait même rendu plus humain à mes yeux. Il quittait ce rôle d'écorché vif ombrageux dans lequel j'avais voulu l'enfermer.

Armaga est rentré le lendemain et il ne fit plus jamais référence à cette soirée. Il donnait le change, mais j'ai compris que tout cela le rongeait. Quand j'ai essayé de lui en parler, il a esquivé à l'aide de quelques blagues tristes. Il ne souhaitait pas avoir ce genre de conversation pour le moment. S non plus, d'ailleurs : quand je l'ai remerciée de son intervention, elle a repris sa leçon d'escrime sans ajouter le moindre commentaire.

Entre Clil et moi, dans un premier temps, rien ne changea. Nous nous évitions, trop fières pour mettre les choses à plat. Finalement c'est elle qui eut l'intelligence de briser la glace en me rendant un service.

« Clil s'est mise en tête de t'emmener voir les Blemmyes, mais si tu veux mon conseil, il ne faut surtout pas l'écouter », me dit Armaga, ce qui eut pour effet d'aiguiser ma curiosité. Quelques instants plus tard, j'étais dans le jardin aménagé par Clil, afin de lui demander ce que c'était qu'un Blemmye et en quoi ces gens-là pouvaient m'être utiles.

« Les Blemmyes », dit-elle, « c'est une espèce qui vit en marge. Leurs traditions sont… exotiques. Mais certains d'entre eux accumulent les connaissances et je pense qu'ils pourraient nous aider à trouver Voland. »

La suite, ce fut un cours de rattrapage avancé sur les Blemmyes, donné par une Clil qui me présentait cette espèce sous ses abords les plus positifs et par un Armaga qui la décrivait comme une calamité. Quels que soient les dangers, s'il existait une chance que ces individus me permettent de m'approcher de mon objectif, j'avais bien l'intention de les rencontrer et aucune mise en garde n'aurait pu me décourager.

Les différentes sectes qui composaient la société des Blemmyes donnaient dans l'excès et la démesure – voilà à peu près le seul élément que je mémorisai. Ceux qui détenaient – peut-être – les réponses dont j'avais besoin collectionnaient les informations de manière compulsive. Hélas, si Clil avait bel et bien des contacts parmi les Blemmyes, ce n'était pas dans ce groupe-là. Elle, elle connaissait un dénommé Vang Noc-Toï, propriétaire d'une sorte de boîte de nuit en ville. C'était un adepte du dieu blemmye de la débauche. Le nom de ce dieu-là, je l'ai retenu parce qu'il était rigolo : Son Outrageuse Théâtralité.

« Tu vois Keller, tout compte fait, quand tu fais un effort, tu ressembles presque à quelque chose », me dit Clil en promenant son regard sur moi, de haut en bas – c'était sa version à elle d'un compliment. Elle m'avait prêté quelques vêtements à elle afin que je fasse forte impression lors de la soirée – je me sentais déguisée, mais ce n'était pas totalement désagréable. De son côté, Drendel s'était fait relooker façon métrosexuel gothique, carrément pas mal dans le genre ténébreux. Moi, je le dévorais des yeux, alors que lui, il n'osait pas me regarder en face, aussi désorienté que la première fois qu'il avait rencontré Clil, dans les catacombes. Ça me plaisait de lui faire de l'effet…

Les autres avaient préféré ne pas nous accompagner : Armaga parce qu'il désapprouvait ce plan, S parce que l'idée de se rendre dans un tel lieu de perdition lui faisait horreur.

Vang Noc-Toï, comme la plupart des Blemmyes de la ville, vivait dans un quartier que tout le monde appelait le Cloaque, une tache aveugle sur la carte d'Entremer, comme un secret de famille que tout le monde connaît, mais dont personne n'ose parler à haute voix.

Personne, en revanche, n'aurait pu prétendre que le Cloaque n'avait pas d'odeur. Dès que nous y avons mis les pieds, nos narines furent assiégées par un capiteux mélange de senteurs qui évoquaient le vomi de lépreux et le champignon rance et qui nous donnait des haut-le-cœur.

Ici, tout était moite, mais pas de la moiteur tropicale du reste de la ville. On avait l'impression que le soleil doré d'Entremer n'atteignait jamais le fond de ces rues dont le pavé glissait, lustré d'un enduit marécageux à l'odeur de vase. Partout, on apercevait des façades lardassées de larmes de lichen, des tuiles en miettes qui chutaient des toits, des bosquets d'orties noires au coin des fenêtres où nichaient des corneilles, des gouttières piquetées de rouille comme s'il pleuvait ici davantage qu'ailleurs.

Le tracé des ruelles, tel un chaos de caprices lâché pêle-mêle dans la ville, était constitué de veinules qui se torsadaient en sillons imprévisibles comme des trajectoires de scolopendres, qui se coupaient, se croisaient et se retrouvaient sans queue ni tête, si bien qu'à moins d'être attentif, on finissait toujours par revenir sur ses pas sans jamais être sûr d'être de retour en terrain familier.

Des chats au regard inquiétant régnaient sur les venelles. Parfois on tombait sur quelque visiteur égaré ou sur des jeunes courageux dont l'inconscience nous rappelait la nôtre, des défoncés aux os saillants et à la peau couverte de croûtes, des silhouettes non-humaines qui se terraient dans les ombres. Derrière des volets éternellement clos, on entendait des hurlements de désespoir ou de torture, qui sonnaient comme des appels à l'aide ou des chants incantatoires.

On s'est retrouvés dans une arrière-cour qui menait à un petit escalier qui menait à une cave. Celle-ci conduisait à un long couloir qui puait la sueur et le tabac à priser. Une grande femme au visage tout enveloppé de bandelettes nous y a toisées sans un mot avant de nous laisser rentrer.

C'était là, apparemment, le club de Vang Noc-Toï. Derrière le vestibule où des esclaves Ogres nous débarrassèrent de nos armes, s'offraient à nos regard des galeries en équerres, décorées de draperies de soie et de velours et de statues grotesques, qui s'ouvraient à droite et à gauche sur une multitude de petites chambres sans portes, d'où nous observaient avec avidité des silhouettes drapées dans l'ombre et la sueur. Certains de ces logements étaient vides, mais la plupart étaient utilisés comme locaux où des clients se faisaient subir les uns aux autres toutes sortes de plaisirs ou de sévices.

L'air était si chargé d'odeurs capiteuses mélangées entre elles qu'on aurait pu le mordre, le mâcher, en goûter chaque fragrance pour elle-même, qu'elles proviennent de parfums de fleurs, de musc ou d'ambrargyre, d'un brasero d'encens, de pipes à opium ou de la peau des convives eux-mêmes ; que cela se suce, se hume, s'injecte ou s'avale, on trouvait ici tout ce qui était imaginable en matière de stupéfiants, dont certains avaient été conçus par la Science ou la Magie (ou même par la Foi, car tous les Dieux, il est vrai, ne refusent pas à leurs fidèles les paradis artificiels) ; à cette sensation d'opulence débridée répondait une musique qui évoquait l'ivresse, dont le rythme en perpétuel déséquilibre était produit par des tambours métalliques aux sonorités imprévisibles, toujours sur le point de basculer, alors que des violons savamment désaccordés entonnaient des airs qui chaviraient à chaque instant du joyeux au tragique.

Ce fut à ce moment-là que je vis un être repoussant. L'individu n'avait pas de tête. Rien du tout entre ses épaules. Les traits de son visage étaient plaqués sur son torse : de grands yeux agités de curiosité, un nez et surtout une bouche énorme, vorace, une bouche assez large pour que je puisse y rentrer la tête, bordée de lèvres épaisses, des dents brillantes et d'une langue qui luisait d'un appétit que rien ne semblait pouvoir satisfaire. Tout le monde regardait le nouveau venu avec un mélange de crainte et d'admiration.

« Un Blemmye » dit Drendel. « C'est un Blemmye mâle. Un Acéphale. Je crois que l'un de nous deux lui plaît. »

Clil s'était éclipsée quelques instants pour nous ramener, sur sa paume rose, trois minuscules escargots à la carapace bleue qui traçaient des sillons de bave luminescente.

– Mangez ça, les amis, dit-elle. Il faut croquer la carapace et avaler le jus directement.

– Je n'avale pas n'importe quoi !

– Ce que tu peux être coincée, Keller ! Tu ne risques rien, c'est des carapaces *bleues*. Allez, croque !

Comme Drend venait d'avaler son escargot sans hésiter, je choisis de faire confiance à Clil. En plus, j'avais désespérément besoin de quelque chose pour évacuer les tensions qui me nouaient l'estomac depuis que nous étions ici. Sans me poser davantage de questions, j'attrapai un gastéropode sur la main de la Farandrienne et je le croquai. Un jus à la saveur anisée s'écoula dans ma gorge. Pas désagréable.

Ça me faisait penser que ça faisait des semaines que je n'avais plus fumé la moindre cigarette. À croire que le passage dans le camp d'esclaves m'avait sevré. Pas de clope, pas de portable, pas de musique : je réalisais à quel point ce qui peut nous sembler essentiel un jour peut devenir superflu le lendemain. Et après tant de sobriété, je me disais que j'avais bien mérité d'avaler un petit escargot bleu. Pour l'heure ça ne me faisait aucun effet à part une vague sensation de chaleur.

« Maintenant, amuse-toi ! » commanda Clil. « Si on veut que Vang soit bien disposé envers nous, il va falloir être sensationnels. » Obéissante, je me mêlai à la fête, sentant les prémices d'un fou rire naître en moi…

« Si la joyeuse demoiselle veut bien me faire l'amitié de s'asseoir avec moi… » dit une voix toute proche. Promenant mon regard de gauche à droite, je finis par localiser celui qui venait de m'apostropher. C'était un Farandrien Sombracine, à la peau anthracite et aux cheveux aussi rouges que les miens. Il dégageait une odeur de sous-bois humide. Je ne sais où Clil et Drend avaient disparu. Peut-être sur la piste de danse. J'avais du mal à me concentrer.

L'homme-plante était assis à un stand de tatoueur. Ne voyant pas d'autre tabouret que le sien et la table étant trop encombrée pour m'y poser, je m'assis sur ses genoux. Mon audace m'a fait éclater d'un gros rire, ce qui amusa le Farandrien. « J'aime ton style, petite. Je t'offre un tatouage, si tu veux bien l'accepter. Un tatouage spécial… »

« J'accepte ! » bondis-je avant même d'y réfléchir.

L'offre m'émoustillait. « Et c'est quoi, un tatouage spécial ? » ai-je demandé au Farandrien en approchant ma bouche tout près de ses oreilles en lame de couteau. Il me sourit et saisit sur la table un encrier énorme, dont il dévissa le couvercle.

Pataugeant à la surface du liquide, cinq grosses guêpes se hissèrent l'une après l'autre sur le bord du récipient, encore engluées d'encre épaisse, tentant de se nettoyer de leurs petites pattes d'insectes. Stupéfaite, je repartis de plus belle dans un nouvel éclat de rire.

« Ces insectes sont Magiques », m'expliqua le tatoueur. « Ils peuvent lire dans tes pensées, déchiffrer ce que tu as de plus intime. Et ils s'en servent pour créer un motif pour toi : le tatouage parfait, celui qui te correspond… Où est-ce que tu le veux, ce tatouage ? »

Dans l'état où j'étais, j'aurais pu répondre n'importe quoi – ce qui, paradoxalement, ne faisait que me motiver encore plus. Je baissai l'ourlet de ma jupe pour découvrir le bas de mon dos, un endroit sexy et discret. Le Sombracine acquiesca. Il fit claquer ses mains. Là, les guêpes s'ébrouèrent l'une après l'autre, avant de s'envoler maladroitement, encore noircies d'encre. Je sentis leurs pattes se poser sur mon épiderme. « Il va te falloir ceci », me dit mon tatoueur tout en me fourrant dans la bouche une grosse forme en caoutchouc dur. C'était un mors. C'est là que je compris que j'allais vraiment déguster…

On ne va pas en faire des tonnes, j'ai survécu. Mais ça m'a fait un mal de chien, plus intense que tout ce que j'avais pu connaître auparavant.

Lorsque tout fut fini et que je recouvrai mes esprits, le Farandrien me présenta un grand miroir en pied pour que je puisse admirer mon nouveau tatouage. La chair était encore rouge, ça me brûlait. Mais j'étais fascinée par ce que je voyais. Dans le bas de mon dos, je vis des motifs, des entrelacs de lignes, qui ressemblaient à ceux que j'avais l'habitude de dessiner dans les marges de mon journal. Le Farandrien avait raison : ces insectes avaient lu en moi. Et au centre du dessin, le motif autour duquel tout s'articulait, était un rectangle noir et un poisson rouge stylisé : Mangesonge, qui lui aussi faisait partie de moi.

« Il va changer, le dessin va se modifier avec le temps » m'expliqua le tatoueur. « C'est de la Magie, ça va s'adapter aux changements dans ta vie. Ça peut même lire ton avenir. » Toute guillerette, je lui fis une grosse bise pour le remercier de son œuvre.

« Et bien, on s'encanaille, on dirait ! » fit la voix de Clil dans mon dos. Elle et Drend étaient de retour de la piste de danse, leurs beaux corps couverts de sueur. Moi, j'étais en train de réajuster ma tenue et me remaquiller pour avoir l'air présentable. « Vang accepte de nous voir », dit la Mélodiarque. « Il a trouvé divertissante la manière dont tu supportais la douleur. »

Des gardes Ogres nous amenèrent près de Vang Noc-Toï. Alangui dans un grand trône d'osier, ce jeune et arrogant Blemmye était entouré d'une pléiade de jeunes femmes d'une beauté déroutante, qui le massaient, le caressaient et amenaient de la nourriture dans son énorme bouche. Toutes ces femmes avaient deux taches bleu pâle sur le front et des chaînes aux pieds. Des esclaves. « Ce ne sont pas des Humaines », m'expliqua Drend à voix basse. « Voici les fameuses Blemmyes femelles. Elles sont la propriété des mâles. » Je devais donc faire ami-ami avec un esclavagiste. J'espérai que mon âme survivrait à toutes ces compromissions.

« Félicitations, jeune fille » me dit Vang, tournant ses larges pupilles dans ma direction. « Ce n'est pas tous les jours que l'eunuque offre un tatouage à quelqu'un. »

« Votre Décadence » intervint Clil. « Nous venons humblement demander à bénéficier de vos contacts. Nous avons grand besoin d'accéder au savoir des Blemmyes adorateurs de Son Insatiable Curiosité. » Vang nous regarda tous les trois comme un gros chat qui se demande quelle souris il va dévorer en premier, puis il dit : « Vous me plaisez. Vous avez quelque chose de différent. Très bien, j'accède à votre demande… Mais ce n'est pas un geste désintéressé. »

Je tremblais à imaginer quel genre de contrepartie un Blemmye pouvait bien exiger.

– Je vais prendre un petit prélèvement chez chacun d'entre vous, dit Vang. Une fois que ça sera fait, je vous obtiendrai une audience avec les adeptes de Son Insatiable Curiosité. Est-ce que ces termes vous conviennent ?

– Un seul prélèvement au total, votre Grâce, négocia Clil.

– Deux. Toi, et toi, conclut le Blemmye.

Les négociations étaient terminées. Il venait de nous désigner, moi et Drendel. Le jeune Axite n'avait pas l'air rassuré. Moi non plus. Je n'osais pas poser de questions de peur de tout ficher par terre. « Vang va avaler et consommer une partie de ta personnalité », me dit Clil. « Ne t'inquiète pas, elle va repousser dans quelques jours. »

Ça avait l'air horrible, mais il était trop tard pour reculer. D'ailleurs l'adepte de Son Outrageuse Théâtralité n'attendit pas que je donne mon accord.

Vang ouvrit sa bouche démesurée et l'approcha de mon visage. Il engouffra ma face tout entière dans sa gueule, ses lèvres humides entrant en contact avec mon front et mon menton. Ce contact révoltant me donna un haut-le-cœur. Tout à coup, alors que la langue du monstre effleurait mes paupières, je perçus quelque chose en moi. Comme un craquement. Je ne me sentais pas différente. Pas très dégourdies, les esclaves me tendirent des serviettes pour me sécher le visage.

Je n'avais aucunement l'impression qu'on avait « consommé une partie de ma personnalité » comme l'avait décrit Clil. Tout en moi me semblait comme d'habitude – j'avais surtout envie de me tirer d'ici. Mais j'allais encore devoir supporter quelques atermoiements.

Le Blemmye était toujours en face de moi, la respiration pesante et dans ses yeux injectés de sang, une expression que j'interprétai comme de l'inquiétude. « Tu es… double. Il y a une autre conscience en toi… » Rien de très neuf. Oui, merci, j'avais un poisson dans le corps, dites-moi quelque chose que je ne sais pas !

Mais me dire quelque chose que je ne savais pas, c'est précisément ce que fit Vang ensuite : « Elle essaye de communiquer avec toi. À travers un objet. Mais tu ne réponds pas. »

OK. Je n'y comprenais rien, mais j'aurais tout le temps de m'interroger sur la signification de cette révélation plus tard. Pour le moment, j'étais impatiente de quitter cet endroit : « Je vous ai donné ce que vous vouliez. Occupez-vous de lui, maintenant ! » « Lui », c'était Drendel, qui semblait encore plus effrayé que je l'avais été. Il était agité, à deux doigts de perdre ses moyens. C'était pathétique. « Allez, Drendel » lui dis-je. « Ne fais pas ta chochotte, ça ne fait rien du tout, ce machin-là ! » Clil me jeta un regard perplexe pour Dieu sait quelle raison.

Vang Noc-Toï s'approcha de Drend et lui fit son truc. Voir la tête du jeune campagnard disparaître dans cette bouche affreuse, c'était assez comique. Lorsqu'il eut terminé sa petite affaire, notre hôte prit congé de nous, tout en glissant un message dans la main de Clil : l'adresse où nous trouverions les informations dont nous avions besoin.

« Eh bien, Drend » lui dis-je dans la rue, « Quel froussard ! »

Dans ses yeux je vis poindre quelque chose d'animal que je n'avais jamais aperçu auparavant. En un instant il était sur moi, une main sur mon cul, l'autre dans le décolleté et sa bouche posée sur la mienne.

Furieuse, j'agis par instinct. Du mieux que je le pus, je me dégageai et je lui balançai un coup de poing dans la mâchoire. « Non, mais ça va pas ! » ai-je crié. « Tu me touches encore une fois et je te tue, minable ! »

Ce fut Clil qui dut s'interposer, parce que Drendel continuait à me déshabiller du regard, comme s'il n'avait pas senti mon coup. « Arrêtez, tous les deux ! » dit la pouffe qui jouait les arbitres. « Vous n'êtes pas dans votre état normal. C'est l'effet de l'extraction : il vous manque des éléments de votre personnalité – et apparemment, des éléments importants. On rentre à l'appart, vous vous éloignez l'un de l'autre et vous faites ce que je dis, d'accord ? »

Si ça voulait dire que l'autre bouseux n'allait plus essayer de me violer, moi, j'étais d'accord, mais j'avais l'impression que Clil exagérait un peu les choses. Contrairement à Drendel, j'étais moi-même, je me sentais parfaitement à l'aise. Pour autant que je puisse en juger, ma personnalité était intacte.

De retour chez nous, je vis que S était en train de prier devant son lit. J'enfouis ma tête sous une pile d'oreillers pour ne pas entendre ses pitoyables bondieuseries et je tentai de trouver le sommeil. Sur le ventre, parce que mon tatouage me faisait un mal de chien.

Le lendemain matin, je m'éveillai avec la migraine. Pour tout arranger, S était debout à côté de mon lit avec son air de maîtresse d'école. Je n'avais aucune intention d'écouter un de ses sermons, mais elle ne m'en laissa pas le choix : « Clil m'a raconté, pour hier soir. Je sais ce qui vous est arrivé. Drendel ne contrôle plus ses pulsions, il a essayé plusieurs fois de forcer la porte de la chambre. Nous l'avons enfermé à double tour. Ça devrait passer d'ici demain ou après-demain. »

Elle me tendit une grande tasse de pava avec un peu de lait. « Tiens, toi aussi tu as besoin de récupérer. » Elle referma délicatement la porte derrière elle. Tant mieux. Comme ça au moins j'aurais la paix…

Quand les autres furent de retour, je fus immédiatement confrontée à leurs regards dégoulinants de compassion. Je tentai de leur expliquer une fois de plus que tout allait bien et que je souhaitais organiser une nouvelle sortie dans le Cloaque à la recherche des adeptes de Son Insatiable Érudition, mais ils pensaient que j'avais besoin de faire une pause pendant quelques jours. Je trouvais leur médiocrité assommante. Aucune envie de moisir ici.

Devant la vigueur de mes protestations, ils finirent par se rendre à la pertinence de mes arguments. Clil et S allaient m'accompagner, pendant qu'Armaga veillerait sur Drendel pour éviter tout débordement.

Le soir même, nous étions donc de retour dans le Cloaque. En progressant en direction de notre objectif, nous avons entendu des bruits sourds, qui faisaient vibrer le pavé sous nos pieds, comme la démarche d'un colosse heurtant le sol.

Un gigantesque bâtiment de bois se baladait dans le quartier, perché sur quatre jambes mécaniques. Vaste comme un paquebot, la maison était un bric-à-brac de styles différents, comme si des architectes fous y avaient ajouté chacun leur tour des pièces dépareillées de toutes tailles, un assemblage de parois mal ajustées, de fenêtres petites ou grandes, rondes ou rectangulaires, de bois d'essences et de couleurs multiples, le tout surmonté de douzaines de cheminées qui crachaient de la vapeur. L'engin produisait un grincement de machinerie et de bois tordu au bord de la rupture.

« Ça en jette, hein ? Mesdemoiselles, voici la bibliothèque de Son Insatiable Érudition ! » s'écria Clil.

Elle agita les bras pour attirer l'attention des Blemmyes dont on apercevait les silhouettes derrière les fenêtres illuminées. Le bâtiment s'immobilisa et une rampe fut déployée à notre attention, un vieil Acéphale venant à notre rencontre. Il avait l'air de mauvais poil.

« Suivez-moi » se contenta-t-il de dire d'une voix rauque en rentrant dans la bibliothèque.

Tout ce cirque m'énervait déjà. Les Blemmyes nous emmenèrent dans une petite pièce sans fenêtres, autour d'une table en formica où quelques-uns d'entre eux nous fixèrent en silence. Ils étaient moins répugnants que les adeptes de Son Outrageuse Théâtralité, mais, à leur manière, tout aussi flippants.

« Fille aux Cheveux Rouges, nous savons qui vous êtes et ce que vous avez fait. Nous savons que vous êtes venues nous voir en quête de réponses » nous dit le vieux, celui qui nous avait laissé entrer.

« Voici ce que nous vous proposons : vos informations contre nos informations » continua-t-il. En deux mots, c'était donnant-donnant, une histoire contre une histoire – un marché typique d'Entremer…

Ça tombait bien, j'avais des tas de choses à leur raconter. Je leur livrai tout mon récit de mon arrivée à Entremer à ma rencontre avec Voland et j'évoquai surtout le Monde Muet, d'où je venais. Là, les Blemmyes semblèrent intéressés. Je me livrai donc à un long et épuisant exposé sur la Terre qui m'avait vu naître, son fonctionnement, ses habitants, sa faune, sa flore, son organisation et à peu près tout ce qui me passait par la tête. Des Blemmyes femelles prenaient frénétiquement des notes.

Au bout de deux bonnes heures, je décidai que j'avais largement rempli ma partie du contrat et que c'était à leur tour de répondre à mes questions. Ou plutôt à *ma* question, au singulier : où était Voland ?

Déçus que je ne continue pas mon exposé, les Acéphales tentèrent d'obtenir d'autres réponses de ma part.

« Messieurs, je ne vous ai rien caché, je suis sûre que je peux m'attendre à la même chose », leur dis-je dans leur langage. L'expression de désarroi qui se lit alors sur leurs visages fut délicieuse. Le plus ancien semblait embarrassé, presque soucieux.

« Voland est un personnage dangereux et il vaut mieux que personne ne cherche à entrer en contact avec lui », déclara-t-il.

(« Il ne faudra pas croire ce qu'on te dira. Il ne faudra pas croire ce qu'ils raconteront sur moi » m'avait dit Voland la dernière fois que je l'avais vu. Des mots qui prenaient de plus en plus de sens.)

« J'ai anéanti le Camp de l'Ataraxie », leur dis-je. « Ne croyez pas que j'hésiterai à brûler vos précieux livres et à détruire votre bibliothèque si ça me chante. Maintenant, dites-moi tout ce que vous savez. »

Alors, les Blemmyes parlèrent. Et ils produisirent des documents pour appuyer leurs dires. L'histoire qu'ils racontèrent était à dormir debout : « En deux mots, Voland est un tricheur », me dirent-ils.

Ce qu'ils me dirent ensuite me fit trembler de la tête aux pieds. L'homme que je recherchais était plus vieux que le Reik, presque aussi vieux que l'Histoire, selon eux. Voland l'Enchanteur était un héros de la Première Guerre, il y a des milliers d'années. Il était à l'origine un homme de bien, un héros, l'un des compagnons de voyage du grand guerrier Pan Shaï. Après le conflit, Voland, ébranlé par les horreurs de la guerre, prit conscience de sa mortalité. Il ne voulait pas mourir et il était bien décidé à empêcher que ça arrive.

L'Enchanteur était parvenu à percer à jour certains des secrets des Titanides, et grâce à des bribes de connaissances au sujet des pouvoirs de la Protoclarté, il était parvenu à prolonger sa vie pendant des siècles.

Il était resté en vie, mais son corps s'était détérioré. Il n'était plus qu'une ombre désormais, une image, un fantôme, un souffle, dépourvu d'enveloppe charnelle. Lorsqu'il souhaitait interagir avec le monde des vivants, il ne pouvait plus se manifester qu'en donnant vie à d'éphémères doubles de papier mâché, comme – apparemment – celui que j'avais embrassé à la discothèque.

Et c'était ainsi qu'avec le temps, Voland en était venu à jalouser les vivants. Il était, me disaient les Blemmyes, prêt à tout pour retrouver une existence normale. « D'une manière ou d'une autre, Fille aux Cheveux Rouges, vous êtes l'instrument par lequel il souhaite mettre à exécution son plan. »

Tout cela me laissait un goût amer… J'étais bouleversée, révoltée même. Oui, l'idée que Voland vivait depuis des siècles, je voulais bien y croire. C'était l'impression qu'il m'avait laissée, celle d'un être d'une profonde sagesse. En plus toutes ces histoires de Première Guerre et de Protoclarté cadraient avec ce qu'Armaga avait découvert. Mais non, je n'allais pas me mettre à croire que Voland était ce personnage amer et pathétique qu'ils me décrivaient… Non, l'homme qui m'avait serré dans ses bras, l'homme de mes rêves tendres n'était pas un monstre…

Voland n'aspirait qu'à vivre une vie normale, j'en étais sûre, et j'allais tout faire pour l'aider à y arriver. Il ne restait plus qu'à savoir comment.

CHAPITRE 9 : LES ARMES MIRACULEUSES

« Si les despotes brûlent les livres avant de briser les lances, c'est parce qu'ils savent qu'une seule phrase peut réécrire le monde. »

BAZZIL, *La Révélation de Muo*

Ça commençait à ressembler à un gros bordel, tout ça... Mettez une bande d'adolescents dans le même appartement et demandez-leur d'organiser leur vie quotidienne sans intervention extérieure, vous allez obtenir des résultats approximatifs. Ce matin-là, je finis par atteindre mon point de saturation. Je convoquai tout le monde dans le salon et je leur communiquai ma manière de penser.

Ce n'est qu'après nos aventures dans le Cloaque que tout cela avait commencé à me courir sur le système, comme si je cherchais à occuper mon esprit après les révélations des Blemmyes. Le résultat, c'était que je trouvais la situation intolérable : les piles de linge sale qui s'accumulaient partout, les reliefs de repas, les toiles d'araignée et la poussière, sans compter les alignements de bouteilles de bière et autres souvenirs des soirées de beuverie, c'est-à-dire tous les soirs.

N'y tenant plus, j'ai donc rassemblé toute la petite troupe pour leur expliquer que désormais, les corvées étaient organisées comme les tours de garde, avec une rotation précise et des tâches réparties entre tous en fonction de notre emploi du temps et de nos affinités. Mon plan fut accueilli par un cortège de protestations, de soupirs et de moqueries. Clil prétendit que si je m'énervais autant pour ce qu'elle considérait comme des détails, c'était parce que j'étais encore sous le coup de l'extraction de personnalité pratiquée par Vang Noc-Toï. Mais elle avait tort : après quelques jours, l'empathie que m'avait arrachée le Blemmye était revenue.

Ce qui me préoccupait, c'était la révélation selon laquelle Mangesonge avait cherché à me contacter « à travers un objet ». Et, surtout, je ne lui avais pas répondu. Quelles que soient les intentions réelles du poisson rouge, il devait détenir de précieuses informations. Mais à travers quoi l'Artange de Sang pouvait-elle tenter de me contacter ?

« Peut-être un objet qui t'appartient ? Qui vient de ton monde ? Quelque chose que tu aurais ramené avec toi ? » dit Armaga lorsque je lui ai expliqué ce qui me tracassait. Il avait raison : j'avais bel et bien apporté dans ce monde le moyen idéal pour me contacter : « Dickinson ! » m'écriai-je.

Dickinson, mon téléphone portable : c'était un moyen de communication et je l'avais sur moi au moment où Mangesonge était entrée dans mon corps. Si elle tentait de me parler « à travers un objet » il était probable qu'elle essaye de le faire par mon smartphone – non, pas juste « probable » c'était ça, j'en étais sûre.

Et cette certitude n'était pas ancrée dans une foi aveugle : j'avais un indice supplémentaire juste là, dans la cambrure de mon dos. Mon tatouage Magique, celui qui était censé représenter la réalité de mon être (ou quelque chose dans le genre), on pouvait y voir un poisson rouge et juste en dessous, un rectangle noir que j'avais pris pour un miroir, mais qui était à n'en pas douter mon téléphone portable.

Restait un tout petit écueil. Dickinson, comme toutes mes affaires personnelles, m'avait été confisqué au moment de mon arrestation au Camp de l'Ataraxie… La prochaine étape était donc toute tracée : il fallait retourner au camp et récupérer mes affaires…

Criant de joie, j'attrapai Armaga, le serrai fort dans mes bras et lui déposai un gros bisou sur son front. Il n'avait rien compris du tout, le pauvre.

Souvent, chez moi, l'enthousiasme des premiers moments a quelque chose de volcanique. Il jaillit dans toutes les directions, il emporte tout sur son passage. Ensuite, la réalité débarque et s'avère bien moins agréable que ce que j'avais prévu. Voilà le genre de réflexions que je ruminais, quelques jours après ma conversation avec Armaga, alors que j'étais recroquevillée dans une grande caisse en bois de sapin et que chaque muscle et chaque jointure me procurait une douleur différente et singulière.

Lorsque j'avais persuadé les autres d'exécuter mon plan, je n'avais pas anticipé que j'allais finir par jouer les contorsionnistes, que j'allais me faire balader dans une grosse boîte et que, dans les grandes lignes, c'était moi qui allais exécuter l'essentiel du plan toute seule.

Enfin, je n'étais pas complètement seule, tout de même. Déjà, celui qui poussait la caisse, c'était Armaga, dans le rôle du livreur qui allait me faire pénétrer au plus profond du camp…

En plus, je n'étais pas seule *dans* la caisse. Uch, cette abjecte chenille végétale, était enfermée avec moi, ses innombrables pattes se baladant sur mon corps. Au plus profond de moi, je nourrissais des pensées d'une rare violence où j'écrasais la répugnante créature sous le talon de mes bottes. Seulement voilà, Uch était essentiel à la réussite de notre petite stratégie.

C'était le moment de vérité. Poussant la caisse dans laquelle je me trouvais, Armaga se présenta au portillon d'entrée du Camp de l'Ataraxie. Une installation provisoire, en attendant que les dégâts causés par les émeutes soient réparés.

Personne ne jeta le moindre regard à Armaga : il était juste le livreur, un jeune Lithique, et aucun des miliciens ne se posa de questions à son sujet ni ne se demanda qui il était et d'où il venait.

C'était fait. Nous étions à l'intérieur. Jamais je n'aurais cru être un jour aussi heureuse d'être de retour derrière ces murs.

Bon, hein, « heureuse » oui et non. Là, même si je n'avais pas été recroquevillée dans un espace clos et brinquebalée en tous sens comme une valise dans un aéroport, il y aurait tout de même eu cette appréhension qui me grignotait les pensées… Notre plan était risqué… « Bah ! finalement c'était fastoche, pas vrai ? » mentit Armaga.

Il prenait la direction de la grande tour triangulaire du camp, celle dans les sous-sols de laquelle j'avais été enfermée à trois reprises. Hélas ! c'était également là que se situaient les entrepôts de l'Ataraxie. Sentir à travers les planches la fraîcheur des murs et leur odeur de moisi, ça me rappelait des souvenirs effroyables.

Quelques instants plus tard, deux semaines de planifications portèrent enfin leurs fruits : nous étions dans le magasin de matériel. L'endroit où, en tout cas nous l'espérions, se trouvaient à la fois mon téléphone et les affaires de mes amis.

« Tu vas tenir ? » me demanda le Lithique en se penchant sur ma caisse, qu'il avait entreposée dans un coin discret, à l'écart des allées et venues. « Non, mon gros caillou. Finalement, c'était une mauvaise idée : on annule tout, rentrons chez nous ! » lui ai-je répondu, la voix chargée de sarcasme. Ça l'a fait rire. Il a tapoté doucement la planche de sapin située juste au-dessus de ma tête. « Tu tiens bon, OK ? » dit-il en guise d'au revoir.

Il referma derrière lui la porte du magasin de matériel et me laissa dans le silence et l'obscurité, seule dans ma caisse, à l'exception d'un Uch de plus en plus agité et de quelques araignées curieuses que la grosse chenille-plante avala goulument.

À l'heure dite, la pendule mécanique que m'avait confiée Armaga s'illumina, me signalant que dehors, la nuit était tombée.

Le silence imprégnait toute la pièce. J'étais seule. Tâtonnant dans l'obscurité, je fis pivoter l'une après l'autre les quatre attaches qui retenaient en place le couvercle de la caisse.

Il était temps de se mettre au boulot. La pièce était vaste, remplie jusqu'au plafond d'un alignement d'étagères sur lesquelles étaient empilés cartons, caisses et liasses de documents. Excitée comme une puce, je fonçai vers l'étagère où devaient, en principe, se trouver les objets qu'on m'avait pris. On me pardonnera, je l'espère, cette petite vanité : ce furent mes affaires à moi que je recherchai en premier, les doigts tremblants et tout et tout.

Quelques instants après, j'étais de retour au niveau du sol, avec dans les mains un paquet de jute. J'ai tout arraché d'un geste pour découvrir le contenu. La petite robe de pétasse que je portais ce soir-là se retrouva dans mes mains, toute tachée et déchirée. Ça me faisait presque plaisir de la voir, pour le coup, enveloppant les escarpins que je portais le soir où j'avais embrassé Voland.

Pas de place pour la nostalgie. Je serrai le vêtement contre moi, espérant peut-être y sentir l'odeur de l'homme de mes pensées, mais je ne perçus rien d'autre que la poussière et la sueur.

Mon petit sac cambodgien était là, avec toutes mes affaires : mon vieux carnet de notes… mes crayons… des dessins et des textes… des clés… quelques affaires de make-up… une boîte de préservatifs jamais ouverte… un paquet de cigarettes entamé… et Dickinson.

De quelques gestes hystériques, je pressai sur le bouton de mise en marche, puis je tapotai partout sur la surface et les bords du téléphone portable pour lui donner vie, mais il refusa de s'allumer. Et bien sûr qu'il refusait de s'allumer : la batterie était à plat. J'avais bien un chargeur au fond de mon sac, mais pas de prise de courant. Il n'y avait pas de prise de courant *du tout*. Nulle part sur la planète. Le Monde Hurlant, bien sûr, n'avait pas de réseau électrique. Il me serait impossible d'accéder à mes messages, aujourd'hui, demain, à jamais…

Ce fut très dur de ne pas me mettre à hurler.

Et puis je rangeai mon orgueil dans ma poche et je me mis à rechercher les affaires de mes amis, alors que Uch était en train de promener ses étamines sur mes chaussures en signe de compassion.

De toutes ses possessions, S ne souhaitait récupérer qu'une chose : sa lance. C'était une arme en métal et en bois, avec une longue lame triangulaire à double tranchant. Le long de la hampe, juste derrière la lame, on voyait trois porte-encens rituels qui en faisaient une arme sacrée, un objet de culte et de guerre.

C'était aussi une arme qu'Armaga m'avait demandé de lui ramener. Décidément, quel monde hostile que celui-ci, où les jeunes étaient aussi attachés à leur arsenal ! Il fallait dire que comme la lance de S, l'arbalète du Lithique était un objet précieux, le résultat d'un travail artisanal de longue haleine. Armaga m'avait précisé qu'il avait fabriqué chaque pièce lui-même. Je trouvai également trois sphères de bronze recouvertes de mécanismes complexes. Le Prof les appelait ses « mécanes », ça me suffisait. Pour le moment, je préférais ne pas en apprendre trop long sur l'usage auquel il les réservait.

Clil souhaitait qu'on lui rapporte une fleur : un nénuphar à longue tige et aux pétales de la couleur du regret. Malgré son long séjour dans ce local de stockage, elle semblait aussi fraiche que si on venait de la couper. Décidément, plus j'avais l'impression de comprendre la Farandrienne, plus elle parvenait à m'étonner.

Restait à régler le cas Drendel Squinn. Il avait été très clair : au moment de son arrestation, il ne portait rien de valeur sur lui. De toute manière, il avait été forcé de vendre son arc pour s'acheter à manger quelques semaines avant d'échouer au Camp de l'Ataraxie. La seule possession qu'il souhaitait que je récupère était pour moi, le paquet qu'une mystérieuse femme aux cheveux blancs lui avait confié à mon attention. J'étais dévorée de curiosité…

Une arme. Forcément, c'était *encore* une arme – il n'y avait que des armes partout. Celle-ci était emballée dans un linge beige enturbanné autour de sa lame. Une sorte de sabre en métal doré. J'avoue que ma curiosité était piquée. Même si je ne comprenais rien à cette histoire de colis confié à Drend par une inconnue, j'avais très envie de voir ce que cette arme avait de si spécial pour qu'elle me soit destinée. Qu'est-ce que tout ça avait à voir avec moi ? Avançant prudemment, je tirai le linge du bout des doigts pour le faire glisser le long de la lame.

Derrière moi, un grincement me paralysa d'effroi.

Ce que je redoutais depuis le début était en train d'arriver. Dans le couloir résonnait la menace des bruits de lourdes bottes. On approchait. On m'avait retrouvé. On allait s'occuper de moi. Il fallait agir maintenant ou tout allait s'effondrer en quelques instants. Je devais faire vite. C'était possible. J'avais un plan. Nous avions un plan. Tout était prévu. Je savais ce que je devais faire.

« Uch ! » ai-je sifflé entre mes dents, comme si l'appeler servait à quelque chose. Comme je m'y étais attendue, il n'était nulle part. J'étais en train de songer à un plan B. Fallait-il que je mette la main sur le sabre de Drendel et que je m'enfuie en me taillant un couloir à coup de lame dans le peloton des miliciens ? Même pas la peine d'y penser. Je n'étais pas S, je me ferais découper en morceaux. Et de toute manière, jamais je n'oserais attaquer quelqu'un avec une *arme*. Respect de la vie humaine et tout ça.

Et puis voilà. Le coup de chance. En levant mes yeux au ciel en signe d'exaspération, j'aperçus Uch. L'érucopside était en train de se promener au plafond. En voyant la tête que je faisais, l'agaçante créature galopa jusqu'à moi avec une attitude que j'interprétai comme de la culpabilité. En quelques instants, de toute la force de ses petites pattes, il fut à mes pieds, dans un grand panache de pollen, haletant comme un chien-chien qui vient de piquer un sprint. Le plan. Il fallait exécuter le plan. Ça avait intérêt à marcher. Je me penchai vers Uch, le regardant droit dans les bourgeons qui, chez lui, tenaient lieu d'organes de la vue, et je criai juste à temps le mot qu'on avait convenu en préparant l'opération : « Extraction, les amis ! Extraction, *maintenant !* »

Mauvais bruit de porte. Gros plan sur mon visage pas content. Ils étaient là.

Une patrouille de miliciens au grand complet venait de débarquer dans la pièce. Ma chance dans mon malheur, c'était qu'une patrouille de miliciens au grand complet, c'était trois personnes. L'un d'entre eux avait le regard alerte, il avait l'air d'être le chef. Il était flanqué d'un grand abruti et d'un petit perfide à l'air de fouine. Ils avaient tous les trois le glaive au poing, tous les trois le pourpoint brun et la carapace de cuir. « C'est elle ! La Fille aux Cheveux Rouges ! » Ça sentait très mauvais, tout ça.

Mes mains tâtonnèrent en direction de la pile d'objets que j'avais collectés, mes doigts se glissèrent machinalement sous l'étoffe du paquet de Drendel, en direction de la garde du sabre. Je la saisis comme un noyé s'accroche à une bouée, et la brandis dans la direction des gardes. La pointe de la vieille lame tremblait beaucoup plus que je ne l'aurais souhaité.

Quelque chose d'inattendu se passa alors. L'espace d'un instant, ce fut toute ma vision de la scène qui se modifia, remplacée par quelque chose que je ne pourrais décrire que comme un diagramme tridimensionnel dessiné par un fou. À la place des trois gardes, en surimpression, je voyais trois sphères rouges, reliées les unes aux autres par des réseaux complexes de lignes et de flèches ; Uch était une sphère grise ; j'étais une grosse boule verte ; toute la scène était parcourue par un entrelacs de connexions lumineuses, vibrantes de couleurs ; des pépites de lumière se déplaçaient dans la pièce, engendrées par les sphères et convergeant dans ma direction. C'est comme si j'étais en train d'absorber une énergie d'une nature inconnue. Était-ce un pouvoir Magique conféré par cette mystérieuse épée ? Je ne connaissais rien du tout à ce genre d'affaire.

Alors que ces diagrammes s'estompaient et que je me familiarisais à nouveau avec la pénombre de la pièce, je réalisai qu'une poignée de secondes s'étaient écoulées. Mon sabre tremblait nettement moins à présent. Je me sentis sourire et j'entendis ma voix de petite peste inconsciente déclarer : « Alors messieurs, je vous botte le cul les trois en même temps, ou l'un après l'autre ? »

Oh la la, la réplique n'a pas tardé. « Tu vas payer pour la mort de mes copains ! » s'écria le plus petit, la syllabe tremblante. Sans émotion, le chef me dit : « On va te briser la mâchoire, les mains et les pieds et te traîner jusqu'au directeur. »

C'était destiné à me déstabiliser et ça fonctionnait. J'avais peur, j'étais désespérée, j'étais furieuse. Le sol vacillait sous mes pieds. Dans un coin de mon champ de vision, les mystérieuses pépites de lumière se multipliaient, arrivaient de plus en plus nombreuses à mesure que je perdais pied dans un combat qui s'annonçait perdu d'avance. Mais une chose était claire : mon insolence serait la dernière partie de moi à tomber. J'ai adopté une garde en tierce, plus ou moins conforme à ce que m'avait enseigné S.

Par un réflexe de pur instinct, je pus éviter la première attaque du plus grand des gardes. Un grand coup vertical, qui aurait pu me couper en deux. Mais de l'autre main, ce lourdaud m'envoya un coup de poing dans la mâchoire. Une douleur inouïe, et un instant après, je ne voyais qu'un brouillard tout noir. D'un geste bref, le lieutenant en profita pour me désarmer et envoya mon sabre rebondir par terre, hors de portée.

Cette fois, j'étais fichue. Mais tant pis, il fallait faire comme si je n'étais pas au courant. Autour de moi, comme trois chats cruels, les miliciens me tenaient en respect en ricanant, pointant leurs armes dans ma direction, me mettant au défi de récupérer mon sabre.

Un clin d'œil de pure provoc, et hop, un plongeon de côté. Le plus grand des gardes tenta d'accompagner mon mouvement d'un moulinet du bras – raté de peu. L'acier de son arme se planta dans le bois d'un coffre. Une occasion à saisir : je profitai de l'ouverture pour lui balancer un coup de pied chassé dans les chevilles. En principe, assez pour déséquilibrer un colosse comme lui. Mais à son tour, le petit milicien s'approchait méchamment : en le voyant, j'hésitai. Mon coup manqua d'impact. Assez pour faire mal, insuffisant pour mettre mon adversaire à terre. Et voilà qu'à présent, c'était cette petite tête de fouine qui en profitait pour frapper. Je plongeai derrière lui juste à temps, me remettant sur mes pieds. Pas fou, il ne perdit pas de temps à se retourner et se contenta de me balancer un coup de coude en pleine poitrine. La respiration coupée nette, cassée en deux, je me sentis choir en arrière. Heureusement, je savais tomber.

J'ai foncé en avant et fis un roulé-boulé en direction du sabre qui traînait par terre. Je zappai la fouine qui ne put rien faire pour m'arrêter. Retombant sur mes pieds tout près de l'arme, il me suffisait de tendre le bras pour la saisir. Alors je le tendis, le bras. Et la semelle de la botte du lieutenant vint m'écrabouiller la main. Encore et encore des éclats lumineux qui jaillissaient vers moi. Ça tombait bien : tenter de me servir de ces étranges diagrammes de lumière, c'était ça, mon plan.

Malgré la douleur, je ramenai mon autre bras vers l'avant et du bout des doigts, je parvins à attraper la garde de l'arme. Comme tout à l'heure, ce contact suffit pour me faire visualiser la scène sous la forme d'une curieuse construction abstraite de sphères et de lignes chargées de couleurs. Moi, petite sphère verte, j'étais gorgée de l'énergie dorée accumulée depuis tout à l'heure. Maladroitement, presque malgré moi, je focalisai ma volonté pour tenter de libérer cette énergie – qui se mit à jaillir comme un tuyau d'arrosage agité dans tous les sens par de l'eau sous pression. Le faisceau entra en contact avec les sphères rouges et grises, rompant et réarrangeant les fils ardents qui les connectaient les unes aux autres. Je ne savais pas du tout ce que je faisais. J'ignorais même si je n'étais pas en train d'halluciner toute la scène.

Mais non, ce qui allait suivre me prouvait que je n'hallucinais pas. Ma vision redevint normale. Je voyais la haute silhouette du chef des gardes dressée en dessus de moi, rictus arrogant aux lèvres. La fouine courait vers moi. Ma main prisonnière de la botte me faisait hurler de douleur. Et j'avais le sabre dans la main gauche.

Soudain tout fut sens dessus dessous.

Tout commença par ma chaussure, qui heurta une bourse tombée d'une étagère pendant ma fouille. La bourse s'entrouvrit, libérant une douzaine d'écus qui allèrent rouler dans la pièce. Sur sa trajectoire, la monnaie rencontra le petit milicien à tête de fouine, qui perdit l'équilibre sur le tapis de pièces roulantes. Et paf, le garde tomba contre une étagère, assommé, provoquant la bascule du grand meuble, qui vint percuter l'étagère suivante, puis la suivante, puis la suivante. Une onde de choc par effet domino qui était en train de se propager dans toute la pièce alors que seule une poignée de secondes s'était écoulée depuis que j'avais réussi à saisir le sabre. Je n'avais rien compris – je n'avais pas eu le temps.

Pour éviter une étagère qui pivotait dangereusement dans sa direction, la grosse brute fit un pas de côté, une expression de panique très agréable à voir se lisant sur ses traits. Ce faisant, il se mit sans le faire exprès directement sous le point d'impact d'un lourd coffre à outils qui glissait d'une armoire en train de chuter. Le coffre tomba sèchement sur la nuque du garde, qui se brisa en produisant un bruit de bambou qui se rompt. Et de deux.

Restait le chef, stupéfait comme moi par le déroulement des événements, qui m'interrogeait du regard sur ce qui allait suivre, mais ne trouvait que mon regard qui disait « Je ne sais pas ! Je ne sais pas ! » Sa botte continuait à écraser ma main, mais je sentis cette emprise se desserrer soudainement, tandis que sur mon visage un air de stupéfaction succéda à un autre : la poitrine du lieutenant venait d'être perforée par un carreau. L'arbalète d'Armaga s'était déclenchée après avoir été percutée par une série d'objets qui, de manière excessivement improbable, avaient désactivé sa sécurité et l'avait positionnée de telle manière à ce que son projectile atteigne sa cible en pleine poitrine. L'enchaînement de ce qui venait d'arriver était invraisemblable. Une série de coïncidences qui dépassait l'entendement.

Sous le choc, j'empoignai cet incroyable sabre que je rangeai dans son fourreau. Je me chargeai de mes affaires et de celles de mes amis pendant que Uch, lui aussi indemne, me sautait sur l'épaule. Nous n'étions pas encore dehors. Restait à procéder à l'extraction, et pour ça, Clil allait devoir se montrer irréprochable.

Le bout du couloir, quelques volées de marches, puis quelques autres et nous étions au niveau du sol – c'était déjà ça de pris. C'était toujours un ciel de nuit que j'apercevais dans l'embrasure de la porte extérieure, mais il commençait à s'empourprer d'aube. Il fallait s'en aller avant que la lumière ne soit de retour.

Uch se mit à sautiller en tous sens alors que nous étions presque dehors, puis à sauter à terre, trottant à vive allure vers l'extérieur.

Un comportement qui ne pouvait s'expliquer que par la proximité de Clil, dont la créature devait avoir humé l'odeur de pétales de rose. Je vis l'érucopside sortir, puis se lover contre sa maîtresse comme un foulard à longues pattes : la Farandrienne était là, comme prévu, dans l'embrasure de la porte, avec cet air satisfait qu'elle arborait en toutes circonstances et qui d'ordinaire m'aurait donné envie de la gifler. Cette fois-ci au contraire, son apparition signifiait que j'étais sauvée et, de reconnaissance, mon cœur bondit dès que je la vis.

« Tim... » dit-elle à voix basse en m'apercevant. Il y avait quelque chose de rigide et d'inconfortable dans l'attitude corporelle de la Farandrienne, comme une crispation. J'avais l'impression qu'il se passait quelque chose d'inattendu...

« Tim... Je suis désolée... » murmura-t-elle tout près de mon oreille, comme on s'adresse à un condamné à mort. Je n'étais pas sûre de savoir comment réagir, mais rien de tout cela n'allait avoir d'importance très longtemps. Clil jeta un regard en direction de la porte de la tour, les premiers pas du chemin de la liberté et elle dit à voix haute, glaciale : « Elle est ici. Elle est à vous. » Ce n'était pas à moi qu'elle parlait, mais elle parlait *de* moi.

Tout mon corps fut agité d'un frisson de frayeur. Derrière mon amie, je vis apparaître un visage familier, celui de Vortices, la secrétaire de Carniato. La grande blonde raide était flanquée de deux, non, de quatre miliciens, dont le commandant Burin. Je compris soudain que c'était à elle que s'était adressée Clil : j'étais à nouveau prisonnière.

« C'est du très bon travail, mademoiselle Courdouscovanatana » dit la Collectine, « Vous pouvez vous considérer comme une femme libre, en vertu de notre accord. » J'entendais des bruits de bottes dans l'escalier, venant d'en haut et d'en bas. Chaque issue était bloquée par une escouade de gardes. J'étais prise en tenaille.

« Vous n'êtes pas quelqu'un de facile à localiser, mademoiselle Keller » dit Vortices 47 de son ton de gouvernante victorienne. « Sans doute que nous ne serions pas parvenus à vous retrouver, si vous n'aviez pas décidé de nous rendre visite. Les informations que votre... amie nous a livrées nous ont été précieuses. » Pour compléter la provocation, un des miliciens glissa une bourse joufflue d'écus dans la main hésitante de Clil. Par son geste, non seulement mon « amie » avait conquis sa liberté, mais elle avait en plus gagné une coquette somme.

Enragée, je bouillais de l'intérieur. Dans ma voix résonnait tout le dégoût, toute la déception, tout le mépris que j'étais capable d'exprimer : « Comme quoi j'avais raison à ton sujet depuis le début, Clil ! Tu es une pute, quelle que soit la définition qu'on choisisse ! »

Elle s'approcha de moi, froissée, me dépouilla de mon arme et de mon sac avec toutes les précieuses affaires qu'il contenait. Elle en extirpa le grand nénuphar couleur regret, me défiant du regard pendant l'opération. Une fois au contact de la peau de la Mélodiarque, la fleur magique réagit en tintant comme un vibraphone. Une longue racine poussa de sa base pour se connecter à la poitrine de Clil – la fleur et la fille-plante ne faisaient plus qu'une. La traîtresse me sourit avec cruauté et me dit : « Je ne t'ai jamais aimée, Keller. Tu es une fille banale, inutile. Je suis heureuse de contribuer à te démasquer et fière d'en tirer un bénéfice personnel. »

Dans d'autres circonstances, je lui aurais cassé la figure, mais là cette option venait de m'être retirée : deux gardes m'ont attrapé les bras. Ils me tordaient les articulations et prenaient un plaisir vicieux à me faire mal. Moi, je n'avais aucune envie de leur montrer ma douleur et je focalisais mon regard sur Clil, qui faisait des moulinets avec le sabre pour me narguer.

La perfide s'approcha de Vortices, qui n'avait pas raté une miette de tout le spectacle. « J'imagine que ce sabre vous revient de droit… », dit Clil à la Collectine, lui présentant la lame dans un grand geste de cérémonie. Vortices tendit la main pour accepter le présent : « En effet, tout ce qui appartient à mademoiselle Keller est la propriété de monsieur Carniato, désormais… »

Ce fut alors que Clil exécuta la phase suivante du plan.

Mon cœur bondit de joie. Dans un délicieux retournement de situation, soigneusement planifié depuis quelques jours, plutôt que de remettre le sabre à la secrétaire, Clil acheva son geste et plaça l'extrémité de la lame contre la gorge de Vortices, pile sur l'artère. « Aha ! J'espère que vous aimez les surprises ! » En parallèle, elle se mit à chanter en farandrien, un chant magique bientôt repris en chœur par le nénuphar. La voix de la jeune fille et la voix de la fleur se mêlaient, s'additionnaient, tissaient des harmonies magiques. Aucun garde n'osait avancer, de peur de déclencher un geste qui aurait pu coûter la vie de leur patronne. Sous l'effet du sortilège, des racines se mirent à apparaître tout autour du corps de Vortices 47, d'abord format brindilles, puis de plus en plus épaisses, enserrant ses poignets, ses genoux et son cou – c'était elle, désormais, qui était notre prisonnière…

Le nénuphar continuait à chanter pour maintenir actif le sortilège. Clil me fit un clin d'œil avant de me lancer le sabre et le sac avec toutes les affaires. Puis elle toisa la douzaine de gardes amassés tout autour de nous, et avec une pointe de morgue, leur déclara : « Messieurs, mademoiselle Vortices est notre otage. » Je me dégageai des malabars qui m'encadraient, avant de ramasser mes affaires et d'empoigner mon sabre.

Clil se carapata aussi vite qu'elle pouvait, avec une Vortices hurlant au bout d'une laisse de liane et moi qui suivais pas loin derrière. Alors que la lumière rasante de l'aube venait allonger les ombres du camp, j'arrivai en vue des grilles de sortie, là où, hier soir, j'avais pénétré cette enceinte à l'intérieur d'une caisse. Entre moi et l'extérieur, je dénombrai six gardes en tout, pleinement alertés de la situation, puisque dans mon dos j'entendais la sirène d'alarme qui bramait. Mais ce n'était pas moi qu'ils regardaient, les miliciens. C'était Vortices, la numéro 2 du camp, captive des entraves végétales tissées par notre Mélodiarque, et je voyais qu'ils calculaient les risques.

« Allez, on fonce ! » ai-je crié à Clil dont j'entendais le bruit des pieds nus quelques mètres derrière moi. « Ah, ça y est ? Tu commences déjà à me donner des ordres ? » plaisanta-t-elle. « Je le savais, que j'aurais dû te livrer à Vortices pour de vrai ! Je n'ai pas fini de la regretter, cette décision ! »

Nous n'étions pas dans une position idéale pour forcer ce barrage. Moi, je transportais lance, arbalète et autres affaires encombrantes. Quant à Clil, elle se baladait avec notre otage en laisse. Désormais décidés à agir, les six miliciens venaient de sortir leurs glaives et nous faisaient obstacle dans des postures menaçantes.

On n'y couperait pas, il allait falloir se battre. Je sortis mon sabre de son fourreau, cette arme mystérieuse, qui, à nouveau, me fit visualiser toute la scène de la même manière schématique que tout à l'heure. Tous ces symboles qui apparaissaient dans mon champ de vision représentaient quelque chose, très clairement, mais je n'arrivais pas à comprendre quoi. Six boules rouges en face de nous, Clil et moi dans le rôle des boules vertes.

Je fonçai pour ouvrir une brèche. Arme en avant, sans trop me préoccuper des conséquences, je jaillis en direction du garde le plus proche. Un coup. Un autre coup. Du métal contre du métal. La patience au service du jeu de jambes. Surtout, éviter ses attaques à lui. Par moments, l'un de ses moulinets m'effleurait le bras ou me taillait un sillon sanglant dans la peau. Il pouvait me terrasser en un seul geste bien placé. Un pas de côté, attaque, roulade. Une horrible idée était en train de s'imposer à moi. Pour me sortir vivante de ce combat, j'allais sans doute devoir faire quelque chose d'épouvantable… C'était un combat à mort… Attaque, parade. Est-ce que j'étais capable de le tuer ? De mettre fin à la vie de cet homme que je ne connaissais pas ?

Du coin de l'œil, je voyais l'aisance avec laquelle Clil se mouvait dans le combat. Ses gestes, sa posture trahissaient une confiance en elle qui confinait à l'insolence. Rien de tout cela n'était nouveau pour elle, c'était évident ; aucun de mes scrupules ne la tracassait.

Alors que le nénuphar chantait des mantras qui prolongeaient le sortilège qui maintenait Vortices ligotée, la voix enjôleuse de la Mélodiarque réservait un autre sort aux gardes. De grosses cosses charnues poussaient sur la main de la jeune fille, jaillissaient en l'air comme des tirs de mortier et s'abattaient sur les miliciens à la façon d'une grêle noire, arrachant cris et lambeaux de chair dans leur sillage. Tout cela, Clil le faisait avec nonchalance, comme si elle ne parvenait pas à s'intéresser vraiment à ce combat qu'elle savait gagné d'avance.

À force de virevolter autour de mon adversaire lourdement harnaché, de le forcer à bouger, j'étais en train de l'épuiser. Son visage était zébré de ruisseaux de sueur et de sang. Moi, mes vêtements étaient tachés de rouge, mais mes blessures n'étaient que superficielles : je savais que je pouvais l'emporter.

Sauf que tout l'équilibre du combat était en train de changer. Face aux tirs de Clil, deux des miliciens reportaient leur attention sur moi, s'approchant de ma position, une faim de vengeance en gueule et des chapelets d'insultes ordurières en guise d'apéritif. J'étais incapable de tenir le choc face à trois gardes, même fatigués et blessés. Je devais réduire leur nombre. Cette froide résolution s'imposait à moi comme inéluctable.

Donc je l'ai tué, je ne sais pas trop comment. Juste la terrible décision, suivie d'un voile noir et d'une contraction dans mes muscles, puis cette image de cauchemar de ma lame enfoncée dans le torse de cet être humain, qui lui perforait la chair et lui transperçait un poumon, bloquait son souffle et libérait un fleuve rouge vif qui dégringolait le long de mon sabre, tandis que le garde me regardait droit dans les yeux, avec des orbites qui étaient déjà en train de se ternir comme de vieilles prunes, son corps s'abattant ensuite à mes pieds, d'un bruit semblable à la pesanteur de mon remords… J'avais tué… J'étais une tueuse… À seize ans, j'avais ôté la vie d'un homme avant même d'avoir fait l'amour pour la première fois… À sentir ainsi ma main droite poisseuse d'un sang qui n'était pas le mien, j'eus l'impression que je venais d'amputer une part de mon innocence…

Les deux autres miliciens étaient déjà sur moi, enjambant le cadavre de leur collègue. Ils avaient oublié l'adolescente, ils voyaient la fille qui avait assassiné leur copain ; dans leur iris se reflétait leur envie de vengeance, mais également une mesure de crainte à mon égard qui n'était pas présente auparavant. Alors que Clil assurait sa partie du combat, désormais abritée derrière une énorme plante carnivore qu'elle avait invoquée et qui se battait à sa place, il me revenait la responsabilité de m'occuper de ces deux gardes. « Ça va être une joie de te vider de ton sang ! » me dit l'un d'eux avec un sanglot dans la voix.

Chaque coup que me portait l'un des deux hommes était suivi d'une réplique de l'autre. Tôt ou tard, j'allais commettre une erreur fatale : ils le sentaient et ils se montraient patients, conscients qu'ils m'auraient à l'usure.

Sauf qu'ils ignoraient que, depuis le meurtre que je venais de commettre, mon sabre était si gorgé de la mystérieuse énergie dorée que je le voyais étinceler. Sans trop savoir ce que je faisais, comme je l'avais fait un peu plus tôt dans la remise, je libérai les paillettes lumineuses de mon arme et les transférai en direction des deux sphères rouges qui symbolisaient mes adversaires.

Cela eut un effet, et il fut terrible.

Ma tunique fut crépite de morceaux de cervelle – je fus saisie par l'horreur, l'effroi et la plus viscérale des répugnances… Sa tête avait été transpercée par une flèche – le projectile était entré de l'arrière, par la nuque. Et ce n'était pas terminé : sous le choc de cette vision d'horreur, un mouvement de recul instinctif me fit perdre l'équilibre. Agitant les bras pour retrouver mon assiette, je plantai mon sabre sans faire exprès dans l'orbite du dernier garde – une nouvelle boucherie qui s'ajoutait aux deux autres ; ma tunique était une fois de plus mouchetée de sang chaud ; et voilà, sans même que je le fasse exprès, il était mort lui aussi. Trois cadavres gisaient à mes pieds grâce à une accumulation de concours de circonstances qui ne tenait pas debout. Je ne comprenais rien à ce qui venait de se passer.

Et puis, je vis. À une trentaine de mètres derrière le portail, leurs silhouettes se détachant dans la lumière du petit matin, mes amis nous attendaient. Drendel Squinn, arc en main, venait de décocher sa flèche ; S adoptait une position de garde très intimidante ; Armaga était assis à l'avant de la carriole que nous avions louée, tirée par deux chevaux. Tout était en place pour l'avant-dernière partie de notre plan.

« Au nom des Douze, courez ! » ordonna S. Les muscles de mes jambes reçurent le message avant mon cerveau. J'enjambai les cadavres des gardes, me laissai porter par le désir de fuite, mon corps endolori par les blessures du combat. Clil courait avec moi, gardant sa prisonnière près d'elle. Flèches et carreaux sifflaient à nos oreilles. L'alarme du camp n'avait pas été vaine : tous les gardes étaient désormais mobilisés pour nous retenir, la voix du commandant Burin galvanisait les troupes.

Devant nous, l'équipe s'occupait de freiner nos poursuivants. Drend décochait ses flèches presque aussi vite que s'il avait été armé d'une mitraillette. Après chaque tir, j'entendais un cri et le bruit d'une chute.

J'avais la nausée. Notre expédition pour récupérer ces objets faisait beaucoup de morts. Je n'osai regarder les gardes que lorsque S se mit à prier en enscrit, disant « Anadeus, magnanime et majestueux, purge ces cœurs de leur vilénie ! » et qu'une lumière apparut derrière moi, plus brillante que le soleil. Les ombres changèrent de sens pendant quelques instants, j'entendis des pleurs et des supplications, puis plus rien : le miracle de la Foi venait de livrer son verdict sans appel… Nos poursuivants étaient éliminés, calcinés, désintégrés ou pire encore. Je préférais ne pas le savoir…

Une fois arrivés sur la carriole, nos camarades nous aidèrent à grimper et Armaga donna le signal du départ, empruntant les petites artères pour éviter que l'on nous suive. Croisant mon regard hanté par mes actes de violence, S comprit ce qui venait de m'arriver. Mon amie me serra fort contre elle, silencieusement, faisant taire les questions des autres d'un ton autoritaire afin qu'ils me laissent tranquille.

Trop occupée à frotter mes mains l'une contre l'autre pour tenter d'en effacer les traces de sang et de tripes, je n'eus guère le cœur à m'intéresser à la dernière phase du plan, mais on m'indiqua plus tard qu'elle s'était déroulée sans accroc. Lorsque nous fûmes sûrs que nous n'étions plus poursuivis, nous abandonnâmes Vortices, encore ficelée, au fond d'une allée, confiant à une mendiante de la Calembredaine, en l'échange de quelques écus, la responsabilité d'alerter la police dès que nous serions partis.

C'était fini. Nous avions gagné. La réussite était totale. Pourtant, en voyant défiler les pavés qui nous rapprochaient de chez nous, gagnée par le vague à l'âme et la culpabilité, j'avais la conviction que désormais, plus aucun endroit n'était vraiment « chez moi » et que j'étais déracinée à jamais, d'une manière irrémédiable et indélébile.

Quelques jours plus tard, on ne parlait déjà presque plus de tout ça. Notre expédition, mes meurtres, ces événements et les cicatrices qu'ils avaient laissés sur mon âme, ça appartenait au passé et je compris que tout le monde préférait que j'enterre ces histoires bien profond pour ne plus jamais y revenir. J'avais ramené leurs joujoux et mes amis préféraient que je ne leur rappelle pas le prix que j'avais dû payer.

Il y avait S, bien sûr. Elle était de mon côté, elle me soutenait par des gestes et des attitudes ; pas vraiment par des mots, puisque la demoiselle n'était pas bavarde.

À l'appartement, tout le monde s'engueulait, se prenait le bec pour les motifs les plus dérisoires ; Drend et Clil couchaient toujours ensemble, mais en dehors de la chambre ils s'adressaient à peine la parole ; Armaga avait l'air jaloux, S désabusée ; tout cela ressemblait à l'ambiance d'un groupe de rock au bord du split.

Il y avait aussi ce mystère qui m'occupait l'esprit. Si j'avais pu ramener son nénuphar à Clil, son sabre à S, son arbalète et ses mécanes à Armaga, le sabre, le fameux sabre qui me permettait de voir d'étranges lignes de force sur le champ de bataille, était introuvable. Il avait disparu.

J'eus beau retourner tout l'appartement, impossible de remettre la main dessus. Pourtant, même en me repassant tout le film de notre escapade, à aucun moment je n'aurais pu égarer un objet aussi encombrant : je le revoyais là, le long de ma jambe, ma main serrant fermement sa garde. Il n'avait pas pu s'évanouir dans les airs, tout de même ! Ce n'était pas la première énigme associée à cette arme aux origines mystérieuses, aussi me suis-je contentée, pour le moment, de la déposer sur la pile des mystères, convaincue que j'allais à nouveau entendre parler de ce sabre un jour ou l'autre – appelons ça une intuition. De toute manière, ça valait mieux que de retourner tout l'appartement une troisième fois pour remettre la main dessus.

Avec celui qui m'avait lancé sur la piste de cet objet, rien n'était aussi simple. Depuis qu'il m'avait sauté dessus, après notre visite chez les Blemmyes, on s'était arrangé pour s'éviter, Drendel et moi. Lui était honteux, moi j'avais du mal à pardonner cette agression.

Le lendemain de notre raid au Camp de l'Ataraxie, l'archer s'invita dans ma chambre. « Ça serait pas mal qu'on parle, toi et moi » dit-il en regardant le sol. Sa voix n'était qu'un souffle, ça se voyait qu'il se sentait mal. Malgré mon embarras, devant la sincérité de sa démarche je choisis d'écouter ce qu'il avait à dire.

Il tourna autour du pot, comme le font les garçons. Assis à côté de moi sur le lit, il me posa des questions sur le sabre que j'avais trouvé au Camp de l'Ataraxie. Rien, je ne savais rien, et les points d'interrogation n'avaient débouché que sur d'autres points d'interrogation – d'ailleurs il le savait parfaitement bien. On tournait en rond, ça n'était que de la conversation futile, une manière de prendre son élan avant de se parler pour de vrai.

« Tu sais… », dit-il enfin au terme d'une longue hésitation. « Je n'ai pas voulu te faire du mal, l'autre jour – ça n'était pas moi. C'est horrible… Je sais que c'est une mauvaise excuse, mais je n'étais pas dans mon état normal… Je te demande pardon. Je… ne veux que ton bien… » Il laissa un silence derrière la fin de sa phrase et il me fixa. D'ordinaire Drendel ne donnait pas son regard, mais là c'était tout le contraire : ses yeux clairs ne quittaient pas les miens.

C'est là que nous nous sommes embrassés.

Est-ce que c'est moi qui ai eu l'idée la première, est-ce que c'était lui ? En tout cas aucun des deux n'a repoussé l'autre. Mes lèvres, ses lèvres et bientôt nos langues venaient se chercher… C'était tellement bon ce baiser, j'étais bien, c'était tout ce que je désirais… Le chasseur ne respirait pas, moi à peine…

(Qu'est-ce que j'avais dans le citron ? Pourquoi est-ce que j'étais en train d'embrasser ce garçon qui n'avait jamais été pour moi qu'un simple ami ? Quel genre de fille est-ce que j'étais, qui embrassait le mec d'une copine ? La vérité, c'est que j'en avais envie… Tout le reste passait au second plan.)

C'est devenu chaud, tactile : ses doigts ont joué les intrus sous le tissu de mon top, puis sur le coton de mon soutif. Je n'ai rien fait pour les repousser. Je les voulais sur moi, partout, ses mains presque douces. Sans que nos lèvres se quittent, il s'est couché sur moi, nous nous sommes allongés l'un contre l'autre, corps contre corps, nos tâtonnements allant à la rencontre de notre peau chaude… J'aimais tout dans ce moment, je perdais la tête, j'en voulais plus… Drendel a plaqué ses paumes sur l'intérieur de ma cuisse, les a remontées doucement et j'ai accepté l'audace de leur présence sur mon short… Je me suis entendue soupirer :

« Voland… »

Ça nous a refroidi tous les deux. Notre élan s'est brisé net.

Il s'est levé très vite et ne m'a plus regardé, s'éloignant en étouffant des jurons dans son dialecte. Le lendemain, je savais que j'allais apercevoir des entailles fraîches sur ses avant-bras : sa manière à lui d'extérioriser sa souffrance… Moi je restai là, comme une conne sur mon lit, à marmonner « Putain… Putain… Putain… » sans parvenir à penser à autre chose qu'aux lèvres tendres de Drend, mais en luttant très fort pour me remettre les idées en place.

Ce ne fut que lorsque je levai les yeux de mes sandales que je vis Armaga, tout sourire dans l'entrée de ma chambre. Il devait m'observer depuis un moment. Je me mis en mode panique : « Quoi que tu aies pu voir… », balbutiais-je maladroitement tout en tirant sur mes vêtements pour tenter de les réajuster.

« Nous avons tous des secrets, c'est S qui l'a dit, je crois ? Tu gardes quelques-uns des miens, je garde quelques-uns des tiens, si ça te va ? »

Il avait dû croiser Drendel en arrivant, il voyait mes joues rouges, mes habits défaits et mes gestes empotés, pas besoin de lui faire un dessin.

« J'ai un cadeau », dit-il avec un pétillement dans la pupille. « Pas le même genre de cadeau que vient de t'offrir Drendel » avait-il l'air de penser. Il eut la retenue de ne pas le dire à haute voix.

Avec mon palpitant qui pépiait encore, il me fallut un instant pour reprendre possession de moi-même et pour accorder mon attention à ce qu'il était venu me montrer. Dans une de ses énormes mains de pierre, Dickinson ; dans l'autre, un dispositif de bronze et de verre branché à un fil de caoutchouc qui se connectait à une prise électrique.

Le Prof avait tout bricolé lui-même : c'était du joli boulot. Il était parvenu à fabriquer une réplique exacte de mon chargeur de smartphone, en extrapolant tout ça à partir d'à peu près rien du tout. Mais ce qui attirait le plus mon attention, c'était ce qui se trouvait à l'intérieur de l'ampoule de verre : une créature, un petit scorpion volant à la carapace de silex hérissée d'aspérités, qui voletait sur place à la manière d'une libellule. En guise d'ailes, ce petit animéral avait deux étincelles, deux pelotes d'électricité tournoyant à haute vitesse de part et d'autre de son thorax. « Une jirquille varieuse. Elle peut te fournir de l'électricité pendant des mois. »

Sans autre commentaire, le Lithique me déposa cérémonieusement le chargeur et Dickinson dans la main. « J'ai déjà fait le plein de courant » se contenta-t-il de préciser avant de s'en aller, anticipant mon envie d'allumer mon mobile aussi vite que possible.

J'avais encore la tête embrouillée de la session bisous avec Drend que je me retrouvais encombrée d'espoirs et de craintes. Quelle journée ! Je pris deux-trois respirations profondes pour reprendre mes esprits. Les réponses à des questions cruciales se trouvaient peut-être sur mon téléphone.

Les phalanges tremblantes, j'ai allumé mon mobile, retrouvant dans ma main une sensation autrefois si familière, qui me paraissait à présent déconcertante. Ça s'allumait… Quelques douloureux instants pour me souvenir de mon mot de passe, et voilà : j'avais enfin accès à Dickinson et à tout ce qu'il contenait…

Un message non lu.

Sous l'émotion je me mordis la lèvre jusqu'au sang. Mes doigts accédèrent au menu SMS. C'était ça, c'était forcément ça : il n'y avait pas de réseau ici – le message ne pouvait parvenir que de ce damné poisson rouge. Clic clic. Et voilà. L'identifiant du message s'affichait sous la sueur de mes mains : « Mangesonge. »

J'éclatai d'un bref rire hystérique, consciente du ridicule de la situation. Le Titanide qui était entré dans mon corps communiquait avec moi en m'envoyant un SMS. Je tapai sur l'écran et je lus son message.

CHAPITRE 10 : MUTILATION

« Ce que les érudits appellent "l'Histoire" n'est que le vernis de respectabilité dont ils entourent pour les préserver les actes de violence des souverains, comme des insectes piégés dans l'ambre. »

Extrait du discours d'intronisation de l'Empereur Angramagia 1er

Tout petit, planté au milieu de la scène, le marionnettiste était en train d'ouvrir au public dont je faisais partie les portes d'un monde immense. En prolongement de ses doigts, les personnages de bois, de cuivre et de feutre prenaient vie. L'artisan nous donnait la conviction, la certitude, illusoire, mais indéniable, que ces objets étaient, comme nous, des créatures qui pensaient et souffraient et agissaient et avaient une existence en dehors de ces planches. Tel était le génie de maître Ovan, le virtuose qui ouvrait le spectacle de la troupe du Major Sieben. En apparence, c'était juste un petit homme au regard clair qui disparaissait derrière ses personnages dès les premières répliques. Tout seul, il brossait en quelques minutes une fresque épique, l'histoire d'une jeune fille enlevée par un pirate et qui finissait par en tomber amoureuse après une série d'aventures et de coups de théâtre improbables. C'était drôle et touchant.

Avec trois fois rien, Ovan évoquait en moi des émotions d'une force insoupçonnée, parvenant en tordant un morceau d'étoffe à faire apparaître les plus hautes montagnes et les océans les plus profonds. Sur la place Tabrèche tapissée de l'onctueux soleil matinal d'Entremer, au milieu de cette foule attentive, j'étais si conquise que j'avais l'impression de comprendre des choses essentielles sur celles et ceux qui inventent et racontent des histoires et sur ce que ça signifie sur notre rapport à l'univers, et tous les trucs du genre. Quand Ovan a salué, j'ai applaudi à m'en faire péter les mains.

Cette journée avait un parfum d'insouciance. Reflétée par les cristaux géants sur les toits, la chaleur était au rendez-vous, comme toujours à Entremer, mais une brise venue de Cismoualie débarrassait l'air de sa moiteur habituelle. Sous cette clémence bienvenue, toute la population de la ville quittait l'indolence léthargique dont elle se rendait si souvent coupable. Les gens avaient envie de bouger, de rire, de s'embrasser, de se battre, de vivre : mes amis et moi, on ne faisait pas exception.

Personne ne l'avait articulé de cette manière, pas à voix haute, mais nous fêtions nos adieux à Entremer, et la perspective de quitter cette ville où nous étions en danger de mort.

Désormais, j'avais un but. Je savais où j'allais, où chercher Voland, cet homme qui continuait à m'inspirer une tendre fièvre alors que je l'avais côtoyé si peu de temps, et que tant de semaines s'étaient écoulées depuis notre rencontre. D'avoir enfin obtenu ces réponses, c'est comme si on avait désincrusté un rocher qui alourdissait mon âme.

La journée était consacrée au théâtre. J'avais fini par prendre Zimbel Blutz au mot, cet homme-chat, artiste et jongleur. C'était l'un des comédiens qui logeaient en face de chez nous. Nous étions donc invités à voir le spectacle qu'il préparait avec ses camarades avant de partir en tournée.

La prestigieuse troupe du Major Sieben avait investi la plus grande place de la Cité de Cristal pour un marathon théâtral. Il y en avait pour une bonne partie de l'après-midi et pour toute la soirée : marionnettes, tragédies, comédies, musique et numéros visuels se succédaient sur scène face à une foule disposée autour de grandes tables de bois. L'air était chargé de l'odeur épicée de grosses marmites de touazarom au poulet ou aux crevettes, des cailles géantes rôtissaient paresseusement au-dessus de braises ardentes, partout on se partageait de larges miches de pain d'orge à la croûte craquante, arrosées de bière de rose et de chansons à boire.

L'on y croisait des aristocrates humains qui trinquaient avec des marchands lithiques, des prêtres du Shaddaï en grande conversation avec des thaumaturges aux ongles violacés, des esclaves profitant d'une courte pause pour regarder un numéro de jonglage, et même une délégation de Blemmyes dévorés de curiosité. Ici, aujourd'hui en tout cas, les fractures qui émiettaient la société bigarrée de la Ville Libre n'avaient plus cours. Ici, on goûtait à l'Entremer mythique, celui des cultures qui se mélangent pour obtenir une ambiance à la saveur unique au monde.

Avec mes potes, on était totalement pris dans l'ambiance. Clil et moi, on n'arrêtait pas de se prendre en photo avec mon téléphone portable, de faire les belles devant l'objectif : la Farandrienne avait adopté cette technologie et elle adorait contempler son image sur l'écran de Dickinson. On se marrait bien et c'était tellement contagieux que même S avait accepté de poser avec nous. Pas tranquille, je la voyais tout de même poser sa main sur sa lance lorsqu'elle avait l'impression d'apercevoir des miliciens.

Rien d'étonnant à ce que les joies simples que peut procurer un mobile viennent pimenter cette journée de célébration. Si j'étais de si charmante humeur, c'était précisément grâce à Dickinson et à l'ingéniosité d'Armaga qui m'avait permis de me servir à nouveau de mon smartphone.

Je repensais à cette soirée, trois jours en arrière, le déluge d'émotions ressenties quand j'avais découvert le message de Mangesonge, une fois éteinte mon incrédulité d'être capable de communiquer avec l'énigmatique Titanide par des échanges de SMS. Son premier message, celui que j'ai pu lire dès que mon écran s'était allumé, était succinct :

« Voland est à Flammence. Le protagoniste doit se dépêcher de le rejoindre »

Euh, OK. Le « protagoniste » je me suis imaginé que c'était moi. Flammence, je ne savais pas trop ce que c'était ni où c'était, mais j'y serais allée même si je devais m'y rendre à la nage. J'avais beau être consciente que le message de Mangesonge était peut-être un piège ou un leurre, il n'était pas question que je laisse tomber ma seule piste. Plus tard, mes amis m'expliquèrent que Flammence était une ville de bord de mer, l'une des trois « Cités-Perles » du Comté de Valadine... Ma destination était toute tracée.

Je posai plusieurs questions à la Titanide.

La seule réponse supplémentaire que je parvins à obtenir ne fut constituée que de trois mots, qui ne firent rien pour m'éclairer. Au contraire, ils me plongèrent dans une perplexité encore plus profonde que celle dans laquelle je me trouvais jusque-là. À ma batterie de questions autour du mystérieux sabre trouvé dans les sous-sols du Camp de l'Ataraxie, au sujet de son apparition et de sa disparition, ainsi que sur le rapport avec Drendel Squinn et à tout cet écheveau d'interrogations autour de cet objet, Mangesonge finit par répondre ceci :

« Sabre de Fiction »

Malgré des trésors de patience, je ne pus rien en tirer de plus ; je me résolus à cesser de traiter Mangesonge comme un oracle : c'était peine perdue. Désormais, j'avais un objectif : Flammence. Si la Titanide souhaitait me faire parvenir des informations supplémentaires, elle savait comment me joindre.

Quant à savoir ce que signifiait l'aphorisme « Sabre de Fiction », ne sachant pas par quel bout empoigner cette information, je décidai de la stocker dans un coin de ma tête, celui où s'accumulaient déjà quantité de mystères...

Zimbel Blutz venait de quitter la scène. Le Pookan Miaule était copieusement applaudi après un numéro stupéfiant où il jonglait avec cinq flûtes qui se succédaient à ses lèvres et lui permettait d'interpréter lui-même la mélodie qui accompagnait son numéro. Loin d'être étrangère aux numéros de cirque, je mesurais à quel point ce qu'il venait de nous montrer là était exceptionnel.

Après une longue pause, ce fut le tour d'un des grands spectacles théâtraux de la journée. Toute la troupe du Major Sieben devait interpréter une fresque historique intitulée *Comment la Ville devint Libre*. « Toujours les mêmes vieux classiques poussiéreux, rien de tel pour s'ennuyer à mourir » dit Clil.

Elle m'expliqua qu'il s'agissait d'une pièce patriotique fréquemment jouée à Entremer. À priori, rien de très excitant, mais tout le monde disait que les comédiens du Sieben étaient fabuleux. J'étais au premier rang où j'avais traîné de force tous les autres, à part Drendel qui s'était perdu dans la foule pendant un interlude. En ce moment, c'était plus facile quand il n'était pas près de moi…

Quelques sauts périlleux, puis Zimbel Blutz était de retour sur scène, portant un tablier rehaussé de boutons dorés. Le Miaule n'était plus désormais dans son rôle de clown et d'acrobate, mais s'apprêtait à introduire le spectacle et à obtenir un peu d'attention de la part d'une foule dissipée, éparpillée sur toute la place et perdue dans des conversations et dans des coupes de vin épicé.

« Mesdames et messieurs ! » s'écria Zimbel, « Avant de partir pour une tournée triomphale vers le nord jusqu'à la lointaine Valadine, le Major Sieben vous propose à vous, peuple d'Entremer, une plongée dans le mystère de vos origines ! Un spectacle fabuleux à la découverte de secrets inavoués ! Des panoramas inaudibles et des mélodies invisibles ! Du drame ! De la romance ! Des sensations fortes ! Je vous demande d'applaudir bien fort le chef d'œuvre d'Elwa Panaràc : *Comment la Ville devint Libre* ! »

Zimbel Blutz quitta la scène en quelques entrechats sous des applaudissements nourris, cédant la place à un couple de comédiens au milieu d'un décor champêtre. Lui, un Balaouite à la peau sombre, doté d'une présence magnétique, avait un port de prince et une voix de nougat et de rocaille. Il campait le rôle de l'Empereur Elazar Räginar, celui qui avait accordé à Entremer le statut de Ville Libre après le coup d'État avorté de Pendrian Hunt, prince de Straaz. Elle jouait son épouse, Pazia la Sage. L'actrice avait toutes les apparences d'une impératrice, une grâce et une élégance naturelles dont on pouvait deviner qu'elles l'accompagneraient jusqu'à la fin de ses jours.

C'étaient les Ladouceur, le couple qui dirigeait la troupe. Apparemment, ils étaient connus en ville, me renseigna Armaga, même si le Major Sieben avait connu des jours meilleurs et que la « grande tournée » semblait être davantage une tentative désespérée de chercher de nouvelles sources de revenus qu'une manifestation d'un quelconque succès populaire. Moi, je les ai trouvé excellents, chacun dans son registre, lui grandiloquent, elle toute en générosité. Les autres membres de la troupe étaient très bons eux aussi : Zimbel Blutz jouait le rôle du perfide prince Pendrian et nous faisait oublier quelques instants qu'il ne ressemblait pas beaucoup à son modèle, un Axite dont la sagesse populaire voulait qu'il eût mesuré plus de deux mètres.

Malgré le professionnalisme des comédiens, cela dit, le spectacle ne décollait pas vraiment, plombé par la lourdeur d'un texte trop académique et paralysé dans une tentative pénible de réécrire l'histoire afin d'entretenir la légende d'Entremer. Je me plus à imaginer ce que des artistes d'un tel calibre feraient d'un texte plus iconoclaste, par exemple sur la question très contemporaine de l'existence des camps de travail…

Après le spectacle, la foule s'éparpilla pour se répartir autour des tables de bois dressées sous les palmiers de la place Tabrèche. Les gens faisaient de grands signes en direction des cuisines mobiles pour commander une tournée de vin, ou de la gastronomie locale. C'est là que j'aperçus Drendel : le chasseur avait zappé le spectacle. Il était assis à une table, en grande conversation avec une femme toute en emmêlement de cheveux corbeaux et de jambes maigres.

« … Et quand tout sera fini, j'imagine qu'il ne me restera plus qu'à rentrer en Straaz, dans ma famille, pour devenir chasseur à plein temps, comme le veut la tradition familiale » confia Drend à cette inconnue à qui il semblait accorder une grande confiance.

« L'idée n'a pas l'air de vous enthousiasmer », dit-elle. Le jeune Axite fronça les sourcils, à la recherche des mots qui représenteraient le mieux sa pensée. « Ma famille me manque, malgré tout ce qui s'est passé là-bas, mais je crois que je n'y suis plus à ma place. En fait, je ne me sens chez moi nulle part, je ne sais pas… La ville m'a séché le cœur, je crois. »

Ce fut seulement à ce moment-là que l'archer remarqua ma présence. La femme prenait des notes sur un petit calepin et, si elle nous adressa un regard rapide, elle ne me salua pas immédiatement. Un fin liseré de larmes au coin des yeux, Drendel se leva en m'ignorant… comme nous avions coutume de le faire depuis que nous nous étions embrassés…

« Il vous plaît, ce garçon, n'est-ce pas ? Remarquez, je vous comprends, il est mignon. Mais prenez garde : la mort plane tout autour de lui… » me dit cette inconnue qui me fit signe de m'asseoir à sa table. Curieuse, je m'exécutai. Je ne reconnaissais pas la personne, mais le nom m'était familier, pour l'avoir lu en signature de nombreux articles : c'était Antoinette Puque, de la Gazette d'Entremer, une des journalistes les plus intéressées par le sujet de la révolte des esclaves. La trouver sur mon chemin n'avait rien d'étonnant, même si j'aurais préféré l'éviter. « Je suis Antigoné, enchantée », ai-je menti.

Antoinette Puque me sourit. Malgré la dureté de son regard, elle avait l'air attendrie. À présent que je pouvais la détailler de près, je constatai un détail troublant à son sujet : elle était translucide, juste un peu. En la fixant, on pouvait deviner, en transparence, la silhouette des objets situés derrière elle. Quelque chose en elle n'était pas normal du tout : une allure trouble, fantomatique… Voyant la manière dont je la dévisageais, la femme en noir me répondit : « Vous vous demandez qui je suis, n'est-ce pas ? Ce que je suis ? Vous n'êtes pas la première, c'est normal. »

S'appuyant contre le bord de la table, elle s'approcha de moi. « Très bien, "Antigoné". Nous sommes à Entremer, nous venons de nous rencontrer. Alors : une histoire contre une histoire. »

Alors je lui racontai mon histoire : pas tout, mais presque. Il me fallut une bonne heure pour en résumer les points principaux. En réalité, il m'était arrivé tellement de choses depuis que j'avais débarqué à Entremer que j'aurais pu passer toute la journée à me confier à elle.

Oh, j'étais consciente qu'Antoinette était journaliste, mais ça n'avait pas beaucoup d'importance. Je gardai pour moi certains des détails les plus incriminants, des noms, des lieux, certains actes dont je n'étais pas fière et toute cette histoire de Titanides et de Protoclarté à laquelle je ne comprenais pas grand-chose. Pour le reste, je lui faisais confiance. C'était peut-être idiot, mais j'avais la conviction qu'elle ne révèlerait de mon récit que les éléments qui pourraient l'aider à rédiger son article.

C'est donc sans fausse pudeur que je lui livrai le secret qu'elle avait tant envie d'entendre, c'est-à-dire que derrière tout ça, derrière les rumeurs d'insurrections qui agitaient actuellement les classes ouvrières d'Entremer, derrière la rébellion du Camp de l'Ataraxie, il y avait une histoire d'amour, celle d'une jeune fille pour un homme mystérieux qui l'avait attiré dans un monde étrange, un Monde Hurlant, où rien n'avait de sens à part ces doux sentiments et une inextinguible soif de liberté.

Putain, ce que j'étais devenue fleur bleue ! Ce ne fut qu'en récapitulant ainsi toute mon histoire à voix haute que je pris conscience que j'avais beaucoup changé et que cet amour fou qui me poussait en avant et pour lequel j'étais prête à tout démolir, c'était quelque chose que l'ancienne Tim, la petite blonde, aurait jugé écœurant de sentimentalisme.

Si Antoinette Puque trouvait mon histoire ridicule, elle n'en laissait rien paraître. Il fallait dire que son histoire à elle était également très romantique. Même si la journaliste était plus désabusée que moi et que les années avaient poncé les aspérités les plus sentimentales de son cœur, il se dégageait tout de même du récit de ses origines une mélancolie romanesque qui laissait croire qu'autrefois, lorsqu'elle avait mon âge peut-être, la jeune Antoinette s'était plue à voir l'histoire de la rencontre de ses parents comme un merveilleux exemple d'amour improbable et qu'il subsistait encore aujourd'hui, sous les cendres froides de son cynisme, des traces de nostalgie pour cette douce illusion qu'elle avait tant chérie.

Car, comme elle me le raconta alors, si sa silhouette devenait par moments translucide, c'était parce qu'elle était le fruit de l'union d'une mortelle et d'un mort. Elle était moitié fantôme, moitié vivante. Comme sa mère, jeune fille aventureuse tombée amoureuse d'une ombre, elle était faite de chair et de sang, et comme son père, dont l'âme hantait encore les faubourgs d'Entremer plus d'un siècle après son décès, elle avait un pied dans le Jouxte-Sombre, la dimension des âmes en peine. Un arrangement très pratique, en particulier dans le journalisme, me confia-t-elle, tentant par cette boutade de dévier notre entretien sur des notes moins sensibles.

Il faut dire que malgré les rebondissements touchants et incroyables de son histoire familiale, il était évident que tout cela s'était mal terminé et qu'Antoinette ne désirait pas trop s'attarder sur les aspects les plus amers du mariage de ses parents. « Contentons-nous de dire qu'être l'épouse d'un mort ne conduit pas à un mariage harmonieux », conclut-elle. Je n'en demandai pas davantage. Et après tout, qu'est-ce que je connaissais du mariage, moi qui avais si peu aimé ?

C'est sur ce terrain-là qu'elle mit fin à notre conversation. « Je ne devrais rien vous dire, ce ne sont pas mes oignons » déclara-t-elle en se levant, « Mais il vous brisera le cœur, Voland, j'espère que vous vous en doutez ? »

Vexée, j'aurais pu la gifler de remettre ainsi en cause la pureté de mon amour, j'aurais pu l'accuser de projeter sur moi les déconvenues sentimentales qui avaient dessiné des rides amères autour de ses yeux, mais, toute amoureuse que j'étais, il me restait néanmoins un peu de pragmatisme : « Je sais bien que ce que vous dites est possible, mais je ne veux pas l'entendre. C'est une histoire que j'ai besoin de vivre jusqu'à la fin, vous comprenez ? » me suis-je contenté de dire alors que nous nous serrions les mains très fort pour nous dire au revoir. « Je comprends. J'espère vous revoir lorsque tout sera terminé, Tim. Nous boirons un verre sur une terrasse et vous me raconterez tout ça. Ça me ferait plaisir… »

Le dernier regard que nous avons partagé alors qu'elle quittait la place, cette amertume tissée de tendresse et d'un brin d'envie, allait me rester en tête pendant des semaines, un peu comme s'il s'agissait d'une mise en garde venue de l'avenir dont, sciemment, je refusais de tenir compte.

L'avenir immédiat, en tout cas, s'annonçait festif. Il me tardait de retrouver mes amis, attablés à quelques pas de là en compagnie des membres de la troupe qui profitaient de leur pause déjeuner.

Bien sûr, Clil faisait son show : même au milieu d'une troupe de comédiens professionnels, mademoiselle Courdou, son érucopside lové autour de sa nuque, parvenait à attirer toute l'attention sur elle, assise au centre sur les genoux de maître Ovan sans prêter la moindre attention au marionnettiste qui semblait embarrassé par la situation. Elle parlait trop fort et riait plus fort encore, ponctuant son numéro de petits tours de magie tape-à-l'œil, par exemple ces chapelets d'orchidées qu'elle se faisait pousser dans les cheveux des uns et des autres… Ça marchait très bien : presque tout le monde la regardait, les uns séduits, les autres irrités. Baltazar Ladouceur, le bouillonnant meneur de la troupe, la dévorait du regard, torse bombé comme celui d'un coq prêt à s'égosiller devant une belle poularde. À côté de lui, son épouse Maroua, qui s'était montrée tout à l'heure si éblouissante sur les planches, contemplait l'abattement impudique de la Farandrienne et l'effet qu'elle produisait sur son mari avec un amusement désabusé : visiblement, elle avait déjà vécu la scène mille fois et savait donner juste ce qu'il fallait de mou à la laisse de son mari pour que celui-ci ne commette pas d'écart.

Tout cet attablement avait, il est vrai, des airs de basse-cour, avec Armaga qui dévorait Clil de ses yeux tout ronds, emplis d'une convoitise dont il ne savait pas quoi faire, demeurant étranger aux œillades qu'une petite comédienne fraiche comme un bol de lait lui lançait à son tour ; Drendel, goûtant peu le numéro de paonne auquel se livrait son amante, était refermé sur lui-même, griffonnant des croquis sur un coin de nappe tout en buvant une bière ; S, assise face à Zimbel Blutz, semblait passer un excellent moment en sa compagnie, même si je la voyais froncer les sourcils aux blagues les plus salaces que racontait ce dernier…

« Là voilà ! » s'écria le Miaule en plein jonglage, qui m'avait aperçu avant tous les autres. Il m'accueillit avec autant de chaleur que si nous étions de vieux amis, plutôt que deux personnes qui s'étaient juste croisées quelques fois. J'étais la nouvelle attraction et les regards de tout le monde se braquaient sur moi comme des phares de miradors : c'était embarrassant. Le Pookan, pas plus grand qu'un enfant, me prit la main et m'amena à table, poussant les autres pour me faire de la place et dégotant Dieu sait où une assiette et des couverts. Ceux-ci furent bientôt suivis d'une louche de purée et de trois juteuses saucisses de Gémine.

J'étais assise à proximité de Maroua Ladouceur, qui me serra contre elle comme si j'étais sa propre fille. Je ne savais pas comment réagir, mais sa chaleur humaine était contagieuse et une fois passés quelques instants de gêne, nous nous sommes parlées comme deux vieilles copines. Il était évident, dans son comportement et dans l'affection que je lisais dans les regards de la troupe, que Maroua était la *maman* du Major Sieben, son cœur battant, celle qui donnait du corps à cet assemblage hétéroclite d'artistes, et que, sans elle, malgré l'abattement et le charisme de son époux, la troupe n'existerait tout simplement pas.

« Et il paraît que tu écris, Tim ? » me glissa la comédienne, en embuscade derrière une phrase en apparence innocente.

Je me suis sentie rougir, gênée d'évoquer mes modestes talents d'écriture juste après une tirade de Maroua où elle m'expliquait à quel point il était difficile de tomber sur des auteurs contemporains qui sachent mettre une phrase derrière l'autre sans trop de maladresse. « Écrire… C'est un bien grand mot… Qui vous a parlé de ça ? »

C'était S qui l'avait mentionné dans le courant de la conversation. Ma copine la guerrière avait eu pas mal d'occasions de me voir penchée sur mon journal intime, à raconter mes journées ou à rédiger de petites saynètes de fiction – elle avait l'air de s'imaginer que j'étais une sorte de surdouée.

Je dus balbutier que oui, j'avais bien écrit quelques poèmes et pièces courtes, tout en assortissant cet aveu de clauses destinées à en affaiblir la portée et à me dépeindre pour ce que j'étais, soit davantage une adolescente qui savait tout juste faire rimer « bonheur » avec « horreur » que comme l'avenir de la littérature du Monde Hurlant…

Elle, bien sûr, ne voulait rien entendre. « En plus, soyons réalistes » persifla S : « Tu as sûrement davantage de talent pour l'écriture que pour l'escrime. »

Alors que je tirais la langue à la guerrière de Mortebane, Maroua était déjà en train de me suggérer d'écrire une pièce inspirée de mes aventures à moi, qui étaient si étroitement imbriquées dans l'histoire récente de la Ville Libre. « Voilà quelque chose que le public adorerait ! » rugit Baltazar Ladouceur de l'autre côté de la table, qui semblait avoir réussi à suivre toute notre conversation malgré les bavardages autour de lui. Une chope de bière ambrée dans la main, il me décocha un sourire complice.

« Timmy pourrait venir avec nous ? Elle pourrait nous accompagner en tournée ? » suggéra Zimbel Blutz tout en sautant sur la table, faisant voler les assiettes. Je ne pus m'empêcher de rire face à tant d'enthousiasme :

– Impossible, Zimbel ! Je pars pour Flammence avec mes amis !

– Nous aussi ! Nous aussi nous allons à Flammence ! La Perle Écarlate ! Grande ville de théâtre ! Oui oui oui !

Zimbel était agité comme un diable de Tasmanie ; Maroua s'était approchée de moi pour me serrer fort contre elle, comme si j'étais sa propre fille, une manière de me dire que si je le souhaitais, j'étais adoptée au sein de la troupe ; Baltazar aussi aurait eu envie de me prendre dans ses bras, mais son épouse veillait au grain, ce qui fait qu'il se contenta d'un « Tu es la bienvenue ! Écris-nous donc une pièce ! » de sa voix de baryton. Et sur ce, j'eus tout le reste de la troupe qui bourdonna autour de moi pour essayer de me convaincre.

Conquise pas toute cette agitation autour de moi, je fus prise d'un fou rire – et dire que je n'avais jamais rencontré la plupart de ces gens avant ce matin !

Mais soudain, tout bascula dans la violence et l'absurde.

Des cris horribles éclatèrent dans un groupe de tables de banquet, à l'autre extrémité de la place. Des hurlements de pur effroi, poussés par une foule dont on sentait qu'elle craignait pour sa vie, des voix brisées de femmes, d'hommes et d'enfants, les grondements caverneux des Lithiques, les trilles musicaux des Farandriens, tout cela uni dans un chœur de panique.

Courant aussi vite que leurs jambes pussent les porter, des désespérés fuyaient dans notre direction, tentant de se protéger d'une menace qu'on ne parvenait pas encore à identifier, même si deux déflagrations d'armes à feu se firent entendre et achevèrent de plonger toute la place dans l'affolement.

Sans totalement le réaliser, voilà que je me retrouvais à terre, abritée derrière une table renversée, au milieu des assiettes et des plats. À ma gauche, accroupis contre moi, étaient Maroua Ladouceur et Zimbel Blutz, tremblants. À ma droite, Armaga, pas plus fier.

De cet abri, nous fûmes les témoins d'un carnage épouvantable. Un jeune type courait pour sa vie dans notre direction, mais avant qu'il puisse se mettre en lieu sûr, il fut rattrapé par un projectile. En plein vol, la balle se métamorphosa en un oiseau de métal aux ailes semblables à des cisailles – la chose percuta sa cible dans le dos et la tailla en pièces dans une brume de sang.

Horrifiée par ce spectacle, je baissai les yeux quelques instants, comme s'il suffisait que je détourne le regard pour que tout rendre dans l'ordre. J'entendais Armaga gémir de peur, défait. Des hommes armés, pour la plupart des Ogres, frappaient au hasard dans la foule, au poignard, à l'arbalète, ou encore à l'aide d'ignobles artifices Magiques ou Scientifiques ; ils blessaient et tuaient sans discernement, jetant lanternes et bombes incendiaires à travers les fenêtres et les toits de chaume pour incendier les maisons ; entre deux exactions, tous prononçaient les mêmes revendications absurdes : « La Calembredaine ! Vive la Calembredaine ! Libérez la Calembredaine ! »

Tout cela n'avait aucun sens… La Calembredaine, la guilde des mendiants d'Entremer, qui nous avait tous sauvés après notre évasion, agissait comme une bande terroriste ? Je ne pouvais pas me résoudre à y croire… Il devait s'agir d'une méprise… Ou d'une machination…

S avançait, debout, droite et fière, semblable à une icône, comme si c'était à nos assaillants de la craindre et pas l'inverse. Elle n'aurait même pas songé à se mettre à l'abri. Devant la barbarie de cette attaque, elle ne pouvait envisager qu'un seul comportement : se dresser comme un rempart face à l'agresseur. « Anadeus ! » hurla-t-elle d'une voix martiale, qui me fit frissonner.

Elle plongea dans la mêlée, lance à la main, s'attaquant sans hésiter à des combattants plus grands et plus nombreux qu'elle. Les mouvements qu'elle enchaîna alors, elle ne me les avait pas enseignés : leur élégance n'avait d'égale que leur brutalité. La Luminar et son arme dansaient un tango parfaitement réglé, dont chaque pas, chaque coup, chaque geste, se terminait par un impact et une symphonie de sang versé et d'os brisés.

« La Calembredaine ! Nous sommes la vengeance de la Calembredaine ! » répétèrent ces bouchers une fois de plus. Un lourd brouillard les accompagnait désormais : une brume qui nimbait leurs silhouettes, malveillante et sinueuse…

De cette purée de pois émergèrent deux personnages remarquables, deux Humains qui donnaient les ordres. Lui était maigre et pas plus grand que moi, des lunettes rondes et un pourpoint taillé sur mesure qu'aucun membre de la Calembredaine n'aurait jamais pu se payer. Dans son poing gauche, il portait un grand pistolet à amorces qu'il chargeait rapidement et pointait avec précision. Elle, c'était une force de la nature, une très grande femme au corps taillé pour la guerre, avec un épouvantable bras reptilien dont elle se servait pour manœuvrer une masse d'arme qui semblait pourtant bien trop lourde pour être déplacée, même par une géante comme elle. Tout en eux puait la menace.

« La Calembredaine ! » s'égosilla la tueuse en écrabouillant une petite vieille d'un coup de masse.

Ça, c'était la goutte d'eau qui fit jaillir le geyser de Clil. « Non, mais, tu sais ce qu'elle te dit, la Calembredaine ? ! » s'écria la Magicienne tout en jaillissant de son abri improvisé, à quelques mètres de moi.

Son nénuphar branché au cœur, elle entama avec lui un chant Magique à deux voix dont l'effet fut immédiat : ses avant-bras se couvrirent de longs poils vénéneux qui jaillirent comme des milliers de fléchettes empoisonnées sur nos assaillants, mettant immédiatement deux d'entre eux hors de combat. « *Voilà* ce qu'elle te dit ! Tu as bien reçu le message ? Voilà ce qu'elle te dit, la Calembredaine ! »

En quête d'un élan de courage inattendu, je sentis soudain quelque chose apparaître dans ma main. Un coup d'œil me révéla l'inimaginable : c'était le sabre. Il était un peu différent de la dernière fois, la lame dorée un peu plus large, la garde mieux ouvragée, mais je reconnaissais que c'était bien lui, avec cette certitude absurde qu'on a dans les rêves : aucun doute, c'était le « Sabre de fiction » comme l'avait appelé Mangesonge, cette arme mystérieuse qui venait d'apparaître de manière aussi imprévisible qu'elle avait disparu. Comme l'autre jour dans le Camp de l'Ataraxie, mon champ de vision était en train de se faire gribouiller d'une trame de lignes lumineuses incompréhensibles… Pourquoi cette lame faisait-elle son retour maintenant ? Qu'est-ce que tout cela signifiait ?

Pendant que j'hésitais, mes amies se battaient. Clil, en plein chant Magique, venait de faire apparaître un petit nuage d'orage au-dessus de chacune de ses mains et elle s'était interposée entre le pistolero et nous. « Tu crois que je vais te laisser salir la réputation de la Calembredaine ? Oh ! je vais tellement aimer te faire souffrir ! » dit-elle, le fiel dans la voix, pendant que son nénuphar chantait des mantras pour maintenir ses sortilèges. « Écarte-toi, petit légume » lui répondit le type, l'air détaché, « Tes astuces Magiques ne font pas le poids par rapport au pouvoir d'un véritable invocateur. »

À quelques pas de là, un autre duel s'amorçait. Rapide comme un rhinocéros, la femme au bras monstrueux chargeait S, qui avait mis sa lance en position pour faire face à l'impact. C'était le choc du grognement et du silence : l'assaillante soulignait chacun de ses gestes de râles de bête, alors que la Luminar restait muette.

Pendant ce temps, les deux Magiciens se livraient un duel à distance. L'invocateur tira un coup de pistolet en direction de Clil ; en l'air, les projectiles se transformaient en oiseaux de métal, en phacochères de feu ou en d'autres créatures affreuses que les nuages gorgés d'éclairs de la Mélodiarque foudroyaient à distance. Une forte odeur d'ozone et de chair brûlée gagnait mes narines.

En se frottant aux leaders des mercenaires, mes deux amies tentaient de nous faire gagner du temps pour que les comédiens et les membres du public puissent s'enfuir. J'ai jeté un coup d'œil en direction de la place, y voyant se surimposer d'innombrables sphères rouges qui, je l'avais compris, étaient synonymes d'ennemis dans la symbolique propre à mon sabre : c'étaient les Ogres qui amenaient leur ouragan de violence et de flammes, alors que tout autour de nous les toits de chaume et de tuiles prenaient feu les uns après les autres, les cristaux vivants rougeoyant au reflet des flammes. Et toujours cette brume inquiétante qui s'étendait désormais sur toute la place Tabrèche... En face, il y avait moi, juste une ado, et quelques amis pas plus dégourdis...

Comme d'habitude j'en ai fait des tonnes : « Venez, bande de chiens ! C'est ici qu'on distribue des pains dans la gueule ! » ai-je dit en dialecte parda, enjambant la table pour mettre les comédiens derrière moi. En face, une poignée de gros Ogres aux yeux mauvais et aux gueules qui débordaient de dents se sont mis à se marrer : ils n'étaient pas très impressionnés, visiblement. Je m'agrippais à mon sabre comme si c'était lui qui me permettait de tenir debout, tout en tentant de mobiliser mes amis : « Armaga ? C'est quand tu veux que tu me rejoins, hein ! Et Drendel ? Tu es où ? »

« Ici ! » ai-je entendu, sans tout d'abord comprendre d'où venait la voix du chasseur. Et puis j'ai vu le cou d'un des Pardes éclater sous l'impact d'une flèche, le tuant instantanément. Et là, j'ai compris. En plein assaut, alors que tout le monde paniquait, Drendel Squinn avait eu la présence d'esprit de grimper sur un toit et de se mettre en position pour jouer au sniper.

Mais s'il fallait lutter toute seule au sol, ça s'annonçait périlleux. J'ai jeté un coup vers l'arrière, par-dessus mon épaule, pour voir que Zimbel, les Ladouceur, Maître Ovan et la jeune comédienne blonde dont je ne connaissais pas le nom profitaient de la diversion pour s'enfuir. Ils me faisaient confiance pour assurer leur retraite.

« Armaga ! » ai-je appelé une nouvelle fois. Mes yeux ont retrouvé dans le brouillard la face de pierre du Savant. Il était en train de ranger son arbalète. Ses gestes étaient lourds. Il n'arrivait pas à croiser mon regard. Le sien était hanté d'un sentiment que je connaissais bien : la terreur... Il n'allait pas me rejoindre, ai-je réalisé soudain... Il avait décidé de fuir, il préférait sauver sa peau...

J'étais anéantie. Alors que je prononçai son nom une dernière fois, un braillement enragé qui ressemblait plus à une insulte qu'à un appel, Armaga bredouilla quelque chose d'inintelligible, peut-être des excuses. Puis il s'en alla sans se retourner, aussi rapidement que ses jambes de Lithique lui permettaient de courir. « Il se tire ? J'y crois pas, il est en train de se tirer, le chien ! » cria Drendel du haut de son toit.

Là, c'était moi toute seule face aux Ogres. Avec des tirs de barrage signés Drend. Surtout, ne pas faire n'importe quoi. Il ne faudrait que quelques instants pour que les derniers civils présents sur la place soient suffisamment loin pour échapper au massacre.

Une série d'esquives, de plongeons, de feintes, quelques parades et de temps en temps une estafilade pour leur faire comprendre que je pouvais mordre. La peur des flèches faisait le reste : ils n'osaient rien tenter de trop audacieux, de peur d'être pris pour cibles par Drendel.

Le plan a marché. L'un d'entre eux était hors de combat, une flèche plantée dans le genou : ses jours d'aventurier s'arrêtaient là. J'avais dessiné sur un autre une lardasse qui avait l'air de faire bien mal.

« Messieurs… » ai-je dit tout en continuant à esquiver leurs coups. « Vous avez le choix : vous pouvez laisser deux adolescents vous humilier, ou alors vous rentrez chez vous, avec le sentiment du devoir accompli et surtout *vivants*… Qu'est-ce que vous préférez ? Morts ou vivants ? »

Ils n'ont pas réclamé de complément d'information et ont préféré s'en aller, empruntant un chemin qui les emmenait loin de leurs patrons.

Mais la vie punit ceux qui se réjouissent trop vite. Les Ogres n'avaient pas encore quitté la place que déjà, une nouvelle menace pointait son nez.

En quelques secondes, la brume énigmatique qui s'était répandue tout autour de nous depuis le début du combat se mit à s'épaissir, à ramper, à se concentrer en un seul endroit, créant une tornade de brouillard dense juste devant moi. Partout ailleurs, la brume avait disparu. Il ne restait plus que cette colonne de grisaille, qui prit rapidement forme humaine, avant d'adopter la consistance d'un être de chair. En un instant, la brume s'était changée en homme, un personnage menaçant coiffé d'un turban et armé de deux cimeterres aux lames faites de brouillard durci. « Un Brumissaire de Wurmaaz ! » s'écria un Drendel en mode panique. « Tim ! Fuis aussi vite que tu le peux ! »

Le guerrier sourit et s'inclina respectueusement devant moi, obéissant à ce que je devinais être le code d'une antique corporation d'assassins. « Mes hommages, dame Keller » dit-il. « Mon nom est Meznic. Je vais vous occire. »

Sa menace me fit marquer le pas… Pas envie de rester dans le coin pour lui laisser la chance de la mettre à exécution… Je fis signe à Drend de tirer un coup dans la direction de notre nouvel ennemi. La flèche traversa le Brumissaire de part en part, laissant un trou vaporeux à travers son torse, qui était déjà en train de se reformer, comme si rien ne s'était passé… « On se casse, les copains ! » ai-je crié à mes amis.

Je tournai les talons et courus aussi vite que possible. Concentrée sur le combat, je n'avais pas pris la mesure de ce qui était en train de se passer autour de nous : sous l'effet des torches et des bombes incendiaires, tous les toits de la place étaient en flammes. Des colonnes rougeoyantes dévoraient tout, surmontées de panaches de fumée noire – c'était une vision de fin du monde. Il fallait fuir, et vite.

Du coin de l'œil, je voyais Clil, la voix éraillée d'avoir chanté trop de sortilèges, qui faisait surgir du pavé un entrelacs de racines géantes pour y piéger son adversaire, le pistolero. Puis elle se mit à courir elle aussi.

S, je l'avais lâchée du regard depuis un moment. Son combat l'avait amochée : partout sur son corps bâillaient des plaies ouvertes ; une salissure de sang souillait son visage ; elle donnait l'impression de protéger son flanc gauche. La tueuse au bras reptilien jouait avec elle comme une prédatrice avec sa proie. « S, on se tire ! » lui ai-je dit dans l'espoir de la faire réagir. « À toi de trouver un moyen ! »

Elle souriait et le sourire de cette jeune fille était beau et terrible comme celui d'une lionne juste avant une morsure fatale. Du gras du pouce, elle actionna le mécanisme qui mettait le feu à l'un des cônes d'encens disposés sur sa lance. En parallèle, elle scanda une prière en enscrit, aux résonances martiales.

S fut nimbée d'un rayonnement jailli du ciel comme une colonne de flammes froides, plus brillant que le soleil, mais qui n'aveuglait pas, la substance même de toute création et de toute destruction : Anadeus, s'il existait, venait d'accéder à sa prière. Face à un tel déferlement de Foi, la guerrière au bras reptilien se mit en position défensive – elle était prête à tout. Lorsque la lueur se dissipa, la chevalière Luminar se retrouva coiffée d'une auréole iridescente, alors que sa lance était prolongée d'une lame de lumière céleste qui devait bien mesurer deux mètres.

Je retenais mon souffle, subjuguée. Quels que soient les péchés dont mon amie s'était rendue coupable, son Dieu ne l'avait pas abandonné.

Privilégiant l'efficacité à la bravade, comme toujours, S ne dit rien. Elle ne prit aucune pose intimidante, n'eut aucun geste d'orgueil. Elle ne fit qu'un mouvement ; un coup porté avec précision, une frappe droite et imparable. Sa lame divine fit voler en éclats la masse d'arme de son adversaire, avant d'empaler l'épaule de celle-ci, lacérant son flanc au passage. La blessure était large et sérieuse, ses bords immédiatement cautérisés par la lumière d'Anadeus. La mercenaire n'allait pas en mourir, mais elle était hors de combat. Désarmée, déchirée par la douleur, elle tomba au sol, vaincue. « Siméon… » appela-t-elle faiblement.

S n'en profita pas pour l'achever. Murmurant une courte prière pour souhaiter le rétablissement rapide de son adversaire, elle tourna les talons et se mit à fuir, alors que l'éclat de sa lame miraculeuse se dissipait.

Moi aussi je m'étais remise à courir. Derrière nous, encore prisonnier des racines vivantes, l'invocateur au pistolet, celui qu'elle avait appelé « Siméon » criait son prénom à elle : « Ermengarde ! » Ces noms, moi, je les maudissais et souhaitais ne plus jamais avoir à les entendre.

Nous n'étions pas hors de danger, mais nous avions une longueur d'avance et plus aucune raison de traîner sur cette place. Je me suis engouffrée dans une rue voisine. Chaque bâtiment portait la marque des flammes ; l'incendie était déjà trop vaste pour être maîtrisé ; la fumée piquait les yeux. Partout, des cris de femmes et d'enfants – chacun essayait de s'en sortir en emportant ses biens les plus précieux, certains jetaient leurs affaires par les fenêtres. Clil était là, quelques mètres devant moi, son nénuphar dans une main et son érucopside sur l'épaule, le regard braqué droit devant, la survie comme seule préoccupation. Drendel n'était pas loin, mais lui, il courait sur les toits, partout où c'était encore possible. S fermait la marche. Ses blessures la diminuaient, mais elle parvenait tout de même à courir – à courir et à ronchonner :

« Armaga ? Où a-t-il filé, ce vaurien ? » nous demanda-t-elle.

« Parti… » ai-je dit. « Il s'est enfui dès que ça s'est mis à chauffer… » Du haut d'une poutrelle, Drend ajouta une remarque dont la froideur me fit frémir : « Je vais le crever. Dès que je le retrouve, je lui fais payer… »

Sans avoir à dire un mot, on s'est comprises, S est moi. En quelques gestes, je lui indiquai de poursuivre sa course avec Clil. Moi, je profitai d'un cristal qui était en train de surgir du sol pour m'en servir comme ascenseur et grimper sur les toits avec Drendel. Deux groupes pour mieux semer nos poursuivants, en espérant qu'au moins l'un des duos s'en sorte en vie. « Prends soin de toi ! » me lâcha l'ex-Luminar d'une voix moins assurée qu'à l'accoutumée.

Les deux filles ont tourné à l'angle de la rue et je les ai perdues de vue immédiatement. Il n'y avait plus que nous deux, Drend et moi, la peur au ventre et une menace de mort derrière nous. « Ça serait presque une belle mort ! » sourit le chasseur. Derrière nous, l'invocateur et deux mercenaires pardes se hissaient sur un toit pour nous prendre en chasse. Aucune trace de l'homme aux cimeterres : j'espérais honteusement qu'il avait choisi de poursuivre les deux autres…

Mais ceux qui nous filaient au train semblaient aussi déterminés que le Brumissaire. Siméon tira plusieurs coups de semonce dans notre direction, des projectiles qu'il ne prit même pas la peine de transformer en créatures. La blessure de sa compagne l'avait rendu furieux. Les balles sifflaient à nos oreilles et faisaient éclater les tuiles et des morceaux de crépi tout autour de nous.

On n'avait pas le temps de faire dans le détail, Drend et moi. On a foncé, droit devant, sans trop se soucier des risques qu'on prenait. On courut sur les pentes instables de toits obliques, on évita les foyers de flammes qui éclataient tout autour de nous et qui nous forçaient en permanence à modifier notre itinéraire pour ne pas finir pris au piège. On bondit de toit en toit, le long de cristaux en mouvement, ou de gouttières en balcons. À chaque fois, c'était notre vie qu'on jouait, mais si on ne prenait pas ce genre de risques, notre mort était certaine…

« Non, finalement, j'ai bien réfléchi : on ne meurt pas aujourd'hui » dit-il d'un sourire timide. Je n'avais pas le temps tout de suite de le remercier comme il l'aurait mérité…

Derrière nous, les Ogres en bavaient. Plus lourds que nous, moins agiles, ils se laissaient distancer. Il n'y avait plus qu'un seul mercenaire à nos trousses. Hélas, c'était le plus coriace, Siméon, l'homme au pistolet enchanté : il s'affichait dans mon champ de vision en surimpression avec un grand globe rouge vif, comme le gros boss qu'il était.

« Par ici ! » me dit Drendel, avant de m'aider à sauter sur le toit plat d'un grand entrepôt lourdement colonisé par des cristaux vivants et déjà dévoré par plusieurs trouées enflammées. Les poumons noircis de suie, les muscles mis à mal par le combat et la poursuite et la frousse, on décampait comme des désespérés. Derrière nous, les détonations de mousquet se rapprochaient. J'étais en train de réaliser qu'on allait devoir se battre ici même. Drendel pensait la même chose que moi et m'annonça une mauvaise nouvelle en désignant du doigt son carquois : « Plus qu'une flèche… »

C'était bien ma veine. Des essaims de pastilles de lumière dorée se précipitaient dans mon sabre, qui semblait toujours être alimenté par la malchance. Les lueurs convergeaient vers moi en direction du carquois vide, source de notre malheur, oui, mais pas seulement : soudain, elles venaient de tout autour de moi, de tous les côtés, même sous nos pieds… Pourtant, il ne se passait rien de particulier, rien qui indique un mauvais coup du sort… Je ne saisissais pas – en tout cas pas immédiatement.

Puis je compris.

« Drend ! Le toit va s'effondrer ! » J'eus juste le temps de rattraper mon ami par le col avant qu'il ne continue sa course dans un pan de toit englouti par une explosion de flammes dans un vacarme tonitruant. Il agita les bras en l'air comme un pantin, dans le but de retrouver son équilibre. Je le tirai de toutes mes forces pour le ramener vers moi, et pus ainsi lui épargner une chute fatale…

Il était moins une : devant nous, à droite, à gauche, il n'y avait plus que des flammes. Et sous les flammes – le précipice, deux étages d'un immeuble en train d'imploser. Celui-ci était temporairement tenu en place par les réseaux cristallins qui le traversaient. Le plus grave était que toutes nos possibilités de retraite étaient coupées… Nous nous sommes retournés et nous avons fait face à celui qui voulait notre peau.

Lui aussi avait souffert, ça faisait plaisir : le mercenaire avait des écorchures et des brûlures sur le visage et les bras, sans doute causés par son face-à-face avec Clil ; l'un de ses verres de lunettes était brisé ; mais surtout, c'est son expression qui avait changé. Assuré et professionnel au moment où ses hommes envahissaient la place Tabrèche, Siméon présentait à présent un visage bien différent : il était à cran et pressé d'en finir.

« Tim Keller, ta fuite s'arrête ici ! » me déclara-t-il avec ce qui lui restait d'aplomb. « Tu t'es avérée bien plus exaspérante à capturer qu'on ne me l'avait laissé entendre. »

Je ne devais pas avoir complètement perdu espoir, il faut croire, parce que mon sabre était toujours dans ma main et je le tenais toujours en position de garde. Drendel était comme moi : un poing serrait fort son arc, l'autre tâtonnait en direction du carquois. Il lui restait encore une flèche, une chance d'en finir avant que la fournaise ne nous engouffre tous.

Le chasseur était rapide, j'en avais eu de multiples preuves. Il donnait l'impression d'être capable de décocher une flèche en un seul geste, en un clin d'œil. Mais là, ça paraissait serré : pour qu'on s'en sorte, il devait empoigner sa flèche, la disposer sur l'arc, tirer la corde, viser et décocher, tout ça avant que le type d'en face ne presse sa gâchette – ce serait un exploit légendaire, s'il y parvenait. C'était une autre manière de dire qu'il n'avait aucune chance de réussir…

Mais il tenta sa chance quand même. C'était sans doute stupide, mais voilà. Je faillis lui crier de ne pas le faire – ça n'aurait rien changé. Drendel exécuta le mouvement parfait : en face, le tueur n'avait encore rien vu venir que déjà il avait le bras tendu et la flèche dans la main. J'avais l'impression de voir ça au ralenti, comme si autour de nous les particules de suie étaient en suspension. Et tac, le projectile était en place, et son bras droit était fléchi. Notre adversaire était seulement en train de comprendre ce qui lui arrivait alors qu'il se retrouvait en joue. Il n'y avait plus qu'à lâcher les trois doigts qui tenaient la flèche. Clac ! La flèche était en l'air, dans un tir parfait, fruit d'une vie entière à entraîner ce type de mouvement. Une fraction de seconde, et elle embrocherait le mercenaire.

En face, une détonation retentit. L'autre avait tiré, sans doute par réflexe.

Il nous fallut quelques secondes, à Drend et à moi, pour réaliser ce qui venait de se passer : Le pistolero était toujours en vie. La flèche était à ses pieds, brisée en deux – il l'avait détruite en plein vol, d'une seule balle. À l'exploit de mon ami avait répondu un exploit tout aussi incroyable.

À présent, nous n'avions plus de flèches et plus d'espoir. Désemparée, je sentis le sol se dérober sous mes pieds, n'entrevoyant plus aucune issue.

Alors, Drendel me serra contre lui, tendrement. Ses bras étaient comme une forteresse d'affection autour de moi… Il me regarda, de ses yeux qui m'avaient toujours fait craquer et il me sourit avec ce calme trempé de mélancolie qui était tellement indissociable de sa personnalité… Deux pas légers et nous avons tourné sur place comme des amoureux qui dansent sans se soucier du monde…

Puis un BANG déchira l'air.

Autour de mon corps, l'étreinte de Drendel se fit plus lâche, son regard plus pâle, désormais voilé de l'écume d'une larme… Voilà, l'irréversible s'était produit : au dernier moment, il s'était positionné pour me protéger – il m'avait sauvé. J'avais envie de disparaître. Drendel venait de prendre une balle pour moi. Ses doigts se crispaient sur mon avant-bras… Non non non. Un gémissement s'échappait de sa bouche… Quelle horreur ! Ça ne pouvait pas se passer comme ça… Il était en train de glisser, dans mes bras, toujours plus lourd, vers le sol, comme un poids mort.

« Je te souhaite de retrouver l'homme que tu aimes, mon cœur… Sois forte, sois heureuse… » furent les derniers mots qu'il prononça.

Drendel – le corps qui avait été Drendel – tomba par terre, à mes pieds, comme une *chose*. Ses bras étaient désarticulés, son dos poisseux de sang, sa voix silencieuse à jamais. Des larmes froides roulèrent sur mes joues et je sentis qu'elles n'avaient rien à voir avec le chagrin, qui viendrait plus tard : c'était des larmes de rage, des larmes de haine. À travers la buée des sanglots, je dévisageai celui qui venait de tuer mon ami, tout entière consumée par l'envie de le tuer pour lui faire payer son crime. Il prononçait des mots, mais je n'entendais rien, je n'écoutais pas, ça n'avait aucune importance. Je voulais qu'il meure.

Soudain c'était comme si ma colère s'était propagée au monde entier. Éventré par les flammes, le bâtiment se brisa en deux. Le plafond, disloqué par l'incendie, finit par céder, ouvrant sous nos pieds des gueules de feu. Le cadavre de Drendel fut le premier à disparaître, glissant dans un gouffre enflammé, entraînant avec lui un panache de fumée. Puis le pistolero fut déséquilibré, tenta de se rattraper, n'y parvint pas.

« Meurs, meurs, meurs… » étais-je en train de penser. Siméon tomba à son tour dans l'abîme rougeoyant, sans un cri, alors que mon sabre irradiait des rayonnements dorés dans toutes les directions. Était-ce moi qui étais en train de faire tout cela ? Est-ce que j'étais en train de propager autour de moi tout le malheur, tout le ressentiment accumulé ?

Derrière moi, la façade de l'entrepôt céda à son tour, basculant vers l'arrière comme la pelure d'une mandarine, dans un vacarme de bois broyé. Sur le moment, cela me parut normal, mais c'était un miracle, une coïncidence inexplicable : le squelette de cristaux qui traversait le bâtiment était à nu, formant une rampe sur laquelle je pouvais marcher pour quitter ce cauchemar et échapper à l'incendie. Le cœur engourdi, j'ai saisi ma chance, marchant le long des protubérances cristallines, sauvant ma vie.

Tambourinant sur le pavé, mes pas me portèrent loin de là, sans un dernier regard pour les plaies et le corps meurtri de mon ami défunt, loin de ma honte de n'avoir pu le sauver, loin de cet incendie qui consumait tout, loin de la violence, loin d'Entremer.

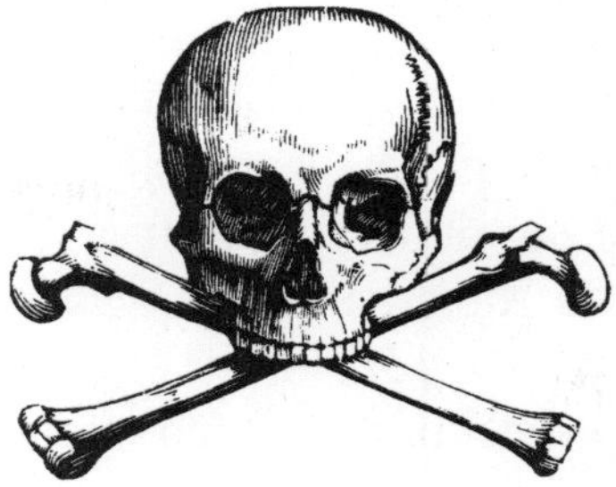

INTERLUDE : RIEN NE SERA COMME AVANT

« Vieille femme, vieille femme, pourquoi faire sonner ton grelot ?
Il sonne pour vos âmes, il sonne pour vos âmes.
La Calembredaine ce soir sort ses crocs. »
Air populaire d'Entremer

Meznic sentait son corps de brouillard éparpillé sur toute la longueur de la rue. Le Brumissaire de Wurmaaz pouvait percevoir chacune des particules d'eau qui le constituait, dispersées dans tout le pâté de maisons. Elles étaient des millions à flotter dans l'air, chahutées par les courants capricieux de l'incendie, tellement éloignées les unes des autres que l'assassin peinait à les maintenir en place. Sous cette forme, il était presque invisible, nébulosité insoupçonnable au cœur de la nuit. Il était surtout en danger de disparaître. Chaque gouttelette contenait un fragment de sa conscience : déroulé ainsi sur plus de deux cent mètres, son esprit s'évaporait peu à peu, ses pensées se dérobaient, devenaient de plus en plus difficiles à exprimer de manière cohérente. C'était son identité qui était sur le point de s'évanouir dans l'air.

Le Brumissaire le savait : il avait été à deux doigts de perdre ce combat. Si cette petite Mélodiarque n'avait pas été aussi pressée de s'enfuir, si elle avait persévéré, elle aurait été capable de l'anéantir, là, tout de suite. Une leçon de modestie, à n'en pas douter. Et une erreur à ne pas commettre à nouveau lors de sa prochaine confrontation avec la Farandrienne, nota-t-il.

Pour qu'il ait droit à sa revanche, encore fallait-il qu'il parvienne à se reconstituer, à rassembler son corps en une forme qu'il pouvait contrôler. La situation était sérieuse et la manœuvre délicate, mais ce n'était rien en comparaison à ce que les Maîtres-Brumiers d'Olm Adred l'avaient préparé à faire.

La manœuvre était délicate et il n'était pas garanti qu'il parvienne à l'exécuter. Mais l'échec étant synonyme de sa mort, il prit soin de faire preuve d'application.

Là, au milieu de ce quartier livré à la fournaise, ses écharpes de brume se mirent en mouvement, lentement tout d'abord, puis de manière plus déterminée, esquivant les étincelles et les nuages de suif, se faufilant entre les poutrelles mangées par les flammes, naviguant entre les entrelacs de cristaux vivants où se reflétaient les éclats rouges du feu. Plus près, toujours plus près du point où il avait choisi de localiser sa conscience – il allait y arriver, il en avait la conviction. Le brouillard se densifia, son mouvement accéléra, jusqu'à converger et à lentement reformer son corps de chair, solide et intact.

Au moment de reprendre forme humaine, Meznic sentit ses genoux se dérober un instant. L'effort que lui avait réclamé cette reconstitution l'avait affaibli. Être parvenu à échapper à l'annihilation n'en représentait pas moins pour lui une intense source de contentement.

« À la bonne heure ! » murmura-t-il pour lui-même tout en réajustant son turban. Il prit quelques instants pour se gorger les yeux du spectacle de désolation autour de lui, de ces maisons en train d'être ravagées par l'incendie, de ces cristaux qui tombaient à terre, emportés par des poutrelles qui s'écroulaient, des cris des habitants qui tentaient de sauver leur vie. Voilà le genre de scène qu'il n'avait pas eu l'occasion de voir très souvent et qui lui procurait une vive satisfaction esthétique.

L'arrivée d'Ermengarde Sicard mit un terme à cet instant de contemplation. Blessée, la colossale mercenaire se déplaçait avec peine, mais l'urgence qui l'animait lui permettait de surmonter sa douleur. Elle était flanquée de deux Ogres Pardes, à peine en meilleure santé qu'elle.

Dans le regard de la jeune femme grondait quelque chose qui ressemblait à l'incendie qui ravageait le quartier. « Meznic ! » grogna-t-elle, « Où sont passés les gamins ? Où sont les Ogres qui t'accompagnaient ? Où est mon mari ? »

– Dans l'ordre, répondit le Brumissaire : « partis », « morts », et « je ne sais pas. »

– Les gosses ont réussi à filer ? Eh bien… qu'est-ce que tu attends ? Poursuivons-les !

– Improbable. Nous sommes trop affaiblis. Je suggère de nous regrouper et d'attendre de nouveaux ordres.

– Nous avons un contrat, Brumissaire pourri ! Dans le métier, on ne prend pas ça à la légère !

– Clairement, vous et votre époux avez sous-estimé la résistance à laquelle nous avions à faire face. Plus de douze de vos hommes sont morts. Pertes acceptables, mais désavantage stratégique.

– Je vais t'en foutre des « pertes acceptables », cafard wurmaazi ! Où est mon mari ? Où est Siméon ?

Meznic indiqua l'endroit où, d'après ses estimations, le combat entre le Perce-Oreille et deux des adolescents avait eu lieu. Un grand fracas il y a quelques minutes laissait penser que le bâtiment s'était effondré, et comme Siméon n'était pas revenu depuis ce moment-là, il était vraisemblablement mort ou éventuellement prisonnier des flammes. Au moins, cette recherche lui épargnerait d'avoir à prolonger cette désagréable conversation avec cette femme mal éduquée.

« Suivez-moi, je pense que c'est par ici » se contenta de dire le Brumissaire. À contrecœur, Ermengarde et les deux Ogres lui emboîtèrent le pas.

Elle puait la fumée et la transpiration, la robe qu'elle portait depuis plus de vingt-quatre heures était déchirée et tachée de sang et de cendres, ses mollets lui faisaient un mal de cheval à force d'avoir marché pendant toute la nuit, mais Antoinette Puque rentrait chez elle satisfaite. Elle avait été témoin d'une page de l'histoire d'Entremer, une page sombre, une page terrible, mais la gazettiste était persuadée qu'elle avait collecté assez de témoignages, rassemblé suffisamment de faits pour rédiger un article qui allait remettre la vérité au cœur du débat public dans cette ville.

Elle venait de quitter la Cité de Cristal à la fin de l'après-midi quand le massacre avait commencé. Sans réfléchir, elle avait rebroussé chemin, alertée par des cris et des détonations, armée de l'intuition que c'était de la place même où elle avait dialogué avec la petite Keller que provenaient ces bruits.

Il se passait quelque chose de grave, elle en était persuadée… Plus elle s'approchait, plus cette conviction se transformait en certitude : alors que tout le monde fuyait les lieux, elle était la seule à s'en approcher. Elle saisissait les gens par le col pour leur demander ce qui se passait, mais elle n'obtenait que des bribes de réponse. « Ils nous tirent dessus ! » criaient certains. « Un massacre ! » disaient d'autres. « C'est la Calembredaine ! » ajoutait presque tout le monde, au grand étonnement d'Antoinette.

En approchant de la place Tabrèche, la gazettiste entendit des détonations de mousquets, le tonnerre de sortilèges électriques et surtout des cris par dizaines : on se battait ici. Ça s'annonçait dangereux, mais Antoinette ne voulait pas en rater une miette. Elle passa dans le Jouxte-Sombre et disparut du monde des vivants pour devenir une ombre parmi les autres ombres. Animées par la même curiosité morbide qu'elle, des âmes en peine convergeaient elles aussi vers le lieu du drame – les fantômes étaient attirés par la mort comme des papillons de nuit par une lanterne.

Ce qu'elle voyait, c'était une poignée de citoyens, parmi lesquels la bande de Tim Keller, qui résistait tant bien que mal à une attaque organisée, tentant de gagner du temps pour permettre à tout le monde de s'enfuir. En face, les assaillants avaient beau crier « Vengeance pour la Calembredaine ! » toutes les deux minutes, il était clair qu'ils n'avaient pas grand-chose à voir avec la Guilde des Mendiants : ils ressemblaient plutôt à des mercenaires.

Peu à peu, Tabrèche se vida de ses derniers occupants. Le jeune Lithique, l'ami de Tim Keller, faisait partie des fuyards ; dans sa course, il passa tout près d'Antoinette sans l'apercevoir. L'espace d'un instant, quelque chose dans son visage sembla familier à la gazettiste, comme si elle l'avait déjà rencontré dans des circonstances bien différentes…

Les yeux piqués par la fumée de l'incendie, Antoinette fit de son mieux pour ne pas céder au chagrin qui s'emparait d'elle : ils avaient meurtri sa ville, ils avaient couvert le pavé de monceaux de cadavres d'innocents, ils venaient de signer l'une des pages les plus sanglantes de l'histoire récente d'Entremer et, quelle que soit leur identité, ils allaient payer ce crime odieux… Seule gazettiste sur place, elle était consciente de sa responsabilité : pour punir les coupables, sa plume serait au moins aussi importante que les épées des soldats et les marteaux des juges. Droite, elle devrait rester droite et faire son métier – elle aurait tout le temps de porter le deuil plus tard.

La récolte fut maigre. Les quelques Ogres tombés au combat ne portaient pas sur eux d'informations permettant de les identifier. Sur leurs tenues avaient été cousues à la hâte quelques signes issus du Chiffre des Mendiants, l'alphabet utilisé traditionnellement par les membres de la Calembredaine pour marquer les maisons et se transmettre des messages secrets, mais pour autant que la gazettiste puisse en juger, les symboles choisis n'avaient aucun sens : cela lui faisait l'effet d'une vulgaire mascarade préparée à la hâte.

Les pompiers, services sanitaires et croque-morts arrivèrent ensuite et investirent la place Tabrèche. Les miliciens étaient avec eux : c'était eux qui étaient chargés d'enquêter sur l'affaire, apparemment. C'était une bien étrange distorsion du protocole : la police aurait dû normalement se charger de ce genre de drame. En théorie, la milice n'avait pas le droit d'opérer à l'intérieur des murailles de la ville, Camp de l'Ataraxie excepté. C'était là un point d'ombre supplémentaire qu'Antoinette ajouta à sa liste des questions à élucider…

Le reste de la nuit, les pompiers tentèrent de maîtriser le sinistre. Ils parvinrent à le circonscrire, mais c'était presque toutes les vieilles rues historiques de la Cité de Cristal qui étaient sinistrées. Antoinette consacra les heures qui suivirent à retrouver autant de témoins de la scène que possible. Ça n'était pas difficile : des dizaines d'entre eux s'étaient réfugiés dans les bars du quartier pour raconter leur histoire, d'autres erraient dans les rues, hagards, en larmes, les vêtements tâchés de sang. Elle alla les trouver, leur parla, prit note de leurs versions des faits. Fatiguée, mais déterminée, Antoinette consacra les deux dernières heures avant l'aube à s'approcher de tous les contacts qu'elle avait au sein de la Guilde des Mendiants pour tenter de déterminer s'ils savaient quelque chose, et s'il était oui ou non possible qu'une faction minoritaire de la Calembredaine ait mis sur pied une action punitive comme celle-ci, mais elle n'obtint rien du tout. Oui, des actions étaient en préparation chez les jeunes sans-abri et la Calembredaine était agitée comme une ruche depuis l'évasion au Camp de l'Ataraxie, mais aucune des personnes interrogées n'imaginait un seul instant que ce qui s'était passé à la Cité de Cristal ait quoi que ce soit à voir avec leur organisation.

« C'est une conspiration », disaient la plupart d'entre eux.

« Une fois de plus, ils veulent mettre ça sur le dos des jeunes ! » ajoutaient les plus amers.

Antoinette décida de s'accorder quelques heures de sommeil avant de se rendre à la rédaction de la Gazette pour dicter son article. Elle gravit péniblement les quatre étages qui la séparaient de son appartement. Elle s'effondra sur le vieux canapé et n'eut même pas le temps de sangloter, avant de s'endormir d'un sommeil grevé de mauvais rêves.

« Ici ! Il est ici ! » s'écria Ermengarde, les pieds dans les décombres, réclamant l'assistance des deux mercenaires et de Meznic. Ce dernier avait guidé le groupe jusqu'à un entrepôt abandonné, sur le toit duquel avait eu lieu, selon ses dires, le combat final entre Siméon Sicard et Tim Keller.

Sous l'effet des flammes, la majeure partie du toit s'était effondré, mais l'impressionnant réseau de cristaux vivants qui proliféraient dans l'entrepôt maintenait pour le moment la structure en place. À l'aide de ses pouvoirs, le Brumissaire avait fait apparaître un brouillard chargé en humidité qui lui avait permis de tenir les flammes en respect. Restait à retrouver Siméon, une tâche qu'Ermengarde avait prise très à cœur, soulevant des poutres et déplaçant des briques avec une force insensée, motivée par la folle inquiétude de ne plus jamais revoir son mari.

Mais comme le voulait sa réputation, le Perce-Oreille n'était pas facile à tuer. Ermengarde le retrouva, à peine conscient, mais vivant, sous une pile de gravats qu'elle dégagea avec l'aide des deux Ogres. Il était dans un sale état, couvert d'ecchymoses et de coupures, un bras et plusieurs côtes cassées, mais il avait échappé aux flammes. « Mon amour ! » dit la guerrière en déposant une série de baisers sur le visage meurtri de son époux. « Mon amour, je suis là... »

À la fois joyeuse de le retrouver et émue qu'il soit en si piteux état, elle le serra contre elle comme un enfant pour le réanimer, insufflant de l'air dans ses poumons, lui murmurant des mots doux à l'oreille afin qu'il reprenne connaissance.

Au bout de plusieurs longues minutes, Siméon ouvrit les yeux, agité par une quinte de toux provoquée par la fumée qu'il avait respirée dans la fournaise. « Ermengarde... » bredouilla-t-il à sa femme avec reconnaissance. « On dirait que je m'en sors une nouvelle fois... » L'éclat de rire qui ponctua cette résurrection se transforma vite en une nouvelle série d'expectorations. Soulagée malgré tout, la guerrière l'embrassa comme s'ils étaient seuls au monde.

Elle était mal en point elle aussi, mais Ermengarde porta son mari en dehors du bâtiment avant d'y retourner et de fouiller les décombres avec les deux Ogres. « Vous n'êtes que quatre ? Où sont les autres ? » demanda Siméon à Meznic, qui regardait la scène avec grand intérêt.

– Une douzaine de vos esclaves sont morts, dit le Brumissaire.

– Mes *esclaves* ? Ce n'étaient pas mes esclaves, pauvre minable. C'étaient mes employés et mes amis ! J'ai personnellement formé chacun d'entre eux !

– Soit. Quoi qu'il en soit, ils sont morts.

Meznic participa aux recherches pour retrouver le cadavre de l'adolescent tué. Ces efforts stimulaient sa curiosité et il se demandait s'il serait autorisé à examiner la dépouille après qu'elle eut été présentée au client. L'assassin était depuis bien longtemps fasciné par la mort, une marotte qu'il attribuait à une déformation professionnelle. À ce titre, le corps du jeune homme lui semblait tout à fait digne d'intérêt et il se réjouissait de l'ausculter de près...

Ce fut lui, d'ailleurs, qui trouva ce qui restait du jeune Axite. Celui-ci n'avait pas eu autant de chance que le Perce-Oreille : transpercé par une balle de mousquet, il avait ensuite fait une chute de plusieurs mètres dans un bâtiment en feu et son corps était couvert de brûlures très graves qui le rendaient presque impossible à identifier.

Les deux Ogres amenèrent le cadavre calciné dans la rue, juste à côté de l'endroit où s'était allongé Siméon. « On ne va pas traîner avec ça », dit ce dernier. « Les pompiers seront bientôt là… Dans quelques heures, le jour se lève : il faut qu'on traverse la ville avec ce colis. » Puis il jeta un coup d'œil au cadavre : « Il était si jeune… Quel gâchis qu'il ait croisé ma route. »

Elle ne dormit pas plus de quatre heures, juste assez pour être d'attaque, mais pas trop afin qu'il lui reste suffisamment de temps pour rédiger l'article qu'elle avait en tête. Puis Antoinette prit une douche, avala une grande tasse de pava bien chaud et enfila une longue robe noire qui ressemblait à toutes ses autres longues robes noires.

D'en bas, de la rue, elle entendait une agitation inhabituelle. Le vacarme coutumier d'Entremer, le chaos de conversations, de musique, d'engueulades, avait cédé sa place à des bruits différents, chargés d'agitation et de nervosité. En descendant au niveau de la chaussée, elle comprit pourquoi : une patrouille de miliciens était en train de défiler sur l'avenue, aux côtés d'un char à vapeur. Dans un porte-voix, ils faisaient encore et encore la même déclaration :

« Mesdames, Messieurs, citoyens de la Ville Libre, en raison de l'attaque terroriste d'hier dans la Cité de Cristal, le Triumvirat des Bourgmestres a déclaré la loi martiale, effective immédiatement. La milice veille désormais sur votre sécurité et attend votre collaboration pleine et entière. Un couvre-feu sera observé tous les soirs, dès la tombée de la nuit. Les jeunes de moins de dix-huit ans qui ne sont pas supervisés par un adulte seront arrêtés. Toute personne ayant des informations au sujet de la Calembredaine est priée de le signaler sans attendre auprès d'un officier de la milice. À notre connaissance, il n'y aurait actuellement aucune raison majeure de s'inquiéter… »

Les craintes d'Antoinette se confirmaient : les autorités se servaient du drame de la veille pour serrer d'un cran le niveau sécuritaire et tuer dans l'œuf toute volonté de révolte contre l'existence des camps de travail. Si elle avait été un peu plus parano, elle serait même allée jusqu'à s'imaginer que tout avait été mis sur pied par la milice, y compris le massacre lui-même. Vérifier cette hypothèse, toutefois, réclamait le type de confirmation qui ne pouvait être obtenue qu'au prix d'une longue enquête.

Cela allait devoir attendre. Auparavant, la gazettiste avait en sa possession suffisamment d'information pour remettre en cause la version officielle, selon laquelle la Calembredaine était responsable du drame de la Cité de Cristal – c'était assez de grain à moudre pour aujourd'hui…

Les germes de la peur s'insinuaient déjà dans le cœur des Entremerois. Dans le sillage des miliciens qui marchaient au pas et annonçaient à tous la proclamation de la loi martiale, les trottoirs étaient noirs de monde. Des milliers de femmes et d'hommes s'inquiétaient pour leur avenir.

Anticipant de gros engorgements de trafic en raison de la loi martiale, elle paya le prix fort pour se rendre à la rédaction de la Gazette d'Entremer en dirigeable. De là-haut, la ville était belle, d'un ocre doux, avec le serpent bleu du fleuve Smouale qui la traversait d'est en ouest… Une femme de caractère comme elle aurait presque pu en oublier les scandales politiques et les chagrins d'amour… Presque.

Mais le vol ne dura pas bien longtemps et dès qu'Antoinette reposa le pied au sol, ses soucis réapparurent. Elle pénétra comme un bombardier dans les bureaux de la Gazette et fonça droit vers le bureau de son rédacteur en chef. Il fallait le convaincre de lui réserver impérativement la première page de l'édition du lendemain.

Elle allait devoir se montrer patiente. Une secrétaire lui indiqua que le chef était en entretien avec une grosse légume.

Antoinette s'assit sur un bureau juste devant la porte, afin de cueillir son patron dès qu'il serait libre.

La porte de la salle de réunion s'ouvrit. Le rédacteur en chef en sortit, serrant la main à un type qu'Antoinette connaissait vaguement : c'était Gisbert Ginguet, un membre du Conclave d'Entremer, un politicien au long cours, mais qui ne se distinguait par aucun projet ni aucune opinion particulière. Il était vêtu de gris, avec un chapeau gris et des cheveux gris – tellement de gris que même son visage semblait gris.

Dès qu'il fut parti, la jeune femme bondit et agrippa le gilet de son chef. Elle lui raconta tout. Un dossier solide – une bombe – qui démontrait que la loi martiale imposée par les Bourgmestres ne reposait sur rien.

« C'est intéressant », dit-il. « Très intéressant. Mais il faut attendre que ça se calme un peu en ville d'abord… L'époque est troublée… On ne va pas échauffer les esprits encore plus, quand même… »

Ce furent les derniers mots courtois qui furent échangés : la suite de la conversation dégénéra en bataille rangée. Antoinette travaillait pour lui depuis des années et ce n'était pas la première fois que le rédacteur en chef se déculottait au moment où il aurait fallu faire preuve d'audace, mais cette fois-ci, la situation était bien plus critique : à tout instant, le surnom de « Ville Libre » dont Entremer avait hérité à cause d'un caprice de l'histoire menaçait de devenir une sinistre blague. Impossible pourtant de faire entendre raison à ce dégonflé !

Rouge de fureur, Antoinette s'en alla en claquant la porte – elle en claqua même plusieurs, projeta des piles de journaux et des plumiers au sol, renversa une chaise et déchira la cravate de son chef, semant le chaos au sein de la rédaction.

En quittant les lieux, elle savait exactement où elle allait. Hors d'elle, elle n'en était pas moins capable de prendre des décisions réfléchies.

Elle prit quelques calèches, en changeant plusieurs fois pour semer une éventuelle filature. Son objectif, c'était une blanchisserie de la Malcasse. Elle chemina jusqu'à ce petit magasin qui ne payait pas de mine, à l'écart des grandes avenues, une échoppe tenue par une vieille Ogresse qui reconnut immédiatement Antoinette. « Il est là ? » demanda la gazettiste. « En bas » se vit-elle répondre.

L'Ogresse fit coulisser un panneau de bois qui dissimulait une porte derrière le comptoir. Elle en ouvrit les trois grosses serrures grâce à trois clés différentes, puis elle dévoila une ouverture qui menait à un petit escalier. En bas, une autre porte, blindée celle-ci, et barricadée de l'intérieur, avec un œilleton pour observer les intrus. « Allez, ouvre ! C'est moi ! Antoinette Puque ! » dit-elle en s'adressant à la porte. Puis elle attendit…

Un long moment de silence… puis quelques bruits de pas… et enfin le son froid d'une barre de fer qui coulissa et d'une nouvelle serrure qui s'ouvrit, et le grincement de la porte qui révéla un petit homme, dont le visage était éclairé par une lampe à huile qu'il tenait à la main : c'était Enzor Jacques, agitateur, éditeur, libre penseur et journaliste indépendant. L'un des derniers à Entremer.

– Que je sois damné ! Bienvenue à la rédaction du *Furibard*, Ton Altesse Royale. Qui eut cru qu'un jour une échotière de ton rang traînerait dans ce lieu de perdition, à nager dans la fange avec moi !

– Très drôle. Enzor. Écoute : j'ai un article exclusif sur les événements d'hier. La *Gazette* refuse de le sortir… Je veux que tu le publies.

– Je te rendrais ce service rien que pour damer le pion à ton patron, tu t'en doutes !

– C'est du sérieux. Les gens ont besoin de savoir. Il se passe quelque chose de grave à Entremer.

– Et depuis des années, je ne dis rien d'autre, mais qui m'écoute ? Fort bien, conte-moi ton histoire, nous allons voir si elle est digne du *Furibard*. Je préfère t'aviser que je paye très mal !

« Voilà toute l'histoire », conclut Siméon Sicard. « Nous avons essuyé une défaite face à une bande d'adolescents et je mentirais si je prétendais que je me l'explique totalement… Mon avis de professionnel, c'est que ces gamins bénéficient d'un avantage que nous n'avons pas repéré. »

L'homme était prudent et méticuleux. Deux qualités que partageait Carniato. Il avait refusé de rencontrer Sicard dans son bureau de l'Ataraxie. Il ne voulait pas que l'on puisse trop aisément remonter la piste de l'incendie et du meurtre d'un adolescent jusqu'à lui… Le directeur avait envoyé Vortices prendre réception du corps du jeune homme. La Collectine était chargée de l'ausculter puis de le faire disparaître. En parallèle, il avait fixé rendez-vous au chef des mercenaires dans le Jardin de la Violence, le plus grand parc public d'Entremer.

L'endroit était nommé ainsi parce qu'on pouvait y admirer des statues des plus grands tyrans de l'histoire du Reik, des dictateurs, seigneurs de guerre ou despotes corrompus. La présence de leurs effigies dans ce lieu de promenade était une manière de rappeler aux citoyens de la Ville Libre que la liberté était une pousse fragile qu'un simple coup de botte pouvait arracher net. (D'ordinaire, les flâneurs s'en souciaient peu.)

Les deux hommes partageaient un banc à l'ombre de la statue d'un patricien portant des vêtements raffinés. Le Lithique désigna le bronze du doigt :

– Savez-vous, monsieur Sicard, qui est ce personnage ?

– Je n'ai que peu d'intérêt pour l'Histoire, je dois l'avouer – ce n'est pas très utile dans mon métier.

– Ah ! Mais l'Histoire s'intéresse à vous ! L'Histoire s'intéresse à chacun de nous ! Ici, par exemple, vous êtes en présence d'une statue de Haven Räginar. Il y a sept siècles, ce prince Axite a été envoyé en Cendremagne pour y mater la rébellion et en faire une dépendance du Reik. Il s'est acquitté de sa mission avec une remarquable cruauté…

– Quelle importance ? Cendremagne est à nouveau indépendante !

– Peut-être, mais le Reik finira tôt ou tard par en reprendre le contrôle. Pour moi, c'est ça, la leçon qu'il faut tirer d'une visite au Jardin de la Violence : la brutalité fonctionne, l'oppression est nécessaire, la violence est inévitable. C'est peut-être même notre seul rempart contre la barbarie, ne le croyez-vous pas ? L'Histoire, monsieur Sicard, l'Histoire que vous tenez en si médiocre estime, est écrite par les plus puissants et les plus déterminés. Comme notre ami le prince Haven.

– Est-ce que tout cela a un rapport avec mon contrat ?

Carniato s'émerveilla de l'esprit pragmatique de son interlocuteur. Siméon Sicard était un homme intelligent, mais il avait appris à ne pas être trop curieux, à ne pas faire étalage de trop d'ambition, afin de ne jamais être considéré comme un gêneur par celles et ceux qui l'employaient. À force, cet esprit terre-à-terre était devenu une seconde nature, précieuse pour un homme d'armes. Il était l'outil affuté dont un individu doté d'une vision comme le superviseur avait besoin pour mener ses projets à bien…

– Nous remodelons Entremer, monsieur Sicard. Nous en faisons un lieu plus sûr, plus discipliné. Nous arrachons les mauvaises herbes, nous remodelons la jeunesse de cette ville pour la rendre plus docile. Et ce n'est qu'un début. Je veux que vous compreniez cela.

– Je dois avouer que je m'attendais à ce que vous soyez plus déçu de notre échec.

– Votre intervention a permis à la milice de renforcer la sécurité en ville, vous le savez. Ce qui a commencé sur la Place Tabrèche va revêtir une importance considérable à l'avenir – vous avez accompli de grandes choses, soyez-en sûr.

– Nous n'avons pas attrapé la fille…

– Cette mademoiselle Keller n'est pas une adolescente ordinaire, voyez-vous. Votre intuition est la bonne : elle a un avantage secret. Je ne peux pas vous en dire trop, mais nous pensons qu'elle est liée à un individu ancien et puissant.

– Quelle serait donc la suite ?

– Votre mission continue, monsieur Sicard. Vous et vos hommes allez recevoir les meilleurs soins. Ensuite, vous partirez vers le nord. Je sais de source sûre que Tim Keller et ses amis sont partis à pied vers Flammence, en Valadine. Vous partirez les intercepter.

– Et le Brumissaire ?

– Comme prévu, dès qu'il ne vous sera plus utile, supprimez-le. Ses patrons sont des vauriens qui n'ont pas les meilleurs intérêts de la ville en tête.

Siméon Sicard se leva péniblement. Il faisait de son mieux pour rester présentable face à son client, mais il était clair que lui et son épouse en avaient bavé hier soir. Carniato devinait que davantage que des cicatrices dans sa chair, les événements de la Cité de Cristal avaient laissé leurs marques dans la fierté du Perce-Oreille, et plus encore dans celle de son épouse.

Même cela pouvait être utilisé. C'était le petit supplément de haine qu'il fallait pour que les mercenaires se consacrent pleinement à leur tâche.

Restait à y ajouter une motivation finale, un point d'orgue à cette œuvre de destruction. Tout en serrant la main de Siméon Sicard, le colosse de quartz lui dit simplement : « Vous comprenez naturellement que vous venez d'utiliser votre ultime droit à l'erreur. Si vous ne me ramenez pas Tim Keller, je vous tuerai, vous et tous ceux que vous aimez. Ainsi marchent les affaires, monsieur Sicard… »

Il était perdu dans les catacombes depuis près de trois jours, sans manger ni dormir. Le massacre de la place Tabrèche l'avait poussé à agir sans attendre. À présent, Hakoub se déplaçait dans ce réseau de tunnels qui ne semblait pas avoir de fin, il en explorait les moindres recoins et y questionnait toutes les personnes qui croisaient sa route.

Là, dans le ventre d'Entremer, le jeune Ogre croisait tous ceux dont la ville n'avait pas voulu, les marginaux qui ne trouvaient pas leur place à la surface, ceux qui préféraient se faire oublier. Ils n'étaient pas causants et même s'ils avaient été plus enclins à se confier, l'aspect de Hakoub, sa carrure, ses tatouages, sa mâchoire briseuse d'os, cette apparence qu'il avait passé des années à parfaire pour qu'elle soit aussi intimidante que possible, jouait en sa défaveur, il le savait bien : c'était précisément pour cela qu'il avait besoin d'alliés. C'était pour cette raison qu'il cherchait à contacter la Calembredaine…

Les catacombes étaient vastes et le tracé de leurs corridors n'obéissait à aucune logique. Plusieurs fois, Hakoub retourna sur ses pas alors qu'il était persuadé qu'il marchait en ligne droite. D'autre fois, il eut l'impression de retourner dans une section du labyrinthe qui lui était familière, mais qui s'avéra méconnaissable, ou en tout cas très différente de son souvenir. Des couloirs, des pièces, des sections entières semblaient apparaître ou disparaître entre une visite et la suivante.

Au soir du troisième jour (en tout cas, il pensait que c'était le soir du troisième jour, même s'il avait perdu la notion du temps), une nouvelle fausse piste plongea Hakoub dans le désespoir.

On se jouait de lui, c'était évident. Les responsables de la Calembredaine avaient à coup sûr entendu parler de lui et de sa démarche. D'ailleurs c'était ce qu'on racontait au sujet de la Guilde des mendiants : qu'elle avait des yeux et des oreilles partout et qu'elle ne manquait rien de ce qui se tramait à Entremer. Même si le jeune Ogre n'avait pas été capable de trouver l'un de leurs repaires secrets, il aurait dû pour le moins recevoir un signe de leur part… n'importe quoi… même un message destiné à le décourager… Mais il n'y avait rien du tout.

Hakoub sentait sa vieille fureur faire à nouveau bouillir son sang. La colère s'emparait de lui : il était incontrôlable. « Ordures ! » hurla-t-il de toute la force de ses poumons. « Bandes de bâtards ! Outres à graille ! Montrez-vous, bouffeurs de poux ! Je vais vous faire sortir de vos cachettes, moi, à coups de trique s'il le faut ! Je suis Hakoub, Ogre libre de la tribu des Pardes et j'exige de m'entretenir avec la Calembredaine ! Je *l'exige* ! »

Il entendit l'écho de chacune de ses paroles ordurières se réverbérer dans tous les couloirs environnants, chaque son allant mourir l'un après l'autre dans la pénombre. Il ne reçut nulle réponse.

Puis, un pan de roche coulissa.

C'était un segment de caverne ordinaire, juste à côté de la cascade, une paroi que Hakoub avait pourtant inspectée à l'instant et à laquelle il n'avait rien trouvé de suspect. Et voilà qu'elle venait de pivoter sur son axe, comme une porte, révélant un corridor secret éclairé par des lanternes. Et dans l'embrasure de la porte, suivi par une dizaine de silhouettes indistinctes, un jeune homme aux yeux rieurs le contemplait : « Eh bien voilà ! Il suffit de le demander gentiment ! »

Il fallut à Hakoub tout son flegme pour éviter de répondre à cette provocation par une bonne droite dans le menton du nouveau venu. Il pensa très fort à la Fille aux Cheveux Rouges et tenta, comme toujours depuis son évasion, d'imiter son exemple. Hakoub se calma peu à peu. Ces gens-là devaient faire partie de la Calembredaine. Il avait atteint son but. Il n'allait pas tout gâcher parce que sa fierté avait été froissée.

L'Ogre se força à sourire de toutes ses dents et tendit la main au jeune Humain : « Vous êtes le Mélangeur, c'est ça ? »

« Oh ! je vois qu'on s'est renseigné ! Appelle-moi plutôt Alexambre. Peut-être même Alex, plus tard, quand nous serons plus intimes... Pour l'instant, suis-moi. »

Le petit groupe rebroussa chemin dans le couloir secret.

« Mon nom est Hakoub », répéta-t-il une fois qu'ils furent tous arrivés dans une pièce à vivre et que le Mélangeur lui eut fait signe de s'asseoir.

« Oui, ça, merci, je crois que tout le monde dans les catacombes l'a entendu ! » répondit Alexambre qui prit place en face de lui. Les autres mendiants, des gamins pour la plupart, riaient à la boutade de leur chef.

Ils restaient debout, en cercle autour du duo. Sans doute une mesure de sécurité – ou d'intimidation.

– Je ne suis pas tout seul, continua Hakoub. Il y en a d'autres avec moi, à la surface. Des gens que j'ai rassemblés – d'anciens esclaves, pour la plupart. C'est maintenant qu'il faut agir. Les autorités sèment la peur… Elles en profitent pour durcir les conditions de sécurité… Si nous ne faisons rien, Entremer va devenir un enfer.

– C'est probable, en effet, reconnut le Mélangeur.

– Et vous êtes directement concernés, vous, la Calembredaine, puisque vous êtes l'épouvantail que la milice a choisi pour filer la frousse au peuple. Ça, vous devez déjà l'avoir réalisé, non ?

– Admettons. Qu'est-ce que tu proposes ?

– Moi, je pense qu'on peut renverser le mouvement, continuer ce qu'on a déjà réussi à faire à l'Ataraxie, mais à une échelle supérieure… Se battre contre la servitude, contre la manipulation, pour la jeunesse, reprendre le contrôle de la ville. Je viens vous proposer de participer à une révolution !

Alexambre s'inclina sur le dossier de sa chaise, son visage disparaissant dans la pénombre alors que seules ses pupilles reflétaient les flammes rouges des lanternes. Un bref instant, son expression d'ordinaire rieuse se raidit. Il marqua une pause pour réfléchir, inspira profondément… Enfin, il se pencha à nouveau en avant, les yeux braqués dans ceux de l'Ogre, avant de déclarer : « Ça pourrait nous intéresser… »

Appuyé contre la rambarde d'un trois-mâts, un homme de papier mâché contemplait la mer, où se reflétait une lune scintillante. À ses côtés, un poisson blanc et un poisson noir flottaient dans l'air.

« Elle se rapproche » dit le premier.

« Son histoire suit son cours », dit l'autre.

Là-bas, très loin de lui, Tim Keller s'était mise en route pour le rejoindre.

Voland sourit comme il ne l'avait plus fait depuis longtemps.

CHAPITRE 11 : L'HEURE LA PLUS SILENCIEUSE

« Vos larmes, les défunts n'en ont que faire. Réservez-les pour les survivants, car c'est eux que la mort écrase. »

Les Chroniques : Chronique de Clepetkhoï 11 : 47

En plus de tout le reste, voilà qu'il s'était mis à pleuvoir. Trois jours que nous étions dans la campagne, trois jours à fuir notre ombre, à cavaler devant des poursuivants invisibles, à imaginer leur souffle sur notre nuque. Depuis trois jours nous ne dormions pratiquement pas, depuis trois jours nous n'arrêtions jamais de bouger, depuis trois jours aucune d'entre nous n'avait eu le courage de prononcer davantage que quelques phrases.

C'était chacune pour soi avec la peur au ventre et le corps meurtri par la fatigue, et, plus que tout, avec en tête les images de l'incendie, des images de sang, des images de deuil que nous n'osions pas évoquer à voix haute de peur de réveiller une douleur plus intense encore. Alors on ne se disait rien à part le strict nécessaire. « C'est ton tour de garde, » « Passons par ici, » « Mange. » Une parole utilitaire, factuelle, comme un couvercle pour empêcher les larmes de remonter à la surface. La mort de Drendel, le massacre de la place Tabrèche, la lâcheté d'Armaga : pour le moment, ni Clil, ni S, ni moi n'avions le cran d'en parler. Notre quotidien, c'était nos regards perdus dans le vide... et des muscles crispés de crampes... et la mâchoire serrée... et la peur... et le silence.

Lorsque nous nous étions retrouvées, toutes les trois, aux portes de ce quartier en flammes, le choix de ne rien dire de superflu s'était imposé comme une évidence. En me voyant revenir sans Drend, les filles avaient compris ce qui s'était passé et n'avaient posé aucune question. Nos gorges s'étaient serrées d'un chagrin qui ressemblait à la fumée âcre de l'incendie et nos sanglots s'étaient tus, en attendant des jours où nous trouverions le moyen de les exprimer. Notre priorité désormais, c'était de survivre, et pour y parvenir, il fallait quitter cette ville aussi vite que possible.

Nous étions dans un sale état, S en particulier, qui déployait des efforts insensés pour nous dissimuler qu'elle boitait. Moi aussi j'étais amochée, mais le chagrin dans mon cœur assourdissait la douleur de mon corps. Depuis que j'avais vu Drendel tomber à mes pieds, sans vie, mes sens étaient engourdis et je recevais les informations avec un temps de retard, comme si la réalité était trop cruelle pour que j'ose en faire l'expérience directement. J'avais besoin d'un sas pour filtrer les horreurs du monde.

« Et il va falloir qu'on se décide tout de suite ! » me gueula S, qui avait l'air de me parler depuis un moment déjà. « Tu es avec nous, chaton ? Secoue-toi ! »

Non, je n'avais pas écouté. Non, je n'avais rien entendu. Je suivais le mouvement, je courais avec mes deux amies, mais je le faisais sans y penser, comme un automate. Il allait falloir qu'elle me répète tout ça. Elle le fit à sa manière : en m'aboyant dessus – au moins, comme ça, elle obtint mon attention.

Clil et elle voulaient qu'on quitte la ville, et qu'on la quitte tout de suite, m'expliqua-t-elle en m'agrippant les épaules. J'étais de leur avis : laisser Entremer derrière nous était désormais une question de survie.

C'en était fini de lambiner comme nous le faisions depuis des semaines. Soit nous parvenions à franchir les murailles de la cité avant l'aube, soit ceux qui avaient commandité le massacre de la Cité de Cristal allaient nous retrouver et nous faire connaître le même sort qu'à ce pauvre Drendel.

Pourtant les milicens étaient partout, bloquant les portes de la ville, le port fluvial, les aérogares des dirigeables. Entremer prenait des allures de piège mortel.

« Par les Douze ! Il doit bien y avoir une issue ! » s'énerva S. « On ne peut pas boucler complètement une ville de cette taille ! » Elle se voulait ardente, mais semblait résignée. Pourtant, elle avait raison : il nous fallait trouver une idée, sans quoi chaque heure nous rapprochait de notre capture.

Cette idée, ce fut Clil qui l'exprima : « La Calembredaine a prévu quelque chose dans ce genre de cas… Je peux frapper à quelques portes, mais je vous préviens : je ne promets rien et même si je trouve quelque chose, je ne garantis pas que ça va marcher… »

On n'allait pas faire la fine bouche. Et c'était parti pour une visite des bas-fonds de la ville – en quête de qui ou de quoi, impossible à dire. Nous suivions Clil sans poser de questions. À force de patience, la jeune femme tomba nez à nez avec un môme lithique enveloppé de haillons noirs, qui dormait debout au fond d'une ruelle. « Ah, nous y voilà ! C'est lui ! » se contenta-t-elle de dire. « Oho ! On se réveille ! » dit-elle tout en lui tapotant le haut du crâne. Le mendiant ouvrit ses yeux de tourmaline, mi-endormis, mi-heureux de voir une Clilitwitli qui lui était familière. « Est-ce le moment ? » demanda le petit personnage de pierre d'une voix claire.

Le jeune Lithique promena ses pieds énormes sur le pavé, passant de ruelle en ruelle, avec nous dans son sillage. Cela s'apparentait à un jeu de piste : il traversait des jardins, ouvrait des portes qui semblaient condamnées, pénétrait dans les cuisines de divers restaurants avant de ressortir par des sorties de secours et personne ne semblait s'émouvoir de sa présence.

Nous n'étions pas bien loin des hautes murailles de la ville lorsque notre guide cessa sa course. Il nous avait emmenées dans un tout petit square, l'arrière-cour de quatre maisons bourgeoises, dont trois d'entre elles étaient délabrées et inhabitées. L'endroit était désert et personne dans la rue voisine ne devait suspecter son existence. Au centre trônait une grande fontaine en calcaire ocre, dans laquelle aucune eau n'avait coulé depuis de nombreuses années.

« Toi, Mademoiselle : aide-moi » me demanda-t-il. Il prit place dans la fontaine et en agrippa la statue centrale, aux formes effacées par l'âge. Elle pouvait pivoter sur son axe. Je me mis mise face à lui pour dévisser l'objet, tour après tour. La sculpture était lourde et sa base rouillée, il nous fallut déployer pas mal d'efforts pour y parvenir, mais finalement, nous parvînmes à la faire quitter son logement et à l'extirper du bassin de la fontaine, révélant en dessous l'ouverture d'un profond conduit de pierre. « Par là » dit-il. « Vous rampez sur quelques centaines de mètres… et vous débouchez de l'autre côté de la muraille. »

Mon cœur battait la chamade. Est-ce ça y était ? S'agissait-il de notre porte de sortie, de l'issue qui allait sauver nos vies et notre liberté ? Pour remercier le mendiant et prendre congé de lui, Clil roula une grosse pelle au gamin, qui en fut tout tourneboulé. Puis nous nous regardâmes sans rien dire, pour voir laquelle de nous trois aurait le cran d'entrer en premier dans la galerie… Après un soupir profond, je me désignai volontaire.

Heureusement que je n'étais pas claustrophobe ! (En tout cas, pas trop…) La tête la première, j'entrai dans ce tuyau qui était juste assez large pour y ramper. Le tube était à la verticale sur un demi-mètre, avant de faire un coude et de continuer sur une pente légère, pratiquement à l'horizontale. Il n'y avait pas d'humidité, mais l'endroit était plongé dans les ténèbres, on n'y distinguait rien du tout et je compris que je ne reverrais la lumière que si je parvenais à sortir de cette ville en vie. Je m'enfonçai malgré tout, progressant tant bien que mal dans le conduit en jouant des coudes et des genoux. S est Clil me suivaient de près, tandis que notre ami le petit Lithique remettait soigneusement la statue en place, derrière nous.

La douleur, la fatigue et la peur ne nous quittaient pas. J'avais envie de chialer, mais je n'avais plus la force de crier et plus de larmes à verser. Juste une folle envie de survivre, de voir la lumière de l'aube, d'arriver au fond de ce couloir. C'était ça qui me poussait en avant : rien qu'un besoin animal de s'en sortir. C'était la seule possibilité désormais : avancer. Ça aurait déjà été dur physiquement si nous avions été en bonne santé, et nous ne l'étions pas. Nous n'avons pas prononcé un mot pendant notre lente avancée dans ce tunnel – il n'y avait rien à dire, juste à s'accrocher et à progresser.

À force de patience, nous nous sommes frayé un chemin vers l'extérieur, accueillies par les premières lueurs de l'aube. Nous étions au milieu d'un bosquet, à l'extérieur des murailles d'Entremer. Tout autour du point d'eau, des seaux, outres et savons de lessive nous indiquaient que l'endroit était utilisé quotidiennement. Sur près d'un kilomètre tout autour des murailles, des cabanes faites de tôles et de morceaux de bois étaient alignées, abritant des familles entières dans des conditions de vie misérables.

Hâtant le pas devant nous, Clil se mit à emporter toutes sortes d'objets qui passaient à sa portée. Couvertures mitées, corde, sacs, vêtements, gamelles, briquets : elle ramassait tout ce qu'elle jugeait utile et que les habitants du bidonville avaient eu l'imprudence de ne pas garder sous clé.

C'était ignoble de voler les pauvres, mais, malgré ma honte, je n'eus pas la force de protester. En dehors de nos armes et de quelques poignées d'écus, nous n'avions rien du tout. Sans équipement, notre escapade en dehors de la ville allait être de courte durée.

« Eh, qu'est-ce que vous faites ? » demanda un vieux Farandrien plus très vert, au torse sec comme du bois de feu. Il venait de nous prendre en flagrant délit. « Au voleur ! Au voleur ! » criait-il, « Elles sont ici ! Aidez-moi ! »

Nous avons pris la fuite aussi vite que possible, tentant de détaler avant que tout le quartier ne se réveille et n'alerte la milice.

En quelques foulées dans les travées étroites de ce taudis, nous avions semé nos poursuivants. Nous nous sommes dirigées au bout du réseau de ruelles, là où les habitations de fortune cédaient le pas à des terrains vagues, là où la ville s'effaçait et où la campagne reprenait ses droits. Au-delà nous attendait quelque chose qui n'était pas tout à fait la liberté, mais s'apparentait déjà à un répit.

Ce répit, pourtant, ne parvint pas à nous garantir le repos de l'esprit. En effet, les collines de Cismoualie subissaient une pluie battante. Comme si notre fuite n'était pas déjà assez pénible !

« On ne relâche pas nos efforts tant que nous ne sommes pas en Straaz ! » était devenu le maître mot de S, sa réponse à toute protestation. Sous son initiative, nous évitâmes les villages et les hameaux et progressâmes vers le nord, nous écartant autant que possible des routes carrossables. Nous marchions sur des chemins caillouteux, en bordure des palmeraies, ou à flanc de coteaux, dans les vignes qui s'étendaient à perte de vue tout autour de nous.

Nous étions encore sur territoire entremerois. Cismoualie et Transmoualie étaient le grenier, le garde-manger et le cellier d'Entremer, les terres agricoles sans lesquelles la Ville Libre mourrait de faim en quelques jours. Tant que nous n'avions pas quitté cette région doucement vallonnée, les miliciens avaient toute autorité pour nous poursuivre et nous arrêter. La théorie de mon amie, c'était que nous serions hors de danger dès que nous aurions pénétré la frontière de la Principauté de Straaz. C'était la prochaine étape de notre voyage vers Flammence.

La vie de fugitive était éprouvante pour l'âme et le corps. Il n'y avait pas que notre itinéraire qui était sévèrement contrôlé. Le sommeil était limité au strict minimum. Nous faisions des siestes d'une heure ou deux, dans des endroits discrets, si possible en plein jour, ce qui nous permettait de marcher de nuit.

La faim nous tenaillait également. Nous parvenions à chiper quelques grappes de raisin, des légumes et quelques plants de riz en passant dans les champs, mais allumer un feu était un luxe que nous ne pouvions pas nous permettre souvent. Les repas étaient rares et pas très nourrissants. Nous en étions réduites à mâchonner des racines et des pincées de riz cru en marchant, en faisant mine d'ignorer les gargouillis de nos ventres. En temps normal, Clil aurait pu accélérer la pousse des plantes autour de nous avec sa Magie, mais elle avait autant que nous besoin d'économiser ses forces.

Voilà ce qui rythmait notre cavale, ça et pas grand-chose d'autre, puisque personne n'osait desserrer les lèvres de peur de parler de nos amis absents. Dans chacun de ses gestes, je sentais qu'une colère sourde s'était emparée de S, quelque chose de féroce qui la rongeait et qu'elle refusait de laisser éclater. Quant à Clil, habituellement si pétillante et acidulée, elle était minée par un gros cafard qui semblait profond, le rose doux de ses joues se mêlant d'un gris terne.

Lorsque la pluie s'était mise à tomber, nous avions continué à marcher pendant une journée, tant bien que mal. Le lendemain, les éléments avaient redoublé d'ardeur. Il avait fallu se résoudre à admettre que cela n'allait pas être possible de continuer. C'était un déluge : une grosse averse tropicale, des trombes d'eau qui transformaient les chemins en ruisseaux et les pentes douces des coteaux de la vigne en torrents. Comme ça ne semblait pas s'arrêter, nous avons résolu de nous abriter dans une petite cabane de vigneron.

Après quatre jours de fuite sans véritable pause, notre épuisement ajouté à la férocité de la météo nous poussa à laisser de côté la prudence et à nous résoudre à passer une nuit complète au même endroit.

S alluma un feu dans la petite cheminée de la cabane de pierre. Je fis chauffer de l'eau et une grosse quantité de riz assaisonnée d'herbes aromatiques que nous engloutîmes sans prononcer un mot. La nourriture était fade, mais nous avions tellement faim que nous l'avons avalée comme s'il s'agissait d'un festin.

C'était Clil qui se chargeait du premier tour de garde. S profita de cette pause bienvenue pour ôter ses vêtements et aller laver ses plaies tant bien que mal, sous la pluie, pendant que ses habits trempés séchaient près du feu : c'était l'occasion aussi de se débarbouiller un peu. Elle me fit signe d'imiter son exemple.

Chacune de notre côté, nous avons utilisé l'eau qui tombait en cascade du toit de tuiles ocres pour faire nos ablutions. Ce fut en voyant le corps nu de mon amie que je saisis avec horreur la véritable étendue de ses blessures : ses flancs étaient couverts d'hématomes noirs et jaunes ; de larges entailles couvraient ses épaules et avant-bras ; sa jambe gauche était tordue en un angle pas naturel ; elle dont la stature athlétique donnait d'ordinaire l'impression qu'elle était indestructible, avait l'air fragile à présent.

« C'est moins grave que ça n'en a l'air », mentit-elle. Je lui fis grâce d'un sourire forcé, mais ça me faisait mal au cœur de la voir comme ça.

Elle tenta de détourner la conversation. « Ton tatouage, il a changé » me dit-elle en voyant le bas de mon dos pendant notre douche improvisée. Je tentai de jeter un coup d'œil, mais sans miroir, je ne distinguais rien du motif dessiné dans ma cambrure et dont le tatoueur m'avait prévenu qu'il était Magique et qu'il était appelé à évoluer. « Alors ? Ça ressemble à quoi ? »

« Il y a toujours le poisson rouge… Mais le dessin qui représentait ton téléphone a disparu » répondit S. « Et à la place, on peut voir un sabre – ton sabre, peut-être bien ? Celui que tu as trouvé dans les réserves du Camp de l'Ataraxie… »

Je me renfrognai : « Mouais… Je ne sais pas si ça me fait plaisir, d'avoir une arme tatouée sur la peau… Ça n'annonce rien de bon… »

« Approche », me dit mon amie. « Il y a plus pressant que ce tatouage, de toute manière. » Alors que j'obéissais, elle fit un pas de côté sous la pluie torrentielle et entama la récitation d'un psaume sacré de la Religion impériale en vieil enscrit. Des auréoles de lumière apparurent au-dessus de sa tête et autour de ses poignets.

Même pour moi qui ne croyais en pas grand-chose, ce spectacle était exaltant. Elle faisait appel au Prodige de la Foi. C'était la première fois que je la voyais faire en dehors d'un combat, dans des conditions où je pouvais prendre le temps d'admirer cette lumière pure qui se reflétait dans chaque goutte d'eau comme dans des milliers d'étoiles.

C'était une guérison miraculeuse que m'offrait S : elle appliqua la paume de sa main sur mes plaies les plus douloureuses. C'était intime sans être gênant. Son contact était chaud et réconfortant comme le ventre d'une mère – je pouvais sentir l'effet apaisant sur mes ecchymoses, la vie qui reprenait ses droits dans mes chairs. Mon amie prit tout le temps nécessaire pour procéder à son imposition des mains, s'attardant sur chaque blessure avec la minutie d'un chirurgien.

Quand elle eut fini, je saisis ses poignets encore nimbés de leur lueur bienfaisante et les apposai sur son propre corps, afin qu'elle bénéficie elle aussi du Miracle qu'elle m'avait destiné. Elle parut gênée, presque paniquée : « Non… Il ne faut pas… Je n'y ai pas droit… » rougit-elle. Je maintins malgré tout le contact, l'obligeant à s'occuper de ses blessures les plus graves, en particulier celles de ses côtes et de sa jambe.

« Je m'étais jurée… que je renoncerais à tout jamais aux Prodiges de mon Dieu… Je n'en suis plus digne » dit-elle. Elle restait impassible, mais je devinais son tumulte intérieur. « Je suis tellement faible… », conclut-elle, résignée, alors que le traitement de ses principales plaies touchait à sa fin.

Je saisis son visage dans la main pour qu'elle me regarde et je lui dis : « S, j'ignore ce que tu as fait de mal – ou ce que tu penses avoir fait –, mais écoute-moi : ton Dieu ne t'a pas abandonné, c'est évident. Si quelqu'un comme moi mérite ses bienfaits, alors tu les mérites bien davantage… Pourquoi ne pas faire preuve d'un peu d'indulgence envers toi-même, pour changer, hein ? »

Elle me dévisagea comme si j'avais articulé une idée qui ne lui avait pas traversé l'esprit. Elle ne répondit rien, mais déposa un baiser sur mon front, de ses lèvres fraiches comme de la menthe.

Avant d'aller dormir, encore grisée par l'effet bienfaisant de l'imposition des mains, je croisai Clil qui montait la garde avec Uch dans l'embrasure de la porte. Elle aussi était en train de soigner ses blessures en entonnant un chant Magique. Bourgeons et fleurs violettes apparaissaient sur ses bras, son ventre et sur toute autre partie de son corps qui avait été blessée, les régénérant et les faisant repousser : c'était l'avantage de maîtriser une variété de Magie qui agissait sur le monde végétal lorsqu'on était soi-même une plante. « C'est merveilleux », me suis-je hasardée à dire. Avec elle, je ne parvenais toujours pas à trouver des mots qui ne sonnent pas comme des contrefaçons.

« Maîtriser la Magie a un prix, tu sais », dit-elle, le visage clos. « Pour chaque Magicien, c'est différent. Dans mon cas… ma malédiction à moi, c'est la solitude » dit-elle sans me regarder. « Je reste seule, quoi qu'il arrive. L'amour ne s'attache pas à moi… Voilà le prix que je paye pour ma Magie. » Le silence qui suivit sa réponse se perdit dans le bruit apaisant de l'orage. Ne trouvant rien à lui dire qui aurait eu du sens, je me suis assise un moment à ses côtés, regardant la pluie tomber tout en serrant sa main dans la mienne.

Nous n'en avons pas parlé explicitement, mais à partir du cinquième jour je crois que le consensus entre nous était que nous étions parvenues à échapper à nos poursuivants, ou en tout cas qu'ils ne représentaient plus un danger immédiat. Certes, pas question de relâcher notre vigilance, mais à partir de là, nous nous autorisâmes des pauses plus longues, semblables à celle que nous avions prise dans la cabane de vignerons. Nous tâchions aussi de nous alimenter plus correctement, mangeant chaud quand c'était possible et attrapant lapins, faisans et cailles-concombres lorsqu'ils passaient à portée.

J'en étais même venue à admirer le paysage champêtre de la Cismoualie, ses vignes et ses rizières en escalier, ses palmiers et ses cyprès, ses murs de pierres sèches et ses champs dorés. En plus, perdre mon regard dans les reliefs moites de cette campagne accueillante me permettait d'occuper mon esprit et ne plus penser à notre départ d'Entremer. Je crois que les deux autres nourrissaient le même type de pensées. Pourtant, notre progression continuait d'être difficile. Les rares personnes que nous croisions nous regardaient avec suspicion et recevaient la nôtre en échange.

Alors que nous nous approchions de la frontière de Straaz, les conditions météorologiques devinrent à nouveau plus pénibles. Nous marchions désormais dans une région de la Cismoualie qui n'était pas aussi peuplée que celles que nous avions traversées jusqu'ici. On croisait moins de villages et les exploitations agricoles étaient rares. Le sol était strié de pierriers et de prairies maigres.

Et puis, lorsque la végétation se mit à s'épaissir autour de nous et que l'orée de la forêt de Straaz apparut à l'horizon, derrière une colline, les averses se calmèrent peu à peu, laissant place à un ciel dégagé, tel que nous n'en avions pas vu depuis une éternité. Nous étions toujours trempées, mais le changement de météo nous fit retrouver un peu de légèreté.

Face à nous se déployait la Principauté de Straaz, l'un des plus grands territoires du Reik, une contrée presque entièrement couverte par l'une de ces forêts sombres et inextricables comme on en mentionne dans les plus inquiétants des contes de fées. Elle formait un océan de verdure qui s'étendait loin à l'horizon, tout juste interrompu par quelques montagnes et de rares régions agricoles qu'on apercevait, minces clairières d'un vert tendre. Les silhouettes des grands pins sombres qui formaient la frontière de ces bois ressemblaient à une muraille qui délimitait un monde inconnu et sauvage.

« C'est ici que ça se corse » nous avertit S, pointant du doigt une ouverture dans la forêt. « Vous voyez ce chemin ? Il s'agit de la Route, la grande route, celle qui traverse le Reik du Sud au Nord : c'est l'une des rares traces de civilisation dans ces bois inhospitaliers. Tous les villages des Humains sont construits à proximité. Quoi qu'il arrive, c'est très important, il faudra absolument éviter de nous en éloigner, d'elle ou de ses embranchements. D'autant plus que… nous n'avons plus personne pour nous guider… » Une image de Drendel apparut comme un flash dans mon esprit et me tordit les entrailles.

« La forêt profonde est dangereuse », renchérit Clil. « Les Humains ont donné des noms à ses régions, ils ont tracé des cartes pour se donner l'impression qu'ils pouvaient imposer leurs lois à la verdure, mais ce n'est qu'une illusion : cet endroit ne leur appartient pas. Ces bois regorgent de mandragores et de Mourioches assoiffés de sang. Je n'y ai plus mis le pied depuis plus d'un siècle, mais on raconte que toutes sortes de créatures anciennes et malfaisantes y ont élu domicile : sorcières… anthropophages… Vouivres sinueuses… sans oublier le Centimane, que les forestiers évoquent pour effrayer leurs enfants. »

Ce genre d'avertissement et de conseils de prudence, ça n'avait jamais eu l'effet désiré sur moi : quand on me demande de faire gaffe, je fonce. Reprenant la marche d'un bon pas, je me tournai vers mes deux amies : « On va s'éclater, on dirait ! Allez, en avant ! »

On ne s'est pas éclatées. Straaz n'était en rien comparable aux forêts bien jardinées où j'avais eu l'habitude de faire de la rando et du VTT. Dans les deux cas, on avait affaire à une concentration d'arbres, mais c'était là que la ressemblance s'arrêtait.

Ici, la végétation semblait animée d'une pulsion malveillante qui la rendait inhospitalière. Tout autour de nous, si serrés que la lumière perçait à peine, s'étendaient des palissades de troncs noirs et épais, torsadés en formes effrayantes qui, sous certains angles, évoquaient monstres et visages grimaçants. J'avais souvent l'impression de les voir bouger de leur propre chef, et, désormais familiarisée avec les formes de vie végétales du Monde Hurlant, ça ne me paraissait pas si invraisemblable. L'écorce râpeuse de ces géants était vérolée de mousse et de lichen bleuâtre, parcourue de lierre constricteur aux tiges aussi épaisses que celles d'un jeune hêtre. Le sol était tapissé d'arbustes couverts d'épines et de fruits empoisonnés, d'herbes hautes coupantes comme des scalpels et de champignons à l'aspect inquiétant.

Nous n'étions jamais seules dans ces bois. La vie était partout autour de nous. Et la vie, ça n'est pas toujours une source d'émerveillement. Dès nos premiers pas, nous fumes harcelées par des moustiques zébrés, gros comme des abeilles, qui visaient la bouche et les yeux. Des jirquilles varieuses sillonnaient l'air, portées par leurs ailes d'étincelles, et nous décochaient des secousses électriques dès que nous passions à proximité. Les sous-bois regorgeaient de créatures qui nous observaient de loin, nous fuyaient ou se montraient menaçantes, et contrairement à mes deux camarades, j'ignorais complètement lesquelles d'entre elles étaient dangereuses et lesquelles étaient inoffensives. Lors des premières heures de notre périple sur la Route, j'ai aperçu une masse de lianes barbues qui se déplaçait de branche en branche, à la manière d'une pieuvre qui déploie ses tentacules, attrapant au passage passereaux et écureuils. Des créatures semblables à des statuettes de stuc vaguement anthropomorphes nous fixèrent depuis des bosquets, avant de s'enfuir en ricanant. Je vis même passer une renarde dont la gueule avait une forme quasi humaine. Aucune trace des habitants civilisés de ces forêts, si ce n'était quelques inscriptions dénichées par Clil sur un tronc, qui ressemblaient à des notations mathématiques, et dont elle m'assura qu'elles avaient une signification religieuse pour les Mourioches. Il valait mieux pour notre sécurité ne pas nous y intéresser de trop près.

Plus que tout, dans le bois de Straaz, c'étaient les bruits qui m'inquiétaient. Ils venaient de partout : chants, grognements, craquements, que mon cerveau interprétait de milliers de manières différentes. Le froissement de ces hautes herbes juste à côté de nous était-il l'indice qu'un prédateur s'approchait de nous, ou n'était-ce que le vent qui dansait dans les sous-bois ? Mon imagination devenait ici ma pire ennemie.

Mais j'en avais été avertie : l'endroit n'était pas tout à fait sauvage. Au matin du deuxième jour, la Route a débouché sur quelque chose qui ressemblait à un gros village, voire même à une petite ville. C'était Aegerdeis, la porte sud de Straaz, une communauté ouverte aux voyageurs et qui leur permettait de se préparer à un périple difficile le long de la Route ou des sentiers moins fréquemment empruntés de la Principauté. Ici, comme dans l'ensemble de la région, on parlait axite et comprenait tout juste le baragoual. Je devais donc servir d'interprète au groupe.

En voyant tous ces grands Humains blonds et pâles taillés pour vivre dans la forêt, je ne pus m'empêcher de penser à Drendel, qui leur ressemblait tant. Était-il passé par ici ? Était-il né dans une communauté qui ressemblait à celle-ci ? Les rues de cette bourgade résonnaient d'échos de moments que nous ne vivrions jamais.

Loin de ces rêveries, la prudence nous aurait commandé d'éviter la cité pour ne pas laisser de traces de notre passage dans ce lieu si fréquenté, mais je convainquis les autres que nous aurions besoin de matériel pour survivre dans ces bois et que les quelques affaires dérobées dans le bidonville ne suffiraient pas. Utilisant des faux noms et travestissant notre apparence autant que nous pouvions le faire, nous avons donc troqué nos derniers écus contre des vêtements de voyage résistants, des tentes, un arc et d'autres affaires essentielles à la poursuite de notre voyage.

Il fallait hâter le pas. Sans le sou, mais équipées pour traverser la forêt, nous reprîmes notre marche le long de la Route, à une allure aussi vive que possible. Nous étions à présent en plein cœur de Straaz et mon cœur se plaisait à s'envoler vers Flammence, en Valadine, ou, peut-être, j'allais finalement retrouver Voland et voler à son secours. Peut-être qu'alors je me sentirais moins mal.

Un soir, alors que je venais de fermer l'œil, j'entendis la sonnerie de mon téléphone portable. Je bondis de mon sac de couchage ! Pas d'erreur, je venais de recevoir un message. Cherchant nerveusement Dickinson au fond de mon sac cambodgien désormais encombré d'affaires en tous genres, je constatai que j'avais bel et bien un SMS non lu. L'expéditrice était Mangesonge. Et le message, bien évidemment, était cryptique :

« Il ne faut pas le rejeter : il a encore son rôle à jouer »

Après avoir regardé l'écran pendant trois bonnes minutes, la bouche entrouverte, je ne pus que me gratter la tête. De qui ou de quoi s'agissait-il ? Était-ce un avertissement au sujet du passé, ou de l'avenir ? Au sujet de quoi cette diablesse d'Artange de Sang avait-elle décidé de me mettre en garde ? et fallait-il que je suive son conseil ou qu'au contraire, je m'en méfie ? Loin de m'indiquer quoi que ce soit, cette phrase me plongeait dans une perplexité encore plus profonde.

Mangesonge ne répondit plus à aucune autre question et ne me fournit pas plus d'explications. Je devais me débrouiller avec ça, en espérant que les événements futurs me permettraient d'y voir plus clair. Je ne dis rien de tout ça à mes deux amies : ça n'aurait fait qu'ajouter à la confusion.

Le lendemain à la mi-journée, le son d'une flûte et d'un tambourin résonnait au loin dans la forêt. La musique conférait à la nature un aspect enchanteur qui nous permit d'en oublier quelques instants les aspects les plus inquiétants. Il ne s'agissait pas, comme je l'avais cru d'abord, d'une de ces mélodies ensorcelées que des créatures féériques jouent dans les contes pour emmener les voyageurs hors des chemins balisés. La suggestion fit pouffer Clil. C'était l'œuvre de musiciens ordinaires, qui jouaient en marchant le long de la route pour leur plaisir et celui des autres voyageurs. Enthousiasmées, nous avons accéléré la cadence pour pouvoir les rencontrer.

En queue du groupe, le joueur de flûte était un Pookan Miaule tigré à la silhouette familière. Avant qu'il ne m'aperçoive, je marchai derrière lui aussi silencieusement que possible, sur la pointe des pieds, alors qu'il était concentré sur sa musique, et je lui administrai une petite tape sur l'épaule, attendant sa réaction avec un large sourire.

« Timmy ! » s'exclama Zimbel Blutz, le comédien, jongleur et musicien que je n'avais plus revu depuis notre départ précipité d'Entremer. Il avait l'air fou de joie de me revoir. En fait, il était tellement ravi qu'il se mit à me lécher la joue de sa langue râpeuse. « Zimbel ! Tu es vivant ! Comme ça me fait plaisir de te voir ! » Je le serrai contre moi comme s'il était mon petit frère. J'avais de la fourrure beige partout sur mes vêtements.

Alertée par le bruit de ces retrouvailles, toute la troupe se retourna. Ils étaient tous là : Maroua et Baltazar Ladouceur, Maître Ovan, Golphard le machiniste, Cailleboc le jeune premier… Nous nous sommes tous pris dans nos bras, notre petit groupe et le leur, tellement contents de voir que nous avions tous réchappé à un sort horrible dans la Cité de Cristal. On se connaissait à peine, mais les comédiens du Major Sieben étaient tellement chers à mon cœur que j'avais l'impression de revoir des amis de longue date. Et c'était réciproque : Maroua fut si heureuse de me retrouver en vie qu'elle manqua de me briser les côtes tant elle me serra fort contre elle, pendant que son mari lustrait ses moustaches de convoitise en revoyant la séduisante Clil, ce qui lui valut un coup de coude dans les côtes dès que son épouse me lâcha. Bref, qu'elle soit en tournée ou non, rien n'avait vraiment changé du côté de la joyeuse troupe de théâtre.

Ou peut-être que si. En me baladant entre les mules et la roulotte de la troupe, en embrassant et en serrant des mains, j'arrivai en tête du convoi. Et là, j'y retrouvai Armaga.

Je sentis une vieille rage rancie s'emparer de moi. L'envie de lui éclater son petit nez de pierre, de lui faire payer sa lâcheté et la manière dont il nous avait abandonnés en plein combat à la Cité de Cristal.

S n'eut pas le même self-control que moi. Elle saisit Armaga et le balança brutalement au sol. Il était presque impossible de déséquilibrer un Lithique, pourtant elle y parvint en une seule prise, avant de se retrouver sur lui, lance en main, pointée entre les deux yeux du Savant : « Tu vas payer, traître ! »

« Oh ? C'est à cause de mon départ précipité à Entremer, c'est ça ? » bredouilla-t-il, désemparé, comme si affronter notre rancune était le plus imprévisible des développements. Ses yeux inquiets ne quittaient pas la pointe de la lance dirigée vers son crâne. « Je ne vais pas le nier : j'avais le soupçon que ça allait vous déplaire. »

Alors que Clil arrivait en se marrant ouvertement devant ce spectacle, je me sentis obligée d'intervenir avant que ces retrouvailles tournent mal. Je tirai de toutes mes forces sur les épaules de S pour qu'elle se dégage de cette étreinte, tout en tentant de la raisonner : « Arrête, il n'en vaut pas la peine. »

Surgissant de derrière la mule d'Armaga, la petite actrice blonde aperçue lors du repas à la Cité de Cristal, Dondaï, tirait elle aussi pour forcer S à se redresser : « Laisse-le tranquille ! » criait-elle.

Entretemps, tous les membres du Major Sieben s'étaient attroupés autour de nous et réclamaient des explications. « Qu'est-ce qui se passe ici ? » demanda Baltazar Ladouceur, tout en bombant le torse avec tout le panache dont il était capable. « Arrêtez de vous battre. Parlez-vous, comme des personnes civilisées ! » nous encouragea Maroua. « Armaga nous a caché certaines choses, visiblement » observa Ovan, le marionnettiste, les yeux bleus pétillants de curiosité.

Tout le monde s'était relevé. Armaga et la petite Dondaï étaient d'un côté, Clil, S est moi d'un autre, avec Maroua Ladouceur dans la position de l'arbitre. C'était elle qui fixait les règles ici et ni moi ni mes amies n'aurions eu l'audace de le contester. « Maintenant, expliquez-vous. Armaga est un membre de notre troupe, à présent. Qu'est-ce qui vous donne le droit de l'attaquer ? »

– Cette fouine a déserté ! hurla S.

– Il nous a lâchés en plein milieu du massacre, à la Cité de Cristal, pendant qu'on tenait en respect les mercenaires, dis-je.

– Mais… qu'est-ce que j'étais censé faire ? dit Armaga. Je suis un Savant, pas un soldat. Vous vouliez vraiment que je me batte contre ces brutes ? Ce n'est pas en me montrant brave que je suis arrivé à survivre jusqu'ici, croyez-moi.

– Hahaha ! J'admire ton cran, mec ! dit Clil.

Maroua prit sa défense : « Armaga nous a escortés en dehors de la ville. Il a fait en sorte qu'on s'en tire tous sains et saufs. Je ne sais même pas par quel prodige il est parvenu à nous faire franchir les portes. Je peux témoigner qu'avec nous, il n'a fait preuve d'aucune lâcheté. »

« Il a été très courageux ! » dit Dondaï. Ça avait un côté écœurant, ces yeux de lycéenne amoureuse qu'elle jetait sur lui, mais j'étais mal placée pour critiquer. D'ailleurs je le sentais chez tous les membres de la troupe : des liens s'étaient tissés entre eux et Armaga. La situation n'était pas aussi tranchée que je l'aurais pensé et le Lithique n'était pas le couard absolu que j'avais imaginé. Dommage, c'était plus facile d'être vraiment furieuse quand tout semblait simple…

« Je ne me suis sans doute pas montré très chevaleresque sur la Place Tabrèche, je veux bien le reconnaître » dit Armaga. « Mais admettez-le : j'ai apporté ma contribution à ma manière, en escortant nos amis, non ? Et puis l'essentiel, c'est que nous soyons tous là, pas vrai ? »

« Pas tous » fit une Clil amère. À sa remarque, je vis les yeux du Lithique se balader désespérément dans nos rangs, à la recherche de quelqu'un dont il était en train de réaliser qu'il ne le reverrait plus jamais. « Drendel est mort », ai-je dit, faisant de mon mieux pour étouffer le sanglot qui nouait ma gorge.

Le Prof ne pleura pas sur son ami disparu, parce que les Lithiques ne pouvaient pas verser de larmes. Mais son expression était sans équivoque. Même s'il avait passé son temps à critiquer l'archer de Straaz, Armaga l'aimait comme un frère et sa perte le touchait en plein cœur. Impossible de continuer à lui en vouloir après avoir été le témoin de son chagrin. Certes, il allait s'écouler du temps avant que je lui fasse à nouveau confiance, mais je décidai qu'il méritait une deuxième chance. Était-ce lui, celui que Mangesonge m'avait conseillé de ne pas rejeter ? Si c'était le cas, je convins de suivre ce conseil. Quoi qu'il se soit passé entre nous, Armaga pourrait encore se révéler utile. Restait à espérer que je n'aie pas à regretter mon indulgence.

Prenant acte de mon choix, S tourna les talons pour s'isoler un peu. Clil regarda de tous les côtés et demanda : « Bon, quelqu'un a quelque chose à boire ? »

Et voilà comment notre groupe vint s'ajouter à la troupe du Major Sieben. Les comédiens allaient à Flammence, comme nous. Ils nous avaient d'ailleurs demandé de nous joindre à eux avant de quitter Entremer. Maintenant que les circonstances avaient dicté que nous fassions ce voyage par voie de terre plutôt que par bateau, les accompagner devenait une évidence. Jusqu'à notre arrivée à la cité-perle, nous allions voyager à leurs côtés et participer à leur tournée dans tous les villages forestiers où ils donneraient des représentations.

Restait à nous rendre utiles pour ne pas être des poids morts. Clil et S vinrent renforcer la protection du convoi et aider à rapporter du gibier. On donnait aussi des coups de main au vieux Golphard pour monter la scène et faire toutes sortes de petites réparations.

Après quelques longues conversations à la belle étoile avec Maroua Ladouceur, elle me tira les vers du nez et me fit avouer mon passé de jongleuse et d'acrobate. Je fus donc, à mon corps défendant, promue au rang de membre à part entière de la troupe, avec mon propre numéro et tout, une variante de ce qu'on m'avait enseigné à l'école de cirque et que j'avais présenté au spectacle de fin d'année. Ça me stressait de me retrouver ainsi au cœur de l'attention et au milieu de tous ces professionnels, j'avais l'impression de commettre une imposture, mais j'avais promis trois représentations d'essai à Maroua. Les applaudissements furent nourris, je dus donc me résoudre à persister dans cette voie. S, qui n'y connaissait rien, disait que j'avais du talent.

En parallèle, la mère Ladouceur insista pour que je me mette à écrire un texte pour la troupe. « Juste une scène pour commencer » me disait-elle, « Quelque chose sur toi, sur ton arrivée à Entremer, sur la Fille aux Cheveux Rouges. » Comme il était impossible de refuser quoi que ce soit à cette femme, je me mis au travail, griffonnant dans mon carnet. Après une douzaine de jours, je pondis une courte pièce que nous ajoutâmes aux numéros que nous présentions. C'était sincère, un peu naïf, mais très politique, et ce fut accueilli avec indulgence par le public local, pour lequel j'avais pondu une adaptation en Axite.

Et puis un beau jour, au milieu de ces bois qui étaient notre seul horizon depuis des semaines, nous avons senti que le moment était venu.

S, Clil et moi, et même Armaga, nous nous sommes enfoncés dans la forêt, pas trop loin pour ne pas attirer les bêtes, mais suffisamment pour quitter la Route des yeux et être tranquilles. Pierre après pierre, nous avons passé la journée à construire un monticule. Je ne sais pas exactement de quoi il s'agissait, ni comment il fallait l'appeler, mais ça ressemblait à un cairn, et nous improvisâmes une cérémonie pour notre ami disparu.

S commença avec une longue et émouvante oraison aux douze Dieux Impériaux, recommandant l'âme de Drendel à Leonasia, la Déesse de la Transformation. Puis Armaga, qui n'était pas religieux, mais qui avait tout de même été élevé dans la foi bazziliste, alluma une chandelle, recommandant Drend à « L'Ineffable Obscurité » et termina sa courte prière par la bénédiction traditionnelle : « Muo marche avec toi. » Clil enchaîna avec un chant funèbre bouleversant issu de sa religion à elle, le Vivialisme, disposant brindilles et feuilles d'arbres sur notre monument comme ses rites le recommandaient. En conclusion de son incantation, elle se tut pendant un instant, émue, puis se tourna dans notre direction et dans un rare moment de fragilité, déclara : « Je l'aimais. » Comme si elle venait d'en prendre conscience elle-même.

Après cette confession, j'avais l'impression de commettre une imposture. Cet amour entre eux, je lui avais donné un coup de canif et à part moi, personne n'était au courant. Le souvenir du baiser secret partagé avec Drendel me consumait presque aussi douloureusement que son absence. Sans prononcer un mot, je sortis de ma poche un poème rédigé pour mon ami défunt, dans lequel je lui demandais pardon pour tout ce que nous ne partagerions jamais. Je glissai le morceau de papier entre deux pierres, mais ce geste m'apparut dénué de sens et ne m'apporta pas la paix.

CHAPITRE 12 : SABRE DE FICTION

« On dit qu'en Straaz, on naît adulte, ou on meurt jeune. »
Pol Kuan, *Carnets de voyage*

Il y a quelque chose dans la forêt qui ne veut pas de l'homme, même pas d'une fille comme moi. Quelque chose de si ancien que ça ne sait pas la différence entre le mal et le bien, entre la justice et l'injustice ; ça ne fait pas de sentiment, juste des sensations, des pulsions : faim, fuite, reproduction, combat ; ça ne parle pas de langage et ça se fiche des convenances : ça sait juste que certaines choses sont à leur place et d'autres pas. Nous, nous n'étions pas à notre place ici. Personne ne l'était, comme nous avons fini par le découvrir.

Les premières semaines de la tournée en Straaz furent plaisantes. Nous progressions vers le nord, le long de la Route, rencontrant régulièrement des villages sur notre chemin. Les amuseurs étaient accueillis à bras ouverts : dans ce genre d'endroit, on n'en voyait pas passer souvent et les chasseurs et paysans ne boudaient pas leur plaisir. En plus, la petite bande du Major Sieben – je ne m'inclus pas nécessairement là-dedans, comprenez-le bien – était composée d'artistes talentueux, des comédiens, musiciens, marionnettistes, saltimbanques de tout premier plan.

Il y avait des villages plus attirants que d'autres, il y avait de belles rencontres et des adieux déchirants, il y avait des gens auxquels on s'attachait tout de suite et qu'on aurait voulu emmener. Et puis les applaudissements, c'était grisant.

Malgré l'insistance de Maroua, mes amis refusèrent de monter sur scène. Aucun d'entre eux n'avait de talent qui se prêtait particulièrement au monde du spectacle ni n'avait l'inclination de se produire devant un public. Ils étaient malgré tout aux premières loges pour m'applaudir, la plupart du temps. Surtout S, qui était toujours là. Quand je me sentais nulle en plein numéro, je savais que je pouvais m'appuyer sur son regard compatissant. Et puis juste après, elle me donnait une leçon d'escrime et me prouvait qu'il y avait encore de nombreux domaines où j'avais beaucoup de choses à apprendre.

On se battait assez souvent, il faut dire. Pas de terribles Vouivres ou de légendaire Centimane à l'horizon, mais on croisait la route de prédateurs affamés qui tentaient parfois leur chance dans une attaque-surprise. Il y avait aussi des bandes de bandits ou des tribus de Mourioches affamées qui se postaient le long de la Route pour sauter sur le premier convoi qui passait.

Mon écriture progressait. Conçu d'abord comme une simple saynète tragi-comique, mon petit texte devenait plus consistant. J'étais, sans vraiment le vouloir, en train de rédiger une pièce engagée sur les camps de travail à Entremer et plus largement sur l'aspiration des individus à la liberté. Le fait de voir des comédiens de la trempe de Baltazar, Dondaï, Maroua et Cailleboc incarner mon texte me faisait palpiter le cœur d'une manière inédite. Dans leurs bouches, mes mots se mettaient à sonner juste. « Tu sais, petite Tim » me dit Baltazar Ladouceur un soir, « Une pièce de théâtre, c'est comme une femme : quand on en découvre une qui est jeune et jolie, on tombe amoureux. Crois-moi, ta pièce est beaucoup plus agréable à jouer qu'un de ces vieux classiques poussiéreux du genre *Comment la ville devint libre* ! » Je ne le croyais pas, mais ça faisait plaisir à entendre.

Peu à peu, les occasions de rire se firent plus rares. Les bois de Straaz étaient comme un abysse. Plus on croyait en avoir atteint les profondeurs, plus on continuait à s'enfoncer dans les ténèbres. Si la forêt nous avait paru hostile dès le départ, nous étions encore loin d'en avoir traversé les zones les plus inhospitalières. On nous avait prévenus, d'ailleurs, dans le petit hameau où nous venions de passer deux jours : « Ici, c'est le dernier village fréquentable avant longtemps. Vous entrez dans la vraie forêt de Straaz… »

Dès le lendemain, les frondaisons s'épaissirent. C'était comme si le feuillage ne laissait plus apercevoir le soleil que quand il le voulait bien. Et encore, la lumière qui nous parvenait était affaiblie, laiteuse, maladive parfois. La nuit, le croissant brillant de Solune dans le ciel prenait une teinte cramoisie et on n'apercevait plus du tout la silhouette éthérée de Grilune. Même en plein milieu de journée, on avait l'impression d'être au crépuscule.

L'air se rafraîchissait, et pas uniquement parce que nous étions en train de nous éloigner du sud. Les nuits et les matinées étaient glaciales, mais l'atmosphère restait moite, engendrant des averses impromptues ou des brouillards inquiétants. À chaque réveil, on inspectait nos réserves de nourriture pour vérifier ce qui était encore mangeable.

Était-ce notre imagination ? Même les arbres avaient l'air différents. Déjà inhospitaliers auparavant, les grands pins à l'écorce noire présentaient ici un aspect plus sinistre encore : leurs flancs étaient friables, pelés et maladifs, mangés par le lichen et les parasites. Leurs racines étaient profondes, épaisses et torturées, s'emmêlant dans des corps-à-corps obscènes. De plus en plus rapprochés les uns des autres, leurs troncs épais bloquaient la vue et le passage. Peu à peu, ce furent tous les autres arbres qui prirent ce même air inquiétant : troncs torsadés en formes dégénérées qui évoquaient des silhouettes d'êtres difformes, branches nues anguleuses semblables à des serres d'oiseaux de proie, feuillages barbouillés d'étranges marquages. Certains soirs dans les taillis, nous croisions les ruines d'antiques tours de garde, silhouettes de pierre d'une blancheur de linceul qui se détachaient dans la brume et ne nous donnaient aucune envie d'y trouver refuge pour la nuit.

Et puis la Route n'avait plus rien en commun avec ce repère rassurant qu'elle avait été jusque-là. Fini, l'axe bien marqué, large et droit, occasionnellement pavé que nous avions suivi jusqu'ici. Désormais, elle était sinueuse, hésitante, suivant des tracés imprévisibles qui n'avaient pas l'air d'être dictés par les accidents du terrain. Suspectant que nous avions dû nous égarer sur quelque chemin annexe, Baltazar vérifia plusieurs fois la carte, boussole en main, mais il n'y avait aucune erreur : ce chemin indistinct et serpentaire, c'était ici tout ce qui subsistait de la Route, la colonne vertébrale du Reik.

Mais le plus préoccupant, c'était le bruit. La nuit, il était difficile de trouver le sommeil tant les clameurs du bois alimentaient l'imagination. Le vent sifflait dans les branches comme à travers la trachée d'une vieille femme. Les oiseaux ne chantaient plus que leur inquiétude. Les branches qui craquaient, les bruits de pas dans les feuilles mortes : c'était comme si ce quelque chose dans la forêt qui ne voulait pas de l'Homme souhaitait nous rendre fous de terreur.

Dans cette région, les villages se faisaient plus rares. Il fallait attendre trois, quatre jours, parfois une semaine pour voir une habitation. Celles que nous rencontrions n'avaient rien d'hospitalier : des hameaux minuscules aux habitations biscornues faites de bois pourri, construites au bord de marécages malodorants ou de collines pelées.

Les habitants n'avaient pas l'habitude de recevoir des visites. Ils étaient méfiants, agressifs parfois, ou alors ils nous fixaient d'un œil mauvais. Lors des représentations, ils étaient avares d'applaudissements et réagissaient à nos numéros à contretemps, riant aux moments les plus tragiques. Certains d'entre eux étaient pâles, malsains, portant les stigmates d'anciennes malformations. Sur les places de leurs villages, ils érigeaient des idoles monumentales aux formes atroces et aux bras multiples qu'aucun de mes compagnons ne parvenait à associer, même de loin, à des divinités connues. On voyait aussi des palissades ou des murs d'enceinte bâtis à des endroits inattendus, comme si les habitants souhaitaient se prémunir de menaces que nous ne pouvions pas voir.

Une grosse semaine plus tard, Armaga et moi nous sommes retrouvés en patrouille dans une futaie, loin de la Route, participant à une tentative désespérée de dénicher du gibier. Il avait son arbalète et ses mécanes, j'avais un simple arc et des flèches. Puisque le prochain village était encore loin et que nous ne parvenions pas à trouver de la nourriture à proximité de la Route, nous étions chargés de nous enfoncer plus profondément dans les bois en quête d'animaux qui s'y seraient réfugiés. Après trois jours à avaler des rations de plus en plus petites, nous étions tous prêts à faire preuve de créativité et d'esprit d'initiative pour obtenir de la nourriture.

Chasser aux côtés d'un Lithique, ce n'était pas une mince affaire. Les hommes de pierre peuvent tenir la pose pendant très longtemps, donc tant qu'il s'agit de rester aux aguets, ils ont un avantage. Par contre, pour les manœuvres d'approche, avec ses énormes jambes de pierre, Armaga faisait un boucan invraisemblable. Et ses mécanes d'aidaient pas : à chaque mouvement, les boules mécaniques produisaient un raffut cauchemardesque de machine à vapeur. Je lui proposai donc de nous séparer, lui d'un côté, moi de l'autre, tout en restant à une distance suffisante pour pouvoir s'appeler à l'aide en cas de pépin. Donc nous fîmes ainsi.

À force d'observer ces bois à la recherche d'un petit rongeur ou d'une poule sauvage, mon imagination commençait à me jouer des tours.

Et puis j'aperçus quelque chose de tout à fait réel qui me foutut les jetons.

À une dizaine de mètres de mon poste d'observation, pile au milieu de mon champ de vision, je vis quelque chose briller sur un arbre. Un éclat doré à hauteur d'homme. C'était une arme, dont la pointe était plantée dans le tronc. Mieux : c'était mon arme à moi, le « Sabre de fiction » que j'avais trouvé dans le sous-sol du Camp de l'Ataraxie. J'aurais pu jurer qu'il n'était pas là tout à l'heure. Tout cela me fichait une frousse atroce.

Malgré l'appréhension, je me dressai aussi silencieusement que possible, je trottai jusqu'à l'arbre et j'empoignai l'arme. Qu'allait-il m'arriver ? Jusqu'ici, l'apparition du sabre avait toujours été suivie d'un combat. Ma main était moite d'angoisse sur la garde de l'épée.

Soudain j'entendis une voix toute proche.

Tout mon corps se figea d'effroi. Ce n'était pas la voix d'Armaga : ça ne sonnait pas comme lui et ça ne venait pas de sa direction. Immobile, je levai l'oreille pour tenter de localiser la source du bruit. Les secondes étaient interminables.

La même voix, faible, mais audible, résonna à nouveau. Elle était haut perchée comme celle d'un enfant. Je ne distinguais pas de mots, dans aucun langage. Cela ressemblait plutôt à des sanglots.

Cette situation surréaliste me fit frémir. La voix ne devait pas être distante de plus d'une trentaine de mètres. Ici pourtant, la forêt était si fournie que trente mètres, c'était le bout du monde.

Je pris donc la seule décision qui me procurerait davantage d'information. Sabre en main et Dickinson en poche, je murmurai « Allez, Tim ! » et je m'approchai de la source des sanglots.

Je n'étais qu'à quelques pas. La voix enfantine venait d'un bosquet d'arbres étroitement plantés, garni de buissons épineux et de hautes herbes. La visibilité y était encore plus mauvaise qu'ailleurs. Pas facile de se frayer un chemin vers l'intérieur de cette citadelle végétale, mais avec de la détermination et en utilisant mon sabre comme une machette, j'y parvins. À l'intérieur se trouvait une clairière.

C'était presque rassurant de constater qu'il y avait bien un enfant devant moi : un petit garçon qui ne devait pas avoir plus de dix ans. Vêtu de haillons, il était agenouillé comme pour la prière, se balançant lentement d'un côté vers l'autre en laissant les larmes couler sur ses joues. Sa peau était terne et d'un lustre cireux. Pas rassurée, je m'approchai de lui :

« Qui es-tu ? Je peux t'aider ? » Aucune réaction. Encore un pas dans sa direction.

Le petit garçon m'attrapa les jambes.

Il me tenaillait de toutes ses forces. Ça ne ressemblait pas à un signe d'affection, ça commençait même à me faire mal. En me penchant dans sa direction, je vis son visage. Il était abominable. Le petit garçon n'avait aucune expression et ses yeux ressemblaient à des baies moisies. « Rejoins-moi… » lâcha-t-il d'une voix traînante.

Alors je vis que nous n'étions pas seuls. Face à moi, entre les arbres du bosquet, je voyais des dizaines d'enfants. Des filles, des garçons, âgés pour la plupart de six à douze ans, mais certains avaient presque mon âge. Tous portaient des vêtements en lambeaux. Tous avaient la peau cireuse et les yeux maladifs. J'aurais juré qu'ils n'étaient pas là quand j'étais arrivée.

Je me dégageai du petit garçon qui me retenait prisonnière, puis je fis quelques pas en arrière pour éviter qu'il ne s'agrippe à nouveau. Devant moi, l'assemblage d'enfants sinistres répéta sa demande, cette fois-ci en chœur : « Rejoins-moi… » Lorsque je me déplaçais, ils me fixaient, bougeant leurs têtes et leurs yeux à l'unisson, comme s'ils n'étaient animés que par une seule volonté.

De retour dans la futaie, je hâtai le pas, espérant semer mes poursuivants. Un espoir vite déçu. Ils réglaient leur allure sur la mienne. Lorsque j'accélérais, ils accéléraient aussi. Périodiquement, ils répétaient leur demande : « Rejoins-moi… » Je crus même entendre « Tim, rejoins-moi… » Un coup d'œil vers l'arrière me révéla qu'ils étaient plus nombreux que je ne l'avais suspecté. Même si la visibilité était mauvaise dans ces bois impénétrables, j'avais l'impression qu'ils devaient être au moins cinquante, peut-être même le double.

Courant de plus en plus vite, dans une direction rendue aléatoire par la peur, j'entendis une faible réponse à mes appels. Je reconnus la voix d'Armaga. Brandissant son arbalète, il galopait vers moi. Il parut soulagé de me retrouver saine et sauve, puis je vis son expression changer. Il portait son regard par-dessus mon épaule et avait aperçu mes poursuivants. Je lus la peur envahir les traits de son visage, une peur tellement intense qu'elle manqua le faire vaciller alors qu'il prenait ses jambes à son cou pour fuir aussi vite qu'il en était capable :

« C'est le Centimane, Tim ! C'est le *Centimane* ! Fuis si tu tiens à ta vie ! »

Je n'avais jamais vu le Prof aussi effrayé par quoi que ce soit, pas même lorsqu'il nous avait fait faux bond dans la Cité de Cristal. Poussé en avant par une terreur proche du délire, il courait plus vite que moi, malgré ses jambes courtes et son corps pesant. « Je peux sentir leurs vibrations dans le sol ! Ils sont partout ! Ils sont tout autour de nous » criait le Lithique. Désormais, le chœur des enfants nous appelait par nos prénoms : « Armaga, rejoins-moi… Tim, rejoins-moi… »

Sans même regarder ce qu'il faisait, le Prof chargeait trois carreaux sur son arbalète. « Tu es malade ? On ne va pas tirer sur des gamins, Armaga ! » lui dis-je, posant ma main sur son arme. Il me regarda comme si j'étais dangereusement déconnectée de la réalité. Derrière nous, les enfants se rapprochaient.

« Ce ne sont pas des "gamins" Tim, fous-toi ça dans le crâne ! » haleta-t-il. Ses mécanes volaient devant nous, lames rotatives déployées. Les trois automates volants nous taillaient un corridor praticable dans la forêt qui nous permettait d'avancer. « C'est le Centimane », dit-il, « Un esprit sans enveloppe charnelle. À chaque fois qu'un gosse s'égare dans les bois, il s'en empare et le gosse est… ajouté à son corps. Ce que tu prends pour des enfants, Tim, ce sont les mains de cette chose, des coquilles vides, animées par une seule et unique volonté, celle de cette saloperie ! » Me jetant le regard le plus sévère dont il était capable, il conclut : « Tu me laisses les buter, maintenant ? »

Il n'en était pas question. Il devait exister une solution autre que de massacrer des innocents, qui, si j'avais bien compris, étaient les complices involontaires d'un esprit malfaisant. Pourtant nous avions le besoin urgent d'une solution. J'étais à bout de souffle, j'avais un point de côté. Armaga, heureusement, avait un meilleur sens de l'orientation que le mien : « On s'approche de la roulotte ! »

« Au secours ! Le Centimane arrive ! Aux armes ! » avons nous crié. Nous étions arrivés face à face avec Clil, Zimbel et Dondaï qui étaient en train de ramasser des baies et des racines à l'écart du campement. Dès qu'elle reconnut nos poursuivants, Clil eut une réaction de pure panique et elle prit ses jambes à son cou. Moi, je continuai à courir et je tombai à terre juste derrière les deux autres, cassée par l'épuisement. J'étais hors de combat, incapable de bouger avant d'avoir repris mon souffle. Armaga était dans le même état que moi.

Zimbel et Dondaï étaient seuls pour affronter l'attaque du Centimane. Déboussolée, la jeune fille tomba à terre, en boule, dans une tentative absurde de se protéger de nos assaillants. Zimbel comprit que la sécurité de la comédienne reposait sur lui. Il tira son fleuret, guère plus qu'une arme de théâtre, et le brandit bravement en direction du Centimane : « Arrière ! » dit-il avec une vaillance d'opérette, « Arrière, où vous affronterez la plus fine lame de la Principauté de Straaz ! » C'était futile, mais sublime. Je luttai de toutes mes forces pour parvenir à me relever et à empoigner mon sabre avant qu'il ne soit trop tard.

La horde du Centimane fut sur lui quelques secondes plus tard. Aucun des enfants ne lui adressa la parole. Aucun ne réagit à sa bravade. Ils étaient dix, vingt enfants, et ils se jetèrent sur lui comme des bêtes, avec une sauvagerie hallucinante, sautant sur le Pookan sans se soucier de leur propre sécurité, voraces comme un nuage de criquets. En un instant, Zimbel était au sol, un groupe compact de gamins fous furieux qui le rouaient de coups, l'étranglaient, lui arrachaient des touffes de poils, brisaient ses os, lui découpaient les oreilles et les doigts avec leurs dents et leurs ongles. Ils étaient trop nombreux : le Miaule était à leur merci, il ne pouvait ni lutter, si se relever. Je l'entendis pousser un cri épouvantable, mélange de douleur et du désespoir de celui qui sait qu'il va mourir.

Leurs doigts et bouches dégoulinants de sang, les enfants esclaves du Centimane quittèrent le corps de Zimbel en un seul mouvement, tournant tous la tête dans la direction de la jeune comédienne qu'ils avaient épargnée jusqu'ici : « Dondaï, rejoins-moi… », dirent-ils en chœur.

Tant bien que mal, je me remis sur mes deux pieds, aidant Armaga à faire de même. « On se retranche tous vers le campement. Toi et Clil, vous êtes responsables du périmètre de sécurité. S assure la dernière ligne de défense dans la roulotte. Allez, avance ! » Nous étions assiégés.

Dondaï était entourée d'enfants qui plaquaient leurs mains sanglantes sur elle, mais ne faisaient pas, pour l'instant, usage de violence. « Rejoins-moi… », répétaient-ils. La blonde hurlait, elle était au bord de la crise d'hystérie. Empoignant mon Sabre de Fiction, je me ruai dans sa direction pour tenter de la sauver. Que lui voulaient-ils exactement ? Pourquoi s'en prendre au Pookan et pas à elle ? Quel était notre point commun, à Armaga, Dondaï et moi, pour que le Centimane nous réclame ?

Et soudain je finis par saisir. Elle, le Lithique et moi, le Centimane nous considérait comme des enfants, et pas les autres. Il souhaitait nous incorporer, faire de nous ses « mains. » Ses intentions concernant les adultes étaient plus brutales : il voulait les supprimer aussi violemment que possible, comme ce pauvre Zimbel.

Arme à la main, je m'approchai de la mêlée autour de Dondaï, bousculant les enfants jusqu'à ce que je puisse agripper la petite blonde par la manche. Des particules de lumière convergeaient vers moi. Tirant de toutes mes forces, je parvins à la dégager et à la ramener vers moi. Elle était saine et sauve. M'éloignant avec elle, je lui tapai dans le dos et prononçai quelques mots pour la rassurer.

Dondaï tourna sa tête vers moi et dit :

« Tim, rejoins-moi… »

Elle avait bougé de concert avec les mains du Centimane et avait prononcé la phrase en même temps qu'eux. Et voilà, elle s'était fait prendre au piège, elle était des leurs, désormais. Dans ma vision de combat, la boule grise qui la symbolisait tourna au rouge et des dizaines de vecteurs lumineux venus du reste du groupe s'attachèrent à elle. Répugnée, je la jetai au sol, comme on se débarrasse d'une araignée.

Fuyant à grandes enjambées avec ce qui me restait de forces, je pris la direction du campement, à quelques enjambées de là. L'endroit était un champ de bataille. Une centaine d'enfants fous de colère assiégeaient la roulotte. En conformité avec mon plan, Clil et Armaga les tenaient en respect. La Mélodiarque, chantant en canon avec son nénuphar, érigeait des palissades de lierre tout autour du périmètre. Elles étaient taillées en pièces presque immédiatement par le Centimane. Armaga promenait ses mécanes tout autour, les utilisant pour frapper, rudoyer et administrer des chocs électriques aux enfants les plus féroces. Si rien ne changeait dans les prochaines minutes, nous allions être vaincus par le nombre de nos agresseurs.

« Par ici, Tim ! » me cria Clil dès qu'elle m'aperçut. Elle m'ouvrit une brèche dans son mur de protection, au travers duquel je parvins à me faufiler, moi et l'une des mains du Centimane, un petit garçon qui devait avoir huit ans. D'un coup de pied, je le renvoyai à l'extérieur et la Farandrienne referma l'ouverture derrière lui.

Je me ruai à l'intérieur de la roulotte pour voir où nous en étions. Je fus accueillie par S, lance à la main, qui gardait l'entrée. Elle portait plusieurs traces de morsures sur le bras, mais rien de sérieux. « Tim ! Enfin, te voilà ! » dit-elle, soulagée. Derrière elle, personne ne manquait à l'appel, sauf bien sûr Zimbel et Dondaï. Les membres du Major Sieben étaient entassés dans ce petit espace. Ils avaient souffert, c'était évident. Cailleboc plaquait sur le côté de sa tête un morceau d'étoffe moite de sang. Ça donnait l'impression qu'il s'était fait arracher l'oreille. Le corps couvert de lacérations, Maroua était au bord de l'inconscience et son époux, fou d'inquiétude, lui parlait pour la maintenir éveillée. Dehors, les bruits de la lutte étaient assourdissants. Maître Ovan se tenait dans un coin, choqué, perdu. Golphard, qui s'était fracturé l'épaule et la main, tenait un gros marteau de bâtisseur, avec une expression qui ne laissait aucun doute sur ses intentions de revanche. Même Uch était dans un coin, frétillant de peur. C'était à moi, je le sentais bien, de les tirer tous de cette situation.

La vision schématique générée par mon arme me permettait de visualiser les liens qui m'unissaient à mes amis. Un vecteur particulièrement fort s'affichait entre S est moi, d'autres, très lumineux, me connectaient à Clil, Armaga et Maroua. Des lignes de lumière nettes, mais moins brillantes étaient visibles entre moi et tous les autres, ainsi qu'entre chaque membre de cette expédition, une toile des relations qui nous liaient les uns aux autres, qui nous définissaient en tant que groupe et nous donnaient de la force.

Je saisis mon arme pour voir mon regard se refléter dans le métal. Cet objet qui obéissait à des règles qui lui étaient propres et qui s'exprimait dans un langage que je ne parvenais pas à comprendre, recélait-il une clé qui allait me permettre de nous sauver ? Qu'était-ce, à la fin, que ce « Sabre de Fiction », comme l'avait surnommée Mangesonge ?

Alors, je compris. Alors, tout pris sens. Alors, je sus comment j'allais vaincre le Centimane.

Cette arme que j'avais dans la main, c'était évident, n'était pas un sabre *fictif* : c'était une arme bien réelle, faite de métal froid au toucher. Donc son rapport à la fiction était à chercher ailleurs. S'il s'agissait d'un Sabre de Fiction, c'est parce que cette arme avait un pouvoir *sur* la fiction, sur les mécaniques du drame, sur ces histoires qui construisent notre représentation du monde. Ce sabre, en d'autres termes, me permettait d'influencer la réalité comme s'il s'agissait d'une pièce de théâtre.

Elle m'en fournissait même les codes. Les sphères de couleur verte étaient celles de mes alliés. Les rouges, c'étaient les antagonistes. Tous les autres étaient gris. Quant aux vecteurs, ils représentaient les liens sociaux qui nous unissaient, la trame dramatique dans laquelle étaient tissés nos rapports amicaux ou conflictuels.

Si mon intuition était la bonne, cela signifiait que les pépites de lumière étaient l'essence même de la fiction, le *peut-être*, le matériau de construction dont était constitué le drame. À chaque fois qu'il m'arrivait quelque chose de significatif, de tragique ou d'inhabituel, à chaque fois que je vivais ou que j'accomplissais quelque chose *d'intéressant*, mon énergie se rechargeait et je pouvais ensuite la libérer pour manipuler les mécaniques du drame à mon avantage.

J'espérais que cette interprétation était correcte, parce que tout mon plan reposait là-dessus. « Fais de ton mieux pour protéger tout le monde, S, je sais que je peux te faire confiance » dis-je à mon amie. Elle ne comprenait pas où je voulais en venir. « Je vais régler son compte au Centimane », ai-je expliqué.

Dehors, Clil et Armaga n'arrivaient plus à contenir la horde vorace du Centimane qui était sur le point de s'abattre sur nous. Je n'avais plus que quelques minutes pour agir. Prenant une inspiration profonde, je franchis la barrière de végétation, déterminée, mais pas sûre de moi et je me dirigeai vers le Centimane, vers Dondaï et tous ces enfants qui constituaient l'enveloppe corporelle du monstre. Je les ai pris dans mes bras.

Un bon tiers d'entre eux interrompirent leurs actes de violence et se mirent à m'encercler, psalmodiant leur phrase : « Tim, rejoins-moi… » Ils me touchaient de la paume de la main. Je sentais un courant chaud se diffuser entre nos peaux. Partout où leur contact se prolongeait, ma peau s'engourdissait. Mon âme aussi. J'étais comme chloroformée, alors qu'une conscience étrangère se surimposait à la mienne.

Ce fut alors que je le vis. Le Centimane. J'étais sous son emprise désormais, et je le voyais, ou en tout cas, je pouvais observer la part de lui qu'il laissait voir à ses serviteurs. Entre deux arbres se tenait un personnage efflanqué dont on ne pouvait pas distinguer les traits ni les détails de l'anatomie, juste une forme de tête et un tronc. Il ressemblait davantage à un *trou*, à une déchirure dans la réalité qu'à un être de chair et de sang. Le Centimane avait d'innombrables tentacules qui émanaient de lui, des protubérances semblables aux branches d'un saule pleureur et chacune d'entre elles était attachée à la tête d'un de ses jeunes esclaves, contrôlant ses faits et gestes.

Dans une agréable indolence, je le sentais glisser son essence en moi comme la main du marionnettiste dans une poupée de chiffon. C'était agréable de le laisser faire de moi ce qu'il voulait. Mon envie de résister s'évanouissait.

Ce fut alors que mon sabre se chargea d'une énergie phénoménale. L'audace de mon sacrifice me valait un afflux de *peut-être* sans précédent. J'avais tout risqué pour remporter la victoire, jusqu'à la perte de mon individualité. C'était un moment d'une intensité dramatique sans précédent, l'instant où, par altruisme, je risquais de perdre mon identité à tout jamais et de devenir le jouet d'un esprit malfaisant. Le Sabre de Fiction faisait converger vers moi toute l'énergie du drame, un influx inouï dont je pouvais me servir pour remodeler ma réalité.

Ma sphère passa du vert au gris. C'était le moment d'agir. Serrant fort mon arme dans la main, je souris. Ce n'était pas le Centimane qui me faisait sourire, c'était moi, Tim, qui étais à l'origine de ce changement d'expression et je sentis immédiatement que l'esprit n'appréciait pas cette rébellion. Déjà, il dépêchait ses mains dans ma direction pour m'empêcher d'agir. Mais il était trop tard. D'un geste vif, je tranchai le bras spectral qui me raccordait à lui.

J'étais libre. Autour de moi, les enfants tentaient de me maîtriser. Ils se ruèrent vers moi pour me neutraliser, comme si j'étais une adulte. C'était peine perdue. J'avais été connectée au Centimane, et je voyais encore très bien les liens qui les unissaient au monstre. Dès que l'un d'eux s'approchait, je découpais le tentacule qui permettait à l'esprit de le contrôler, utilisant l'énergie de ma lame pour rompre ce lien qui était supposé être inaltérable. Je passais entre leurs rangs pour les affranchir de leur asservissement magique, les uns après les autres, rompant les bras sinistres de l'esprit mauvais à grands coups de sabre. Chaque libération me procurait un nouveau déluge de pépites de lumière.

Autour de moi, des dizaines de gamins pleuraient, libérés du joug du Centimane après tant de mois ou d'années. Mais ce n'était pas suffisant : il fallait mettre fin à cette malédiction une bonne fois pour toutes. Le monstre commençait à sentir que le vent avait tourné. Il organisait sa retraite, rassemblant autour de lui les enfants qui étaient encore sous son contrôle, espérant fuir dans les bois et échapper à ma vengeance. Il n'en était pas question. Celui-ci, j'allais prendre un immense plaisir à le tuer.

Le monstre n'émettait aucun son, mais sa panique était tangible. Je tranchai les liens de ses derniers esclaves et je me tins devant lui, cherchant quelque chose de spirituel à dire pour célébrer ma victoire, mais aucune réplique ne me vint à l'esprit. Je brandis mon arme au-dessus de ma tête et je la plantai en plein cœur de la sombre silhouette. Mon Sabre de Fiction libéra toute l'énergie du drame qu'il venait d'accumuler. Le Centimane, cette déchirure invisible dans la réalité, se mit à se craqueler de l'intérieur dans un bruit de tonnerre avant de s'émietter peu à peu en de milliers de copeaux d'obscurité malfaisante emportés aux quatre vents, jusqu'à ce qu'il n'en reste rien.

Son histoire venait de prendre fin.

CHAPITRE 13 : VERS LES SOMMETS

« Si tu y prêtes attention, le voyage est un cheminement de l'esprit autant que du corps. Si tu n'y prêtes pas attention, c'est une pure perte de temps. »

Bazzil, La Révélation de Muo

C'était comme si les bois poussaient un soupir de soulagement. Après la mort du Centimane, la lumière dorée du soleil se mit à percer à travers les frondaisons, donnant de la vie aux couleurs des sous-bois et soulignant les splendeurs de la nature, ourlant les alentours d'accueillantes splendeurs. Puis ce rayon enchanteur se tarit. Il nous rendit le décor sombre et inquiétant auquel nous étions habitués depuis des semaines. C'était un bref cadeau que la forêt de Straaz nous avait octroyé, à nous qui avions affronté et vaincu cette créature qui était une insulte à l'ordre naturel.

Je ne vais pas prétendre que la victoire n'avait pas un goût amer. Tout autour de moi, près de la roulotte, dans la forêt, je ne voyais que des enfants qui pleuraient, qui hurlaient, qui scrutaient le néant d'un air blessé, petits oiseaux tombés du nid qui retrouvaient la réalité après avoir vécu l'enfer. Ils étaient vêtus de haillons, sales, mal nourris. J'estimais qu'ils devaient être plus d'une centaine.

Et puis, il y avait nos pertes à nous. Lorsque j'eus désamorcé la menace du Centimane, S vint me serrer dans ses bras pour me féliciter, soulagée de voir que j'avais survécu à ce pari risqué. Elle ne devait pas donner cher de mes chances, à la base. Elle se détourna ensuite de moi pour aller s'occuper de Zimbel. Le vieux Golphard, l'homme à tout faire, était aussi le médecin du Major Sieben. Dès que l'assaut avait pris fin, il s'était précipité vers le Miaule.

« Il vit ! » dit-il après un bref examen. « Il est dans un état grave, mais bonté divine, il s'accroche ! » Avec S, ils portèrent délicatement l'homme-chat dans la roulotte pour s'occuper de lui et tenter de le sauver, lui avec sa médecine, elle avec sa Foi. « Je ne peux pas garantir qu'il s'en sorte », nous avertit l'ex-Luminar. Un coup d'œil sur son corps en passant me brisa le cœur : Zimbel était couvert de sang. Son visage tuméfié était défiguré, ses dents et ses côtes brisées. Le Centimane lui avait arraché un pied : il ne serait plus jamais acrobate.

Il aurait été malvenu de ma part de pleurnicher. Je ravalai les larmes qui ne demandaient qu'à couler et je suis allée à la rencontre des autres pour voir si je pouvais me rendre utile. Armaga et Clil étaient assis par terre, épuisés par les efforts qu'ils avaient dû fournir pendant la bataille contre le Centimane. À mes yeux, l'héroïsme du Lithique lors de cet assaut rachetait sa lâcheté passée. « C'est bien ce que vous avez fait, les amis » leur ai-je dit, « Sans vous, on aurait pu tous y passer… » Armaga écarquilla les yeux et répondit : « C'était… intéressant. Ne faisons plus jamais ce genre de choses, d'accord ? » ce qui fit rire la Farandrienne aux éclats, comme si c'était la blague la plus drôle qu'elle ait entendue depuis longtemps.

Ne voyant plus personne qui avait besoin d'aide directe, j'aidai Ovan à rassembler les mules et à récupérer le matériel qui s'était dispersé durant l'attaque. C'était plus important que jamais de pouvoir compter sur notre équipement et nos provisions, maintenant que notre caravane s'était enrichie d'une centaine de voyageurs supplémentaires, des enfants perdus et affamés.

Il n'y avait pas grand-chose à faire pour eux, les pauvres chéris. Pour le moment, ils étaient encore trop choqués pour qu'on puisse leur poser des questions. Nous nous contentâmes de les regrouper autour du camp, faisant des rondes pour ramener celles et ceux qui se s'étaient égarés ou éloignés. Je leur parlai, tant bien que mal, essayant de leur expliquer ce qui leur était arrivé ainsi que la nature de leur situation, mais la plupart n'étaient pas en état de m'écouter.

Notre bonheur répondit au doux nom de Jägarkrenk. Premier village sur notre route depuis la confrontation avec le Centimane, nous y avons attaché nos mules avec l'enthousiasme du naufragé qui laisse son radeau sur la plage après avoir retrouvé la civilisation.

Notre tonitruante arrivée avec une centaine d'enfants fit grand bruit. Une bonne douzaine de nos protégés venaient de Jägarkrenk ou de fermes environnantes et purent y regagner leurs familles. En quelques heures, nous étions devenus les héros qui avaient retrouvé les enfants perdus et qui avaient vaincu le Centimane. À partir de là, nous étions adoptés : Golphard trouva un dispensaire qui accepta de s'occuper de Zimbel, nos blessés reçurent un accueil de choix et la baronne locale nous invita à sa table et nous proposa de rester dans son château, nourris et logés, pendant aussi longtemps que nous le souhaiterions.

Voilà qui rendit des couleurs à Baltazar. Il allait déjà un peu mieux depuis que son épouse était tirée d'affaire, mais là, il sentit l'opportunité pour le Major Sieben de frapper un grand coup. Il fit le tour des places du village, allant raconter nos exploits aux marchands et aux lavandières. Chaque fois qu'il déroulait son histoire, il ne manquait pas de préciser que la troupe allait donner une représentation le soir même et les trois prochains jours.

Une audace qui se heurta à pas mal de résistances. Zimbel était entre la vie et la mort, Golphard avait d'autres choses à faire qu'à monter l'estrade, Maroua, Dondaï et Cailleboc étaient diminués par les événements de ces derniers jours. Au cours d'une réunion au coin du feu, je pris la parole au nom de tout le monde pour expliquer à Baltazar que le Major Sieben n'était pas en mesure de donner une représentation, ni ce soir, ni, probablement avant longtemps.

Le grand comédien lissa ses moustaches comme on empoigne un gouvernail. En général, ça n'annonçait rien de bon. Souhaitant tuer dans l'œuf ce qu'il considérait comme une mutinerie, il s'adressa à moi comme si j'étais la fautrice de troubles, m'expliquant de toute la vigueur de ses poumons que je ne connaissais pas le monde du théâtre et que dès lors, je n'en comprenais pas les traditions et surtout cette règle cardinale : quoi qu'il arrive, le spectacle devait continuer. « Petite, le théâtre, c'est comme une femme : lorsqu'on lui jure fidélité, on tient parole, ou on en paye les conséquences ! »

Ce qui restait de la troupe présenta une version remaniée de « La Fille aux Cheveux Rouges. » Ce succès, chacun fit tout ce qu'il put pour le mériter. Dondaï laissa ses angoisses en coulisses, Maroua oublia la douleur, Cailleboc éclatait en sanglots chaque fois qu'il quittait la scène et retrouvait sa superbe chaque fois qu'il la retrouvait.

C'était une autre forme d'héroïsme à laquelle j'assistais ce soir, tout aussi essentielle que celle qui consistait à sauver des vies et à affronter des monstres. Ce fut, je pense, la plus belle, la plus grandiose des représentations de toute la tournée. Tout le monde n'était pas toujours juste, il y avait quelques manques de concentration et des petits trous de mémoire, mais ici, à Jägarkrenk, toute la troupe s'unit comme jamais, fière d'être en vie, et chacun s'envola vers des sommets que nous n'avions encore jamais atteints auparavant.

Pour la première fois depuis trop longtemps, je m'endormis entre des draps de lin, sans broyer du noir ni craindre pour ma vie, encore portée par l'euphorie de cette belle soirée. Dans les songes voluptueux qui vinrent me rendre visite cette nuit-là, Voland me rejoignait dans mon lit. Avec la tendresse de ses gestes s'évanouirent mes tourments…

Le lendemain matin, encore bercée par la volupté de la nuit, je fus réveillée par un rayon de soleil doux et par le bruit de chevaux lancés au grand galop : des estafettes, m'apprit S au petit-déjeuner, avaient été envoyées dans tous les villages environnants pour annoncer la mort du Centimane et l'identité des enfants qui avaient été sauvés. Les parents étaient invités à venir récupérer leur progéniture à Jägarkrenk.

Levé avant tout le monde comme toujours, Golphard vint nous signaler que Zimbel pouvait désormais recevoir des visites. Les frères du cloître local s'en étaient bien occupés et étaient parvenus à stabiliser son état. Dès que j'eus terminé mon repas, je bondis pour aller voir le Miaule.

« Timmy ! » dit-il en me voyant pénétrer dans le calme ouaté de sa chambre. Il avait essayé de mettre dans sa voix autant d'enthousiasme qu'autrefois, mais il n'y était pas totalement parvenu. Je devinais que ce n'était pas qu'une question de fatigue. Je fis de mon mieux pour ne pas trop m'alarmer de son apparence, mais il faisait peine à voir : un œil fermé, violacé, un bout d'oreille sectionné, des morceaux de pelage arraché, des dents manquantes et ce vide qu'on devinait sous les couvertures là où aurait dû se trouver son pied.

Voyant mon expression, il préféra esquiver : « Timmy aussi a changé, oui ? Ses cheveux ont poussé et ils sont de moins en moins rouges. Bientôt, elle sera la Fille aux Cheveux Blonds ! »

« Est-ce que tu me pardonnes, Zimbel ? » lui demandai-je au milieu d'un silence. « Est-ce que tu me pardonnes de ne pas… avoir réussi à te sauver ? »

Il détourna le regard, fixa le mur blanc de sa chambre, ses oreilles de chat repliées vers l'avant. « La vie n'est pas comme le théâtre », dit-il. « Peut pas rejouer deux fois la pièce… Pas de remords, pas de remords ! La seule chose que je regrette… » dit-il en me regardant dans les yeux, « C'est de ne pas connaître la fin de ton histoire. Trouveras-tu ton prince ? Sera-t-il charmant ? Peut-être m'enverras-tu une lettre, oui ? Pour me raconter ? Bien sûr, Timmy, que je te pardonne… »

Je glissai ma main dans la sienne, avant de me retirer et de céder la place à d'autres visiteurs. Mon cœur était plus léger d'avoir obtenu son pardon, mais honteux d'avoir eu l'arrogance de le lui demander, comme si rien ne comptait davantage, dans ce drame qu'il vivait, que mes précieux sentiments de culpabilité. « Toujours la même petite idiote… » grognai-je entre mes dents alors que je croisais Ovan et S, venus à leur tour lui dire quelques mots.

Le Major Sieben s'installa en résidence à Jägarkrenk bien plus longtemps que les trois jours prévus à l'origine. Nous donnions une représentation l'après-midi, une autre le soir : le succès était au rendez-vous. En plus des villageois qui ne rataient pas un seul de nos spectacles, de nombreux voyageurs passaient par ici, sans compter les familles venues récupérer leurs enfants disparus. Chacun tenait à nous témoigner sa gratitude, à nous remercier, à nous serrer dans ses bras, à nous couvrir de cadeaux. Si Baltazar Ladouceur eut la noblesse de refuser les dons des plus miséreux, il ne poussa pas le vice jusqu'à dire non aux écus des plus fortunés.

Toute cette générosité, il fallait la mériter ! À chaque fois, nous variâmes le spectacle, y ajoutant des numéros et modifiant peu à peu ma pièce, qui était devenue le plat de résistance de nos représentations. Baltazar décida d'ouvrir les soirées par un récit grandiose et partiellement mensonger de nos mésaventures dans la forêt de Straaz, qui remporta un énorme succès.

Dondaï était à nouveau d'attaque. Plutôt que de la mettre à genoux, les récents événements avaient rendu la petite blonde plus forte, comme je l'avais pressenti – elle avait même déclaré sa flamme à Armaga, en tout cas, c'était ce qui se disait. Désemparé, le Lithique perdait tous ses moyens lorsqu'elle était dans les parages. Cailleboc n'avait pas encore digéré le traumatisme causé par sa mutilation, mais quelques nuits dans les bras de filles de paysans ou encore de membres de la garde rendirent au joli cœur son amour pour le théâtre.

À présent, nous étions là depuis plus de deux semaines, à faire partie du décor, avec nos petites habitudes et, dans le public, des tas d'amis que nous appelions par leur prénom. Derrière nous, pourtant, sur la Route, des miliciens d'Entremer et des mercenaires nous talonnaient peut-être, bien décidés à nous faire payer nos exploits du Camp de l'Ataraxie.

Surtout, à Flammence, en Valadine, il y avait Voland qui m'attendait, courant peut-être un danger mortel, vraisemblablement détenu contre sa volonté par deux des Sœurs Miasmatiques, l'Artange de Lait et l'Artange d'Encre, les doubles de Mangesonge…

Comme Clil, Armaga et même S étaient fatigués de m'entendre pleurnicher au sujet de mon amour insaisissable, ce fut auprès de Maroua Ladouceur que je trouvai une oreille compatissante. Devant l'âtre, après une représentation, aidée par une chope de bière de blé noir, je lui racontai la totalité de mon invraisemblable romance, depuis cette nuit où je m'étais teint les cheveux dans les toilettes de l'appartement familial jusqu'à ce jour, en passant par la rencontre avec Voland et les révélations autour de Mangesonge.

« Cet amour, il faut que tu le vives jusqu'au bout » me dit Maroua lorsque j'eus achevé mon récit. « D'ailleurs c'est ironique... » continua-t-elle, « Tu n'es pas le premier membre de cette expédition à qui je prodigue ce conseil... Tim, si tu aimes ce Voland et si ce sentiment si fort t'a fait franchir de telles distances et triompher de tels dangers, c'est que tout cela en valait la peine. Tu es une jeune fille pleine de vie et de caractère : c'est une joie de te côtoyer et de voir éclore la femme exceptionnelle que tu seras un jour... »

La comédienne marqua une pause, cherchant ses mots pour ne pas me froisser, puisqu'elle était parvenue à la partie de ses conseils qui commençait par « mais » : « *Mais*... tu es aussi quelqu'un d'impulsif. Tu t'enflammes vite, tu pars au quart de tour – c'est peut-être l'insouciance de la jeunesse. Bien sûr, je te souhaite de retrouver ton Voland et qu'il t'apporte tout ce que tu espères. Mais si ce n'est pas le cas, Tim, s'il n'est pas celui que tu penses qu'il est, je veux que tu me promettes que ça ne va pas te détruire, que tu vas te fixer de nouveaux objectifs, continuer à avancer et trouver quelqu'un d'autre à aimer... Est-ce que tu peux me promettre ça, Tim ? »

Que dire face à tant de sollicitude à part la prendre dans mes bras et lui dire « Je le promets » et « Merci Maroua » et de tenter de garder dans un coin de mon cœur ces mots, au cas où un destin funeste m'obligerait à en faire usage. Amoureuse ou pas, heureuse ou déçue, je ne laisserais rien ni personne me détruire, c'était décidé.

Deux jours plus tard, nous étions partis. Certains membres de la troupe seraient bien restés à Jägarkrenk, mais la plupart d'entre nous avaient envie de recommencer à avancer, de voir d'autres villages, d'autres publics et de se rapprocher du Comté de Valadine.

Un débat eut lieu pour savoir s'il valait mieux rester ici le temps que Zimbel Blutz se rétablisse et soit capable de retrouver sa place au sein de la troupe, mais ceux qui défendirent cette idée ne le firent qu'à moitié convaincus, davantage par fidélité que par conviction. C'était horrible, mais le Miaule n'était plus un membre du Major Sieben. Peut-être qu'un jour, à sa manière, il parviendrait à réintégrer le collectif, mais pour le moment, il était impossible d'envisager de repartir avec lui, ni aujourd'hui, ni avant des mois… Le principal intéressé nous le confirma d'ailleurs, et même s'il dut lutter contre les larmes en nous le disant, il nous souhaita bon vent et beaucoup de succès dans la suite de notre tournée. Puis il adressa quelques mots à chacun d'entre nous : « Au revoir Timmy… Sois une bonne acrobate et une magnifique dramaturge. Homme que tu aimes a beaucoup de chance, oui ? Tu vas me manquer… »

Malgré l'amertume de laisser l'un des nôtres sur place, ce séjour à Jägarkrenk nous avait ragaillardis. En plus, les réserves de nourriture et de matériel qui étaient venues garnir nos malles nous mettaient à l'abri de la disette pour un bon moment encore. C'était dur de reprendre notre voyage, mais nous étions tous gonflés d'optimisme.

Baltazar Ladouceur nous annonça que nous allions quitter la Route alors que nous avions quitté Jägarkrenk depuis deux semaines. La nouvelle nous prit tous de court, mais depuis qu'il se basait sur nos nouvelles cartes, le comédien s'était montré un guide très efficace. Il proposait de partir vers l'Est et de continuer notre voyage dans les collines, contreforts des montagnes de la Chaîne de la Dorsale. Là, disait-il, nous rencontrerions une nature moins hostile et des villageois moins habitués aux amuseurs et donc moins avares d'applaudissements et d'argent… Il ne restait plus qu'à le prendre au mot.

À partir de là, ce fut le passage progressif dans un autre monde. Chaque pas nous approchait des sommets que nous apercevions au loin, couronne de dents blanches et pointues qui avait l'air infranchissable.

Peu à peu, la végétation se modifiait tout autour de nous : il y avait de plus en plus de conifères, principalement de grands pins sylvestres et des épicéas, côtoyant par endroits des peupliers et des trembles où venaient nicher des oiseaux fleurs aux pétales blancs. La terre peu épaisse des sous-bois laissait apercevoir de larges pans de roche nue, où s'épanouissaient mousse, fougères et bouquets d'astragale. Ici l'air sentait la poix et se rafraîchissait dès la fin de l'après-midi. La nuit, on se serrait tous autour de grands brasiers pour se tenir chaud.

On n'avait pas quitté la forêt, mais ici elle était plus clairsemée qu'en plaine et régulièrement des clairières nous donnaient l'occasion de nous rafraîchir le regard dans le bleu clair du ciel. C'était un changement bienvenu après des mois à marcher sous le plafond oppressant de bois denses. D'ailleurs c'était toute l'atmosphère qui était plus légère : les habitants des collines, de grands Axites pâles et stoïques, ne voyaient pas passer beaucoup d'étrangers, et encore moins des comédiens. Si leur rudesse ne laissait la place à aucune sophistication excessive, ils compensaient leur manque de manières par une générosité et un sens de l'accueil que nous avions rarement rencontré depuis notre arrivée en Straaz. Partout, même dans les petits hameaux, on se débrouillait toujours pour nous trouver un bol de soupe chaude et un petit coin près de l'âtre où dormir. Les rires étaient sincères, les applaudissements nourris et les recettes confortables, malgré la pauvreté des gens du coin.

En plus des habitants des collines, on croisait de plus en plus de soldats sur notre chemin, parcourant en colonnes serrées le même sentier que nous. C'étaient des conscrits, mal équipés et mal entraînés, qui portaient sur leur casque ou leur bouclier le faucon, emblème de Straaz, ainsi que les couleurs or et bleu associées à la Principauté. Dans leurs yeux, on sentait le désespoir de ceux qui sont envoyés à la guerre contre leur volonté…

« Voici donc ce que Baltazar avait en tête quand il a décidé de nous faire grimper ici », dit Clil en observant une garnison qui nous doublait. « Les soldats ! Brillante idée : forcément, comme ils sont en route pour aller se faire trancher la gorge au front, je parie qu'ils n'ont rien contre un peu de divertissement ! On va se faire un joli petit pactole… »

Il y avait donc une guerre, là-haut, dans la Chaîne de la Dorsale. « Un différend idiot autour du tracé de la frontière » expliqua Armaga. « Il y a quelques années, quand les Humains ont mis fin à leur guerre de succession, quelques foyers de conflit sont restés actifs dans le Reik, tu vois ? Cette petite guerre entre Straaz et Valadine en fait partie… c'est d'ailleurs la plus absurde des guerres qu'on peut imaginer… »

La formulation me fit sourciller. « Non pas que la guerre en général soit dépourvue d'absurdité, je te l'accorde », fit Armaga, anticipant ma remarque. « Mais disons que celle-ci atteint un niveau d'absurde très supérieur à la moyenne… Le Comté de Valadine et la Principauté de Straaz sont en guerre, ils se disputent pour le tracé d'une frontière au milieu des montagnes, là où aucun de leurs sujets ne vit, mais en parallèle, les deux territoires continuent à faire partie du Reik et à entretenir des relations commerciales et diplomatiques très cordiales. En réalité, ce conflit, il n'y a que pour ces pauvres troufions qu'il existe réellement… La guerre dans toute sa splendeur… Et on me demande pourquoi je n'aime pas me battre ! »

Inspirée par ce contexte local, je remaniai le texte de ma pièce afin qu'il prenne une teinte plus politique et qu'il reflète davantage encore la cruauté de la situation de l'individu dont la destinée était d'être le jouet des caprices des puissants. Ici, cette partie du spectacle allait trouver un écho particulier, j'en étais sûre…

On en était arrivé à une altitude où il n'était pas rare de voir tomber quelques flocons. Les sommets des montagnes, pourtant, ne semblaient pas beaucoup plus proches que lorsque nous avions entamé notre ascension. Peut-être que c'était le froid qui nous rapprochait, peut-être que nous avions moins peur qu'avant, toujours fut-il qu'au sein du Major Sieben, l'entente fut cordiale et les conflits rares : les Ladouceur, couple d'ordinaire volcanique, filaient le parfait amour ; Dondaï continuait à tourner autour d'Armaga sans se lasser, dans ce qui ressemblait de plus en plus à une amitié amoureuse ludique et détendue, en l'attente d'autre chose ; Clil et Cailleboc passaient des nuits ensemble lorsque nous étions en voyage et partageaient la couche de soldats les soirs de représentation, sans que les sentiments de quiconque soient froissés, à l'exception peut-être de ceux d'Armaga (même lui, pourtant, finissait par se faire une raison.)

Moi, je restais totalement étrangère à ce cortège amoureux. J'avais repris à plein régime les cours d'escrime avec S. Ma découverte au sujet du fonctionnement du Sabre de Fiction avait décuplé ma motivation :

plus j'aurais de ressources techniques, plus je serais en mesure de me montrer attentive, mieux je parviendrais à tirer parti des pouvoirs de cette arme.

C'était décidé : nous ne monterions pas plus haut. Alors que les colonnes de soldats continuaient leur chemin vers les sommets, notre caravane était parvenue dans la région supérieure des collines, là où la forêt se raréfiait et où on ne croisait plus beaucoup de villages. Les Ladouceur pensaient que c'était le moment parfait pour entamer la redescente vers la plaine, alors que nous approchions de la frontière entre la Principauté de Straaz et le Comté de Valadine (quel que soit son tracé exact.)

Avant de quitter les contreforts de la Dorsale, il nous restait une représentation à donner, au sein d'une garnison qui ressemblait à un vaste refuge de haute montagne. Encerclés par un rempart de rondins, une poignée de bâtiments en briques de granite voyaient défiler les soldats qui se rendaient au front et ceux qui en revenaient : on y soignait les blessés et les bêtes, on y forgeait des épées, on y stockait du matériel ; on s'y donnait du courage avant la dernière grande ascension ; il y avait énormément de passage et on sentait la frayeur sourde de la chair à canon prête à se faire envoyer en première ligne.

Mais dès que nous avons franchi la porte du camp, je vis la mine de S s'assombrir. Elle resta muette lorsque je lui ai demandé ce qui se passait.

Golphard avait déjà bondi à la rencontre du quartier-maître local pour lui demander où il pouvait installer la scène. Il ne fallut pas attendre longtemps avant que le vieux régisseur se mette à gueuler au sujet d'un obscur détail technique qui ne lui plaisait pas, comme il le faisait à chacune de nos haltes. Baltazar, quant à lui, serrait des mains, racontait des blagues et multipliait les boniments. Comme partout où nous croisions des militaires, nous étions accueillis par des sourires de soldats. L'ambiance était bon enfant. Dans ces conditions, le subit changement d'humeur de mon amie n'en était que plus inexplicable…

Clil comprit bien avant moi ce qui se passait : elle désigna du doigt un groupe de chevaux dont le maréchal-ferrant de la garnison était en train de s'occuper. Les montures étaient harnachées pour la guerre, mais elles ne portaient pas les armoiries de Straaz : bardes et caparaçons étaient blancs, décorés d'un soleil noir sobrement stylisé.

J'avais suffisamment côtoyé S pour reconnaître ce symbole. C'était celui d'Anadeus, le roi des Dieux Impériaux. Apposé sur du matériel de guerre, il ne pouvait être arboré que par un seul type de combattant : des Chevaliers Sacrés Luminars. Si la Mortebanoise était mal à l'aise, c'est parce qu'elle était à deux doigts de se retrouver en présence de membres de son Ordre, celui qu'elle avait quitté pour des raisons mystérieuses, se couvrant d'un déshonneur si immense qu'elle avait renoncé à ses vœux et même à son nom. À ses yeux, nous venions de nous jeter dans la gueule du loup.

Elle était pâle, ses mains tremblaient et sa voix était flûtée comme celle d'une petite fille qui craint de se faire gronder. « Il vaut mieux que je m'en aille… Je vous attendrai au village suivant… » me glissa-t-elle dans l'oreille. Je refusais que ça se passe comme ça.

« Tu as autant le droit que ces Chevaliers de te trouver ici, il n'est pas question que tu partes – et s'ils ne sont pas contents, c'est la même chose ! » lui dis-je. « En plus, je ne vois pas bien comment ils pourraient te reconnaître… »

« Tu ne comprends pas… », dit-elle. Mais notre conversation était déjà terminée, interrompue par l'arrivée impromptue d'un solide gaillard au regard clair et à la mâchoire carrée.

L'homme portait l'insigne des Luminars sur sa cotte de mailles et dégageait quelque chose de magnétique, une force de caractère et une pureté intimidante. S avait beau faire une tête de plus que moi, elle était en train d'essayer de se cacher derrière mon sac à dos pour ne pas être aperçue par le nouveau venu.

Raté, c'était trop tard : « Bonsoir et bienvenue, comédiens, que Sainte-Meta vous bénisse ! Je suis le sublime expert Karel Zweig. Je commande une escouade de Chevaliers envoyés par l'Empereur pour observer le conflit » dit ce type. (Je venais de décider que je ne le sentais pas du tout.)

Il s'approcha. Trop près pour que je me sente à l'aise. Ses yeux pétillaient comme ceux d'un chacal en quête de sa proie. « Et bonsoir à vous… jeune fille… » jeta-t-il à une S qui n'osait même pas croiser son regard. « Vous, à coup sûr, vous n'êtes pas une comédienne – je me trompe ? Je peux le voir dans votre posture… votre démarche… Dites-moi, que fait une Chevalière Sacrée aux côtés d'une bande de saltimbanques ? » Son ton se voulait badin, mais chaque mot était ourlé d'un liseré d'hostilité.

« Vous avez vu juste, *messire* », dis-je à Zweig avec une pointe d'arrogance. « Le père de mademoiselle est un Chevalier Dominar. Elle s'est entraînée avec lui quand elle était jeune, voilà tout ! Vous voyez, ça n'a rien de très mystérieux ! »

Le sublime expert me regarda comme si mon intervention constituait un crime de lèse-majesté. Quant à mon explication, il ne l'avalait pas, c'était évident.

Il m'adressa un rictus qui signifiait qu'il consentait à perdre cette manche : « Fille de Dominar, hein ? Dans ce cas, vous êtes une élève très douée, c'est impressionnant. C'est presque difficile à croire... »

En retrouvant les autres qui étaient en train de monter la scène, S ne desserra pas les lèvres : elle était morte de honte.

« Tu n'aurais pas dû lui mentir », soupira-t-elle enfin lorsque nous sommes arrivées suffisamment à l'écart pour qu'elle retrouve quelques couleurs et un peu d'orgueil. « On ne ment pas à un Chevalier Luminar. »

– C'est des conneries, tout ça, lui dis-je.

– Ce sont les règles auxquelles j'ai choisi de me plier, dit-elle. C'est... mon devoir d'aller trouver le sublime expert et de lui dire la vérité. Anadeus décidera ce qui doit se passer ensuite...

– S, tu es la personne la plus intègre que j'ai jamais rencontrée. Tu es mon amie... Mais par moments, tu es complètement abrutie, tu sais ? Que tu ne veuilles pas me confier pourquoi tu as quitté les Luminars, c'est ton droit... Mais au moins, va jusqu'au bout de ta démarche, d'accord ? Si tu n'es plus une Luminar, alors tu n'as aucun compte à leur rendre.

Elle ne sut pas quoi dire, pesa chacun de mes mots sans oser me donner son regard, comme si elle était toujours prisonnière de l'attitude de soumission qu'elle adoptait depuis qu'elle avait aperçu les chevaux des Luminars à l'écurie. Mais comme je commençais à bien la connaître, je comprenais que ce sentiment était mêlé de plein d'émotions contradictoires. Elle, la puissante guerrière, j'avais presque oublié qu'elle n'était qu'une adolescente comme moi.

Sans prévenir, S planta un petit baiser sur ma joue. « Merci » murmura-t-elle avant de s'éclipser dans notre roulotte.

La représentation du soir fut un triomphe. Acrobaties, marionnettes, théâtre : les soldats applaudissaient à tout rompre, quel que soit le numéro qu'on leur présentait – même les blagues pas toujours drôles de Baltazar furent accueillies par de généreux éclats de rire. Ce ne fut pas notre meilleur spectacle, mais avec un public aussi réceptif, nous aurions pu faire n'importe quoi, n'importe comment, et nous aurions connu le succès.

Pendant toute la soirée, S resta dans l'ombre, préférant éviter d'être aperçue. Si elle avait été sur scène comme moi, elle aurait vu Karel Zweig et cinq autres Chevaliers Luminars assister au spectacle, debout au fond de l'assistance, sans que jamais l'un d'eux ne rie ni n'applaudisse. Leur présence avait le parfum de la menace, ou en tout cas d'une mise en garde. Maroua Ladouceur les avait repérés elle aussi. Sans même que j'aie à lui expliquer ce qui était en train de se passer, elle murmura doucement : « Oh comme ça sent mauvais, ça… On ne va pas faire de vieux os ici, nous serons partis demain à l'aube… »

Il n'était même pas cinq heures lorsqu'elle me réveilla pour me demander de rassembler la troupe.

S ne savait plus où se mettre. Elle savait bien que même si elle n'avait rien demandé, elle bénéficiait d'un traitement de faveur – d'ailleurs dès que Clil nous rejoint, ses premiers mots furent destinés à la Mortebanoise : « Toi ! C'est de ta faute si j'ai dormi moins de deux heures ! Voilà le résultat ! Tu es contente ? J'ai une tête affreuse ! »

Ce n'était que le début d'une longue liste de récriminations aboyées à qui voulait les entendre, du genre « Si mes cheveux se mettent à faner, en tout cas, il ne faudra pas vous étonner ! Tout le monde saura qui en est responsable ! » ou « Y a-t-il seulement quelqu'un dans cette troupe qui se préoccupe de ce que *je* pense ? »

Malgré la face renfrognée de la Farandrienne, le Major Sieben quitta la garnison sous l'œil embué des gardes de faction du portail. « Navré de vous voir nous quitter si tôt » dit l'un d'eux. Sous un ciel rose, nous empruntâmes le chemin qui allait nous mener vers la plaine, et, plus tard, vers Valadine. C'était un sentier escarpé interrompu par de nombreux lacets, qui s'enfonçait peu à peu vers une forêt de haute montagne.

Une mauvaise surprise nous attendait à l'orée du bois.

Les six Chevaliers Luminars y étaient postés, en armure complète, assis sur leurs chevaux au beau milieu du chemin. Avec un rictus insupportable, le sublime expert Karel Zweig sortit du rang et brandit son épée :

« Halte ! » ordonna-t-il, « L'une d'entre vous est une ancienne membre de notre Ordre qui s'est rendue coupable de désertion, de crimes de chair et d'apostasie. Elle doit nous être remise pour être jugée par ses pairs. Ne vous opposez pas à nous ou subissez-en les conséquences ! »

Quelque chose au creux de mon ventre me disait pourtant que j'allais m'opposer à lui…

CHAPITRE 14 :
ON N'EST PAS SÉRIEUX

« Chaque âge fait fructifier sa propre folie, reste à savoir la cueillir. »

Adage Valadinois

Une fille plus futée que moi aurait anticipé ces événements, elle aurait vu venir cette embuscade et aurait trouvé un moyen de l'éviter.

Pas de pot, je n'étais pas ce genre de fille.

Ce que je fis, moi, ce fut sentir mes poils se hérisser à la base de la nuque, je fis taire S d'un geste avant qu'elle ne dise une bêtise du genre « Je me rends », je brandis mon Sabre de Fiction qui venait d'apparaître dans ma main et le pointai dans la direction de cet insupportable donneur de leçons qu'était Karel Zweig, avant de lui dire, je crois que c'étaient mes mots exacts : « Tu te tires de ma route, connard, ou je te coupe les castagnettes ? »

Karel était pris de cours qu'une fillette dans mon genre ne prenne pas au sérieux son autorité. Pourtant, il en fallait plus qu'un peu d'insolence pour l'impressionner. Il brandit son épée dans ma direction, ses cinq compagnons sortant leurs armes de leur fourreau dans la foulée et je mentirais si je prétendais que je n'étais pas impressionnée.

« Je répète : livrez-nous l'apostate, ou apprêtez-vous à mourir. »

Même Clil me regardait avec une expression qui disait « Tu es vraiment sûre de ce que tu fais ? » Tous mes compagnons de voyage étaient en mode panique, persuadés que cette fois, j'étais allée trop loin. Pourtant, du coin de l'œil, je voyais Armaga mettre la main sur la crosse de son arbalète, en prévision du combat qui s'annonçait.

Le seul atout qui était en ma possession, c'était que j'étais imprévisible.

Regardant Karel dans le blanc des yeux, je me mis à sourire, genre « Est-ce que tu es vraiment en train de me prendre au sérieux ? » puis j'éclatai de rire. Enfin, je jetai mon sabre par terre comme on se débarrasse d'un vieux sandwich.

La façade de sévérité qu'arboraient les Luminars fit place à une expression médusée. Le sublime expert demeura stoïque, mais une Chevalière à sa droite ne put pas s'empêcher de me dévisager, désemparée, incapable de comprendre ce que j'avais en tête. Comme à chaque fois que je faisais quelque chose d'inconsidéré, je fus récompensée par une nouvelle pluie de *peut-être* – ça me ferait une belle jambe si je ne survivais pas à ce face-à-face.

« Il s'agit d'une méprise, Zweig. Vous dites être à la recherche d'une apostate ? Une personne qui a abandonné sa religion ? Si c'est bien de mon amie ici présente que vous parlez, je suis au regret de devoir apporter un léger correctif : sauf votre respect, elle est au moins aussi pieuse que vous. »

Il ne varia pas sa position et se contenta de durcir son regard, balayant mon objection de quelques mots cinglants : « Petite, tes opinions théologiques ne m'intéressent pas. » Puis il s'adressa directement à S : « Toi ! S'il te reste un peu de fidélité vis-à-vis de tes vœux sacrés et de l'idéal de pureté qui est le nôtre, dépose ton arme et soumets-toi à mon autorité ! »

S était bouleversée, mais la culpabilité qui avait investi ses traits depuis le début de cette crise en était désormais absente. À la place, elle montrait un visage de marbre, semblable à celui que je l'avais vue arborer en combat, avec une seule larme qui coulait à la verticale de sa joue ambrée. Elle se tourna vers moi. Je pressentais que ses prochains mots ressembleraient à des adieux et cette pensée était insupportable. « Tim... » dit-elle d'une voix cassée.

« Je ne veux rien entendre ! » l'ai-je interrompu. « Ce que je viens de dire, je le pensais : ces gens n'ont pas le droit de juger ton attitude. Ils te parlent de pureté ? Tu es l'incarnation de la pureté, S. Elle guide chacune de tes décisions – c'est d'ailleurs très irritant, crois-moi ! À aucun moment tu n'as abandonné ton Dieu et comme je te l'ai déjà dit, à aucun moment il ne t'a abandonnée... »

S m'avait regardée tout au long de ma tirade. Une deuxième larme tomba, en parallèle à la première. Elle les effaça d'un geste d'une dignité infinie et tenta de me sourire, le cœur gros, mais débordant d'affection. Elle me fixa pendant un instant, qui sembla durer des heures.

« Je t'aime », me dit-elle.

S empoigna sa lance mortebanoise et se tourna lentement en direction des Luminars. Elle semblait plus grande que d'ordinaire, plus nette, plus resplendissante, comme une vérité qui éclate. Au-dessus de sa tête, je vis apparaître une auréole d'un blanc absolu, qui rayonnait en toutes directions et qui devait être visible à des kilomètres à la ronde. Une colonne de lumière céleste s'abattit du ciel sur elle et l'enveloppa tendrement, entourant sa silhouette, ses bras, ses jambes, pénétrant dans son cœur et dans sa tête. Sa lance avait pris l'aspect de la foudre, un éclair qui se cabrait en tous sens dans le creux de sa main.

Karel Zweig et les Luminars étaient terrifiés. Leurs chevaux se cabraient, rendus fous par cette apparition céleste. J'entendis le sublime expert psalmodier une prière en enscrit, une invocation sacrée de protection contre les démons : « Recule, créature de l'Enfer ! Ne nous tourmente point ! Au nom d'Anadeus, je te bannis de ce monde et t'interdis d'y revenir ! »

Nulle lumière n'entoura le Chevalier, nulle auréole ne vint ceindre son front hypocrite – quelle qu'en fut la raison, et je n'allais pas me risquer à me lancer dans une interprétation, son Dieu n'accédait pas à sa prière. Lorsqu'ils virent cela, trois de ses lieutenants n'attendirent pas de confirmation supplémentaire et s'en allèrent au grand galop.

S se planta face aux trois Luminars qui restaient. Avec la voix d'un ange, douce comme celle d'un enfant et puissante comme le tonnerre, elle prononça un seul mot : « Assez ! »

Le résultat ressembla à une explosion nucléaire. L'énergie qui émanait de la jeune fille jaillit vers l'avant. Pendant quelques instants, tout étincela d'un blanc éclatant, alors qu'une force implacable se précipitait sur les trois Chevaliers. On entendit les Humains crier et les chevaux hennir, puis leurs voix disparurent, ensevelies dans le chaos de la déflagration.

Peu à peu, l'intensité de la lumière se mit à baisser. On pouvait à nouveau distinguer le paysage autour de nous. L'auréole de S brilla de plus en plus faiblement avant de s'effacer complètement. Seule devant notre petit groupe, la guerrière vacillait, groggy.

Les Luminars avaient disparu. Il n'en restait aucune trace. Ils s'étaient volatilisés.

« Partons vite » suggéra une S au bord de l'évanouissement. « Ils vont revenir… Ce n'est que temporaire… Profitons de quitter cet endroit maintenant, sinon cette histoire va nous poursuivre partout où nous allons… »

Cette histoire nous poursuivit partout où nous allâmes.

Pas à cause des Luminars, non. Ce qui nous poursuivit, ce fut l'aveu de S, qui avait déclaré son amour pour moi au milieu de la bataille… Ça, c'était dur à avaler…

Je n'avais rien vu venir – rien du tout. Pour moi, S n'était qu'une amie. Non, ça n'est pas tout à fait vrai : c'était ma *meilleure* amie, la personne la plus proche de moi, quelqu'un sur lequel je savais que je pouvais compter quelle que soit la situation… Mais rien de plus, rien de romantique…

J'étais sans doute une grosse tanche de n'avoir rien vu venir, mais l'idée qu'elle puisse nourrir pour moi des sentiments autres qu'amicaux ne m'avait jamais effleuré l'esprit. Et non, sa déclaration n'était pas équivoque. J'avais vu son regard : cette fille m'aimait.

Une boule d'angoisse logée au creux de mon estomac, je passais tout mon temps à gamberger. Le pire, c'était qu'à partir de maintenant, ma machine à douter était enclenchée. Chaque événement depuis que j'avais fait sa connaissance, je le réinterprétais à grands coups de questions sans réponses : pourquoi avait-elle décidé de me suivre dans cette aventure ? Depuis quand m'aimait-elle ? Avions-nous vraiment été amies, ou est-ce que tout cela n'était pour elle qu'une longue période d'attente avant cette déclaration ?

Dans ces conditions, je choisis la lâcheté et le silence. Les jours suivants, alors que nous étions en train de redescendre vers les régions boisées situées à la frontière avec le Comté de Valadine, j'évitai S chaque fois que je le pus. Chaque fois qu'elle m'adressait la parole, je faisais mon possible pour que la conversation soit limitée à des questions pratiques, rien qui n'ait quoi que ce soit à voir avec les sentiments ou les relations humaines. Parce que j'étais mal à l'aise, je cessai de la traiter comme une amie.

Elle aussi était rongée par toute cette histoire : ses aveux n'étaient pas planifiés, elle avait dit ça dans un moment de fragilité et devait regretter d'avoir ouvert son cœur, surtout depuis qu'elle voyait de quelle manière j'avais réagi. Comme moi, elle se comporta donc comme si rien ne s'était passé. Elle devait se sentir idiote, elle devait se sentir seule, et moi j'avais envie, comme une amie, de la serrer contre moi et de lui dire que tout allait bien se passer – sauf que je ne le pouvais pas, parce que la racine du problème, c'était moi…

Donc on ne s'est rien dit et autour de nous, tous nos amis, toute la troupe, qui avaient assisté à la scène eux aussi, ne trouvèrent rien à dire non plus et firent comme s'ils n'avaient rien entendu. Cette tache de silence ne fit que grandir chaque jour, s'étendant à tous les sujets de conversation.

On continuait pourtant à donner des représentations avec un certain succès. Désormais, nous évoluions dans une région de collines boisées qui se situait à la frontière entre Straaz et Valadine. La nature y était moins rude que dans la forêt profonde, le temps était clément et le voyage agréable. De plus en plus fréquemment, les villages que nous traversions étaient peuplés par des Questites, au lieu des Axites qui peuplaient la Principauté de Straaz. La plupart des membres de la troupe s'exprimaient plus naturellement en bas-questite qu'en axite et la qualité du spectacle n'en était que meilleure. Pourtant, le cœur n'y était pas. Le silence qui gangrénait le groupe nous empêchait de produire un spectacle de qualité – nous étions en train de devenir des étrangers les uns pour les autres.

Ça ne pouvait pas durer éternellement : il fallait crever l'abcès. Près de trois semaines après notre rencontre avec les Luminars S vint me trouver alors que je ramassais du petit bois pour alimenter le feu. Elle me dit l'inévitable « Il faut qu'on parle », avant d'aborder la question qui nous trottait dans la tête à toutes les deux. Elle s'y prit d'une manière que seule quelqu'un comme elle aurait choisie :

– Ce que je t'ai dit dans les montagnes, il faut l'oublier – ou plutôt, non. Il ne faut *pas* l'oublier… Mais ce qu'il faut que tu comprennes, c'est que parfois, on a envie de dire quelque chose et on le dit d'une certaine manière qui laisse penser qu'en réalité on voulait dire autre chose… Tu vois ce que je veux dire ?

– Je… ne suis pas sûre.

– Soyons amies, Tim. C'est de ça que j'ai envie : être ton amie, exactement comme avant.

Quel soulagement ! Nous sommes tombées dans les bras l'une de l'autre et nous nous jurâmes que nous étions des amies et que ce malentendu entre nous était oublié. Le malaise qui s'était installé au sein de la troupe se dissipa en quelques jours… Pourtant l'affaire n'était pas classée dans ma tête.

« Tu es consciente que rien n'a changé ? » me demanda Clil un soir en tête-à-tête. « S peut bien raconter ce qu'elle veut, cette fille est amoureuse de toi et ce sont des sentiments qui ne vont pas juste disparaître… même si vous le souhaitez très très fort toutes les deux. Tu le sais, ça, j'espère ? »

Elle ne m'apprenait rien, mais avec tout ce que j'avais en tête en ce moment, alors que mes retrouvailles avec Voland se rapprochaient, je préférais faire semblant que l'armistice amoureux que je venais de conclure avec S était réel. Ce fut donc ce que je lui dis – en bien plus de mots – et comme il fallait s'y attendre, la Farandrienne se mit à rire, mais pour une fois c'était un rire complice, qui saisissait toute la dimension tragi-comique de la situation et m'aidait à en porter le poids. C'était un effet inattendu de cette crise : Clil devenait ma confidente.

Nous étions désormais en terres valadinoises. La transition entre les deux cultures avait été graduelle, mais la différence était palpable jusque dans les moindres détails et pas uniquement parce que les deux territoires se livraient une guerre d'opérette.

Il y avait, au fond, peu de points communs entre les Axites straazis et les Questites valadinois. L'apparence, d'abord : les premiers, à mes yeux, ressemblaient à des Scandinaves, les seconds à des Méditerranéens. En passant d'une culture à l'autre, tout changea : les maisons avaient un aspect différent, les villages étaient organisés autrement, les vêtements étaient plus colorés et le paysage de bocages qui s'étendait sur les collines jusqu'à l'horizon n'avait rien de commun avec ce que nous avions vu auparavant. Plus traditionalistes et moins égalitaires que les Axites de Straaz, les gens d'ici étaient aussi plus spontanés et bons vivants que leurs voisins.

Une fois passé le premier choc culturel, nos spectacles remportèrent de jolis succès. Ma pièce était en adaptation permanente et les réactions du public local me poussèrent à en accentuer le contenu politique : ici, on avait soif de liberté et on était sensible aux thèmes que je développais dans mon texte.

Ce fut également en Valadine que je vis mon premier Dragon.

Tôt le matin, après une nuit passée près d'un bosquet d'oliviers au sommet d'une butte, je m'étais mise en tête de compter depuis combien de temps je me baladais dans le Monde Hurlant… Peut-être que le fait de me rapprocher de Flammence et donc de Voland, me donnait envie de comptabiliser le temps écoulé ; peut-être que je me sentais d'humeur plus sentimentale que d'ordinaire et que je souhaitais savoir à quel moment de l'année vivaient tous ceux que j'aimais dans le Monde Muet ; surtout, je savais qu'une date précise s'approchait et je voulais être sûre que je n'allais pas la rater…

Ce fut à ce moment-là qu'Armaga vint me trouver, excité comme un moucheron qui fait des loopings autour d'un lampadaire. Pourtant, cette fois-ci, je fus encore plus pressée que lui à partager mon agitation :

« Armaga, tu ne devineras jamais le truc incroyable que je viens de découvrir ! » lui dis-je tout en pointant du doigt mon calepin.

« Plus tard, si tu le veux bien, plus tard ! Il se passe quelque chose de… Une chose énorme ! – énorme dans tous les sens du terme, en fait… Je pense que… Il faut absolument que tu voies ça, d'accord ? » Il s'en alla sans trop s'attarder, certain que j'allais lui emboîter le pas. « Vite, vite, vite ! » Bien sûr, il avait raison : la curiosité était la plus forte, d'autant plus que j'entendais distinctement des coups de tonnerre au loin alors qu'il n'y avait pas le moindre nuage…

Je retrouvai tous les membres de la troupe alignés devant la roulotte, à scruter l'horizon. Ils étaient immobiles et parfaitement silencieux. Quand je les rejoignis, je compris pourquoi : s'ils ne disaient rien, c'était qu'ils étaient bouche bée, le souffle coupé par le spectacle qu'ils voyaient au loin… Et moi, je me mis à côté d'eux et je fis exactement pareil…

La chose à l'horizon était aussi grande qu'une montagne – en la voyant, je ne pensai pas tout de suite à un dragon. J'eus surtout peur pour ma vie, sentant un frémissement s'emparer de tout mon corps alors que mes jambes faiblissaient et que mon pouls s'accélérait. Et puis, au creux de mon ventre, je ressentais une autre émotion qui me mettait mal à l'aise, que je ne parvins pas à définir.

Le corps de la bête était allongé et musculeux et ne comprenait rien que je puisse identifier comme une tête, des jambes ou quoi que ce soit de familier. Il était formé de différentes parties souples qui coulissaient les unes sur les autres, toutes animées de glissements visqueux et de tremblements fébriles ; sa peau dure et épaisse était tantôt glabre, tantôt tapissée de poils noirs, luisante de mucus blanchâtre ou trouée de centaines d'yeux bombés qui couvraient son corps aux endroits les plus inattendus ; la créature était dotée d'un nombre indéfinissable de griffes, de tentacules, d'ailes membraneuses et de trompes voraces qui s'agitaient en tous sens, bordant un orifice géant, une béance insondable et ténébreuse qui s'agitait de spasmes avant de vomir du magma.

« C'est un Dragon », murmura Armaga comme si la lointaine créature pouvait nous entendre. « L'une des abominations des temps anciens… Les premiers enfants des Titanides, les tout premiers êtres à n'avoir pas été créés par les Dieux… Je n'aurais jamais imaginé… Je n'en ai jamais vu auparavant – à part dans des livres, bien entendu. Et également en gravure, mais… » absorbé par le spectacle, il ne termina jamais sa phrase.

Le Dragon était en train de piétiner une petite ville au loin, brisant ses clochers et ses toits comme des modèles réduits en carton, incinérant ses rues et ses champs avant d'avaler ses habitants par poignées entières. Nous ne pouvions rien faire pour les victimes de l'appétit de la créature, nous ne pouvions que prier pour qu'elle soit rassasiée et s'en aille avant de jeter son dévolu sur nous…

Lorsque le village fut changé en un cratère incandescent, le Dragon s'ébroua, se dressa et poussa un cri mi-humain, mi-chose. Ce hurlement me donne encore des frissons aujourd'hui lorsque j'y repense. Il déploya ailes et tentacules, referma sur lui-même ses replis visqueux et s'envola lentement dans le ciel, haut, de plus en plus haut, en direction de Grilune, la lune pâle de l'aube et du crépuscule. Un frisson nous parcourut tous alors que nous saisissions à quel point nous étions insignifiants dans l'ordre naturel. Un long silence suivit.

« Tu disais ? C'était quoi ton truc incroyable ? » demanda finalement Armaga. Il avait comme moi, comme nous tous, le regard écarquillé, toujours fixé sur le Dragon, loin dans le ciel. Encore subjuguée par la scène à laquelle je venais d'assister, je lui répondis comme si les mots tombaient tous seuls de mes lèvres :

« Oh ? Mon truc ? Euh… Eh bien je viens de faire mes calculs… » lui dis-je. « J'ai vérifié deux fois, pas d'erreur possible : c'est… mon anniversaire. J'ai dix-sept ans aujourd'hui. »

Prononcer ces mots réveilla quelque chose dans le creux de mon ventre, dans mes viscères : c'était comme si le fait de voir ce Dragon était venu, à sa manière, marquer cette année supplémentaire, comme si la faim sans limites du monstre m'habitait moi aussi, un appétit d'amour et d'émotions que je n'arrivais pas à définir, à cerner ou à contrôler, mais qui me donnait envie de dévorer la vie toute entière… Voland était tout proche, désormais, j'en avais la conviction au plus profond de mon corps. Ce n'était plus une simple pensée, mais une réalité, une envie qui provoquait une série de tremblements en moi, sur le plan émotionnel et charnel, des battements de cœur qui résonnaient bien au-delà de ma poitrine… J'avais dix-sept ans et le monde m'appartenait, prêt à être remodelé par mes ambitions et mes désirs.

La troupe passa les prochaines semaines à progresser vers la côte, là où se situaient les fameuses « Cité-Perles » de Valadine, les trois grandes rivales, capitales impériales de la culture et du raffinement : Argine, Violère et surtout Flammence, la Perle Écarlate, sommet de la sophistication et de l'extravagance, objet de centaines d'airs populaires, là où convergeaient les meilleurs peintres, sculpteurs, musiciens, comédiens et autres artistes du Reik et même au-delà. « Flammence est comme une femme » m'expliqua Baltazar : « Elle te charme avec son sourire et son décolleté… et au moment où tu t'en méfies le moins, elle te vole ton portefeuille ou elle te coupe la gorge ! »

Un matin, près de quatre mois après le début de notre voyage, nous sommes arrivés en vue de Flammence.

Au loin, la cité resplendissait déjà. Ses vitraux, dorures et verrières étincelaient sous le soleil rasant. Elle était comme une écharpe de feu au bord d'une mer bleu sombre : des tuiles rouge vif recouvraient les toits. C'étaient elles qui donnaient à Flammence son surnom de Perle écarlate, ainsi qu'une partie de son âme mâtinée d'élégance et d'impertinence, aux antipodes du chaos jubilatoire d'une ville comme Entremer. Il me tardait d'y être…

Une fois franchies les portes de la ville, je découvris un endroit à nul autre pareil, moins une cité qu'une œuvre d'art où l'on aurait laissé habiter des gens. Au bout de chaque rue, des palais succédaient à des églises couvertes de bas-reliefs et de mosaïques fines ; les places étaient ornées de fontaines et de statues de marbre ouvragées comme de la dentelle ; dans les parcs, fleurs et arbustes se mariaient, arrangés avec une précision tenant à la fois de l'art et des mathématiques ; certains jardins, portés par une Magie qui m'était inconnue, planaient au-dessus de la ville comme des îlots arborisés ; parfois, derrière une porte qui s'entrouvrait, on apercevait une toile de maître ; dans les venelles torsadées, l'ombre bienfaisante des toitures dessinait des motifs sur le pavé luisant ; sur les grandes places, des sculpteurs de nuages créaient des œuvres éphémères avec des outils qui leur permettaient de tailler la vapeur.

Flammence, c'était un poème transformé en ville, un endroit dont l'on avait de la peine à croire qu'on puisse y vivre une vie ordinaire, tant chaque détail obéissait à des impératifs esthétiques plutôt qu'à des considérations pratiques.

Pourtant, ils étaient bien là, les Flammentins, avec leur accent mélodieux, à s'apostropher à voix haute à travers les avenues ; ils étaient là, à marchander les prix au grand marché aux poissons, à deux pas du port et des eaux scintillantes de la Mer des Fortunes ; ils étaient là, à se disputer et à se réconcilier bruyamment autour des sujets les plus futiles.

Elles étaient là aussi, les Flammentines, à rivaliser d'élégance dans des robes époustouflantes, cathédrales de broderies, de féminité et de soies chatoyantes, les cheveux couverts de paillettes, les seins pigeonnants dans des décolletés exigus et le visage fardé de maquillages extravagants.

C'était pervers : non, je n'aimais pas cette sophistication obligatoire, cet étalage de féminité qui n'avait d'autre objet que de symboliser la servilité face aux mâles dominants. Malgré tout, je me sentais bête au milieu de ces élégantes et je réalisai que pour faire couleur locale, j'aurais besoin de passer beaucoup de temps à me coiffer et à me maquiller.

Et faire couleur locale, c'était indispensable. Flammence avait beau être une ville côtière, elle n'était pas aussi cosmopolite qu'Entremer. Ici, l'élégance n'était pas seulement une mode, c'était un sésame culturel, une manière de montrer patte blanche et de signifier que l'on appartenait au club fermé des habitants de la Perle écarlate. Tant que je ressemblerais à une ado en tenue de brousse, personne n'accepterait de m'adresser la parole, ce qui allait être handicapant si je souhaitais retrouver la trace de Voland…

Tous les matins, il fallait compter une bonne heure et demie pour me faire une beauté et revêtir une robe de princesse. J'aimais bien me voir dans le miroir, c'était amusant de me déguiser et oui, j'avais l'air d'une vraie demoiselle et ça ne me déplaisait pas tant que ça de faire tourner les têtes des messieurs sur mon passage. En plus, avec ma tenue et mon talent surnaturel pour les langues, personne ne doutait que j'étais une authentique Flammentine.

J'avais un accord avec les Ladouceur : une fois arrivée à Flammence, le théâtre n'était plus ma priorité et si mes recherches m'empêchaient de participer à une représentation, ils ne m'en tiendraient pas rigueur. Mes amis proposèrent de reprendre là où nous nous étions interrompus, à savoir de m'aider à retrouver la trace de Voland. Pour les recherches, je fis équipe avec Armaga, et S partit de son côté avec Clil.

Nous nous sommes en premier lieu concentrés sur les endroits où il y avait le plus de passage : les marchés, les bars, les clubs chics, demandant à tous ceux que nous croisions s'ils avaient entendu parler de quelqu'un baptisé Voland et en livrant même une petite description. Et puis le port… toujours le port – puisque je m'étais mise en tête que mon tatouage dans le bas du dos, au sein duquel était apparu un bateau, constituait un indice… Nous n'avons pas obtenu de résultats immédiats, mais j'étais sûre qu'à chaque fois que nous prononcions ce nom, c'était autant d'hameçons qui allaient nous permettre de pêcher la vérité au bout du compte…

Parfois l'on voyait briller le regard de quelqu'un à l'évocation de ce nom, mais il s'agissait généralement d'une méprise. Parfois nous agrippions quelques informations ténues qui se dérobaient entre nos doigts comme du sable dès que nous nous mettions à fouiller un peu. Nous étions de biens piètres Holmes et Watson. D'ailleurs, S et Clil n'avaient pas plus de succès que nous.

Malgré tout, un soir, alors que les braises de l'espoir étaient en train de refroidir, une piste se présenta à nous.

Un jeune marin cendremaginois, fraichement débarqué d'un navire marchand, reconnut le nom de Voland. Il disait avec son accent rugueux l'avoir entendu il y a moins d'une semaine en mer, au large de Flammence. Son navire s'était fait attaquer et mettre à sac par un bateau pirate à la sinistre réputation, *l'Échine du Crépuscule*. Les flibustiers avaient saisi toute la cargaison, mais avaient laissé la vie sauve aux marchands, les autorisant à rentrer au port, sans doute pour raconter leur histoire et semer la terreur chez ceux qui osaient quitter les ports valadinois pour braver les eaux de la Mer des Fortunes…

Lors de l'attaque, m'expliqua le Cendremaginois, l'un des pirates avait été appelé « Voland » par ses camarades. Le marin s'en souvenait bien, puisque ce personnage était celui qui l'avait épargné alors qu'il aurait pu le transpercer de son sabre d'abordage. La description qu'il m'en donna faisait penser à l'homme que j'avais embrassé si loin de Valadine, dans une autre vie, dans les coulisses de cette boîte de nuit où ma vie avait pris un tour étrange…

J'aurais pu crier de joie, mais j'avais appris la prudence. (Bon d'accord, je l'admets, j'ai peut-être crié de joie quand même.) Cette information, pour tout encourageante qu'elle fût, nécessitait une confirmation avant de passer à la phase suivante.

Armaga aurait voulu que nous rentrions pour participer au spectacle du Major Sieben et que nous poursuivions l'enquête le lendemain, mais il n'en était pas question… J'étais trop près du but, je voulais en avoir le cœur net maintenant, sans quoi le suspense m'aurait tuée et j'aurais passé une mauvaise nuit…

Le marin accepta de nous amener à son capitaine. Il nous avait fixé rendez-vous au bout d'une jetée, à l'autre bout du port, devant un entrepôt d'entretien des navires qui dépendait de la capitainerie. Nous nous sommes engagés le long de ce quai tout juste éclairé par quelques lanternes accrochées aux mats des bateaux. L'endroit était sombre, mais le clapotis des vagues, l'odeur des embruns et le grincement des gréements l'empêchaient d'être sinistre. Je m'y avançai tout en restant sur mes gardes, charmée par cette ambiance portuaire qui, pour moi, était comme toujours synonyme d'évasion et d'aventures romanesques. Armaga détestait tout ce qui était en rapport avec les bateaux et goûtait peu cette ambiance : « Je te préviens pour la dernière fois : tu ne me feras pas grimper sur une de ces coquilles de noix ! »

« On se calme, Prof ! » lui dis-je. « Une ou deux questions à poser à ce capitaine et on est loin – on rentrera même à temps pour voir le début de la représentation ! »

Mais ça ne se passa pas comme ça. Mon cœur se mit à battre très fort en apercevant un objet brillant, à quelques pas devant moi : c'était mon Sabre de Fiction, planté dans une planche du quai, qui reflétait l'éclat de Solune et des étoiles. S'il était là, c'était qu'il allait arriver quelque chose d'horrible…

Avant d'expliquer quoi que ce soit à Armaga, je me précipitai vers ma lame… mais je ne fus pas assez rapide. Avant que je puisse en saisir la garde, une silhouette sortit de l'ombre, au coin de l'entrepôt, s'interposant juste devant moi…

Alors que je sentais le froid métallique du canon d'une arme à feu se poser sur ma tempe, assorti d'un cliquetis, j'entendis une voix masculine familière résonner dans la nuit : « La Fille aux Cheveux Rouges ! Nous avons fait un long voyage pour vous retrouver ! »

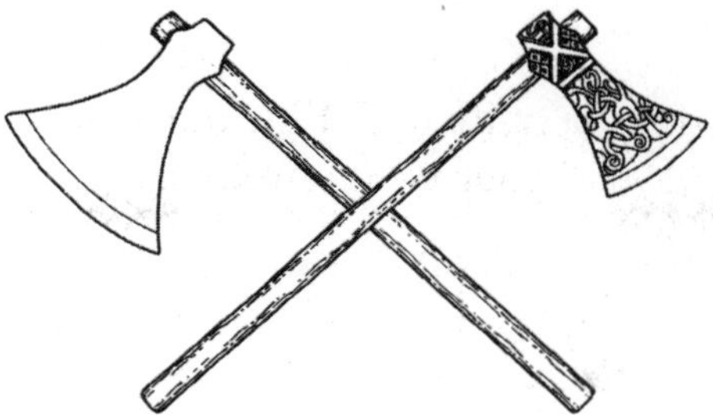

INTERLUDE : CE QUI S'APPROCHE, CE QUI S'ÉLOIGNE

« Toute guerre commence par le langage, se gagne par le langage et se termine par le langage. »
Pan Shaï, *Les Principes de la bataille*

Ce qu'Ermengarde détestait le plus au monde, c'était la forêt, ceux qui vivaient dans la forêt, les animaux de la forêt, les arbres, les plantes et tout ce qui se rapportait de près ou de loin à ce type d'environnement. Depuis qu'elle et ses deux compagnons de voyage s'étaient enfoncés dans les bois de Straaz, montés sur trois scutigères géantes qui arpentaient le terrain, perchés sur leurs centaines de pattes, elle était donc de très mauvaise humeur.

Après leur demi-échec à la Cité de Cristal, Carniato avait prolongé le contrat des Sicard et exigé qu'ils partent à la poursuite de la Fille aux Cheveux Rouges — c'était bien la première fois qu'une gamine leur posait autant de difficultés. La petite Keller et ses amis étaient parvenus à quitter Entremer et à échapper à la milice, ce qui élargissait considérablement leur champ d'investigation. Heureusement, le superviseur de la milice, commanditaire de cette expédition, avait obtenu des informations de source sûre : selon son mystérieux informateur, les cibles se dirigeaient vers Valadine par voie de terre, à la recherche d'un homme nommé « Voland. » Les trois jeunes filles survivantes traversaient la Cismoualie et n'allaient pas tarder à pénétrer dans la forêt de Straaz.

Au départ, Siméon s'était montré optimiste. Il était persuadé qu'ils allaient intercepter la jeune fille et ses amies avant qu'elles ne s'engagent dans les bois. Mais depuis le début, Ermengarde savait que rien dans cette expédition n'allait être obtenu sans haute lutte. Tim Keller avait quelque chose de spécial et ses amis aussi.

Et puis, il y avait Meznic. C'était lui qui complétait le trio. L'agent infiltré à la demande des associés de Carniato était là pour surveiller les agissements des Sicard et exécuter sa propre mission en parallèle. Il avait suffi à la guerrière de le côtoyer pendant quelques jours pour cerner le bonhomme : le Brumissaire de Wurmaaz était un détraqué qui éprouvait du plaisir à causer de la douleur. Ce sadique semait un sentier de cadavres derrière lui, pour la plupart des villageois innocents. Comme Siméon ne manquait pas de le répéter, il n'avait rien d'un professionnel.

« Quand est-ce qu'on le tue, chéri ? » demanda Ermengarde à son mari, profitant d'une halte dans la petite ville d'Aegerdeis, tandis que Meznic était parti visiter les environs.

Songeur, le Perce-Oreille caressa tendrement les cheveux de sa femme et lui dit : « Il va falloir se montrer patients – je sais que tu n'aimes pas ça. Mais tôt ou tard, une occasion va se présenter : ces bois sont truffés de monstres. Quand les circonstances seront réunies, on en profitera pour supprimer Meznic. Pas avant. »

Lorsque le trio remonta sur ses scutigères pour continuer son voyage, le regard d'Ermengarde se perdit dans les bois, dans l'espoir d'y trouver une créature qui serait capable d'éliminer rapidement cet embarrassant compagnon de voyage.

« Ils rossent une petite vieille pour s'amuser ! La violence de la jeunesse franchit un nouveau palier » : c'était le titre qui faisait la Une de *La Flamme Bleue* ce matin, juste au-dessus d'une gravure qui représentait une scène de violence.

De dépit, Antoinette jeta le journal sur la table du bistrot tout en accompagnant son geste d'un profond soupir. « Encore un article sur la criminalité des jeunes ! Comme dans chaque édition… Ce torchon écrit par des collabos ne parle plus que de ça ! »

La gazettiste se mira dans son verre d'absinthe, comme si elle espérait y trouver une réponse. « Depuis que le pouvoir a décidé de rendre la Calembredaine responsable de tous les maux de la ville, ça n'arrête pas… »

De l'autre côté de la table, lui aussi en train d'éplucher les journaux, Enzor Jacques ne pouvait effacer de ses lèvres un sourire moqueur : « Ils *doivent* faire peur aux gens, très chère. C'est bien là la raison d'être de ce genre d'article. Ces folliculaires à la botte du pouvoir n'ont de cesse de semer l'effroi dans la population, afin que celle-ci soit prête à tout accepter au nom d'un illusoire sentiment de sécurité. Et après, c'est moi qu'on traite de paranoïaque ! »

« Tu *es* parano, Enzor » l'interrompit Antoinette. « Ce n'est pas parce qu'une de tes théories se vérifie que tous tes autres délires conspirationnistes deviennent automatiquement vrais. »

Enzor se mit à scruter le bar et tous ses occupants pour voir si la conversation était épiée. Soudain tout le monde lui semblait suspect : les clients, les serveuses et même le quartette de jazz dont personne n'écoutait les notes tristes au fond de la pièce. « Nous n'allons en aucune manière nous en tenir là » chuchota-t-il à sa camarade, tout près d'elle afin d'être sûr qu'elle soit la seule à l'entendre. « Les gens vont se réveiller, il le faut… En ce moment, je poursuis une piste qui m'a l'air des plus fécondes… Une rumeur… »

Antoinette s'attendait au pire. Le rédacteur en chef du *Furibard* était connu pour s'enthousiasmer pour les histoires les plus invraisemblables.

« Une rumeur au sujet du Bourgmestre Padriga… Vois-tu, si l'on m'avait posé la question il y a quelques mois, j'aurais dit que le Lithique était, de tous les magistrats de la Ville Libre, celui dont l'influence était la plus prépondérante. Et là, plus rien. Les deux autres membres du Triumvirat gouvernent sans lui… Et selon la rumeur, si Padriga reste coi, c'est parce qu'il a un intérêt personnel à défendre. L'un de ses proches ferait partie de la Calembredaine, ou quelque chose d'approchant… Voilà qui demande à être éclairci… »

« Quant à toi… » poursuivit-il, à nouveau sur le ton feutré du conspirateur, « Toi, Puque, je souhaite que tu enquêtes sur un personnage encore plus crucial : il détient, je le crois, la clé de toute cette crise… »

Antoinette ne dit toujours rien. Son verre était vide et elle n'était pas sûre qu'elle avait le cœur d'écouter ce qui allait suivre. Enzor ne lui laissa pas le choix et poursuivit son monologue sans se soucier du manque de répondant de la jeune femme : « Le superviseur Carniato ! Si tu parviens à révéler au public les racines de sa croisade, sans oublier les mécanismes qui font qu'il est – comme je le suspecte – soutenu secrètement par la plupart des notables de cette ville, tu mettras le feu à la mèche qui allume la révolution… »

« Jamais un article de gazette n'a poussé qui que ce soit à faire quoi que ce soit » temporisa Antoinette, qui luttait pour conserver une façade d'indifférence sans parvenir à cacher que le sujet l'intéressait.

« Balivernes ! » gloussa Enzor Jacques, qui venait de faire signe à une serveuse de lui servir une autre tasse de pava bien chaud. « Les mots peuvent changer le monde, au contraire. J'ai la conviction qu'il n'y a rien d'autre qui le puisse… Lance-toi sur cette enquête. Tu es meilleure gazettiste que moi, nous le savons tous les deux. Trouve la vérité. Qu'en dis-tu ? »

« J'en dis » répondit-elle, « Que oui, je vais me pencher sur cette enquête, mais uniquement pour te démontrer que tu es un vieux débris conspirationniste et que ton interprétation de la situation est grossièrement exagérée. »

Il sourit, admirant la flamme de la jeune femme. « Je ne vois nul inconvénient à ce que tu te motives de la sorte, du moment que tu rédiges un article pour le *Furibard* ! L'affaire est donc entendue : j'enquête sur le Bourgmestre Padriga, toi sur le superviseur Carniato. Allez ! Au boulot ! » Elle lui serra la main, l'esprit déjà ailleurs, en effervescence, pleine de pistes à explorer et de personnes à contacter pour entamer son travail.

« Est-ce que tu apprécies de travailler dans la tour, Lorian ? Tu es satisfait d'être ici avec nous ? » demanda Carniato au frêle jeune homme qui était en train d'astiquer les rangées de sa bibliothèque, dont un soleil rasant révélait des dépôts de poussière.

Lorian n'osa pas le regarder en face. Pour un Humain, les Prismates paraissaient énormes et Carniato encore plus que les autres. Debout à côté de lui, trop près pour que le jeune homme soit rassuré, le superviseur le dominait complètement par sa stature, mais aussi par son rang. Le chef de la milice avait le droit de vie ou de mort sur lui : un mot de travers et il pouvait le payer cher. « Oui, monsieur le superviseur, je suis très heureux… Ici, le travail est bien plus agréable qu'en bas, au tri des ordures. Je vais travailler dur pour vous, je vous le promets… »

Carniato posa sa main sur l'épaule menue de l'Humain : elle étincelait comme une étoile. À chaque mouvement de son corps de quartz, la lumière du jour se reflétait en éclats laiteux sur les parois et le plafond de son étude. « Je n'en doute pas, je n'en doute pas… » Il se tourna en direction de la fenêtre pour jeter un regard songeur sur les murailles du camp en pleine reconstruction. « Ah, si tous les jeunes d'Entremer avaient ta motivation, la ville serait plus stable et plus prospère. Tout fonctionne mieux quand chacun est à sa place ; qu'en penses-tu ? »

« Oui, monsieur » dit le jeune homme tout en promenant son plumeau loin du superviseur. Il avait tenté d'adopter un ton aussi neutre que possible pour ne pas le froisser.

L'arrivée de Vortices 47 épargna au jeune homme d'avoir à subir la suite de la conversation. La secrétaire de Carniato entra sans frapper, promenant son élégance impeccable jusqu'au centre de la pièce, réclamant l'attention immédiate de son employeur : c'était aussi bien, le Prismate détestait les courbettes. La Collectine pointa silencieusement Lorian du menton, à moitié pour demander ce que le jeune employé en redressement faisait là, à moitié pour exiger qu'il s'en aille et ne soit pas témoin de la conversation qui allait suivre…

« Continuez votre travail, Lorian » dit Carniato, qui n'avait aucune envie de congédier son nouveau jouet. « De quoi s'agit-il, Vortices ? »

Alors que le garçon de ménage s'affairait autour d'eux, Vortices produisit un grand nombre de lettres et d'actes notariés qu'elle étala sur la grande table de lecture au centre de l'étude.

« En bref : notre plan se déroule comme nous l'avions prédit » résuma-t-elle. « Le soutien pour la loi martiale est presque unanime en ville. La Calembredaine est tenue pour responsable de toute l'affaire. Nos soutiens financiers et nos appuis politiques sont enchantés : le vote sur la reconstruction et sur l'agrandissement du Camp de l'Ataraxie n'est plus qu'une simple formalité. Après cela, je prédis que la plupart des mesures de la loi martiale seront pérennisées et que vous serez nommé Bourgmestre d'ici un à six ans. »

« Remodeler la jeunesse, puis la ville tout entière, effectivement, c'était notre plan... », approuva Carniato. « Et si ensuite nous parvenons à mettre la main sur Voland et ses pouvoirs... Qui sait où cela nous mènera, Vortices ? Pourrons-nous moraliser le Reik ? Le Monde Hurlant tout entier ? »

Dans la tête de la jeune femme, quarante-sept voix parlaient en chœur, toutes d'accord pour estimer que c'était une légitime ambition, désormais à portée de la main. « Nous en avons déjà parlé, monsieur : votre succès est ce qui peut arriver de mieux à l'économie de la ville, ou à celle du Reik tout entier. Une jeunesse sous contrôle, la peur de la délinquance soigneusement entretenue afin d'obtenir une population plus malléable, la réduction de la contestation, la généralisation de l'esclavage pour abaisser les coûts de production : tous ces éléments sont garants d'une efficience optimisée. »

« Ah, Vortices ! Comme toujours, votre exceptionnelle force de déduction est tissée d'un soupçon d'arrogance... » Carniato se détourna d'elle et, sans prévenir, alla chiper dans le ceinturon de Lorian le chiffon tâché de poussière qui lui avait servi à astiquer les meubles.

Tout en continuant à parler avec Vortices, le colossal être de quartz s'approcha lentement de Lorian qui achevait de lustrer le parquet. « Il suffit parfois d'une seule mauvaise journée pour passer du triomphe à l'anéantissement, ma chère. » D'un bras ferme, Carniato saisit le poignet du jeune détenu, le forçant à lâcher sa brosse à reluire. Le petit Humain poussa un cri de douleur, vite étranglé par la frayeur. « Une seule mauvaise journée... une seule mauvaise décision... un coup du sort... c'est tout ce qui sépare parfois le succès de l'échec... »

Vif et féroce comme un fauve, Carniato écarta violemment la mâchoire de Lorian. En un geste, le chiffon qui était dans sa main se retrouva enfoncé dans la bouche du domestique, le superviseur poussant sur le morceau de tissu afin qu'il pénètre plus profondément dans cette gorge écarquillée. « C'est la leçon que nous ont transmise les anciens et que la jeunesse d'aujourd'hui a tant de peine à saisir, voyez-vous ? Si le Roi rêve d'être un Dieu, il finira par perdre le Ciel, puis son trône. Ça… figure probablement dans l'un de vos livres… »

Du pied, le colossal Prismate frappa la nuque du jeune homme. La face de celui-ci vint s'éclater contre le parquet. Sa mâchoire était brisée, plusieurs dents délogées. Il avait le goût du sang dans la bouche.

Il retourna le jeune délinquant sur le dos afin de voir son visage tuméfié, moite de larmes, grimaçant de terreur. « Ce petit pensait qu'il avait une bonne situation, il commençait à échafauder des plans pour l'avenir, sans doute… » De toutes ses forces, il le cogna dans le ventre. On entendit un craquement. « Et là, sans avertissement, sans aucune raison, tout s'effondre… » Il le frappa encore et encore, le poing droit puis le poing gauche, dans l'abdomen, le thorax, les épaules, le visage.

« Une seule mauvaise journée, c'est tout ce qui nous sépare du néant… » Les avant-bras du Lithique étaient couverts de sang, ils étincelaient comme le rubis à la lueur du soleil. Au centre de la pièce, tout autour du corps, s'étendait désormais une grande étoile rouge, qui coulait et s'insinuait entre chaque lame du parquet.

« Agissons pour le mieux, Vortices, conformément à notre plan » conclut Carniato tout en se relevant, les doigts poisseux de sang. « Mais pas question de crier victoire trop tôt. »

Vortices 47 hocha la tête. Elle n'avait pas prévu cette explosion de violence, ce qui lui enseignait effectivement qu'il existait des limites à ses capacités d'anticipation – c'était une appréciable leçon de modestie. C'était dans ces moments-là que la Collectine comprenait pour quelle raison elle mettait son talent au service de ce personnage, plutôt que de nourrir des ambitions personnelles.

Le superviseur se tourna à nouveau vers la fenêtre et prit congé d'elle, non sans lui avoir transmis une dernière instruction : « Naturellement, vous prendrez des dispositions pour m'envoyer un nouveau domestique. Sa première mission sera de nettoyer le sol de cette pièce. »

Si elle ne l'aimait déjà pas beaucoup avant d'accepter ce contrat et de se lancer à la poursuite de Tim Keller et de sa bande d'attardés, à présent, c'était de la haine qu'Ermengarde Sicard éprouvait pour ces bois. Dans ses rêves, elle décapitait chaque arbre à coups de hache et brûlait les troncs dans une fournaise jubilatoire, riant jusqu'à ce que la dernière pomme de pin soit réduite en cendres.

Elle ne laissait presque rien paraître de ce bouillonnement intérieur, ça n'aurait servi à rien. De toute manière, Ermengarde n'avait pas grand-chose à faire depuis quelques semaines, à part chevaucher sa scutigère géante, participer aux parties de chasse et faire quelques moulinets avec sa masse d'arme pour intimider les ploucs qui ne voulaient pas répondre aux questions.

C'était Siméon qui se chargeait, comme toujours, de nouer la conversation avec les gens, de rechercher des informations, de faire des sourires et de graisser la patte aux petits barons locaux – il faisait ça très bien. Si les informations recueillies par son mari étaient exactes, Tim Keller avait rejoint la troupe de théâtre du Major Sieben. C'était l'une des formations les plus célèbres d'Entremer, qui voyageait sur la Route sans faire de détour et s'arrêtait dans chaque village pour une série de spectacles et d'animations. Tout ce petit monde laissait derrière lui une trace à peu près aussi difficile à retracer que celle d'un troupeau de bisons dévorant toute l'herbe de la prairie sur son passage. Comme aimait à le relever Siméon avec une pointe de déception, ils se comportaient en amateurs.

Meznic n'était pas davantage impressionné. Occasionnellement, lors des repas ou des haltes dans la forêt, il détaillait les traitements qu'il comptait infliger à la petite Keller et à sa bande une fois ceux-ci capturés : torture, mutilation, sévices en tous genres. Il en parlait avec un large sourire, comme celui d'un enfant qui aime arracher les ailes des papillons… À l'entendre évoquer sa cruauté avec tant de jubilation, elle se réjouissait d'avance de se débarrasser bientôt du Brumissaire…

Celui-ci, d'ailleurs, n'était pas dupe. Un soir, alors qu'il était à l'écurie, occupé à astiquer à coups de brosse à crins la carapace de sa scutigère, il entama la conversation à ce sujet.

– Je le sais, vous savez. Je sais tout.

– Qu'est-ce que tu crois savoir, pauvre malade ?

– Je sais que vous souhaitez me tuer, vous et votre époux. Je le vois dans vos yeux… C'est grisant.

– Continue à frotter ta bête et tais-toi, ça vaut mieux !

– Je ne pense pas que vous soyez capables, pour être honnête – de me supprimer. Il y a des raisons pour lesquelles j'ai été choisi pour ce contrat : je suis meilleur que vous.

– Tu ne sais rien du tout, vermine ! Si tu continues, je vais te botter les fesses tellement fort que tes petits-enfants auront la même gueule que moi !

Elle saisit le Wurmaazi par le col et le projeta au loin, sur une botte de paille. Il atterrit sans casse, mais elle regretta immédiatement de s'être énervée. Elle avait affiché sa faiblesse… il ne l'oublierait pas.

À partir de là, Ermengarde mit un point d'honneur à toujours savoir où le Brumissaire se trouvait et si possible à l'avoir en permanence dans son champ de vision.

Chaque jour que les mercenaires passaient ensemble, le fossé de la méfiance s'élargissait entre eux et chaque jour qu'ils consacraient à marcher dans la forêt, ils s'enfonçaient plus profondément dans ses régions les plus ténébreuses. Ici, les bois étaient inquiétants, toute vie y était hostile et les villages se faisaient rares. On se méfiait des étrangers et on n'aimait pas trop répondre aux questions.

Tim Keller était devenue une célébrité dans cette section de la forêt de Straaz. On disait qu'elle avait vaincu le Centimane, un monstre local qui hantait la forêt et enlevait les enfants.

Siméon n'aimait pas ça du tout… Il y avait quelque chose de troublant chez cette petite peste, quelque chose de dangereux, qui ne cadrait pas avec la description qu'on lui en avait donnée. Elle était capable d'accomplir des exploits inattendus.

La piste du Major Sieben emmena les trois voyageurs dans les collines, sur la frontière entre la Principauté de Straaz et le Comté de Valadine. La région était en proie à l'agitation…

Ici, on n'était pas bien loin de la ligne de front, là où Straaz et Valadine se livraient à leur ridicule guéguerre ; on croisait des colonnes de soldats, rien d'étonnant. Ce qui était plus déconcertant, c'était d'assister à des opérations militaires loin des crêtes, à plusieurs jours de marche des positions les plus avancées des troupes valadinoises. Lors de leur ascension, les trois mercenaires croisèrent plusieurs escadrons punitifs.

Ça n'était pas un exercice : ces hommes et ces femmes s'attendaient à rencontrer à tout moment une résistance hostile. « Qu'est-ce qui se passe, lieutenant ? » demanda Siméon au responsable d'une escouade. « Il y a du danger ? Il faut qu'on se fasse du souci ? »

« Des déserteurs » expliqua le soldat. « Ils se terrent dans ces montagnes et n'en sortent que la nuit pour mener des actions de sabotage. Ils prétendent lutter contre ce conflit qu'ils jugent absurde... Ils ont vu une pièce de théâtre, récemment, Un truc politique... Il y en a, ça les a rendus fous, ce machin-là... Même moi, je ne vais pas vous mentir : je me suis mis à douter. »

Rien dans cette traque ne se passait comme prévu, constata Ermengarde. La fuyarde n'était pas une adolescente inoffensive, mais une révolutionnaire qui poussaient les gens à se révolter partout où elle allait. Et surtout, elle faisait preuve d'une grande désinvolture par rapport à sa propre sécurité. « Que sait-elle que nous ignorons ? » se demandait la guerrière.

Un pilier de fumée noire se contorsionnait dans le bleu pur du ciel. Ce fut la vision qui accueillit les trois voyageurs à l'approche d'un alpage où ils s'attendaient à trouver des soldats, quelques jours après avoir dialogué avec le lieutenant. En s'approchant, il fut vite évident que le fort avait été attaqué et qu'une de ses tours brûlait encore, victime d'un artifice phosphoreux.

Le Perce-Oreille fit signe à ses deux compagnons de rester en retrait. Il descendit de sa scutigère et marcha en direction du portail cerné par les flammes, agitant les bras pour signifier, du mieux qu'il le pouvait, qu'il n'avait pas d'intentions hostiles. Derrière la palissade de bois, les soldats étaient trop occupés à combattre l'incendie pour lui prêter attention, aussi nulle arbalète ne fut pointée dans sa direction alors qu'il s'approchait. Il en vint même à se demander s'il n'allait pas pouvoir pénétrer dans le fort sans être inquiété, mais ce fut à ce moment-là qu'il vit un militaire furieux franchir le portail et foncer vers lui.

Non, pas un militaire : c'était un chevalier. On pouvait distinguer le symbole d'Anadeus sur ce qu'il restait de son haubert, ce qui en faisait un Luminar. Le Chevalier Sacré rayonnait de colère, animé par la fièvre du combat et prêt à en découdre avec n'importe qui. Siméon n'avait qu'une seule chance de l'amadouer avant de se faire éclater le crâne. Il espérait juste qu'il jouait la bonne carte :

« Béni soit Anadeus et euh… tous les autres Dieux impériaux ! » s'écria-t-il en guise de « bonjour ». « Nous sommes des ennemis de Tim Keller et de sa bande de bouffons et de fauteurs de troubles… Dites-moi, preux chevalier, ne l'auriez-vous pas vue quelque part ? Une adolescente à la chevelure rouge ? »

Son succès fut au-delà de tout ce que Siméon Sicard avait espéré. Le Luminar baissa sa garde sans attendre. Ils avaient beaucoup de choses à se raconter… Pendant que les soldats de Straaz tentaient de maîtriser le sinistre, le sublime expert invita le trio à le suivre à la taverne, déserte en raison de l'assaut dont le fort avait été victime quelques instants auparavant.

D'un geste, il vida une table et y déposa quatre énormes coupes de bière mousseuse et un pain au lard. Il dit s'appeler Karel Zweig et, au cours d'un long discours, leur confirma ce dont ils se doutaient déjà : la troupe du Major Sieben avait fait halte ici, avait joué un spectacle dont le caractère séditieux n'avait pas été tout de suite apparent, mais qui avait néanmoins semé le doute au sein de la troupe. Plusieurs soldats avaient choisi de déserter et de s'évanouir dans la nature, formant des cellules de résistance qui visaient depuis quelques jours les positions des troupes de Straaz… L'une d'elles venait d'ailleurs de frapper ici.

Le capitaine Zweig et ses hommes avaient été envoyés ici par l'Empereur en tant qu'observateurs du conflit, et voici qu'ils se retrouvaient impliqués dans une action disciplinaire au sein des troupes locales : cela les mettait de mauvais poil. L'arrivée de ces étrangers qui semblaient connaître les responsables de ce désordre faisait l'effet d'une bouffée d'air frais.

Siméon présenta la jeune fille comme une criminelle en fuite et lui et ses compagnons comme des chasseurs de primes mandatés par la milice d'Entremer pour la ramener à la Ville Libre. Il n'eut presque pas besoin de mentir au chevalier, qui reprit alors la parole :

« Pour être franc, celle qui m'intéresse, monsieur Sicard, c'est l'une des complices de cette Tim Keller. Il s'agit d'une apostate… J'ai l'intention de la remettre sur le droit chemin et je saurai me montrer d'une grande aide si vous me l'amenez vivante… »

« Je vois de qui vous parlez, Capitaine. Je suis un homme de parole : considérez qu'il s'agit d'un marché conclu. » Siméon serra la main du chevalier et ils se retirèrent pour définir ensemble les termes de leur accord.

Ça n'était pas du tout comme ça qu'Alexambre s'était imaginé que cela se passerait.

Près d'un mois après avoir accepté de collaborer avec Hakoub, c'était toute l'organisation de la Calembredaine qui se retrouvait chamboulée, toutes leurs habitudes oubliées, et la guilde des jeunes mendiants qui jadis s'enorgueillissait de ne jamais faire parler d'elle était désormais active sur tous les fronts.

« Pour mener une insurrection, avant de viser le pouvoir, c'est l'apathie du peuple notre premier adversaire, tu vois ? » déclara le jeune Ogre en mordant dans un pain de viande. « On va leur prouver à tous que la jeunesse de cette ville est capable de se mobiliser… Grâce à la Calembredaine, l'alliance que je suis en train de constituer possède désormais les outils pour un éveil massif des consciences. Il suffit de se la jouer finaud, hein ? » s'exclama-t-il tout balançant une pile de papiers devant Alexambre, qui ne se sentit pas d'humeur d'y prêter attention.

Cette situation le mettait de plus en plus mal à l'aise… Lorsqu'il avait accepté de collaborer avec Hakoub, il ne s'était pas imaginé un mouvement d'une telle ampleur. Lui, tout ce qu'il souhaitait, c'était que la Calembredaine cesse d'être persécutée par la milice. Mais là, la dimension que prenaient les choses le laissait perplexe.

C'était toujours lui qui donnait les ordres, lui qui coordonnait les efforts de la Calembredaine, lui qui connaissait tous les secrets de la ville et des catacombes, mais Hakoub était devenu l'astre autour duquel tout le mouvement orbitait. Pour un Ogre aussi jeune et si peu éduqué, il faisait preuve d'une force de persuasion et d'une capacité à galvaniser les troupes autour de concepts politiques complexes qui forçait l'admiration.

Il passait ses journées à faire la connaissance de tous les mécontents de la Ville Libre, à serrer leur main, à écouter leurs histoires, à leur rendre de petits services. Selon les jours, on pouvait croiser Hakoub en compagnie d'esclaves en fuite, de syndicalistes en colère, d'universitaires qui passaient leur temps à rédiger pamphlets et projets de constitution : il y avait des musiciens de jazz qui ne reconnaissaient plus l'Entremer de leur jeunesse, des policiers désespérés qui n'appréciaient pas l'influence grandissante de la milice sur la ville et même une religieuse, une jeune prêtresse du Shaddaï délurée nommée Titi Manilao qui estimait que le Malok, le grand principe universel qui était au cœur de sa religion, était en faveur d'un grand changement à Entremer. (Elle avait surtout l'air d'en pincer pas mal pour Hakoub et c'était réciproque.) Progressivement, imitant son exemple, des prêtres de diverses religions rejoignaient le mouvement.

Là, autour de cette table où avait été dressé un repas pour quinze, Alexambre ne reconnaissait que neuf visages et seuls trois d'entre eux étaient des membres de la Calembredaine, de vrais gamins des rues qu'il côtoyait depuis des années. Les autres faisaient partie de l'entourage d'Hakoub, des nouveaux venus que personne ne connaissait vraiment. « Ça ne me plaît pas, tout ça » dit-il à Hakoub. « Ce n'est pas ce dont nous avions convenu au départ. Ça va trop loin… c'est trop risqué, il faut tout arrêter. »

Le désarroi du Mélangeur était palpable et ne faisait que renforcer le malaise tout autour de la table. Hakoub vint s'asseoir juste à côté de lui et lui parla comme à un ami :

– Alex, écoute-moi. Clil Courdou a créé la Calembredaine pour que les jeunes les plus pauvres d'Entremer puissent se serrer les coudes et c'est exactement ce que ça continue à être. Mais la situation a un tout petit peu changé en cent cinquante ans, tu me l'accorderas…

– Clil a surtout créé la Calembredaine pour impressionner un mec, à ce qu'il paraît. Mais oui, d'accord, j'admets qu'aujourd'hui les temps sont plus durs qu'à l'époque. Où est-ce que tu veux en venir ?

– Le pouvoir et la richesse se sont concentrés entre les mains d'un petit groupe de privilégiés. Ils contrôlent la milice, les médias, la finance, tous les leviers du pouvoir. Résultat : les pauvres sont de plus en plus pauvres et plus personne en ville n'est maître de son destin. La jeunesse a été choisie pour cible, parce que tout le système est construit autour de la peur : nous faisons face à un pouvoir qui inspire aux gens l'effroi de leurs propres enfants pour mieux les contrôler… Aujourd'hui, nous sommes *tous* les déshérités d'Entremer, Alexambre – chacun de nous. À moins qu'on ne fasse quelque chose.

Tout le monde s'était figé pour écouter parler le jeune Ogre dont les yeux noirs brillaient comme des billes après ce discours enflammé. Personne n'osait parler, personne ne se risquait même à respirer et même Alexambre avait la chair de poule. Cet Hakoub avait un don : lorsqu'il parlait, on était prêt à croire que tout était possible. Il regardait fixement le Mélangeur, espérant que celui-ci marche avec lui dans sa folle tentative de changer le monde.

Il fallut quelques instants au jeune Humain pour articuler sa pensée et laisser de côté les mauvais doutes qui le rendaient frileux. C'était insensé et contraire à tous ses vieux réflexes, mais il était prêt à faire le pari de l'audace, convaincu que cette fois-ci, la discrétion ne suffirait pas à préserver la guilde des mendiants de ses ennemis : « Alors... » dit-il finalement, « Qu'est-ce que tu proposes ? »

La traversée de la campagne valadinoise fut une formalité. Équipés et ravitaillés par les Luminars, possédant une lettre de passage signée par le sublime expert Karel Zweig qui leur permettait de passer partout où ils voulaient et de confisquer tout ce dont ils avaient besoin, les trois mercenaires purent filer à toute vitesse en direction de Flammence, où se rendait leur cible.

Dès qu'ils furent arrivés à la Perle Écarlate, Siméon fit la tournée des bars pour y réactiver d'anciennes amitiés avec des hors-la-loi locaux.

Dans les cités-perles de Valadine, même les quartiers les plus pauvres avaient un lustre de beauté et de sophistication, mais la pourriture s'y insinuait aussi bien qu'ailleurs, elle était juste un peu mieux cachée. Ici, les coupe-jarrets avaient beau maîtriser l'imparfait du subjonctif, ils étaient aussi impitoyables que dans les autres villes du Reik.

Officiellement, le Perce-Oreilles mettait en place un guet-apens pour capturer Tim Keller lors de son arrivée. Il recherchait aussi des renseignements sur le mystérieux « Voland », ce personnage pour lequel la jeune fille avait franchi une distance considérable. L'informateur secret de Carniato lui avait transmis ce nom, mais sans l'accompagner d'une description.

Sans oser aborder la question, Ermengarde espérait qu'il planifiait également une solution pour se débarrasser de Meznic. « Je connais un type, un vieil ami. Il s'appelle Juan… Il va s'occuper de tout » fut la seule déclaration que Siméon s'autorisa à faire à ce sujet… En tout cas, quarante-huit heures après l'arrivée du trio à Flammence, Siméon Sicard retrouvait ses deux compagnons dans l'hôtellerie où il leur avait réservé une petite chambre. Il arborait son sourire de chacal, signe qu'il avait obtenu exactement ce qu'il souhaitait et qu'il n'était pas peu fier de lui.

« Tout est en place », dit-il. « Le fameux Voland est un pirate qui traîne dans la région. J'ai trouvé un marin qui l'a rencontré et qui est prêt à aller raconter ça à Tim Keller pour quelques écus. Il va lui donner rendez-vous en soirée sur une jetée discrète des quais… Il ne nous restera plus qu'à nous y poster pour la capturer. »

Siméon ne disait rien, mais Ermengarde était sûre qu'il avait tout mis en place pour capturer Tim vivante et éliminer Meznic. Pour sa part, le moment venu, elle se savait capable d'improviser. Mais il faudrait jouer serré. Si le Perce-Oreille avait mal calculé son coup, le Brumissaire risquait de faire un massacre…

« C'est parti » fut la courte phrase avec laquelle Siméon vint les avertir que Tim Keller était en ville et qu'elle avait contacté son informateur, un Cendremaginois, matelot sur une caravelle marchande. Il ne restait plus qu'à se poster à l'endroit convenu et à attendre qu'elle fasse son entrée.

Ermengarde fut heureuse de constater que la Fille aux Cheveux Rouges n'était pas très entourée. Pour se rendre au rendez-vous, vêtue d'une robe ridicule, elle n'était accompagnée que de son jeune ami Lithique, le Savant.

La guerrière ressentit le frisson d'excitation qu'elle éprouvait à chaque combat lorsqu'elle vit son mari sur la jetée, surgir de l'ombre juste devant Tim Keller et pointer son arme sur la tempe de la gamine.

CHAPITRE 13 : COMME UNE BALLE DANS LA TÊTE

« C'est quand l'univers vient contredire la perception que l'on a de l'univers que naît la violence. »

La troisième loi du Shaddaï

Avoir le canon d'une arme à feu contre le crâne, chargé et prêt à tirer, c'est une sensation qui ne ressemble à aucune autre – non pas que je recommande à qui que ce soit d'en faire l'expérience, soyons bien clairs –, mais rien n'est comparable à la pelote d'émotions qui se précipitent dans votre tête quand vous vous trouvez si proche de la mort. Il était très possible que je sois en train de vivre les toutes dernières secondes de ma vie, là, sur cette jetée du port de Flammence, très loin de chez moi et sans que ceux qui m'aiment soient au courant (en dehors d'Armaga qui se trouvait dans la même panade que moi.)

« Mon nom est Siméon Sicard… Certains m'appellent le Perce-Oreille » dit l'homme qui pointait son flingue sur moi, l'assassin qui avait exécuté Drendel Squinn devant mes yeux. Sa position ne variait pas, il ne relâchait pas son bras qui braquait son arme en direction de ma petite tête. Tôt ou tard, j'en étais sûre, il finirait par se fatiguer ou par relâcher son attention – il faudrait que je sache saisir l'occasion.

« À Entremer, lors de notre dernière rencontre, nous n'avons pas eu l'occasion de faire connaissance, *Timea* » continua-t-il, insistant sur le « Timea » comme si le fait qu'il connaisse mon prénom était supposé le rendre plus redoutable. Franchement, ce criminel était capable de faire jaillir des monstres Magiques de son mousquet, qu'il sache en plus comment je m'appelle, ça ne faisait pas grande différence… « Je te présente mon épouse Ermengarde », dit-il en faisant référence à cette femme au bras géant de reptile et aux yeux rougeoyants qui était en train de désarmer Armaga juste à côté de moi.

Si seulement je pouvais faire quelque chose ! À moins de trois mètres, planté à la verticale dans une planche du quai, mon Sabre de Fiction était tout proche, mais insaisissable. À travers lui, même si je ne l'avais pas dans la main, les habituelles pépites de lumière, cette masse de *peut-être* qui me permettait de manipuler les lois du drame, convergeaient dans ma direction, mais je n'avais aucune idée de la manière dont j'allais pouvoir l'exploiter…

Le Perce-Oreille se déplaça face à moi, positionnant le canon de son flingue entre mes deux yeux et m'infligeant le spectacle navrant de son rictus de fierté. « C'est retour à la case départ pour toi, petite », me dit-il. « On te ramène à Entremer. Il y a quelqu'un là-bas qui nous a payé une grosse somme d'argent pour avoir l'occasion de faire causette avec toi… »

Alors qu'il prononçait cette phrase, la brume autour de nous virevolta en une courte tornade, se concentrant en un seul endroit, s'agglomérant pour former une silhouette humaine. En quelques secondes, la silhouette de Meznic, avec son visage désagréable surmonté de son inimitable turban, prit forme juste à côté de l'autre mercenaire. À en voir sa mine, il n'était pas content.

« Minute, monsieur Sicard » dit-il. « Notre mission est claire : nous devons tuer cette jeune fille, pas la capturer, pas la ramener, mais la *tuer*, découper sa tête et la ramener à mes commanditaires pour leur offrir la preuve que nous nous sommes acquittés de notre tâche. Une mission simple et gratifiante : je me faisais d'ailleurs une joie de procéder moi-même à cette extraction… Que vous ayez des griefs à mon encontre, je veux bien le concevoir, mais au moins, exécutons la mission qui nous a été confiée. »

Une bouffée d'espoir, infime, mais vive, s'est emparée de moi : ça, ça ressemblait à une occasion à saisir, peut-être la voie vers la liberté…

« On dirait que ton partenaire essaye de te doubler… » lui dis-je dans un wurmaazi parfait que Siméon ne pouvait pas comprendre, tentant de souffler sur la braise du désaccord qui régnait entre les mercenaires – diviser pour mieux régner et tout ça. Je n'ai pas résisté à en rajouter une couche : « Il a probablement combiné quelque chose pour te régler ton compte… Si j'étais toi, j'agirais maintenant », ai-je encore pu dire au Brumissaire avant que le Perce-Oreille ne me rive mon clou, sans trop savoir ce que j'avais bien pu raconter à son associé : « Tais-toi ! »

« Je réclame une explication immédiate », poursuivit Meznic, qui sortit ses deux cimeterres de brume de leurs fourreaux avant d'adopter une posture de combat. « Saignons cette demoiselle maintenant, entre gens civilisés et n'en parlons plus ! À moins que vous ne m'ayez caché quelque chose ? »

Les époux Sicard étaient dans l'embarras : ils étaient pris entre deux fronts. Ils ne pouvaient pas garder le Brumissaire en joue sans nous perdre de vue, Armaga et moi. Du coup, si un combat éclatait au sein du trio de mercenaires, nos chances de nous échapper devenaient bien meilleures… Je vis dans le regard du Prof qu'il avait eu la même idée…

Siméon braquait toujours son arme vers moi, le front perlé de sueur, mais sans flancher et en n'accordant à Meznic et à ses lames brandies qu'un regard rapide. Chacun de nous jouait gros. La tension était palpable. Il suffit de quelques phrases bien choisies pour déclencher l'explosion :

« Oh, il y a tellement de choses que tu ignores, chacal de Wurmaazi ! » dit Siméon avec une pointe d'amusement anxieux dans la voix. « Ça fait des semaines que nous sommes obligés de te supporter, pauvre détraqué ! Toi et tes manies sadiques, ta cruauté, ton irritante obséquiosité. À présent, c'est fini ! » Il ne parvint pas à réprimer un rire grinçant avant de continuer sa diatribe, dont il prononça chaque mot sans détacher son regard du mien : « Oui, tu as raison Meznic, nous n'avons pas tout à fait reçu les mêmes instructions que toi… Je suis au regret de te l'annoncer : nous, on nous a chargés de ramener ton cadavre à Entremer et d'expliquer à tes patrons que tu es mort au combat… »

Il n'en fallut pas davantage pour que la violence éclate.

Je sentis ma respiration se bloquer et mes phalanges se serrer alors que tout autour de moi, la jetée devenait un enfer. Avant même d'avoir entendu la fin de la phrase, Meznic déclencha l'assaut contre l'arrogant invocateur. Grâce à ses étranges pouvoirs, il se mua en une tornade de brume, ses cimeterres prêts à taillader en cercles tout ce qui passerait à la portée de sa danse sanglante. « Veuillez me pardonner », dit-il. « Mais je me vois dans l'obligation de vous occire. »

Il s'approchait inexorablement, mordant l'air comme un essaim d'insectes, prêt à abattre une pluie de lames sur ses victimes. Le spectacle était terrifiant, mais les Sicard restaient stoïques : il était clair qu'ils ruminaient leur offensive depuis un moment et qu'ils avaient planifié la contre-attaque…

Meznic n'eut pas l'occasion d'achever son geste. Son attaque fut brisée nette à moins d'un mètre de sa cible.

On n'entendit qu'un bruit flasque. Le Brumissaire interrompit son maelstrom. Il avait été atteint, touché en plein assaut par un objet. Sur le revers de sa tunique, non loin de son cœur, on pouvait voir une boulette de poix orangée, une masse molle et collante qui adhérait à l'étoffe, guère plus impressionnante qu'un vieux chewing-gum. « Mais qu'est-ce donc que cette… »

Il n'eut pas le temps de terminer sa phrase avant que l'explosion ne le taille en pièces.

Je fus agitée d'un sursaut, une réaction de terreur animale. Il me fallut un instant pour reprendre mes esprits et comprendre ce qui venait de se passer : la boule de glu avait sauté comme un bâton de dynamite.

L'objet avait éclaté à la manière d'un feu d'artifice mortel dont les étincelles voraces avaient jailli dans toutes les directions. Sur un être humain normal, la blessure aurait déjà été horrible : pour un Brumissaire, c'était pire. Instinctivement, Meznic avait tenté de se protéger en transformant son corps en brouillard. L'explosif avait alors taillé en pièces son corps nébuleux, en déchirant le nimbe fragile et l'emportant au loin, tout autour de nous, comme une meute de chiens se dispute un cadavre avant de le démantibuler.

De Meznic, il ne restait presque rien : plus que quelques traînées de brume diaphanes qui s'étiraient dans les ténèbres jusqu'à l'horizon. Éparpillé au-delà de sa capacité à se réparer, il était emporté par le vent du large, guère plus désormais qu'un nuage comme les autres, un simple souvenir qui s'effilochait dans la nuit... Ce qui subsistait de sa conscience dans ces conditions, je l'ignorais, mais par compassion j'espérai que sa mort ait été rapide...

Cela dit, j'étais au bord de l'hystérie, le souffle court et la tête qui bourdonnait encore du son de la déflagration – je n'allais pas trop m'appesantir sur la fin de ce maniaque. Mon regard était attiré par la silhouette d'un nouveau venu : celui qui venait de tirer la boulette explosive sur Meznic. Dissimulé dans la pénombre, il était adossé au mât d'une goélette, aussi nonchalant que s'il ne venait pas de tuer un homme. Dans le prolongement de sa silhouette athlétique luisait la sarbacane qui lui avait servi à propulser son projectile mortel.

Siméon ne lui jeta pas un regard et ne s'étonna pas de sa présence, ce qui confirmait mon soupçon : le nouveau venu était de cheville avec le couple Sicard, qui lui avait demandé de liquider leur associé.

« Afin de répondre à la question que vous brûlez tous de me poser : il s'agissait d'un explosif farandrien... » dit le mystérieux personnage. « Il n'y a rien de mieux pour régler son compte à un Brumissaire, comme vous venez de le voir... Pour la petite histoire, je le tenais d'un Sonarque que j'ai plumé aux cartes l'hiver dernier dans le port d'Oblique – en réalité, c'est une très longue histoire, dommage, je n'aurai pas le temps de vous la raconter... C'était la seule boulette explosive qu'il m'ait léguée. Mais ça a fait son petit effet, non ? Voilà qui conclut la première partie de notre accord, en tout cas. »

Précédé par un sourire canaille, le jeune homme prononça cette dernière phrase en sautant du pont du bateau sur le quai. Il s'avança à la lumière des lanternes, cheminant à côté d'Ermengarde sans s'étonner de la voir tenir en respect un adolescent lithique – il passa à côté d'Armaga comme si ce dernier n'était pas là. Lorsqu'il me vit, il me jeta un regard un peu plus appuyé, mais là non plus, il n'eut pas l'air de trop s'alarmer de voir une jeune fille menacée par un gros flingue. Un dur, ou quelqu'un qui faisait semblant de l'être.

« Chérie, je te présente Juan Scorpio : musicien, joueur, faussaire et gibier de potence » dit Siméon à sa femme. À l'évocation de son nom, le jeune homme à la sarbacane s'approcha de la guerrière pour lui prodiguer un baisemain dans un geste théâtral. « *Gibier de potence*, elle est nouvelle, celle-là ! On raconte tellement de choses à mon sujet ! Rien que des mensonges, je vous assure ! »

Tout en lui m'agaçait, de ses yeux d'ambre clair plantés dans sa jolie gueule cuivrée de Questite à la décontraction facile avec laquelle il évoluait dans l'espace, jusqu'à la manière dont il ne cessait de jeter des regards d'épervier dans ma direction. Il était tout ce que je détestais, vraiment…

« Et la petite… euh… Keller ? Vous n'étiez pas supposés vous ramener avec une fille ? » demanda-t-il à Siméon en lui passant amicalement le bras sur l'épaule. Le Perce-Oreille était plus agacé qu'amusé par la méprise de son associé : « Elle est devant toi, je te signale, la petite Keller. Juste au bout de mon canon. »

Le vaurien me dévisagea, se tourna théâtralement vers Siméon, puis revint vers moi, me toisant de la tête aux pieds, me déshabillant du regard avec un air de maquereau, avant de rire aux éclats de sa méprise. « Une fois de plus, j'ai été trop gentilhomme pour voir ce qui était en face de moi. Quand tu m'as parlé d'une "gamine" l'autre jour, je m'étais imaginé une *petite fille*, tu vois, mon Siméon ? Si Juan Scorpio avait su que vous projetiez de capturer un canon pareil, il se serait proposé de s'en occuper lui-même ! »

L'entendre me qualifier de « canon » me mit hors de moi. Dans ma situation, il valait mieux ne pas me la jouer trop agressive, mais je n'ai pas pu m'empêcher de lâcher un « Approche-toi un peu. Tu vas voir comment il explose, le canon ! »

Cette pique l'émoustilla encore davantage que mon silence : « Tu as du tempérament, mignonne, à ce que je vois… Ravissante et impitoyable : délicieuse combinaison… J'adore ! »

Un cliquetis : des menottes étaient sorties de sa poche. D'un geste ferme, mais sans violence, il saisit mes poignets et tenta de m'enfiler les anneaux d'acier. Il avait de la poigne, mais pas question que je me laisse faire. Cela le fit sourire : « On va faire un marché, petite belette. Tu me laisses te passer ces menottes et en échange, mon ami Siméon arrête de te viser avec sa grosse pétoire. Je suis sûr que tout le monde sera beaucoup plus détendu après ça. » Juan glissa quelques mots au creux de mon oreille, rien que pour moi :

« Allez ! beauté, joue le jeu… Tu auras l'occasion de t'évader plus tard… »

Cette promesse me prit tellement de court que j'en fus désarmée, ma résistance vaincue. Juan profita du moment où mes muscles se relâchaient pour me menotter. Clic, j'étais à sa merci. Siméon baissa enfin son bras : je n'étais plus à la merci du canon de son arme – un soulagement malgré tout. Il fit des mouvements d'assouplissement pour chasser l'engourdissement qui s'était emparé de son épaule pendant qu'il me tenait en joue.

« Content de voir que ça te plaît, les menottes, jeune fille. Je saurai m'en souvenir… » persifla Juan Scorpio. Mais c'étaient ses paroles précédentes qui me restaient en mémoire. Quel jeu jouait-il exactement ? Avait-il voulu m'aider ou n'était-ce qu'un stratagème ?

Ce fut au tour d'Armaga d'être menotté. Lui, n'eut droit à aucun sous-entendu salace pendant qu'on lui posait ses entraves. Son sort et le mien se précisaient : nous étions des otages et à moins d'un retournement de situation imprévu, les mercenaires allaient nous ramener à Entremer. J'avais beau savoir que ça ne servait à rien, je scrutais les ombres tout le long du quai dans l'espoir de voir arriver S, ou mieux, Voland, dans le rôle du preux chevalier. (Ce qui faisait de moi une conne de princesse qui attend qu'on la sauve parce qu'elle est incapable de se débrouiller par elle-même : génial, vraiment.)

« Bien. Deuxième partie de l'accord. Vous avez demandé un transport, je crois ? » dit Juan Scorpio alors qu'une longue barque accostait à côté de nous, silencieuse, visible uniquement lorsque son unique rameur eut allumé une lampe à huile.

« Bonsoir, Braquevore » dit Juan à cet homme dont la lumière orange de la lanterne dévoilait un faciès inquiétant, les joues bardées de tatouages semblables à des flammes stylisées et les pupilles brillantes de cruauté.

« Montez là-dedans ! » m'ordonna Ermengarde Sicard, sa lourde masse d'armes à la main bien visible, afin de me motiver à faire ce qu'elle me demandait. Une deuxième barque, identique, se rangea à côté de la première. Armaga et moi étions en sandwich entre le rameur et Ermengarde, tandis que Juan montait dans l'autre esquif avec Siméon Sicard.

J'eus beau regarder de tous côtés, entretenir un mince espoir que tout se termine à mon avantage, il n'y eut aucune arrivée tardive de la cavalerie. En un instant, nous avions quitté le quai. La proue de la barque fendait les flots obscurs comme un soc de charrue, sous les moqueries nocturnes de mouettes invisibles.

J'avais froid, j'avais peur, je me sentais ridicule dans ma robe et je me demandais si j'allais mourir. « Vous nous ramenez à Entremer par voie maritime, si je comprends bien ? » ai-je demandé, mais on ne me gratifia d'aucune réponse. Face à moi, Braquevore se contenta de tortiller sa langue grasse de manière obscène pour me provoquer.

L'accablement s'abattait sur moi. Déjà les lueurs pourpres et or d'une Flammence endormie s'éloignaient de ma vue, désormais simples pointillés dans un horizon noir et avec elles, c'était l'espoir de retrouver Voland qui disparaissait, remplacé par une angoisse qui me serrait le cœur…

Je finis par distinguer des lanternes qui brillaient au loin, leurs reflets orangés traçant des virgules dans l'eau sombre aux côtés de l'image de Solune, cercle parfait dans une mer sans vagues. D'après la configuration des luminaires, le bateau dans lequel nous nous apprêtions à embarquer était énorme. Ses trois mâts se dessinaient en ombres chinoises sur le ciel gris-bleu alors que la lourde étoffe de ses voiles claquait au vent.

À côté, sur l'autre barque, Juan Scorpio fit les présentations, suffisamment fort pour tous nous en faire profiter : « Je vous présente le navire le plus rapide et le plus craint de la Mer des Fortunes, fierté de la piraterie et point de départ de milliers de légendes, celui dont j'ai le grand honneur d'être le quartier-maître : *l'Échine du Crépuscule.* »

Cette phrase retourna mon cerveau comme une chaussette.

Ce nom, c'était celui qu'avait articulé mon informateur, le marin de Cendremagne que j'avais croisé à Flammence. Il me l'avait affirmé : *l'Échine du Crépuscule*, c'était le bateau de Voland, un bateau pirate dont il avait d'une manière ou d'une autre pris le contrôle… Et si Voland m'attendait là, sur le pont de ce bateau ? Je sentais mon petit cœur d'hirondelle battre à tout rompre… « Euh, est-ce qu'il vient de dire… ? » chuchota Armaga. « Je crois bien, oui » ai-je répondu.

Quelle que soit la vérité, j'allais bientôt être fixée. La proue de ma barque cogna contre la coque du trois-mâts. Ses occupants nous balancèrent une échelle de corde. « Allez ! » ordonna Ermengarde.

En quelques minutes, les occupants des deux barques se retrouvèrent à bord de *l'Échine*. Sur le pont, un Farandrien Sombracine aux manières de corneille hurlait des ordres à l'équipage. Je ne reconnaissais pas tous les termes qu'il utilisait, mais il était clair que le navire allait lever l'ancre d'une minute à l'autre. « Enfin te voilà, Scorpio ! » prit-il le temps de dire à Juan. « Tu as pris ton temps… Le capitaine s'impatientait. Allez vite le rejoindre et qu'on en finisse avec toutes ces gamineries… »

« Oh, mais moi aussi je suis content de te revoir, Oglovolg ! » répliqua Juan. « Je crois que c'est ta bonne humeur qui m'a le plus manqué – à moins que ce ne soit ton haleine fétide ! » La blague arracha des rires tonitruants à tous les marins. Vexé, le Sombracine ne nous prêta plus aucune attention et se remit à aboyer des ordres à ses sous-fifres.

On nous éloigna de cette scène. Nous étions encadrés par les époux Sicard qui bombaient leur torse de fierté, d'être parvenus à nous capturer. On nous emmena, Armaga et moi, en direction de la cabine du pont arrière, identique à celles que j'avais vues dans tous les films de pirates. Anxieuse de savoir qui m'attendait derrière la porte, j'avais la gorge nouée comme celle d'une lycéenne le soir de son premier bal. (Pas de quoi être fière, d'accord, mais le lecteur saura me le pardonner, je l'espère, puisqu'après tout, *j'étais* une lycéenne.)

Juan Scorpio posa la main sur la poignée de la porte. Mais plutôt que d'ouvrir, le jeune vaurien suspendit son geste, hésita, puis retira ses doigts sans avoir appuyé… « Oh, mais quel étourdi je fais… » dit-il en se retournant dans notre direction. « Avant la rencontre avec le capitaine, il faut d'abord que je règle un tout petit détail… » De son index, il esquissa un geste nonchalant, comme un signal.

Tout le monde sursauta. Deux détonations résonnèrent au-dessus de nous et deux projectiles s'abattirent sur notre groupe.

Siméon Sicard s'abattit au sol. Son corps sonna comme une conque sourde contre le bois dur. Sur son flanc, un cercle rouge empoissait sa chemise. Son masque d'assurance avait disparu, remplacé par la stupeur de s'être fait avoir par celui qu'il croyait être un ami et de n'avoir rien vu venir. « Ce n'est pas… professionnel… », dit-il.

L'autre balle avait atteint Ermengarde, mais il fallait davantage qu'un seul projectile pour venir à bout de cette colossale bonne femme, les marins le savaient très bien. Sans se consulter, deux d'entre eux sortirent leurs coutelas et les enfoncèrent profondément dans la chair de la guerrière – trois grosses entailles, une par balle, deux par lame. Ce fut assez pour la mettre hors de combat. Malgré ses efforts pour tenir sur ses jambes, elle trembla, vacilla, puis s'écroula juste en face de son mari : « Mon amour… » murmura-t-elle.

Rien de ce qui s'était joué à l'instant n'avait de sens. Et le regard que me jeta Armaga, sa manière à lui de me dire « Ne me demande pas, je n'ai aucune idée de ce qui vient de se passer » ne m'aidait pas beaucoup.

« Vous me les jetez par-dessus bord, ce sera sympathique », dit Juan aux marins sur le ton de la conversation. Ceux-ci s'exécutèrent sans poser de question, poussant à grands coups de pieds les deux mercenaires en direction des rambardes du navire, laissant juste le temps au Perce-Oreille de gémir une dernière menace avant de tomber à la mer : « Scorpio… tu es un traître et je reviendrai régler mes comptes avec toi. » Puis, *plouf* ! Il fut englouti dans l'eau noire, bientôt suivi par *plouf*, sa femme ; chaque *plouf* leva une partie du poids qui pesait sur mes épaules depuis que les chasseurs de primes m'avaient retrouvée. *L'Échine du Crépuscule* avait pris suffisamment de vitesse pour que les deux ronds d'écume du couple infernal soient rapidement distancés et disparaissent derrière le voile de la nuit.

« Une bonne chose de faite ! Où en étions-nous… » plaisanta Juan, une expression de plaisir adolescent sur les traits, ne montrant aucun remords pour l'acte brutal qu'il venait de commanditer. « Ah oui ! Rahil, Raghil, soyez assez serviables pour détacher ce jeune Lithique : il est notre invité. Quant à toi, jolie garce… » me dit-il, « nous avons rendez-vous avec le capitaine… »

Armaga fut emmené par deux jeunes Ogres Bakis à la peau jaunâtre qui ne semblaient pas animés de mauvaises intentions à son sujet. J'avais mes propres démons à affronter : bouleversée, le cœur bouffi d'espoir, je voyais l'extrémité de mes doigts trembler comme du feuillage ; j'avais chaud, j'avais froid, je n'étais plus qu'une boule de nerfs en attendant de rencontrer le capitaine de ce navire. Je n'osais même pas formuler l'idée explicitement, de peur que je ne m'emballe trop vite et que je sois déçue, mais quelque part en moi, l'espérance naissait de retrouver Voland, ici et maintenant… Mes épreuves de ces derniers mois, tous mes sacrifices, allaient finir par trouver leur conclusion, leur couronnement… Derrière la porte de cette cabine se trouvait peut-être le bonheur… l'amour…

Je pris une respiration profonde, puis je m'adressai à Juan, d'une voix que j'aurais aimée plus ferme : « Alors… Qu'est-ce qu'on attend ? »

Le quartier-maître ouvrit la porte devant moi. Il me fit signe d'entrer, tout en exécutant une révérence sarcastique : « Si mademoiselle veut bien se donner la peine… » Il m'emboîta le pas et referma la porte derrière nous.

C'était une chambre plus richement décorée que la suite royale d'un palace. Plafond et parois étaient rehaussés de dorures moulées et de tapisseries délicates, le mobilier était taillé dans les bois les plus fins par les artisans les plus talentueux et savamment arrimé au sol pour éviter qu'il ne bouge à chaque fois que *l'Échine* virait de bord – je crus reconnaître la patte des menuisiers de Valadine. Dans le fond, un lit à baldaquin énorme sculpté dans du bois d'okoumé occupait tout un coin de la pièce, comme si cet écrin superbe était un piège dans lequel les demoiselles de passage étaient priées de se faire prendre.

De ce coin-là de la cabine du capitaine, s'éloignant d'un pan de pénombre qui dissimulait ses traits, il s'avança vers moi à la douce lumière des lampes à huile.

Voland.

Toute mon âme fut comme envahie par la joie et la lumière. Il y a des moments dans l'existence où tout trouve sa place : des moments où chaque acte se justifie, où chaque décision prend son sens… Je vivais un tel instant de pure clarté, contemplant le visage adoré de cet homme pour la troisième fois, habitée par la certitude que j'étais à ma juste place et lui aussi, et que tout ce que j'avais vécu auparavant légitimait les épreuves que j'avais traversées…

Mes poignets étaient libérés ; Juan avait sans doute ouvert mes menottes, je n'en savais rien, je n'avais rien remarqué, rien senti. En cet instant, plus rien ne comptait, plus rien n'existait à part Voland ; enfin, Voland ; finalement, Voland.

Sans avoir donné l'ordre à mes pieds de bouger, je me sentis m'avancer vers lui, courir avec l'empressement d'une fillette. Mes bras enlacèrent mon amoureux, le serrèrent fort pour qu'il ne puisse plus s'en aller. Ma tête alla se loger tout contre son torse, la pommette face à son cœur, alors que le mien sonnait d'un air joyeux comme les cloches qui annoncent des noces. « Je t'ai retrouvé ! Je n'arrive pas à y croire… Enfin, tu es là ! Oh, mon amour… »

Je l'avais tellement attendu… J'avais envie de le toucher et d'être touchée par lui, je voulais ses mains partout sur moi, là où était leur place, m'abandonner à ce frémissement brûlant que j'avais si souvent appelé de mes songes. La raison n'avait plus guère de place en moi… Elle venait de céder sa place à un empressement plus fondamental, une envie d'aimer et d'être aimée dans mon cœur et dans ma chair.

Notre baiser fut un poème. Ses lèvres avaient l'arôme enivrant de l'attente, et contenaient des espoirs depuis trop longtemps laissés de côté. En embrassant Voland, je vis défiler des souvenirs de ce qui avait mené à ce moment. Tout ce que j'avais vécu, tout ce que j'avais traversé pendant des mois pour retrouver Voland, cette incroyable histoire qui m'avait changée à jamais et qui trouvait aujourd'hui son accomplissement, je le revivais à la vitesse d'un battement de cœur…

En me remémorant tous ces moments, alors que ma bouche s'unissait à celle de l'homme que j'aimais et que je le serrais contre moi, presque trop fort, je vis jaillir de tout mon être ces pépites d'énergie, tous ces *peut-être*, ces miettes d'événements que j'avais emmagasinées en moi pendant mes aventures, ces fragments de Fiction qui désormais quittaient mon corps et se précipitaient vers Voland, à travers nos bouches unies, à travers les paumes de mes mains, à travers l'air, le long de lignes invisibles entre lui et moi. Je me vidais de cette splendeur accumulée dont je ne comprenais qu'à moitié l'usage et lui s'en emplissait, s'en gorgeait, l'emmagasinait en lui comme si c'était dans l'ordre naturel.

Cette étrange fécondation, je n'y comprenais rien, mais je choisissais de croire que j'étais en train d'accomplir ma mission, que c'était ce transfert d'énergie qui me permettait de sauver Voland du sort funeste qui l'attendait : « Mon amour, je suis là… Je suis enfin venue te libérer… »

Hélas, quelque chose changea en lui : je sentis un contact rêche sous mes lèvres et mes paumes alors que son corps prenait une consistance de papier mâché, frêle, lâche sous les doigts, à l'opposé de la chaleur d'un corps humain. L'enveloppe charnelle qu'il avait créée avec sa Magie perdait sa réalité et il ne restait plus qu'une coquille vide.

Horrible sensation : alors qu'enfin je retrouvais cet homme que je désirais depuis si longtemps, ce moment était cruellement interrompu : j'étais privée de sa peau, de la douceur de ses bras… Mais il me répondit d'un sourire destiné à apaiser la frustration qu'il sentait en moi :

« Tim, il faut que tu comprennes que je ne suis pas vraiment là : ma véritable essence se trouve à Entremer, où elle s'est réfugiée voici des siècles, peut-être même des millénaires... Ce que tu vois devant toi n'est qu'un simulacre, un pantin de papier. J'ai de plus en plus de mal à prolonger son existence et lui insuffler vie et chaleur me réclame une énergie considérable... »

J'étais gagnée par la confusion. Me retrouver face à un « simulacre », c'était déjà dur à avaler, mais ce n'était qu'un élément parmi d'autres qui ne collait pas à mes espoirs... Voland ne se comportait pas comme je l'avais imaginé, il m'embrassait, mais ne paraissait pas aussi heureux de le voir que je ne l'étais – il était distant et cérébral quand je l'aurais voulu passionné... Surtout, il n'était pas du tout dans la situation dans laquelle je l'avais imaginé depuis des mois. Quelque chose clochait... J'osai exprimer mes doutes à voix haute : « Tu – tu m'avais dit que tu étais prisonnier... et je te retrouve ici, capitaine d'un bateau... »

« Prisonnier, je l'étais et je le suis encore, Tim » dit-il, l'air grave. « Je suis prisonnier de cette existence sans enveloppe charnelle, condamné à errer comme un fantôme depuis des milliers d'années... J'ai eu beau maintenir mon souffle vital, souffler sur ses braises pour prolonger mon existence plus longtemps qu'aucun homme ne l'a fait avant moi, je n'ai plus de chair qui m'appartienne, rien que ces doubles de papier mâché. Et maintenant, Tim, tu es revenue, comme tu l'avais promis, et tu viens de me sauver... Tout ce qui m'arrive aujourd'hui, le fait de réaliser mon plus vieux rêve, de retrouver ma vigueur, d'obtenir la vie éternelle, c'est en grande partie à toi que je le dois. »

C'était tout ? Je n'avais rien eu d'autre à faire que l'embrasser, comme le prince charmant dans un conte de fées ? Pour autant que je le sache, mes baisers n'avaient pas de tels pouvoirs... Tout cela me laissait une curieuse impression.

Voland dut sentir ma confusion parce qu'il s'approcha de moi, tout près, une torture pour moi qui ne pouvait même plus toucher son corps de papier sans risquer de le briser... et il compléta son explication :

« Tu ne comprends pas... et c'est normal. Depuis le début, Mangesonge et moi, nous t'avons maintenue dans l'ignorance de certains détails, parce qu'il était crucial que tu sois capable de prendre tes propres décisions et de vivre ta propre aventure... Comme je te l'ai dit, la Magie m'a maintenu dans un semblant de vie depuis l'époque reculée de la

Première Guerre. Mais pour goûter à nouveau à la vie véritable, pour me reconstruire un corps immortel, j'avais besoin de quelque chose de plus : j'avais besoin de la Protoclarté, le Prodige disparu des Titanides. Seul ce pouvoir était à même de réaliser mon souhait… Il y a bien longtemps, j'ai donc contacté les Sœurs Miasmatiques : Mangesonge, Briselâme et Crèvecorps – les trois dernières Titanides vivantes. Il nous a fallu des siècles, à elles et à moi, pour trouver un moyen de faire revivre leur ancien pouvoir dérobé par les Dieux. Et c'est maintenant chose faite grâce à toi, Tim. Tu es la toute première dépositaire du quatrième Prodige depuis les temps anciens… »

Alors que je sentais le sol se dérober sous mes pieds, cette dernière révélation me fit bondir : « Une petite minute – la Protoclarté ? Mais de quoi tu me parles ? Je n'ai rien à voir dans tout ça, moi. Je ne maîtrise pas la Protoclarté ! À dire vrai, c'est tout juste si je sais de quoi il s'agit… Armaga l'a mentionnée et c'est à peine si j'ai écouté. Est-ce que tu peux me dire enfin quel rapport tout cela peut avoir avec moi, avec *nous* ? »

(Il me sourit avec paternalisme et ça, ça ne me plut pas du tout.) « Tu maîtrises la Protoclarté, Tim, tu peux me croire » dit-il. « Sauf que tu ne l'appelles pas comme ça. Toi, tu utilises le terme que Mangesonge a employé lorsqu'elle t'en a parlé pour la première fois : tu appelles ça la *Fiction*. »

Celle-là, je ne m'y attendais pas du tout. Traitez-moi de naïve si vous voulez, mais ça ne m'était pas venu à l'idée de faire la connexion entre les pouvoirs énigmatiques que me conféraient mon sabre et le savoir de l'antique race maudite des Titanides – et j'avais beau retourner la question de tous les côtés, ça n'avait toujours aucun sens. Mon arme me donnait certes un petit avantage en combat, mais pas de quoi faire trembler le Monde Hurlant sur ses bases. Que des Dieux aient puni qui que ce soit pour avoir mis au point ce genre de technique, ça ne me semblait pas crédible.

« Je sais que tout cela est lourd à porter pour une toute jeune fille dans ton genre. Mais sois-en sûre : ce que tu appelles Fiction, c'est bien la Protoclarté, que tu manifestes sous la forme d'un sabre. Dans ton cas, la Protoclarté te permet juste d'exercer une influence minime sur les événements, de provoquer des coïncidences et des coups de théâtre : un pouvoir limité parce que tu es un être limité. Mais entre des mains expertes… son pouvoir est bien plus vaste. La Protoclarté, petite, ouvre les portes de la perception et de la réalité : elle constitue le secret du contrôle absolu de la création. Elle permet de réécrire tous les êtres et toutes les choses, de les remodeler, de les effacer… Un pouvoir absolu ! Le pouvoir des Dieux ! Et c'est cela qui explique justement pourquoi les Dieux gardent ce secret si jalousement : ils ne veulent pas que nous prenions le pouvoir sur notre propre destinée… Ils ne veulent pas que les marionnettes manipulent leurs propres fils. »

Une larme froide tomba sur ma joue. Je crois qu'elle était née au moment précis où Voland m'avait appelée « petite » et elle fut vite rejointe par une deuxième, sur l'autre joue. L'implication de ce que ce mot dans sa bouche signifiait était trop lourde pour que je m'autorise à en prendre pleinement conscience. Lui ne voyait rien de ce qui se passait en moi, ou il ne s'y intéressait pas… Il ne prêtait pas non plus la moindre attention à Juan Scorpio, qui était allé se ranger dans un coin de la cabine sans en bouger depuis qu'il m'avait retiré mes menottes.

Sans nous consacrer un regard, Voland déambulait dans la pièce en poursuivant son monologue : « Redécouvrir la Protoclarté, en restituer le secret au Monde Hurlant, malgré l'interdiction décrétée par les Dieux, n'a pas été chose facile. Pour y arriver, il a fallu déchaîner les forces du Drame, créer une histoire incarnée, une trace de Fiction si forte et si profonde que l'univers serait forcé de réagir et de libérer une bonne fois pour toutes le quatrième Prodige de ce qui nous en bloquait l'accès ! Ce sont les trois Artanges qui m'ont aidé à découvrir la voie à suivre… Encore fallait-il trouver le protagoniste parfait, celui ou celle dont le parcours serait suffisamment poignant pour libérer la Fiction. Ça nous a pris des siècles… »

Je me sentais inutile, je me sentais anéantie, vidée de ma substance ; j'avais l'impression de ne plus exister. Voilà ce que j'étais donc à ses yeux, alors : la clé d'un vieux mystère, dépourvue d'intérêt à présent que j'avais rempli mon office… Et lui qui ne faisait qu'en rajouter, qui continuait à m'expliquer à quel point j'avais été idiote de croire à ses histoires à dormir debout :

« En trois mille ans, mes alliées les Titanides et moi, nous avons tout essayé. Nous avons financé des quêtes, inspiré des révolutionnaires, épaulé de jeunes tueurs de Dragons… Il s'est vite avéré que la seule histoire qui aurait la charge dramatique suffisante pour réveiller le quatrième Prodige, c'était celle d'une jeune fille qui parcourt le monde pour secourir son amoureux. Mais trouver la personne providentielle n'a pas été facile… Au cours des siècles, nous avons essayé avec toutes sortes de demoiselles issues de régions et de milieux différents. Nous avons failli réussir plusieurs fois… mais nous avons toujours échoué. Les Sœurs Miasmatiques et moi, nous avons donc jeté notre dévolu sur de jeunes filles naïves et inexpérimentées, sans amour ni attache, des filles créatives et courageuses, dotées à la fois de la force morale nécessaire pour se lancer dans une aventure dangereuse et incertaine et d'une sensibilité suffisante pour s'ouvrir aux secrets de la Protoclarté une fois que ceux-ci se retrouveraient sur leur chemin. Il y en a eu des douzaines… J'ai oublié la plupart de leurs visages… »

L'âme fouettée par ces mots d'une violence inouïe, je pleurais comme une désespérée. Enfin, je réalisais que Voland ne m'aimait pas et ne m'avait jamais aimé, qu'il m'avait utilisée pour obtenir ce qu'il voulait et qu'il n'avait jamais eu ni sentiment à mon égard, ni aucune intention de vivre une histoire avec moi. Tout dans son attitude impassible, dans la façon qu'il avait de me dévoiler son plan, me montrait qu'il n'avait aucun amour pour moi. S'il me confessait son histoire, c'était parce qu'il avait besoin d'un public pour partager son triomphe. L'homme que j'avais aimé n'existait pas, il n'était qu'une fabrication grotesque, un personnage qui n'était réel que dans ma tête et dont le torrent des larmes qui dégringolaient sur mon visage ne parvenait pas à effacer la trace vivace.

« C'est Mangesonge qui a eu l'inspiration qui a mené à notre succès », poursuivit Voland. « Elle a eu l'idée d'aller chercher la protagoniste de notre histoire dans le Monde Muet. Je souris quand je repense à cette fascinante intuition – et dire qu'au début, je l'avais traitée de folle… Selon la théorie formulée par l'Artange de Sang, une jeune fille née au sein de l'ennuyante tiédeur du Monde Muet et dont l'amour se mettrait à éclore au sein de toute l'excitation du Monde Hurlant, au terme d'une longue et tumultueuse aventure, présenterait le profil idéal pour faire renaître la Protoclarté – une histoire si belle que même l'univers ne pourrait y résister… C'est tout cela mis ensemble, cette combinaison de facteurs infiniment improbables, qui allait faire voler en éclats les interdits divins et investir cette jeune fille du secret du quatrième Prodige, qu'elle allait ensuite me transmettre en un baiser, un baiser parfait qui allait clore son aventure… Et c'est ce qui est arrivé. Nous avons enfin trouvé la combinaison idéale : c'est toi, Tim. Sans le savoir, petite, tu as contribué à bouleverser toute l'histoire du Monde Hurlant. Tu peux en être fière. »

À travers les larmes qui ne s'arrêtaient pas et malgré ma gorge serrée de sanglots et mon visage enlaidi par le chagrin, je parvins à articuler quelques mots, un argument dérisoire face à l'implacable vérité que cet homme venait de m'asséner : « Mais moi je t'aime, Voland... »

Il sourit tendrement, me regarda de ses yeux doux, attrapa une mèche de mes cheveux et effaça comme il le pouvait les larmes de mes joues du plat de ses phalanges de papier :

« Je le sais, Tim : c'était d'ailleurs l'objectif que je poursuivais. Mais moi, je suis si vieux, j'ai vécu tant de choses et je vais en vivre tant d'autres dans cette nouvelle vie qui s'offre à moi à présent... Je suis devenu l'égal des Dieux. Nous n'avons plus rien en commun. Ton rôle dans mon histoire s'achève ici. Tout ce que tu as vécu en mon nom, je te le prends, ça m'appartient désormais – tout ce que tu as accompli n'est qu'un chapitre de *mon* histoire. Là-bas, à Entremer, mon nouveau corps immortel est en train de se former lentement et de se gorger peu à peu de la totalité du pouvoir de la Protoclarté. Bientôt, je prendrai la place qui me revient dans cet univers, je deviendrai un guide pour les mortels, je régnerai dans toute ma splendeur sur le Monde Hurlant entier, dès aujourd'hui et jusqu'à la fin des temps. Dis-le-moi sincèrement : que peut valoir ton amour en comparaison ? »

Voland n'acheva jamais cette dernière syllabe. Son souffle mourut dans sa poitrine, alors qu'une lame d'acier pénétrait sa cage thoracique de part en part, en un vilain craquement de carton éventré.

De derrière lui, sans que Voland y prête attention, Juan Scorpio avait sorti son sabre d'abordage de son fourreau et s'était mis en position de frapper. Il avait porté l'estocade de toute la force de son bras, tuant sa cible d'un seul geste, avec la précision et la férocité d'un assassin aguerri. Même si le vrai Voland était vivant, à des milliers de kilomètres de là, son pantin était mort. Une écharpe de sang rouge foncé pendait de sa bouche, tandis que son corps en papier mâché s'affaissait sur le sol de la cabine. Derrière lui, Juan se tenait droit, un sourire fier sur la face :

« Ce type-là adore s'écouter parler... C'est agaçant, non ? » s'exclama le pirate en me regardant, croyant que j'allais partager son enthousiasme.

J'étais anéantie, tout mon univers morcelé, en miettes, mes maigres certitudes balayées par une conversation que j'avais si longtemps appelée de mes vœux et que j'aurais, en définitive, préféré ne jamais avoir. Pleurant des sanglots d'enfant sur mes illusions perdues et sur l'horrible fin de cet amour magnifique, je sentis mes jambes vaciller et je me retrouvai à genoux, le cœur englouti par le néant.

Devant moi, la dépouille de ce simulacre qui ressemblait à Voland était agitée de soubresauts frénétiques auxquels je ne prêtai que peu d'attention. Son abdomen enflait et se contractait. Au terme de cette danse morbide, deux créatures familières émergèrent de son nombril : c'était deux poissons, un blanc et un noir, plus grands que le poing, qui volèrent dans la pièce avant de prendre position juste face à mon visage.

Les Sœurs Miasmatiques s'adressèrent à moi :

« Le Protagoniste n'a pas achevé son histoire », dit Briselâme.

« Il doit aller à Entremer pour tuer Voland », ajouta Crèvecorps.

Elles s'envolèrent, ou elles disparurent par un autre moyen, je ne sais pas exactement. C'est tout juste si j'entendis l'alarme sonore de mon téléphone portable qui m'indiquait que j'avais reçu un message – sans doute Mangesonge qui avait quelque chose à ajouter aux consignes de ses sœurs.

À présent, rien de tout cela n'avait d'importance pour moi.

Je voulais mourir. Je souhaitais disparaître.

Mais plus encore, c'était la vengeance que je désirais. Quoi qu'il m'en coûte, et peu importe le temps que cela allait me prendre, j'allais faire souffrir ce salopard pour tout ce qu'il m'avait fait subir. Il pouvait s'enfuir, essayer de se cacher dans les tréfonds du Monde Hurlant, il ne perdait rien pour attendre…

Voland m'avait brisé le cœur et un jour, il le paierait cher.

L’aventure se poursuit dans le Tome II des

MERVEILLES DU MONDE HURLANT

Vous souhaitez continuer à suivre les aventures de Tim dans le Monde Hurlant ? Cher lecteur, chère lectrice, n'hésitez surtout pas à nous faire parvenir votre opinion et avis sur

La Ville des Mystères

Des réactions ? Un avis que vous souhaiteriez partager avec nous ? Voland et les Titanides vous attendent sur :

la page facebook : Éditions Le Héron d'Argent

Instagram : Editions le Héron d'Argent

le mail : contact@editions-leherondargent.com

le site : www.editions-leherondargent.com

Vous y découvrirez également :
Nos tirages d'Art & tableaux luxueux avec cristaux Swarovski,
Notre collection de thés & tisanes « Saveurs de Prestige »
aux couleurs de nos ouvrages.

TABLE DES MATIÈRES

Les Sept Portes de l'Apocalypse

Trilogie

Vanessa & Diana Callico

Tome 1 : La Croisade des Carpates

ISBN : 979-10-94173-12-1

Tome 2 : Le Graal de l'Inframonde

ISBN : 979-10-94173-02-2

Tome 3 : L'Arche du Ragnarök

ISBN : 979-10-94173-48-0

La Croisade des Carpates

Au crépuscule du Moyen Âge, le prince roumain Vlad Drakul voit déferler sur ses terres les féroces janissaires de l'Empire Ottoman. Dans la lugubre citadelle des Carpates de Vlad l'Empaleur, un émissaire du pape envoyé sur le front du Djihâd commence à porter les stigmates d'une terrible métamorphose...

De nos jours, une jeune étudiante passionnée par l'Apocalypse voit le monde s'effondrer dans des cataclysmes effroyables. Partie enquêter sur le phénomène dans une étrange île surgie des flots, elle se retrouve mystérieusement propulsée dans le passé et réincarnée dans le corps de la promise du cruel prince Drakul : mais comment épouser un être aussi sombre ?

Entre les deux armées qui s'affrontent aux confins de l'Occident dans un duel sans merci, des créatures assoiffées de sang commencent à surgir des ténébreuses brumes de la plaine du Danube.

Comment survivre à l'Enfer, sans y perdre son âme ?

Désormais investie d'une mission, Éva traversera ensuite différentes époques, à la recherche des Cavaliers de l'Apocalypse : les dangereuses terres aztèques au moment de la Conquista espagnole, mais également la période troublée des vikings, à l'aube de l'empire de Charlemagne...

La Croisade des Carpates
Vanessa et Diana Callico
Les Sept Portes de l'Apocalypse
Tome 1
Éditions Le Héron d'Argent

LE GRAAL DE L'INFRAMONDE
VANESSA ET DIANA CALLICO
Les Sept Portes de l'Apocalypse
Tome 2
Éditions Le Héron d'Argent

L'ARCHE DU RAGNARÖK
VANESSA & DIANA CALLICO
Les Sept Portes de l'Apocalypse
Tome 3
Éditions Le Héron d'Argent

L'APPRENTIE FAUCHEUSE

J. ROBIN

ROUGE SANG & NOIR CORBEAU
Tome 1

« Aujourd'hui, je suis morte. »

Amélia Pratt était une simple domestique, pauvre et sans avenir. Mais par une froide nuit d'hiver de l'année 1850, un homme la précipite dans la mort.
Elle renaît alors sous les traits de Red Death, l'une des sept petites faucheuses. Désormais, son rôle est de pourchasser les esprits errants et les fantômes. Et à ce petit jeu-là, elle est la meilleure !
Pourtant, elle n'a pas choisi l'Ankou le plus docile pour la seconder dans sa tâche. En effet, le beau Rain n'est autre que son propre meurtrier, désormais contraint de lui obéir pour l'éternité…
Entre complots, dangers et trahisons, parviendra-t-elle à accomplir son rêve : devenir la prochaine Grande Faucheuse du Sanctuaire de la Mort ?

ISBN : 979-10-94173-37-4

Le Cycle d'Ékysse

Ariane Bricard

La Cité des Abysses

Entre l'écume et les abysses reposent les morts d'Ékysse.
L'histoire se déroule sur la planète Thétys, un monde aquatique en cours de colonisation par les humains.
Huit ans plus tôt, Istalle a échappé de justesse à la mort durant la Catastrophe qui détruisit Ékysse, une ville sous-marine des profondeurs. Adulte, elle revient sur les lieux pour défendre la mémoire de son père, accusé de l'anéantissement de la cité. C'est alors qu'elle découvre d'étranges créatures qui hantent les ruines englouties par l'océan : les dauphins d'Ékysse...

ISBN : 979-10-94173-21-3

Chroniques d'un Esprit Vagabond

Trilogie

Luc Van Lerberghe

Tome 1 : Arthamios

ISBN : 979-10-94173-04-6

Tome 2 : Le Sage des Courants

ISBN : 979-10-94173-06-0

Tome 3 : Le Temps de Dieu

ISBN : 979-10-94173-08-4

Arthamios

Tombez avec Arthamios dans un univers aussi fantastique que redoutable. Fuyez avec lui à la rencontre des peuples ployant sous le joug des hommes.

Qui des Mentrools, Fiaunes, Elfiens ou Fourins l'aideront à comprendre pourquoi les plus puissants mages de la haute assemblée le pourchassent ? Pourquoi Salarios, porteur du sceptre de pouvoir, semble t-il autant obsédé par sa capture ?

À moins que Rachel, mère des magies, n'ait raison… Arthamios n'est pas qu'un simple berserker : il peut nager dans les courants magiques. Ce jeune homme charrie avec lui tant de périls, il faut l'arrêter à tout prix !

Parcourez les Terres Connues en compagnie d'Aqualis, Rahauric, Amania et Jydyne.

Cheminez à contre courant pour espérer sauver les peuples du nouveau Fléau qui les menace…

Arthamios
Luc Van Lerberghe

Le Sage des Courants
Luc Van Lerberghe

Le Temps de Dieu
Luc Van Lerberghe

La Malédiction du Perroquet

Marie Kneib

Autrefois, pas un navire ne prenait la mer sans craindre le terrible
Connor et son redoutable équipage de pirates.
Mais aujourd'hui, tout a changé :
Victime d'une terrible malédiction,
voilà le capitaine transformé en perroquet !

Horrifié, le pirate n'a désormais plus qu'un seul but :
reprendre au plus vite son apparence humaine.

Tant pis pour les sirènes, les monstres marins,
les forces magiques et jusqu'aux dieux !

Cap sur les eaux les plus dangereuses du monde connu :
la mer Archaïque…

ISBN : 979-10-94173-56-5

FAITES VOS JEUX

THRILLER

Julia Richard

Huit inconnus se réveillent dans une maison sans fenêtres. Il n'existe qu'une seule issue et pour sortir il faut posséder le code.
L'un des huit prisonniers est l'organisateur de cette mise en scène. Il est le seul à connaître la combinaison. Mais pour débloquer la porte protégée par un ingénieux système de sas, il faut être deux et deux seulement. Le but du jeu ? Éliminer les innocents pour rester avec celui que l'on considère le plus susceptible d'être un psychopathe. Quand la logique est inversée, les règles classiques du huis-clos ne tiennent plus. Jusqu'où iriez-vous pour survivre ?

ISBN : 979-10-94173-44-2

FEEL GOOD

BORA-BORA'S BITCHES

JACINTHE CANET

Arrière, lecteur innocent ! Repose immédiatement ce livre ! Bon. Tu es prévenu(e). En le lisant, tu pousses la porte de l'appartement 4A, que ses occupantes déjantées ont surnommé « Bora-Bora ».
Elles sont quatre : Pétra Van de Pute, Jane Moreau, Phillis Pine et Jacinthe Nitouche. Ces filles aiment parler fort, boire des mojitos, écouter du Larusso et embrasser Ryan Gosling dans leurs rêves. Elles détestent la vieille Mme Gandus et son caniche, les matins, les poils et l'abstinence... En ce moment, leurs conversations ont pour sujet le mec ultra sexy qui vient tout juste de déménager au 4 B, l'appartement d'en face. Rejoins le club très sélect des Bora-Bora's Bitches... Un « Sex and the City » parisien surprenant !

ISBN : 979-10-94173-46-6

FISSURES NOIRES

Histoires Fantastiques

Jess Kaan

Dans le Nord, des élèves d'un car scolaire meurent dans des circonstances inquiétantes. Les cocons de soie rouge qui enveloppent les corps ne seraient pas étrangers au décès des victimes.
Non loin, un concert de miaulements suspects se fait entendre : et si les chats prenaient le pouvoir sur les humains ?
De nos jours, la fête d'une association est frappée par un sniper. Hasard ? Vengeance ? Qui survivra pour raconter ?
1916, sur le front allemand : et si la porte des Enfers n'était pas dans les tranchées, mais au sein d'un mystérieux tableau ?
À Londres, dans les buildings de la City, l'or de Midas étincelle entre les mains des traders.

Ouvrez les yeux et voyez : le monde tel que vous le connaissiez a déjà commencé à changer. L'univers familier se délite et laisse place à l'Ailleurs. Laissez votre réalité se fissurer...

ISBN : 979-10-94173-10-7

ENCYCLOPÉDIE
DES REVENANTS ET DES NON-MORTS

ISBN : 979-10-94173-10-7

Lionel Behra – Vanessa Callico – Senyphine

Quelle idée d'avoir fait une séance de spiritisme ! À présent, tout vole dans la pièce : les esprits frappeurs sont à la fête. Une belle revenante vous tend la main. Vous êtes sur le point d'entrer dans la danse... Mais quelqu'un hurle dans le jardin : c'est peut-être une banshee, sous le clair de lune ? À moins que ce ne soit le dîner d'un vampire qui se rebiffe. Chasser les humains, ce n'est pas de tout repos pour les créatures de la nuit. Cela vous fait penser que lorsque vous rentrerez, il vous faudra contourner le cimetière : une charmante goule y réside. Et elle a faim... De nombreuses créatures du monde entier sont revenues de l'Au-delà pour hanter cette encyclopédie. De quoi frissonner à tout âge... en s'amusant !

À VENIR :

Encyclopédie de la Magie : Magiciens, Sorcières et Créatures Magiques

Auteure : Guillaume Sangay & Vanessa Callico / Illustrateur : David Chapoulet

Encyclopédie des Dragons Légendaires

Auteurs : Geoffrey Legrand & Guillaume Sangay / Illustratrice : Kim Van Deun

CONTES MERVEILLEUX

par Shiitake

H. C. Andersen, C. Perrault, J. & W. Grimm, J.M.L. de Beaumont, L. Caroll,
Vanessa Callico

Il était une fois...
Une belle princesse endormie. Une charmante petite fille et un loup. La Reine des Neiges.
Un jouet amoureux. Une sirène qui rêve. Un lapin en retard.
Tous ces contes de notre enfance et bien d'autres encore, sont rassemblés dans ce recueil.
Saviez-vous qu'en Corée, le loup du petit Chaperon rouge était un tigre ?
Que Blanche-Neige aurait réellement existé ?
Que le conte préféré du jeune Roi Soleil était Peau d'Âne ?
Que le surnom de Napoléon Bonaparte était « Le Chat Botté » ?
Laissez agir le charme du monde onirique exceptionnel de l'artiste japonaise Shiitake.
Poussez la porte des Contes Merveilleux...

ISBN : 979-10-94173-55-8

La Symphonie des Songes

Vanessa Callico & Senyphine

Imaginez que la musique classique vous soit contée par les plus grands méchants de son Histoire... Tout droit issus de l'imaginaire de célèbres compositeurs, le séduisant don Giovanni, le capitaine maudit du Vaisseau Fantôme, le Diable de la tentation de Faust, une ballerine fantomatique et jusqu'à la Mort elle-même décident de raconter leurs aventures à Luna, une jeune fille solitaire dont ils hantent les nuits. Poèmes symphoniques mystérieux, airs d'opéra passionnés, concertos brillants : les œuvres les plus émouvantes et les plus dramatiques se mettent au service des aventures de ces anti-héros, sublimées par le génie de compositeurs d'exception : Wolfgang Amadeus Mozart, Richard Wagner, Franz Liszt, Charles Gounod, mais également Modeste Moussorgski et Arrigo Boito.

ISBN : 979-10-94173-14-5